송은일 지음

1판 1쇄 발행 | 2010. 8. 23

발행처 | **Human & Books**
발행인 | 하응백
출판등록 | 2002년 6월 5일 제2002-113호
서울특별시 종로구 경운동 88 수운회관 1009호
기획 홍보부 | 02-6327-3535, 편집부 | 02-6327-3537, 팩시밀리 | 02-6327-5353
이메일 | hbooks@empal.com

값은 뒤표지에 있습니다.
ISBN 978-89-6078-098-9 04810
      978-89-6078-096-5 (전3권)

왕인 ②

송은일 장편소설

어쨌든 그는 장차 태왕이 될 사람이니 전쟁을 준비하게 될 것이었다.
임금이 되지 않을 왕인 스스로도 전쟁을 준비하고 있었다.
어디에서 무슨 일을 하건 그건 결국 전쟁 준비였다.

Human & Books

목차

정인들

폐하의 환도와 영고제 준비로 온 한성이 들썩이는 와중에 신궁 영지인 너도섬에 도적떼가 들었다는 소문이 한성에 파다하다고 했다. 그 도적떼가 실상은 황실이 보낸 외척들의 사병이라고 사람들이 수군거린다고 했다. 한수 가운데에 그런 섬이 있다는 것을 여누하는 처음으로 알게 되었거니와 너도섬이 보석이며 귀금속 세공으로 유명하다는 사실도 처음 들었다. 수백 년 전부터 백제 전역에서 사용되는 장신구들 거개가 그곳에서 만들어진다는 것이었다. 병이어멈 순기의 두서없는 수다가 답답해 여누하가 물었다.

"그래서 신궁 사람들이 많이 다쳤다 합디까?"

"다치다 뿐이겠습니까, 백여 명이 죽었다 하던걸요. 다친 사람은 부지기수고요."

"아니 신궁에서는 그 많은 무사들 다 두고 그리 속절없이 당했대요?"

"아니요, 아씨. 속절없이 당하기만 한 것은 아니라고 합니다. 신궁이 왜 신궁이겠어요? 도적떼가 닥칠 것을 미리 알고 신궁무사들이 미리 들어가 있었더래요. 신궁무사들하고 너도섬에 있던 궁인들이 합쳐 싸웠대요. 죽고 다친 신궁 사람들이 많았지만 도적떼들도 백여 명이나 됐는데, 한 놈도 섬 밖으로 못 나가고 죽거나 잡혔다 하던걸요."

"그렇대요?"

"예에, 아씨. 그래서 죽지 않고 잡힌 도적들이 시방 너도섬에 붙들려 있다 합니다. 신이궁이 아까 신시경에 너도섬으로 들어가셨다 하던걸요. 그들을 처결하러 간 것이겠지요? 검은 너울로 온몸을 감싼 신이궁이 섬으로 들어가는데 시꺼먼 옷을 입은 무절 백여 명이 한 배에 타서 배가 온통 시커멓더라고 하더이다."

설요가 신이궁임을 여누하는 처음으로 실감하는 셈이었다. 그와 만난 횟수가 잦다고는 할 수 없지만 만나 어우러질 때면 정말 또래 동무 같고 자매 같았다. 그가 신이궁인 것을 잊기 쉬웠다.

"도적들은 아무것도 얻지 못하고 괜한 살상만 일으키면서 저희들 무덤만 만든 셈이 된 것이네요."

"신궁을 함부로 침범한 죄, 하누님을 부정한 죄를 그리 받는 것이겠지요. 아니 대체 하고많은 데 다 놔두고 하필이면 신궁영지를 범하려 했을까요?"

천신을 부정하지는 않으나 특별히 숭배하지도 않는 여누하는 순기의 말에 대꾸하지 않고 자홍색으로 물들여 말린 무명을 두루마리로 감았다. 천 자락을 잡고 있던 순기가 문득 생각난 듯 말했다.

"그런데요, 아씨. 혹시 별실아씨가 신이궁님 아니세요?"

설요는 고작해야 세 차례 다녀갔을 뿐이고 때마다 여염규수 복색을 하고 왔으나 그가 풍기는 기색이 워낙 예사롭지 않은 탓에 순기가 눈치 챘는지도 몰랐다.

"신이궁이라니. 시커먼 무졸을 백 명씩 거느리고 다니시는 신이궁 예하가 어떻게 내 동무가 되었겠소? 별실아씨는 원래 유리나 공주님 동무라 했잖아요. 대신집안의 따님이시라니까. 신궁에서 어멈이 하는 말 들으면 시커먼 무졸들을 우리 집으로 보내겠소. 쓸데없는 소리 그만 하고, 잘 좀 잡으세요."

신궁무사들이 쳐들어오겠다는 말에 순기가 어깨를 으쓱하며 웃었다. 그는 송산집에서부터 안살림을 관장해왔다. 별실아씨가 신이궁임을 알아도 모르는 체, 속아줄 것이었다. 여누하도 어깨를 으쓱하며 주름이 생기지 않도록 천 자락을 힘써 감았다. 근래 여누하는 짐승의 가죽을 대신할 겨울 옷감을 궁리하는 중이었다. 무명 등의 직물 사이에 종이를 만드는 닥나무 수피를 넣는 것이 어떨까 모색하고 있었다. 닥나무 수피를 종이처럼 얇게 뜨는 것이 아니라 두툼하고 질기게 부풀려서 옷감 사이에 넣은 뒤 촘촘하게 누벼 바느질을 한다면 보온성 높은 옷감이 되지 않겠는가. 그리 되기 위한 관건은 닥나무나 백화 같은 나무의 수피에 달려 있었다. 이구림과 월나악 일대에는 닥나무가 무성했다. 구림 네 마을에서 종이를 생산하는 것도, 이구림이 종이 생산지로 유명한 것도 닥나무 덕분이었다.

"아씨, 전하께오서 납시셨나이다."

후원으로 들어와 태자의 소식을 전하는 집사 유술의 목소리가 사뭇 조심스러웠다. 익숙해질 법도 한데 태자가 나타날 때마다 가솔들은 숨이 막히는 듯 굴었다. 순기가 두루마리를 안고 태자가 오는 반대방향으로 달아

났다. 또 취해 왔을까. 여누하가 뇌까리는데 바깥마당에 호위들을 두고 단신으로 후원까지 들어온 그는 취해 있지 않았다. 여누하는 인사말 대신 그를 향해 허리를 짐짓 깊이 수그렸다. 심심풀이로 몇 차례 찾아오다 말려니 했더니 심심이 그치지 않는지 그는 반년이 넘도록 찾아왔다. 찾아와서는 하릴없는 말 몇 마디를 나누거나 차 한 잔 마시고 갔다.

"여누하!"

태자의 부름에 여누하는 한껏 수그렸던 몸을 펴서 그를 바라보았다.

"그대가 폐하의 대장군 사루사기의 따님이라는 것을 왜 말하지 않았지?"

참 둔한 태자였다. 무심하거나 세상사에 무관심한 것도 있을 것이나 그의 의욕 없음에서 비롯된 둔함이었다.

"그에 관하여 전하께서 저에게 하문하신 적이 없나이다."

"하여도 미리 말해 주었다면 좋았잖아."

"미리 말씀드리었다면 소인을 모른 체하실 수 있으셨겠습니까."

"어떤 경우에 그대를 모른 체할 수 있는지 나는 몰라. 나는 그대를 모른 체할 수 없다는 것만 분명할 뿐이지."

"그리 마시고, 길가에 핀 꽃 지나치신 듯 지나가시어요."

"그리할 수 없다는 것을 내 처음부터 말했지 않아? 이제금 그대가 사루사기 장군의 따님이라 하여도 그대를 모른 체하기에는 늦었어. 어쨌든 미리 말해 주었더라면 좋았을 것이야."

"말씀을 드렸든 아니 드렸든 똑같을 것이라 하시면서, 왜요?"

지금쯤 월나군 이구림에서 벌어졌을지도 모를 난리에 대해 여누하는 모르는 것 같다. 알았다면 벌써 이구림에 가서 그곳 사람들과 함께 침입자들에게 맞서고 있을 터였다. 부여벽은 가슴을 쓸어내렸다. 태자도 몇 시간 전에야 겨우 내두좌평의 사병들이 이구림을 치러 남하했다는 걸 알았다. 여누하가 월나군이 본향인 사루사기 장군의 딸이며 왕인의 누이라는 걸 알려준 사람은 태자비였다. 태자비는 태자가 새로운 여인을 찾아다닌다는 소문을 뒤늦게 듣고 그 연원을 캤던 것이었다. 캘 만큼 캐놓고도 내색치 않고 벼르고 있다가 마침내 오늘 아주 고소하다는 듯이 진수림의 사병들이 그곳을 치러갔다는 사실을 말했다. 아니 악에 받쳐 외쳤다.

─제 집을 쑥대밭으로 만들어 놓았으매 그 어린 계집이 전하를 퍽이나 좋다 하겠구려? 어디 한번 계속해 보시어요. 그 계집이 제 집과 혈육들을 지워버린 전하를 여전히 곱다 할지 두고 보면 알겠지요. 하여도 전하가 곱다 하면 그리 속없는 계집, 제가 직접 전하의 후비로 모셔오지요. 아이고 열일곱 살? 아사나가 열다섯 살이오. 자식들 보기 부끄럽지도 않으시오?

지금까지 태자는 황후며 태자비가 하는 모든 일들을 의당 그러려니 내 버려두어 왔고 관심도 없었다. 처음으로 관심이 생겼는데 관심 정도가 아니라 분노했다. 대체 무슨 명분으로 고요히 사는 호족들을 친단 말인가. 더구나 월나 사씨 일족은 소야황비의 친가가 아닌가. 우현왕 부여부의 외가이매 그들은 이미 황족이었다. 황족이면서도 황족 행세 하지 않고 살아가는 유일한 집안일 터였다. 미추홀 정씨 일족과 신궁을 친 일도 마찬가지였다. 폐하의 환도가 가까워진 즈음의 이러한 처사는 폐하를 능멸함에 다름 아니지 않는가. 모후의 전횡이 도를 넘고 있었다. 전횡은 일순간의 힘을 과시할 수 있을지는 몰라도 훗날에는 반드시 자신에게로 그 칼날이 되돌아오는 법이었다.

신궁 영지에서 일어난 사태를 보자면 훗날까지 갈 것도 없었다. 온 한성에 황실이 신궁을 쳤다는 소문이 짜하니 퍼졌다고 했다. 소문을 낸 측은 물론 신궁일 터. 실상을 알려 황실의 폭력에 맞서고 있는 것이다. 황실이 신궁을 침범했다는 사실은 백성들의 마음에 생채기를 낼 것이고 황실에 대한 반감으로 드러날 것이었다. 모후께서 그렇게 하기까지 태자인 나는 무얼 하며 지냈던가. 태자가 분노하는 까닭은 그것이었다. 황제를 대신해 본국을 통치할 좌현왕의 권위를 가졌으나 태자는 허수아비였다. 태자를 허수아비로 만든 사람은 모후와 외척들이었다. 근래 들어서는 태자비도 덩달아 설쳤다. 분노가 일었고 넌더리가 났다.

그 와중에도 여누하를 어찌 보나 근심했다. 여누하가 아직 월나에서 일어날 일을 모르고 있으니 다행이긴 한데 영원히 모르는 채 지나갈 수 없을 터였다. 그걸 알고 나서도 여누하가 나를 보려 할 것인가.

"그대의 형제 왕인은? 한 번도 마주친 적 없는데, 예서 사는 게 아니라 딴 데서 사는 것인가?"

"바깥채에 함께 사는 식구가 있다 말씀드린 적 있지 않나이까?"

"형제라고 말하지 않았잖아? 여하튼 그는 어디 있는데?"

"영고제 때문에 태학이 쉰다 하더니 어디 갔나 보옵니다."

"홀몸으로?"

"시위가 한 명 있지요."

"시위 하나를 달고 어디를 가는데?"

"그는 천생 책상물림으로 집에 들면 방 안에서 책만 파고 사는데, 때로 한 번씩 바람같이 나가서 며칠씩 돌아오지 않기가 잦습니다. 이번에도 그러는가 보다 여길 뿐 어디 갔는지 저는 모르지요. 간다 온다 말하는 법이 없는 사람이라서요. 벌써 닷새째 귀가치 않는 참이랍니다."

"원향에 갔을까?"

매를 자청하듯 떠보는 것이었다.

"원향에 갔다면 간다 말했을 것입니다. 어마님, 어머니께 문안편지라도 쓰라 했을 것이고요. 원향에 간 것이 아니라 북쪽 어디 풍광 좋은 곳을 달려 다니고 있지 않을까 싶나이다. 그저 돌아다니기를 은근히 즐기는 사람이라서요."

"며칠 내에, 내일이라도 부친께서 환도하실지 모르는데 집을 비우고?"

"그 전에 당연히 귀가하겠지요. 그가 지아비가 아니라 형제인 걸 다행으로 여기고 있습니다. 지아비가 그리하면 얼마나 밉겠어요?"

"지아비가 그리하면 미운가?"

"밉지, 곱겠습니까? 그나저나 잠시 안으로 드시겠나이까?"

"왜?"

"바람이 차지 않습니까? 오늘 밤에라도 첫눈이 내리지 않을까 싶은걸요."

"난 또, 내게 방 한 칸 주겠나 싶었지."

"농담을 재미없게 하십니다."

"농 아니야. 그대 방에 못 드니 그대 옆방이라도 들고 싶어."

폐하의 대장군 사루사기가 돌아오면 태자는 이 가부실에 찾아오기 힘들 것이다. 태자비의 악다구니가 가슴이 맺혀 있었다. 아이고, 열일곱 살? 아사나 공주가 열다섯 살이매, 자식들 보기에 부끄럽지 않소, 했다. 자식들 앞에 부끄러운 줄은 모를지언정 대장군에게는 부끄러울 듯했다.

"농 그만 하시고, 들어가시어 따뜻한 차 한 잔 하시어요."

"저녁때가 다 되어 가는데, 밥을 주겠다고 해야 하지 않아?"

"전하의 진지상을 차릴 만한 준비가 되어 있지 않나이다."

"그대가 먹는 대로 나도 먹을 터이니 밥이나 한번 먹여주지 그래?"

그는 서너 걸음 저만치서 태사혜를 신은 발로 땅바닥을 긁고 있었다. 허락을 기다리며 자신도 모르게 그리하고 있는 것이다. 때로 아이 같은 그 때문에 설레는 건 아니었다. 서비구를 그리워하고 그 때문에 설레고 그에게 닿고 싶은 간절함이 태자에겐 생기지 않았다. 듬직하지도 않았다. 그런데도 가끔 태자를 기다렸다. 그가 다녀간 지 며칠 지났나 따져보고 그가 보름을 넘기지 않고 찾아오는 걸 당연하게 여겼다. 태자가 와서 찻잔을 마주하고 이야기를 나눌 때는 재미났다. 언젠가 황제가 될 서른두 살의 그가 열일곱 살짜리 계집애를 만지고 싶어 절절 매는 걸 보면 귀여웠다. 그리 만지고 싶음에도 계집이 허락지 않으니 손대지 못하는 그가 안쓰러웠다.

"전하, 재미 삼아 큰나루 저잣거리 구경이나 가시렵니까? 거기 귀부객점이 제일 좋다는데 게서 저녁을 사먹어 보면 어떻겠사와요? 백성들의 말도 들어보고요."

"밥을 사먹는다고?"

"그리해 보신 적 없으시지요?"

상상해 본 일도 없었다. 태자가 가는 곳은 곧 황궁이었다. 바람처럼 아무 데로나 내달아 가도 그곳엔 이미 필요한 모든 것이 준비되어 있었다.

"밥을 사먹으려면 돈이 있어야 하지 않아? 나는 돈이 없는걸."

여누하는 하하, 웃었다. 자신이 얼마나 귀여운지 태자 스스로는 모를 터였다.

"제가 돈을 벌지 않습니까? 제가 한 끼니 사 드리겠나이다. 가시렵니까?"

"음."

"하오면 소인이 준비해 나올 터이니 전하께오선 측위들에게 한참 뒤에서 일행이 아닌 듯, 뒤를 따르라 명해 놓으시어요. 태자가 측위대를 거느리고 나타나시면 저자가 저잣거리가 아니라 쑥대밭이 될 게 뻔하지 않나이까?"

태자가 고개를 끄덕였다. 여누하가 안으로 들어가는 것을 보고 바깥마당으로 나온 태자는 측위대장에게 말했다.

"큰나루 저잣거리로 갈 것이로되 여누하와 함께 갈 것이니 너희들은 눈에 띄지 않게 움직여야 할 것이다."

무엇이든 여누하 앞에서는 속수무책이었다. 좌현왕이며 태자라는 신분, 사내라는 성별, 열다섯 살이나 더 먹은 나이가 쓸모가 없었다. 그런데 그리되는 게 감질나게 좋았다. 여누하는 자신이 얼마나 어여쁜지 아는 듯했다. 제 어여쁨이 발휘하는 힘을 잘 아는 것 같은 것이다. 사내를, 그 사내가 일국의 태자라 할지라도 애태우고 조종하지 않는가. 무엇이든 여누하가 고개를 저으며 안 된다고 하면 아닌 것이었다. 그걸 알기에 그가 원하지 않는 것은 할 엄두를 못 냈다. 그런데 그게 매정한 거절로 느껴지지 않고 귀여웠다. 애가 탔다. 보이느니 여누하뿐이게 되었다. 여누하가 원한다면 무엇이라도 주고 싶었다. 다 줄 수 있을 듯했다. 그런데 여누하가 원하는 것은 저잣거리에 나가 밥을 먹자는 정도뿐이었다.

"전하, 큰나루 저잣거리는 이 시각 즈음에 한성에서 가장 붐비는 곳이옵니다. 온갖 배가 들어와 있을 뿐더러 한성의 백성들이 동시에 움직일 시각입니다."

"그래서 가보려는 것이야. 백성들이 어찌 사는지 보려고. 신궁이 침범

15

당한 것에 대해 백성들이 어찌 말하고 있는지 나가 들어볼 참이야. 헌데, 과인이 태자입네, 나타나면 백성들이 놀라지 않겠느냐? 무슨 말을 들을 수 있겠어? 그러니 너희들은 내가 태자임을 모르게 움직여야 할 것이다."

여누하를 찾아다니면서 속이 뻔히 보일 변명이 늘었다.

"전하, 차라리 다목행궁으로 납심이 어떠하시올지요. 말씀하신 대로 큰 나루에 전하께오서 납시게 되면 저자가 소란스러워질 것이옵니다."

"그러니 내가 태자인 걸 백성들이 모르게 가겠다는 것 아니냐? 아, 그리고 다목행궁에도 연통을 하여 두어라. 혹여 건너갈 수도 있으리라."

상전의 내심을 읽은 측위대장이 물러나 호위 방법을 모색하느라 부산을 떠는데 여누하가 나왔다. 머리 뒤로 감아올리고 있던 머리채를 한 줄로 땋아 늘어뜨리고 회색 바탕에 분홍빛 화장으로 배색된 외투를 걸친 매무새가 새색시인 양 어여뻤다. 태자는 여누하를 안아 자신의 말에 태웠다. 한 사람이 앉을 안장에 두 사람이 앉자니 앞자리에 앉은 여누하를 바싹 당겨 안을 수밖에 없었다. 여누하를 만난 지 일곱 달 만에 처음으로 안아보는 것이었다. 여린 향취를 풍기는 여누하의 몸은 태자의 품에 쏙 들만치 아담했다. 며칠 후면 이 몸을 끝내 안지 못하고 여누하에게서 영원히 밀려날지도 몰랐다. 그때는 어찌할 것인가. 지금은 알 수 없고 알고 싶지도 않았다. 오늘은 월나에서든 미추홀에서든 일어날 일들에 대해, 여태 그러했듯이 허수아비처럼 아무것도 모르는 체하는 것이다.

물뫼협 전투

월나군에 이웃한 물아혜군은 마한 시절 구소국(狗素國)이었다. 선황인 태수황제 즉위 초엽에 본국 황실에 의해 무너지고 백제의 물아혜군이 되었다. 구해국보다 오래 버텼던 구소국의 왕족들은 나씨였다. 발라 불미국의 백씨들이 그러했듯 나씨 일족도 멸족을 당했다. 현재 물아혜군에는 나씨 성을 쓰는 사람이 없었다. 살아남은 나씨들이 성을 버렸기 때문이었다. 성을 버린 채 그들은 백제 백성으로 순하게 살았다. 외양은 그러하나 속내까지 모조리 백제 백성인 것은 아니었다. 사루 일족이 그렇듯 그들도 안으로는 자신들의 구소국을 품고 있었다. 구소국을 품은 그들과 이구림은 내내 상통해왔다.

물아혜군 우산곶나루에서 한성군의 배 두 척이 포착되었다는 봉화가 올랐을 때 그들을 맞을 이구림 수비대는 이미 물뫼협 쪽에 나가 있었다. 초경 초시 즈음이었다. 담로성 병사들의 움직임은 알아내지 못했다고 하였다. 아직까지 특별한 움직임이 없다는 것이었다. 한성군과 담로성은 연통하지 않았거나 연통했으되 한성군이 물뫼나루에 도착한 뒤 연합을 모색할 듯했다. 만약 그들이 함께 움직이기로 했다면 왕인과 솔재와 수비대장의 예상이 들어맞는 것이었다. 연통했어도 따로 움직일 경우를 대비하여 이구림 일대의 아녀자들과 노인들 거지반은 피리산 은하곡이며 월나악 모둘곡 쪽으로 피신하였다. 이구림과 포구 일대에는 수비대와 오늘 밤 수비대가 된 이들만 남았다. 그중에는 젊고 씩씩한 부녀들이 이백여 명가량 속해 있었다. 수비군을 뒷전에서라도 돕겠다고 자원하여 남은 여인들이었다. 다님 부인은 쉰 살이 가까워 중늙은이였으나 피신치 않았다. 오늘 밤이나 내일 사이에 적을 막아내지 못한다면 어차피 이구림이 스러질 것인데 스러진 이구림과 상대포상단의 단주가 무슨 소용이 있으랴. 다 함께 막으면 백다님도 살 것이요, 다 함께 막았음에도 당해내지 못해 이구림이 스러진다면 단주도 스러질 것이었다.

다님이 피신치 않으니 버들도 피신치 않았고 영사와 월이를 비롯한 시녀 일곱 명이 남았다. 아이들은 물론 젖먹이가 달린 시녀 두리며 나이 든 가솔들은 다님이 명하여 피신시켰다. 다님이 피신치 않은 또 하나의 까닭은 보륜사가 월나악에서 편찮은 몸을 이끌고 내려온 탓이었다. 더불어 이구림 최고 어른인 사고홍도 내려왔다. 월나악 젊은이들을 먼저 내려 보낸 두 노인이 야행 나선 신선들마냥 이림으로 들어선 게 달이 훤히 떠오른 술시 중경이었다. 지품과 신야와 아직기가 두 노인을 수행하고 있었다. 다님은 두 노인께 때늦은 저녁을 차려 올리게 하였다. 사고홍의 처소였다. 일흔 중반의 두 노인께서 밥보다 반주로 올린 백화주(百花酒)를 음미하며 좋아하셨다. 배석한 다님의 마음도 따뜻했다. 두 어른의 잔을 다시 채워드렸다. 술잔을 받던 보륜사가 말했다.

"수십 년 동안 다님 단주 덕에 편히 잘 살았소. 고맙소이다."

"무슨 그런 말씀을 하시나이까. 스승님께서 이리 기동하신 걸 뵈오니 든든하고 따뜻하옵니다. 부디 강건하시어요. 숙부님께서도요."

사고홍이 술잔을 비우고 나서 빈 잔을 다님에게 건네고는 술병을 들어 따라주었다.

"보륜의 말씀이 맞소. 나야말로 단주 덕에 말년을 유유자적 잘 보냈소. 말년뿐이겠나. 평생 그러했지. 고맙소."

"두 분 말씀에 오늘 밤 소란에 대한 걱정이 심히 깃드셨나이다. 몹시 소란키는 하오나 이 밤을 너끈히 넘길 것이오니 심려들 마시고 어서 젓수시어요."

다님이 사고홍이 따라준 술을 들이키고는 그 잔을 채워 보륜사에게 건넸다. 두 노인에게 걱정들 마시라 했으나 그들의 어투에 생애 마지막 순간에 대한 예감이 서려 있음을 느꼈다. 오늘 밤이 아니라도 두 어른과 다님이 이렇듯 마주앉아 술을 주거니 받거니 할 기회가 오기는 쉽지 않을 터였다. 다님에게도 오늘 밤이 생애 마지막 밤일 수 있는 것이다.

"하옵고, 내일이나 모레쯤 월나악으로 새로 지은 두 어르신의 의복을 보내려 하던 참이니 진지들 드시고 난 뒤 갈아입으시고 바둑돌이나 두고 계시어요."

다님의 말에 보륜사가 흡족한 표정으로 말했다.

"그리하리다. 헌데 단주! 우리 두 늙은이가 느릿느릿 어칠비칠 산을 내려오다 논쟁을 벌였는데 말이오,《효경(孝經)》〈응감장(應感章)〉에 대한 것이었어요. 응감이란 문자 그대로 지성이면 반드시 천지신명에 통하여 저절로 신력이 현현하고 응감작용이 행해져 효험이 나타난다는 것이지요. 덕이 뛰어나기로 자자했던 명왕(明王)이 효란, 부모 섬김을 하늘과 땅과 선조의 영을 동시에 섬김과 같아서 반드시 응감의 복을 받게 된다고도 했어요."

"예, 스승님."

"서고에 가면, 맨 안쪽 가장 왼측 서가의 하단에 대나무 쪽편으로 엮인 옛 《효경》 필사본 두 책이 있을 거요. 육십여 년 전에 나와 고홍이 간고(簡古)본 《효경》을 가지고 다투다가 다투지 말고 아예 필사를 하자 담합하여 필사했던 두 책이에요. 그리해서 각기 필사한 두 책을 가지고 당시 우리들의 스승 한얼 님께 보여드리면서 누가 잘 썼는지 보아주십사 했더니 스승께서 대번에 고홍의 책이 정확하여 보기에도 읽기에도 좋다 하셨어요. 내가 그때 심히 상심하여 글공부를 걷어치우고 어중이떠중이 어설픈 칼잡이가 되고 말았지 않았겠소?"

"그러셨나이까?"

다님이 비식 솟는 웃음을 슬쩍 내비치며 미소를 지었다.

"그랬소. 헌데 나는 육십여 년이 지났어도 그때 스승님의 판결에 승복이 안 된단 말이에요. 내 자부하건대 그때나 지금이나 내 필체가 고홍보다 분명히 낫거든."

"그놈의 억지는 육갑 년이 지나도 똑같구먼. 저승까지 지고 갈 텐가?"

사고홍이 웃으며 보륜사를 약 올렸다.

"저, 저, 늙은이 웃는 것 좀 봐. 내 평생 저 인사의 저 웃음에 가슴에 멍이 들었어."

"전혀 멍드신 것 같지 않나이다, 스승님."

20

"아니야, 멍들었어요. 멍울이 가시질 않아. 해서 말이요, 단주. 서고에 수하들을 보내어 그 두 책자를 찾아오게 하시구려. 우리 앞에서 단주가 그걸 다시 판가름해 달라 이 말씀이에요."

"아이고, 스승님, 그건 제가 못하옵니다. 그리 어려운 일은 제게 시키지 마시어요."

"하여튼 가져오라 하세요."

"현재 수하들 중에, 서고 내 수천 권의 간고 책자들 중에서 그걸 찾아올 사람이 없나이다. 아, 지품과 신야를 불러 찾아보게 해야겠습니다."

"그리하시던지."

다님은 영사에게 지품과 신야를 찾아보라 했다. 지품은 집사 자승진의 손자로 이림에서 태어났다. 아홉 살에 운무대로 올라가 스물네 살이 된 지금은 도비와 더불어 학동들을 가르치고 있었다. 영사가 그의 지어미였다. 신야는 도비 선생의 아들이었다. 스물세 살로 시녀 월이가 그의 지어미였다. 도비 선생의 손자 장자기는 네 살인데, 오늘 밤 제 어미 월이가 피신치 않았으므로 지금은 제 할머니와 함께 모둘곡으로 들어가 있었다.

"단주님, 지품이 아니 보입니다. 신야도 아니 보이구요. 포구로 나간 듯하옵니다."

영사가 문밖에서 아뢰었다. 다님은 두 어른의 잔에 술을 따랐다.

"지품이나 신야가 있어도 그 책을 대번에 찾기는 어려웠을 것입니다. 내일이나 모레까지 기다려 주십시오. 누왕인이 서고 안의 모든 것에 빠삭하니 그 아이에게 시키지요."

"우리는 그걸 해결해야 오늘 밤 잠이 편할 듯하단 말이에요. 수하들이 아니 된다면 단주가 잠시 다녀오시면 되지 않겠소?"

망령이 들 노인들도 아니신데 왜들 이러실까. 지금 당신들께서 어린 시절에 장난하듯 만든 대쪽 책을 거론하실 때인가, 하면서도 노인들의 어린애 같은 유유함이 긴박한 상황을 누그러뜨려 주는 것 같아 다님은 맘이 따스하였다. 두 어른의 한가하심은 오늘 밤의 사태가 무난히 넘어가리라는 것에 대한 예시가 아니겠는가.

"하오면 천천히들 드시고 계시어요. 금세 찾아오겠나이다. 찾아오긴 하겠사오나 저에게 그 두 책의 품격의 고하를 판결하라 하지는 마시어요."

"단주가 그런 것도 하셔야지."

"단주는 장사나 배웠지 그런 것은 배우지 못한 탓에 행하여 본 적도 없습니다. 내일 누왕인에게 시키도록 하지요."

"아무튼지 찾아와 보시구려. 그담에 그걸 보면서 다시 의논해 봅시다."

다님이 하는 수 없이 사고홍의 처소를 나왔다. 영사에게 등불을 들려 서고로 향했다. 달이 둥그렇게 솟긴 했으나 밤공기가 몹시 찼다. 이렇게 추운데 바닷물 속에 어찌들 들어갈꼬. 다님은 옷깃을 여미며 오늘 밤 바닷물 속으로 잠수해 적들을 맞이할 젊은이들을 걱정했다.

"서두르자."

다님은 영사를 채근해 서고로 급히 걸었다. 서고는 이림학당 후원 언덕 바지에 있었다. 이림 내의 전각들에는 편액을 달지 않았다. 역시 편액이 없어 앞에서 보면 낮은 지붕의 평범한 와각으로 보이는 서고는 뒤편에서 보면 이층 와옥으로 월나악 자락에 면한 정원을 따로 거느리고 있었다. 돌아가신 사루한소의 처소 허허당(虛墟堂) 이웃 건물이기도 했다. 밖에서 어지간한 소란이 일어나도 들리지 않을 만큼 아늑한 곳인 이림서고는 혹시 일어날 수도 있을 사태에 대비한 사루들의 피난처이기도 했다. 허허당은 사루한소가 돌아간 뒤 이 년여 동안 빈 채였다. 루사기는 부친의 서거에 즈음하여 잠시 다녀갔을 뿐이고, 왕인은 제 어린 날부터의 처소를 그냥 썼다. 다님은 이림학당 뜰에 연결된 서고 앞문을 두고 후원 쪽으로 돌아가 후문을 열었다. 앞문에 완강한 덧문이 닫힌 탓에 여닫기 손쉬운 뒷문을 택한 것이었다.

"단주님, 내일은 학당이며 서고가 평시대로 열리겠지요?"

영사의 질문에 다님이 아무렴, 대답하며 고개를 끄덕였다. 영사가 그렇듯 스스로 수긍함으로써 믿는 것이었다. 등불 한 점 들고 서고에 들어서니 책자를 빼곡히 품은 서가들이 어둠 속에서 불빛이 닿은 만큼의 모습을 드러냈다. 이림학당의 선생들이며 학동들도 수시로 드나들지만 왕인은 어린 날 노상 이곳에서 살았다. 근자에도 이림에 돌아오면 절반의 시간은 서고에 들어와 지냈다. 책자들에 쌓인 먼지를 털어내고 읽지 못했던 책을 읽거나 읽었던 책을 다시 읽으며 그 책들에 묻혀 있었다.

왕인이 태어나기 전, 젊은 날부터 다님은 상대포를 드나드는 선주들에게 흔히 부탁했다. 새로운 책, 귀한 책을 만나거든 사다 주시오. 다님뿐만 아니라 선대로부터 그렇게 해왔다. 루사기도 이림에 돌아올 때마다 책권들을 구해오곤 했다. 그렇게 모인 책자들이 이만여 점이었다. 이만여 권의 책자들 중에서 간고한 책이 삼분지 일이었다. 그중에서 보륜사와 사고홍이 필사한 책자 두 본을 찾는 일은 쉽지 않았다. 다님은 서고 안쪽으로 깊이 들어가 영사가 비춰주는 등불에 의지해 두 사람이 쓴 책을 어렵사리 찾아냈다. 이백여 조각씩은 될 법한 서죽들이 둘둘 말린 채 가죽끈에 묶여 있었다. 어린 빛 속에서도 먼지가 풀썩였다. 부피가 제법 되었으므로 다님은 두 책을 영사에게 안게 하고 스스로 등을 들었다.

"어서 가자."

바삐 후원쪽 문 앞으로 다가섰더니 웬일인지 문이 닫혀 있었다. 밀어보니 바깥에서 잠긴 상태였다. 안문, 덧문이 모두 잠긴 것이다. 갇혔다는 사실을 깨닫자 다님의 가슴이 철렁 내려앉았다. 월나악 쪽으로 난 출구를 지니고 있는 지하서고가 떠올라 다가들어 보니 언제나 열려 있는 바닥문이 밑에서 잠긴 듯 완강했다. 둘이서 함께 들어 올리려 기를 써도 꼼짝도 하지 않았다. 다님은 지하서고를 포기하고 앞문으로 갔다. 앞문은 원래 거의 잠겨 있기 마련이었다. 다가가 열어보니 역시 앞문은 굳건히 잠겨 있었다. 다님이 탕탕탕, 문을 두드렸다. 영사가 책들을 내려놓고 함께 문을 두드리며 소리쳤다. 바깥에 그 소리를 들을 사람이 있을 리 없었다. 후원쪽 문으로 돌아와 다시 문을 두드렸다. 완강히 닫힌 문은 다님의 손만 아프게 하였다. 수십 차례 문을 두드리느라 손이 부었을 때 문득 한 목소리가 들려왔다.

"단주님, 저 지품입니다. 보륜사께서 서고의 문을 잠그라 명하시어, 불가피하게 단주님을 서고 안에 모시었습니다. 오늘 밤은 불편하시더라도 그 안에 계시옵소서. 내일 아침 즈음, 새벽에라도 모시러 오겠나이다. 밤새 무탈하소서. 그리고 영사, 단주님을 잘 모시도록 해요."

"이봐라, 지품. 문을 열어라. 내가 시방 이 안에 있을 한가한 계제가 아니다."

다님의 외침에 또 한 목소리가 들려왔다. 아직기였다.

"어마니, 추우시면요, 종이책을 전부 내려서 바닥에다 까세요. 지하서고 문이랑 다 잠겨 있으니 괜히 헛손질하시지 마시고요. 이따 모시러 올게요, 어마니."

"안 된다, 아가. 직기야! 문 열어라. 영사야, 저 사람들을 좀 불러라."

다님과 영사가 동시에 소리쳤지만 밖에선 아무 소리도 들리지 않았다. 출입구는 앞뒤의 두 곳뿐이었다. 벽면 아랫부분에 손바닥만 한 통풍구들이 있고, 윗부분에 책자 크기만 한 조광창들이 일정하게 나 있으나 이 밤에는 문이란 문들은 모조리 꼭꼭 잠긴 상태였다. 손에 든 등불이 몹시도 밝다 싶은 순간 등불이 비지직 꺼졌다. 눈앞이 캄캄했다. 노인들의 모의에 의해 서고에 갇힌 것이었다. 숨이 막힐 듯했다. 직기는 겨우 열두 살이었다. 열다섯 살 아래의 아이들은 모두 대피시킨 참이었다. 다님은 어둠 속에서 숨을 골랐다. 소리쳐 나갈 수 없다면 생각을 해야 했다. 방법을 따로 강구해야 하는 것이다.

바람이 잔잔함에도 시월 열나흘의 밤공기가 싸늘했다. 보름을 앞둔 달빛이 해수면 위에서 희게 흔들렸다. 왕인의 마음이 떨렸다. 추위 때문이 아니었다. 오늘 밤 죽지 않고 살아난다면 저들 육백여 명을 죽인 결과였다. 저들을 죽이기 위해 이구림 사람이 얼마나 죽을지는 알 수 없었다. 어쨌든 그걸 결정한 사람은 왕인이었다. 몇 명이 스러지든 살인을 시작하였으므로 이전과 같은 사람일 수는 없을 것이었다. 옳다고 믿고, 부득이하다 믿고 하는 일이매 앞으로의 살인에는 매번 그와 같은 믿음이 작용케 될 터였다. 그 사실이 수면의 물결처럼 느껴져 떨리는 것이다.

"저들이 물뫼협으로 들어섰습니다."

곁에 선 서비구의 낮은 말소리도 떨리는 듯했다. 선두(船頭) 왼켠에 선 왕인에게도 보였다. 달빛 아래 상선인 양 돛을 내린 채 유유히 들어서는 두 척의 큰 배. 노잡이가 오십여 인씩은 될 배였다. 한 척에 탄 사람이 사병 삼백여 명씩만 있는 것이 아니라 배의 맨 아래 칸에서 명에 따라 노만 젓는, 선노 오십여 명씩도 있었다. 육백이 아니라 칠백이었다. 그걸 이제 야 깨닫다니.

"서비구!"

"예."

"육백이 아니라 칠백이었어."

"선노들을 말씀하시는 것이로군요."

"그걸 미리 생각했었어?"

"아니오, 소군. 말씀 듣기 전까지 저도 생각해 본 적 없습니다. 모든 배에 승선인원을 셀 때 선노들은 포함되지 않지요."

이구림의 모든 배들에는 선노들이 없었다. 선부들이 곧 노잡이들이었고 수비대였다. 해서 선노들의 존재를 떠올리지 못한 것이다.

"그들도 사람이잖아."

"그렇지요."

칠백여 명. 그들과 싸울 이구림 사람은 육백여 명이었다. 선노들을 미리 떠올렸다면 백여 명을 더 뽑았을까. 모를 일이었다. 같은 바다에서 맞닥뜨렸으므로 이 순간 그들과 왕인의 운명은 외줄로 연결되어 있었다. 운명의 줄이 어느 쪽으로 당겨질지는 왕인도 알지 못했다. 모르는 채 바라보기만 할 수는 없어서 상대포구에서 나가는 상선을 가장한 이림호(爾林號)에 올랐다. 저들 뒤쪽으로도 상선을 가장한 구림호(鳩林號)가 따를 터였다. 구림호는 피리산에 바싹 붙어 숨어 있다가 저들이 물뫼협에 들어선 순간 따르기로 했다. 수비대장이 구림호를 지휘하고 있었다. 저들이 물뫼 여울목에 이르면 물살을 당하지 못하여 피리산 해안 쪽으로 붙어 움직일 수밖에 없었다. 저들이 물뫼여울목을 미리 알고 피하든 물살을 당하지 못하여 어쩔 수 없이 비켜서든 해안 쪽으로 다가들어 움직이게 되는 것이다.

공격 신호는 수비대장 대만이 구림호에서 내릴 것이었다. 그에 앞서 솔재가 잠수부들을 바다로 들어가게 할 터였다. 이림호는 운무대에서 내려온 도비 선생이 지휘했다. 보륜사를 대신하여 운무대를 이끌고 있는 도비는 열다섯 살 미만의 학동들을 제외한 오십여 명의 수련생들을 이끌고 해질녘에 이림에 당도했다. 수련생 삼십 명을 수비대 일백, 임시 수비대 이백 명과 함께 이림과 포구에 두고 나왔다.

"구림호가 나왔습니다."

구림호가 해협으로 들어섰을 뿐만 아니라 빠르게 움직여 적선으로 다가드는 참이었다. 그걸 알아본 도비가 이림호의 노잡이들에게 노를 빠르게 저으라 명했다. 전투를 준비할 시간이 많지 않았기에 이구림과 포구에 내재되어 있던 물자들이 필요한 대로 모두 끌려 나왔다. 삼백 개의 유황탄과 천여 발의 불화살이 만들어졌다. 적선이 해안 쪽으로 접근하면 바다 속으로 들어가 적선의 노들을 얽어맬 닻줄들이 준비되었고 잠수해 들어갈 장정들이 선발되었다. 그들이 피리산 단구(斷丘) 쪽에서 당주 솔재의 지휘 아래 대기 중이었다.

여울목에 이르러 부표처럼 기우뚱대던 적선들이 물살에 밀려 피리산 단구쪽으로 뱃머리를 트는 게 보였다. 아울러 두 척의 배의 불이 밝아졌다. 어둠 속에서 불을 밝히매 자신의 위치를 보기 힘들므로 서로에게 불빛을 밝혀주고 있었다. 강채라는 사병대장이 몹시 치밀한 성격이고 적산이라는 부대장이 책사 노릇을 할 만한 인물이라더니 서비구의 파악이 정확했다. 그런 대장들이 지휘하는 저들의 배에 어떤 무기들이 준비되어 있을

지는 알지 못했다. 중거선에 삼백여 명이 타 닷새 만에 도착했으니, 석탄차나 화탄차 등 무거운 무기들이 대거 실려 있지 않을 것이라 짐작할 뿐이었다. 우선 강채와 적산부터 제거해야 한다는 결론이 난 것도 저들의 무장이 어느 만큼인지 모르기 때문이었다.

저들의 배가 밝아진 것은 아군에 득이 되었다. 적들의 형상이 드러나기 시작하지 않은가. 밝은 불빛 속의 저들은 아직 전후방에서 자신들 쪽으로 다가드는 이림호와 구림호를 발견하지 못한 듯했다. 발견했어도 자신들과 같이 해안 쪽으로 붙어 움직이려는 상선들이라 여길지도 몰랐다. 두 적선이 줄을 서듯 전후로 서면서 피리산 단구쪽에 가까워졌다. 단구는 서너 층의 바위벽으로 이루어졌고 틈새마다 소나무나 전나무를 키우고 있었다. 이구림 사람들은 그 벽 위 숲에 숨어 신호를 기다리는 참이고 잠수부들은 이미 물속으로 들어갔을 터였다. 시월 열나흘의 바닷물이 뼈를 에일 것이다. 그들은 자신들의 체온이 식어 몸이 굳어버리거나 힘이 빠져 물살에 휩쓸리기 전에 맡은 일을 끝내고 나와야 했다. 그 시간이 반 식경이었다. 적선들이 움직이지 못해 당황하며 연유를 찾기 시작할 즈음이 그때였다.

때가 되었다. 저들 두 척이 벽에 막힌 듯 정지했다. 저들의 노가 이구림 잠수부들의 닻줄에 묶여 무용지물이 된 채 여울물의 힘에 단구 쪽으로 연해 밀렸다. 선상에 몸을 드러낸 적병의 수가 갑자기 늘어났다. 선체 아래를 더듬는 횃불의 숫자가 수십 점이었다. 구림호가 뒤편 적선에 바싹 다가들었다. 앞쪽 적선과 이림호도 가까워졌다.

"소군, 저편에 남색 상의에 남색 모자를 쓴 몸피 큰 자 보이십니까. 모자에 흰 테가 둘렸고 손에 번쩍이는 단검집을 쥐고 있습니다. 그자가 강채입니다."

서비구의 말을 좇아 보니, 강채가 보였다. 남색인지 검은색인지 불확실했으나 모자에 흰 테가 둘린 이는 번쩍이는 단검집을 쥐고 있는 그뿐이었다. 왕인은 강채를 향해 시위를 겨누었다. 그가 움직이므로 왕인의 과녁도 움직였다. 전투를 모르므로 지휘할 수 없고, 무술을 못하니 앞에 나설 수 없고 기술이 없으니 할 일도 없는 왕인이 오늘 전투에서 맡은 일은 한 가지뿐이었다. 강채를 향해 독이 묻은 화살을 날리기. 그리하여 적병을 장수 없는 무리로 만들기. 왕인이 쏘아 맞추지 못하면 서비구가 뒤따라 쏠 것이었다. 왕인의 독화살이 강채에 박히면 서비구가 쏠 필요가 없었다. 왕인은 자신의 활 솜씨가 어느 만큼인지 알지 못했다. 처음 활을 잡았을 때 한 번도 과녁을 맞히지 못하였다. 그게 부끄러워 활을 잡을 때는 과녁만 생각하는 습관을 들였다. 활을 잡아 시위를 늘이면 바람의 세기와 흐름을 느끼고 과녁이 움직이매 시위를 언제 당겨야 하는지 그 점만 생각하며 화살을 날려왔다.

여기저기 기웃거리던 강채가 일순간 뚝 멈췄다. 비로소 매복에 들었음을 깨달은 것일 터였다. 강채가 다시 움직이기까지의 찰나 간에 그의 심장을 겨냥하고 있던 왕인이 화살을 쏘았다. 화살이 그에게 박혔다. 화살을 맞은 강채가 움직였다. 제 왼쪽 가슴에 박힌 화살에 어처구니없는지 제 가슴을 내려다보다가 화살을 뽑아 내던지며 소리쳤다.

"전후방에 매복이다! 공격에 대비하라!"

그의 외침이 이림호까지 들렸다. 그때 구림호에서 챙, 챙, 챙. 공격 신호가 내려졌다. 구림호에서도 적병대의 부대장 적산을 향해 독화살을 날렸을 것이었다. 그런데 화살 끝에 묻힌 독이 언제 효력을 나타내는 것일까. 독이 맞기는 하는가. 이구림의 잠부수들에 의해 노가 묶인 적선은 수장들이 독화살을 맞았음에도 공격에 대비할 뿐만 아니라 숨겨놓았던 화차를 준비하고 있었다. 피리산에서 두 적선을 향해 불화살을 날렸다. 그에 맞춰 적선들에 바싹 다가든 이림호와 구림호에서 적선들을 향해 유황탄을 던져 넣었다. 불화살과 유황탄이 만나거나 못 만나거나 했다. 불화살은 불화살대로 유황탄은 유황탄대로 꽂히고 터졌다. 피리산 단구에서 던진 기름 단지들이 적선을 향해 날아가 터지고 불화살이 날아가 불을 붙였다. 그것들의 절반은 적선에 닿지 못하고 바다로 떨어졌다. 적병들이 날아든 불덩이들을 짓밟아 끄거나 불화살을 집어 이림호를 향해 던졌다. 그것들은 바다에 떨어지거나 이림호에 떨어졌다. 이림호에서는 그걸 끄거나 되살려 적선으로 되던졌다.

　적선에서 이림호로 닻을 던지기 시작했다. 닻줄을 걸어 이림호를 끌어당긴 뒤 뛰어넘어 오겠다는 뜻이었다. 닻줄을 엄호하는 화살이 날아들었다. 이림호의 병사들이 방패를 뒤집어 쓴 채로 적선이 던져온 닻들을 바다로 내던졌다. 왕인은 그냥 선 채로 과녁을 정해 화살만 쏘았다. 느리지만 정확하게 하나씩 쏘아 맞췄다. 독화살이 아니라 그냥 화살이었다. 독화살은 네 개만 만들었다. 신중하게 사용하라. 신궁성께서 그리 말씀하시었다고 하지 않았던가. 모든 화살에 독을 묻힘은 신중치 못했다. 아군이 쏜 화살은 금세 아군에게로 돌아올 수 있었다. 왕인이 쏘는 화살들은 어김없이 적병에 꽂혔다. 그런데 왕인의 화살에 맞은 적병들은 잠깐 움찔하다가 자지러들거나 다시 움직였다. 자지러들었던 적병은 금세 다시 일어나는 것 같았다. 대체 내 화살이 어떻기에 저들을 단번에 쓰러뜨리지 못하는가. 뒤늦게 왕인이 탄식하며 활을 내리고 몸을 내밀어 적선을 바라보았다. 그 순간 왼쪽 어깨가 푹 꺼졌다. 어깨가 꺼지니 몸이 꺾였다. 활을 놓쳤다. 뒤늦게 느낀 충격에 왕인이 주저앉았다.

"소군!"

곁에서 함께 화살을 쏘아대던 서비구가 활을 내던지고 달려들었다. 난생처음 당하는 충격에 왕인은 아프기보다 어지러웠다. 화살은 어깨가 아니라 왼쪽 가슴 가까이에 박혔다. 화살이 박힌 곳에서 피가 뭉클뭉클 솟았다.

"저들도 화살에 독을 묻혔을까?"

왕인의 말에 서비구가 웃었다.

"그대의 주군이 죽을지도 모르는데 웃음이 나?"

"보통 화살 한 대 맞는다고 죽지 않습니다. 엄살 부리지 마세요."

"엄살 아냐. 정말 무지하게 아파. 가슴에 맞았는데 왜 어깨가 아프지?"

"그러게 가부실에 계시라 하지 않았습니까? 자초하신 겁니다. 암튼, 눈 감으세요. 엉경퀴 님이나 생각하시든가."

"왜?"

"눈 감으세요. 강채는 보이지 않습니다. 적산도 움직이지 않는 듯하구요. 독 기운에 쓰러진 게 분명합니다."

"그렇다면 드디어 내가 살인을 했네. 헌데, 그들도 누군가를 죽여본 적 있을까?"

"화살 박힌 자리에서 연해 피가 나니 뽑고 지혈을 해야겠습니다. 눈 감으시래도요."

서비구의 강압이 아니라도 통증 때문에 저절로 눈이 감겼다. 서비구가 왼쪽 소매를 잘라내는 것 같았다. 왕인은 설요를 떠올렸다. 흰여우 같은 사람. 그와 처음 교접할 때 둘 다 너무나 서툴렀다. 교접함에 여인에게 통

31

증이 생길 수 있음을 왕인은 몰랐다. 설요가 삼키는 비명을 몸으로 느꼈다. 날카로운 통증이었다. 놀라 몸을 물리고자 했으나 그리하기가 쉽지 않았다. 정점에 닿고 싶은 스스로의 욕구가 너무나 날카로워 자신을 조절할 수 없었다. 미칠 것 같았다. 하지만 설요의 아픔을 모르는 체할 수도 없었다. 하여 스스로의 욕구를, 온몸이 욕구로만 채워진 것 같은 몸을 물렸다. 스스로는 물렸는데 자신의 몸은 설요의 두 팔에 갇혀 있었다. 괜찮아. 계속해. 설요가 그렇게 중얼거렸다. 그때 무엇인가가 터졌다. 그건 쾌락이라기보다 고통이었다. 희열은 고통처럼 생기는 것이었다. 아니 고통을 딛고 오는 것이었다. 그때 인의 희열이 디딘 것은 설요의 고통이었다.

억! 설요의 고통을 생각하던 왕인이 비명을 내지르며 눈을 떴다. 서비구가 화살을 뽑아낸 것이다. 화살 뽑아낸 자리에서 피가 뭉클뭉클 흘렀다. 서비구가 화살 뽑은 자리에다 무엇인가를 붙여 틀어막고는 붕대를 꾹꾹 눌러 감아 묶었다. 가슴에 바위를 단 것 같았다. 그 무게에 숨이 먼저 막힐 것 같았다.

"응급처치를 했습니다. 전투가 금세 끝날 거예요. 이림에 돌아가 치료 받기로 하고, 우선은 거기 꼼짝 말고 계십시오. 한잠 주무시라고요."

서비구가 꼼짝 말라 했거니와 통증으로 머리가 어질어질했으나 죽지는 않을 것 같았다. 연뿌리와 치자와 익모초 가루로 만든 지혈제에서 익모초의 쓴 내가 짙게 풍겼다. 전황이 눈에 들어왔다. 온통 불길에 휩싸인 적선과 이림호가 거의 맞붙어 있었다. 적들은 불길을 피하기 위해서라도 이림호로 넘어올 수밖에 없었다. 이림호에 있던 수비대들과 운무대 수련생들이 넘어오는 그들과 맞붙고 있었다. 왕인에게는 서비구만 보였다. 서비구는 장검을 휘두르며 날아다녔다. 날다 낙하하며 적병을 찌르고 찌른 적병을 돌려치기 하여 바다로 날려 보냈다. 신기하였다. 아아, 무술이란 저런 것이구나. 저게 무예였어. 멋지다. 나도 무술을 배울 걸 그랬어. 왕인이 고개를 끄덕이며 감탄하다 까무룩 정신을 잃었다.

서비구는 왕인이 기절했음을 알았다. 소염약재를 붙여 지혈을 시켜놨으나 지혈이 되지 않은 듯 붕대가 온통 붉어졌다. 화살이 심장에 맞지는 않은 것 같은데, 혹시 건드렸는지도 몰랐다. 시간이 지체되면 왕인을 잃을 수도 있을 터였다. 적선은 수장을 잃은 상태였다. 장수를 잃은 적병들은 우왕좌왕 분별이 없어졌다. 분별이 없어져 오히려 극악스러웠다. 이 좁은 해협이 자신들의 무덤이 될 것을 느낀 저들의 움직임이 단말마의 외침과 같았다. 넘어온 적병들을 바다로 집어넣으면서도 서비구의 머릿속이 바빴다. 일각이라도 빨리 이 전투를 끝내야만 왕인을 살릴 수가 있을 것이었다. 왕인의 목숨이 경각일 수도 있으매, 눈에 뵈는 것이 없어졌다.

유황탄도 기름단지도 불화살도 이미 다 쓴 상황이었다. 적선도 다를 것이 없었다. 더구나 적선은 이미 수장을 잃고 걷잡을 수 없는 불길에 휩싸였다. 선노들까지 모조리 선상 위로 나와 아수라장이었다. 적병들은 타죽지 않으려면 이림호나 구림호로 올라야 했다. 혹은 바다로 뛰어들어 피리산 단구로 헤엄쳐 가야 했다. 적병들에게 이림호나 구림호나 단구는 너무 멀었다. 그 먼 곳에 도착해봐야 그들을 기다리는 것은 어차피 황천길이었다. 그렇게 계획되었기 때문이었다. 그 계획은 왕인의 것이었다. 그의 계획이 곧 명이었다. 명을 내리는 한 명이 있고 그걸 따르는 다수가 있었다. 그게 세상의 움직임이었다. 진수림이 칠백여 명을 죽음의 바다로 나가라 명했고, 왕인이 바다를 그들의 무덤으로 삼으라, 이구림 사람들에게 명했다. 진수림의 사병들이 물뫼협을 자신들의 수장지로 삼을 것은 분명해졌다. 전황이 이미 기울어 있었다. 이미 바다로 뛰어든 자들은 파도를 타고 흘러가 물고기 밥이 될 터였다.

구림호에서 챙챙챙, 징소리가 길게 울리다가 뚝 그치자 피아간의 움직임이 정지되면서 일순 적막이 감돌았다. 수비대장의 목소리가 울렸다.

"아직 살아 있는 진수림의 사병들은 들으라. 너희들의 수장 강채와 적산이 이미 죽었다. 너희들 중 절반도 바다 속으로 들어갔다. 남은 너희들의 갈 길도 바다 속밖에 없음을 알 것이다. 너희들의 배가 금세 무너져 침몰하게 될 것도 알 터. 지금 무기를 바다에 버리고 투항하면 너희들을 살려줄 것이다. 살고 싶은 자 당장 무기를 버리고 엎드려라."

대만의 말이 끝나기 전에 무기를 바다에 내던지고 두 손을 들며 엎드리는 자가 있었다. 누가 시작하냐의 문제일 뿐 물꼬 트인 봇물처럼 적선의 사방에서 무기들이 내던져졌다. 선상전이 끝나가는 것이다. 문제는 기절을 하고도 피를 흘리고 있는 왕인이었다. 서비구는 도비에게 갔다.

"스승님, 부상 입고 기절한 소군의 혈루가 멈추지 않나이다."

"뭐?"

서비구는 스승 도비가 소군의 부상이며 혼절을 알고 있는 줄 알았다. 알면서도 심한 부상이 아니라서, 전황이 급박하니 우선 전투부터 끝내려 한 것으로 여겼다. 사루의 부상을 혼자 응급처치 한 것도 그 때문이었다. 그런데 스승은 사루의 부상을 모르셨던 모양이다. 재게 다가와 사루의 부상을 살피고 눈꺼풀을 뒤집어보고 코에 입맞춤을 해보시던 스승께서 대번에 외투를 벗어 왕인의 상체를 덮었다. 그리고 단검을 꺼내더니 자신의 왼쪽 엄지를 쓱 그었다. 오른손으로 왕인의 입술을 벌리더니 피가 흐르는 자신의 왼쪽 엄지를 왕인의 입 속에다 넣고는 소리쳤다.

"서비구, 부상자들이 있는 선실에 자리를 마련하고 불을 피워라. 소군을 안으로 옮겨 체온을 올려야 한다. 치수!"

치수가 달려왔다. 그는 서비구의 동학(同學)이었다. 자그만 체구를 가진 그는 몸이 아주 날랬다.

"소군의 부상이 심각하시다. 당장 포구로 돌아가야 한다. 넌, 구림호로 넘어가 이 사실을 알리고 포로들을 구림호와 단구에서 받으라 하여라. 이림호는 지금 포구로 갈 것이라 하고."

예, 대답한 치수가 이웃에 있는 적선을 향해 몸을 날렸다. 무기를 내던지고 배를 옮겨 탈 차비를 하던 포로들이 자기들 앞에 착지한 치수에게 놀라 물러섰다. 그 배의 후미로 간 치수가 또 몸을 솟구쳐 이웃 배로 옮겨 타더니 곧장 구림호로 날았다.

그 사이 왕인을 선실로 옮긴 이림호는 뱃머리를 상대포로 돌렸다. 돛을 올림과 동시에 싸우던 사람들이 일시에 노잡이로 변해 노를 젓기 시작했다. 이림호 선실에는 왕인을 아울러 오십여 명의 부상자가 있었다. 이백여 인이 승선했던 이림호에서 죽은 자는 네댓 명 정도인 듯했다. 한 시진쯤 걸렸는가. 한 시진 만에 적의 절반을 수장시키고 나머지 적들이 항복을 했으니 전과는 대단했다. 왕인이 다치지만 않았다면, 사경을 헤매는 지경만 아니라면 승전고를 울려도 무방할 대승이었다. 서비구는 도비가 그랬듯이 자신의 엄지를 베어 흐르는 피를 왕인의 입을 벌리고 흘려 넣었다.

"소군, 정신 좀 차려보세요. 사루!"

서비구가 불러보지만 창백한 얼굴의 왕인은 반응이 없었다. 몸이 찼다. 피도 더 이상 흐르지 않았다. 지혈이 된 것이 아니라 심장의 움직임이 둔해진 것이었다. 서비구는 왕인의 코에 자신의 코를 대보다 몸을 일으켜 곁에 있는 운무대 수련생 거치에게 스승을 불러오라 소리치고 스스로는 왕인의 가슴팍을 퍽퍽 눌렀다. 퍽퍽 누르고 나서 왕인의 입술에 피 대신 숨결을 불어넣었다. 같은 행위를 거듭 반복했다. 서비구의 손가락에서 흐른 피로 왕인의 가슴팍이며 얼굴이 온통 칠갑이 되었다.

을유년 가을밤

을유년(385년) 구월 열나흘은 아이태후의 탄신일이었다. 작년 사월, 부황의 승하와 함께 즉위한 황제 부여벽은 모후께서 태후에 오르신 뒤 두 번째 맞이하는 탄신일을 대대적으로 기념하였다. 도성은 물론 전국 담로군 옥사에 갇힌 죄인들 중 그 죄과가 가벼운 자들을 방면케 하였고 각처에서 잔치를 벌이게 하였다. 또 태후의 청을 받아들여 부처신을 받드는 고천사(高天寺)를 고천원 서북쪽 한수변에 건립하였으며 십 인의 불승들에게 도첩을 내렸다. 그로써 부처신의 교리인 불교와 그 승려들이 대백제국에서 공식승인을 받고 그 교세를 키워나갈 수 있게 되었다. 한성 안이면서도 인적이 드문 배산임수의 절경에 고천사가 들어섰는 바 황실 사람들이며 백성들이 놀이 삼아라도 흔히 찾아들 것이었다.

작년 사월에 승하한 휘수황제를 휘수(輝首) 근귀수대왕릉(近貴首大王陵)이라 이름 붙인 능원에 안장하고 봉인제를 치른 게 작년 가을이었다. 지난

갑신년이 정신없이 지났듯 올 을유년 또한 어지럽게 왔다가 가는 중이었다. 시절은 가을이나 루사기의 삶은 겨울에 접어들었다. 쉰두 살. 다 놓아버리고 이구림으로 돌아가도 무방할 터인데 그리하지 못했다. 너무 오래 전쟁터를 떠돌았던 탓이다. 모든 걸 놓고 무방비로 있는 순간 적이 달려듦을 의식하지 않을 수가 없었다. 스스로도 언제나 무방비한 적을 겨누며 살았던 때문이었다. 아직 할 일이 남았다는 핑계가 있기는 했다. 재작년 겨울 환도하였을 때 휘수황제가 맡겨온 직책이 도성수비군 상장군이었다. 대방에서 데리고 온 삼천의 황제친위군을 도성수비군으로 편제했을 때 휘수황제는 임시라 하였다. 그러나 루사기는 그가 다시 대륙으로 가지 못할 것을 알고 있었다. 그렇듯 신궁의·예언이 맞아가고 있으니 새 황상은 올해를 넘기지 못할 터. 효혜가 그 시기를 동짓달 즈음으로 보았으니 두어 달 남짓이면 다시 황제가 바뀌는 것이다.

그걸 아는 사람은 효혜와 루사기를 비롯한 몇 명뿐인지라 태후궁 큰마당에서 열린 태후의 생신잔치는 한껏 흥거웠다. 열나흘 달이 뜨는 오늘 밤에는 한수에 거선을 띄워 달맞이 뱃놀이를 한다 하였다. 온통 비단으로 휘감긴 배가 황성 앞 강변에 띄워져 달이 뜨기를, 선유객들이 오르기를 기다리고 있었다. 바야흐로 태후의 세상이었다. 모든 대신들과 황족과 귀족들이 참석하였고 참석한 이들마다 태후께 선물을 올렸다. 휘수황제 승하 후 눈에 띄게 기운을 잃은 소야비는 편찮은 몸으로 참석해 태후의 초상화를 드렸고 루사기도 아니할 수 없는지라 재작년 환도 당시 대방에서 지니고 온 호피를 태후에게 바쳤다.

"폐하, 도성수비군 상장군 사루사기 들었나이다."

내관이 아뢰자 문이 열렸다. 황상이 즉위하고 난 뒤 처음으로 독대를 청해온 참이었다. 황상은 대륙의 부여부에 비하면 사뭇 유약해 보였다. 그가 한성에서만 살아온 탓이거나 모후의 손길에서 벗어나지 못하는 것에 대한 선입감일 수도 있을 것이다. 상께서는 넓디넓은 대황전의 침소에서 홀로 술을 들고 계셨다.

"소신 사루사기, 폐하의 부르심 받잡고 들었나이다."

"어서 오세요 장군. 너무 늦은 시각에 오시라 한 건 아닌지 모르겠습니다."

"황공하나이다."

"앉으세요. 긴긴 하루 끝에 술 생각이 나니 술동무가 그리웠어요. 헌데 생각나는 이가 경밖에 없더이다. 한 잔 드세요."

대전 시종장 부차가 다가들어 루사기 앞의 잔에 술을 따라주었다. 휘수황제가 큰아들인 벽과 함께 있는 모습을 본 적이 없었다. 상이 부여부의 형이시니 친근감이 생길 법도 하건만 낯설게만 느껴지는 건 그 때문일 터였다. 루사기에게 휘수황제의 자식은 부여부이고 부여벽은 아이태후만의 자식인 듯했다.

"여누하가 본향에 내려갔다지요?"

여누하는 열흘 전에 이구림으로 내려갔다. 루사기가 쫓아 보냈다. 아비가 부르기 전까지는 한성에 얼씬도 말라 명했고 여누하에 딸려 보낸 집사 유술을 시켜 다님에게 아이를 붙잡아두라 전했다. 필요하다면 독방에 감금을 시켜서라도 이구림에 묶어두라.

─아버님, 그는 아이 같사와요. 그가 서비구 같은 사내로 느껴지지는 않으오나 그의 아이 같은 순정을 외면하기도 어렵습니다.

왕인과 여누하가 열다섯 살이었을 때 루사기와 다님이 송산의 집을 없애고 가부실로 옮겼던 건 태후의 척족들에게 한성에 사씨 집안의 근거가 없음을 보여주기 위한 것이었다. 자신이 본국에 있지 못하여 지켜줄 수 없으므로 아이들과 이구림과 소야비가 아예 저들의 눈에 띄지 않게 하고자 했다. 하물며 태자의 눈에 띌 줄 상상이나 했으랴. 여누하가 태자와 사통하고 있음을 루사기는 태자가 즉위한 뒤에야 알았다. 왕인이 신이궁과 사통하는 것으로도 기가 막힐 노릇인데 여누하가 태자, 아니 황상과 사통하느라 한수 건너 다목행궁까지 다녔다는 사실에는 기가 막혔다.

"예, 폐하."

두 해 넘게 여누하를 궁으로 끌어들이지 못한 그의 성정으로 미루어 이렇게 직설로 나올 줄 몰랐다. 황제와 여누하의 애매하고 이상한 관계에 대하여 모르는 체하려던 참이었다. 그리하기 어렵게 되고 만 터라 루사기의 대답도 애매했다.

"여누하를 비로 삼고 싶습니다. 여누하를 궁으로 들여보내 주시겠습니까?"

자신이 돌아오기 직전에 이구림에서 참변이 일어나지 않았다면, 그리하여 이구림 사람 수백과 숙부 사고홍과 스승 보륜사와 지어미 버들을 잃지 않았다면 어땠을지. 또한 황상의 수명이 몇 달 남지 않았다는 사실을 모른다면 어떠했을지. 진씨 일족에 의하여 제 어미를 잃었음에도 여누하가 궁으로 들겠다 하면 별수 없을 터이고 황상이 억지로 들이려 한다면 그 또한 어쩔 수 없는 일이었다.

─아버님, 우리 이림에서 일어난 참변은 상의 탓이 아니지 않나이까? 상에게 힘이 없음을 아버님께서 누구보다도 잘 아실 터이옵니다. 소녀는 궁실로 들어가기 싫고 들어가지도 않겠사오나 그가 힘을 가진 임금이 되

기를 바라옵니다. 부디 그를 도와주시어요.

여누하가 궁에 들지 않겠다 함은 제 어미를 잃은 것으로 인한 황실에 대한 반감이 아니었다. 황상의 세 번째 비가 될 생각이 없기 때문이었다.

"폐하, 여누하는 궁실여인이 되기 어려운 아이입니다. 폐하께오서도 그 점을 아시온지라 그 아이를 억지로 취하지 않으셨을 터입니다. 부디 그 아이가 저대로 살도록 윤허하소서."

"그리하고도 싶으나 나는 여누하를 곁에 두고 싶어요. 날마다 그의 말을 듣고, 그의 하는 일을 보고 싶습니다. 헌데 즉위하고 보니 미행조차 심히 번거로워진 데다 여누하가 그때마다 기다리고 있지도 않습니다. 향리에 내려가 있기 일쑤이지 않습니까?"

—아버님, 저는 서비구와 상을 다 가지고 싶나이다. 가능하다면 미추홀의 궁휼까지도요. 그들을 아무 여인들하고도 나누지 않고 저 혼자만 지니고 싶습니다. 그러지 못할 바엔 어느 누구도 갖지 아니할 터입니다.

어떤 사내의 지어미도 되고 싶지는 않되 가능하다면 세 사내를 거느리고 살겠다는 것이었다. 그게 겨우 열아홉 살 된 계집의 입에서 나올 법한 소리인가. 루사기는 저 아이가 내 자식이 맞는가, 과연 맞는가, 싶어 망연자실 쳐다본 터였다.

"아이가 향리에 내려가 할 일이 있다 하여 스스로 간 것이옵니다, 폐하. 소신이 보낸 것은 아니오되, 소신 여누하의 아비로서 아뢰나이다. 소신은 여식이 궁실여인이 되길 바라지 않나이다. 아비인 소신이 그 아이에게 무엇도 강요하지 못하는 것과 폐하께오서 그 아이를 억지로 취하시지 않는 까닭이 다르지 않을 터입니다. 그 아이가 그리 생겨먹은 아이이기 때문이지요. 그 아이는 궁실여인으로서의 예법, 도리 등을 지키며 살기 어려운 아이입니다. 하오니 폐하, 간청하옵건대 그 아이를 저대로 살게 하시옵소서."

"지금까지 그리하여 지켜봐 온 것인데 이제는 아예 모른 체하라 하십니다. 그럴 수 있었더라면 지금까지 왔겠습니까?"

그러니 어찌할 것인가. 루사기는 술잔을 들어 올리며 젊은 상을 살폈다. 선황제나 제제(帝弟) 부여부처럼 호방하지는 않을지라도 서른넷의 젊은이라 그의 어디에 죽음의 그림자가 깃들여 있는지 알 수 없었다. 하지만 쉰여섯 살의 휘수황제도 승하하기 열흘 전까지 일체의 징후가 없었다. 여전히 건장한 용체로 대방에서 데리고 온 친위군 삼천 명을 중심으로 말갈을 치기 위한 준비를 했다. 그러다 몸살기가 있다고 드러눕더니 그 길로 유명을 달리하고 말았다. 그렇게 효혜의 예시에 어긋남이 없으므로 젊은 상의 미래도 이미 결정되어 있는 것이다. 이웃한 나라들에는 임금이 죽으면 후궁이며 시종들을 순장시키는 야만적인 풍습이 있다 하나 백제엔 순장이 없었다. 그렇지만 임금의 여인으로 궁실에 들게 되면 여인으로서의 삶은 순장되는 것과 다름없었다. 여염여인이 지아비와 사별케 되면 다른 사내와 사통할 수 있고 그 사내의 이삼 처가 될 수도 있으나 궁실여인은 그렇게도 할 수 없었다. 여누하를 이림으로 내려 보낸 것은 그 때문이었다. 되바라지기가 하늘에 닿고도 남을 여누하가 맘이 변해 궁실로 들어가겠다고 나설 수 있음에 그런 사태를 예방키 위함이었다.

루사기가 술을 마시면 내관이 따라놓고 황상이 술잔을 비우면 내관이 또 따랐다. 몇 시나 됐을까. 루사기는 자신의 잔에 다시 채워진 맑은 술을 잠시 들여다보았다. 한성 밤하늘에 죽음을 부를 그림자가 무수히 날아다닐 즈음이었다.

"황송하옵니다, 폐하. 소신이 술 한 잔 올리리니 부디 소신의 여식을 어리석다 여기소서."

"짐이 어리석지요. 어리석음을 알기는 하나 어리석음이 그리움을 삭혀주지는 않으니 어찌하지요?"

"황공하나이다, 폐하."

루사기는 내관이 들어주는 황제의 잔에 술을 그득히 따랐다. 아마도 그의 생애에 마지막으로 따라 드리는 술일 것이다. 그러고 보면 처음으로 올리는 술잔이기도 하다. 젊은 황제 부여벽의 천수가 올해로 끝날 것인즉 열다섯 살의 태자 여해 대신 제제인 부여부를 즉위시키기로 결정한 뒤였다. 그렇게 하자면 태후를 절명시키는 게 나은가, 태후를 두고 그 주변을 정리하는 게 나은가, 고심할 때 왕인이 나섰다.

─전략과 전술을 세운 뒤 전투에 임할 제 그 첫 번째 공격목표는 적의 진(陳)을 깨뜨리는 것이라 들었나이다. 태후 폐하께서는 척족들의 얼굴일 뿐이지 않나이까. 그분을 대신할 얼굴들은 얼마든지 있지요. 저들의 진이 그대로인 한 목적을 이룰 수 없을 것입니다.

왕인이 태후를 둘러싼 척족들을 적진이라 표현했을 때 루사기는 아들을 한참 주시했다. 기껏해야 한 번 치른 전쟁으로 제가 무얼 터득했으랴 하였던 아비로서의 생각이 잘못되었음을 그때 깨쳤다. 왕인은 두 해 사이에 더 자라기도 했겠으나 달라졌던 것이다. 한 사람을 해할 것인가, 다수를 해할 것인가. 왕인은 적의 진을 깨뜨림으로써 전투를 단번에 끝냄이 피아간의 손실을 줄이는 것이라고 했다. 그런 결정을 대번에 내릴 수 있게끔 변한 아들은 사내를 셋씩 거느리며 살겠다는 딸 여누하만큼이나 낯설었다. 어쨌든 그리하여 태후를 살려놓되 그의 손발을 모조리 잘라놓기로 하였다. 태후의 권력기반인 척족들을 제거하는 과정에 그들과 더불어 죽게 될 사람이 얼마나 될지는 알 수 없었다.

"하옵고, 폐하. 선황제께오서 말갈을 치기 위한 준비를 하시다 승하하시었습니다. 그 유지를 받드실 의향이 계시온지, 감히 여쭙나이다."

"어찌하면 좋으리까. 태후께서는 그에 대해 일체 말씀이 없으신지라."

나이가 그쯤 되시었으니 이제 스스로 결정할 때도 되시지 않았느냐는 말을 할 생각은 없었다. 상은 스스로 전쟁을 일으킬 만한 과단성이 없었다. 계집아이 하나를 맘대로 다루지 못하고 절절매는 사람이 아니던가. 고구려의 대군을 맞이할 수 있을지는 모르나 모후와 전쟁을 치를 수는 없을 그였다.

"폐하, 소신이 선황 폐하의 신하로 살아왔으매 선황께오서 승하하시었으니 사직함이 마땅한 줄 아옵니다. 그리하여 소신은 도성수비군에서 물러나 향리로 돌아갈까 하오니 윤허하소서."

"그는 아니 될 말씀이십니다. 명색이 임금이라 하나 짐의 주변에 누가 있습니까. 대신들은 태후 폐하의 신하들일지언정 짐의 신하들이 아닙니다. 황후가 짐의 힘이 되어주기를 합니까. 가까이에 짐의 힘이 되어줄 아우들이 있기를 합니까. 보름 뒤쯤이면 제제(帝弟)가 제 모후의 병문안을 겸하여 잠시 환도한다 하나, 그의 환도가 소야비를 대방으로 모셔가고자 함인 것을 경께서 모른다고는 못하실 겁니다. 제제가, 편찮으신 제 모후를 제 스스로 모시고 싶다며 간곡한 서신을 보내왔으매 짐이 어찌 그의 뜻을 물리칠 수 있겠습니까. 그렇다고 그들을 대방으로 보내지 않고 곁에 둘 수도 없습니다. 제제가 아니면 대방을 어찌 운영하게요? 헌데, 그들 삼모자녀가 대방에 거하매, 짐과는 결국 남이 되는 것이겠지요. 짐은 어찌할 바를 모릅니다. 상장군, 부디 짐 곁에서, 짐이 국정을 스스로 용단할 수 있도록 도와주세요."

"폐하, 이 나라는 폐하의 것이옵니다. 그게 어떤 일이든 폐하께서 하시고자 함에 반대할 사람이 누구겠습니까. 용심을 단단히만 하시면 될 일입니다."

"그게 쉽지 않으니 하는 말입니다. 상장군의 사직을 허락지 못합니다. 그런 작심을 하셨더라도 거두세요. 아시겠습니까?"

"황공하옵니다, 폐하."

제제 부여부가 와병 중인 모후 소야황비를 문안한다는 명분으로 돌아올 날짜는 보름 뒤쯤이 될 것이나 그가 대방으로 돌아갈 날짜가 언제일지는 알 수 없었다. 그가 한성에 머무는 두어 달 안에 신궁의 예시대로 황상이 승하한다면 예정대로 될 것이나 신궁의 예시가 맞지 않는다면 어찌될지. 어쨌든 제제가 한성에 머무는 동안 황상이 돌아간다면 이미 힘을 잃은 태후의 손으로 제제를 즉위시키게 할 작정이었다. 그 모든 일이 작정한 대로 될지는 오늘 밤 한성 곳곳에서 벌어질 일들에 달려 있었다.

며칠 동안 여러 번에 걸쳐 실험한 결과, 구월 보름경의 강물 속에서 한 식경 이상 대기할 수 없음을 깨우쳤다. 도비는 황궁나루 앞의 객점에 손님을 가장하여 앉은 채로 하릴없이 술잔을 기울였다. 열 잔 쯤이나 마셨을까. 드디어 객점 바깥이 소란스러워졌다. 황궁 안 태후전에서 한껏 놀며 취했음에도 미련이 남은 인사들이 대거 몰려나와 배에 올랐다. 저들이 이제 막 배에 올랐으므로 한참 더 기다려야 할 터였다.

"스승님, 배에 오른 자들을 파악했나이다."

서비구가 숨 가쁘게 들어왔음에도 차분함을 가장하며 유람선에 오른 자들의 명단을 속삭이듯 읊었다. 도비는 고개를 끄덕였다.

"십육인이로구나. 예상했던 숫자와 거의 맞지?"

"예."

"해리는 그쪽으로 향했고?"

"예."

"그러니 술이나 한 잔 하여 몸을 덥혀두어라."

도비는 서비구의 잔에 술을 그득하게 따라 주었다. 녀석이 운무대로 올라온 것은 아홉 살 때였다. 녀석에게 무인으로서의 특출한 자질이 있음을 한눈에 알아보았다. 스승 보류사께서 백미르의 자식 같다며 녀석을 은연중에 귀애하셨다. 백미르에 대한 그리움과 그의 재능에 대한 자부가 깃든 스승의 말씀에 도비는 가슴이 쓰렸다. 질투였다. 젊을 때부터 여섯 살이나 적은 미르의 재능을 선망했다. 그가 운무대로 올라온 그 순간부터였을 것이다. 미르를 안쓰러운 사람으로 보지 않았더라면 그와 동학으로 남지 못했을지도 몰랐다. 재능은 우열이 아니라 다름이라 배우며 자랐으나 같은 일을 하매, 재능은 역시 우열이었다. 재능의 다름이라는 말은 우열에 대한 보상으로 주어지는 것이었다. 미르는 가여운 사람이었다. 부모형제를 비롯한 일족이 몰살당하는 과정을 지켜본 자보다 가여운 이가 어디 있으랴. 상상하기 어려운 그의 속내를 가엾게 여기면서 그에 대한 열등감을 극복했는지도 몰랐다. 그리고 서비구는 그런 백미르를 닮은 게 아니라 도비를 닮으며 자랐다.

"여누하와는 어찌 된 것이냐?"

도비는 시간을 보내기 위한 참에 서비구를 괜히 찔러보았다. 괜히 한번 찔러보니 녀석이 움찔하였다. 녀석의 얼굴이 정색한 한편으로 달아오르지 않는가.

"설명하기 쉽지 않습니다, 스승님."

"허면, 여누하를 사모하느냐?"

"예."

"여누하하고 혼인할 거냐?"

"저는 그리하고 싶으오나 그 결정은 여누하한테 달렸습니다."

"여누하는 여인이고 너는 사내인데, 주군께 한번 청이라도 해봐야 하는 게 아니냐?"

"여누하는 보통이니 평범이니 하는 것들과는 맥락이 닿지 않습니다. 주군께서 저를 허락하실지도 의문이지만 여누하의 혼인은 주군께 달린 것이 아니라 그 자신에게 달렸습니다."

"여누하는 너를 어찌 생각하는데? 널 사모하느냐?"

"그러하다 하옵니다."

"그러하다 하더라고? 너는 알지 못하고?"

"아옵니다."

"그러면 네 말에 모순이 생기지 않아?"

"그 또한 알고 있나이다."

듣다 보니 도비도 알듯 하였다. 여누하가 대장이라는 것 아닌가. 여누하가 대장인 것은 그의 아기 시절부터 이미 결정되어 있던 바였다. 그가 주군의 따님이거나 장차 이구림의 단주가 될 사람이기 때문이 아니었다. 여누하는 어렸을 때부터 무엇이든 스스로 하려 했고 그렇게 했다. 이구림 각 마을을 훑고 다니며 마을 사람들이 무엇을 하며 어찌 사는지 살피고 그들의 하는 일을 따라하면서 매양 재미있다고 깔깔댔다던 그였다. 그러던 그가 비단을 비롯한 직물 염색에 빠져 듦으로서 염색장이 마을에서는 환호했으나 다른 마을들에서 한숨을 쉬었다는 일화는 아직도 유명했다. 그렇게 자란 여누하는 근자에 황제에게 군림하고 있는 눈치였다. 그 때문에 주군이 애를 먹다가 여누하를 이구림으로 쫓아 내렸다. 그런데 도비는 서비구가 안쓰럽기는 할망정 여누하의 하는 짓이 재미났다. 그런 계집아이, 그런 여인이 있음이 신기한 것이다. 그가 미래의 이구림 단주가 될 것이 틀림없으니 장차 이구림도 다시 재미난 곳이 될 터였다.

지지난해 가을, 전쟁을 치르고 난 뒤 이구림은 적막해졌다. 그때 스러진 사람들의 빈자리가 너무 큰 탓이었다. 그날 밤 도비는 외아들 신야와 며느리 월이를 잃었다. 당시 네 살이던 손자 장자기가 이제 여섯 살이었다. 한날에 어미아비를 잃고 할아비 품으로 들어온 장자기는 운무대의 험악한 산세를 어린 산짐승처럼 오르내렸다. 월나악 아래 이구림도 마찬가지였다. 장자기와 같이 어미아비 잃은 아이들, 도비와 같이 자식 잃은 사람들이 허다하였다. 이구림은 아직 웃음을 찾지 못했다.

"네 무술이 백미르를 이을 만하여도 여누하한테는 아무 소용이 없으니……. 네가 안되었구나."

"제가 안되었다 말씀하시는 스승님 표정이 재미나 보이십니다."

"그러하냐?"

도비가 으하하 웃었다. 서비구도 웃기는 했으나 즐겁지는 못했다. 여누하에게는 사내임이 아무 짝에도 쓸모없었다. 무예를 익혔어도 그에게 닿지 못하였다. 여누하는 황상 폐하에 닿아 있지 않은가. 어느 사내가 한 여인을 놓고 황제와 겨루겠는가. 여누하가 황제에게 군림할 수도 있는 존재임에 여누하는 서비구에게 한층 멀었다. 헌데 먼가 하면 멀지도 않았다. 여누하가 도성에 있는 한 그를 날마다 볼 수밖에 없는데, 그때마다 그는 서비구의 지어미 같았다. 그가 그리 굴었다. 옷을 지어주고 밥을 차려주고 이따금의 밤이면 서비구의 처소로도 들어왔다. 들어와 무릎에 올라앉아 속삭였다. 이뻐해 줄게. 그러하면서 어떤 밤이면 미행 나온 태자와 함께 배를 타고 한수를 건너가 행궁으로 향했다. 처음에는 태자를 거스를 수 없어 그리하는 줄 알았다. 나중에 보니 아니었다. 태자가 즉위하여 후비로 삼겠다 함에도 싫다 하는 여누하는 사내에 속한 여인으로 살기 싫어하는 것이었다. 사내들을 자신에 속하게 하며 살겠다는 것이고, 그 사내가 황제라 할지라도 그리하고야 말리라는 것이었다. 우선은 그가 하는 대로 내버려두자고 서비구는 여누하 이해하기를 포기하였다. 포기하고 인정하고 나니 편했다.

"놀잇배가 고천원 뒤편 어귀 쪽으로 진입했습니다."

이구림에서 올라온 거치가 두 사람에게 다가와 속삭였다. 두 해 전 시월 열사흘 밤. 나흘 만의 혼수에서 깨어난 왕인은 자신이 쓰러진 순간에 이구림이 겪었던, 그리하여 달라진 이구림 풍경에 아무 말도 하지 않았다. 서비구가 이미 죽은 듯한 그를 데리고 포구에 도착했을 때 포구 곳곳, 이림 곳곳에서 불길이 치솟고 있었다. 이구림에 남아 있던 수비대원과 하룻밤 수비대원이 되었던 이구림 사내들이 담로성 사백 군사들과 혈투를 벌이고 있었다. 담로성을 가벼이 여긴 바람에, 그들의 움직임을 미리 파악치 못해 벌어진 일이었다. 그들은 애초에 담로성을 나와 월나악 뒤편에서 이림을 향해 곧장 들어왔던 것이다. 정말 죽을지도 모를 왕인을 거치에게 맡겨둔 채로 이림호에 타고 있던 사람들이 포구로 뛰어들었고 담로성 군사들을 제압키는 했으나 손실이 너무나 컸다. 작전을 달리했더라면 결과가 달랐을까. 그날 밤 잃은 이구림 사람이 삼백오십여 명이었다. 그때 서비구가 잃은 혈족도 부친과 아우를 포함한 다섯 명이었다.

"강에 어린 달빛이 살얼음 같지?"

도비의 중얼거림에 서비구는 씩 미소 지었다. 세 사람은 숲길을 타고 고천원 뒤편 어귀 강변으로 빠르게 움직였다. 황성나루를 출발한 놀잇배는 고천원 뒤편을 돌아 큰나루까지 갔다가 황성나루로 되돌아올 것이라 했다. 그 시간이 얼마나 걸릴지는 선객들 흥취에 달렸을 터였다. 도비가 이끄는 대원들이 움직일 지점은 고천사 어름이었다. 한 식경 가량 잰걸음으로 걸으니 몇 잔 마신 술기가 말끔히 걷히면서 몸이 더워졌다. 고천사 발치 강변 숲에는 서른 명의 대원들이 대기하고 있었다.

"스승님 오셨습니까."

해리가 도비를 맞이했다. 그는 제 수하 열 명을 이끌고 이번 작전에 참여했다. 물속에서 움직이는 일에 해리 일당보다 자유로운 사람들이 어디 있으랴. 소군으로 인하여 도비는 해리를 제자로 얻었다. 천생 책상물림인 왕인이 해리와 그 부친의 목숨을 구했다고 했다. 소군이 바닷물에 휩쓸려 갔을 것이라 여겼던 십여 년 전 봄. 천마호에 실려 사흘 만에 돌아온 소군 옆에 해리가 있었다. 소군이 모친에게 종아리를 맞을 때 단주처소 밖에 서 있던 녀석이 저도 때려주시라 울부짖었다. 그날 밤 장면이 떠올라 도비는 홀로 미소 지었다.

기다리고 있노라니 풍악소리와 함께 놀잇배가 그 휘황한 몸체를 드러냈다. 더불어 노류화들이 부르는 노랫소리가 들리는 듯하였다. 여러 대의 현악기가 동시에 울리는 가락은 아리랑 노래 '님 그리매'이다. 가사가 또

렷이 들리지는 않으나 요새 한성에서는 '님 그리매'가 아무 데서나 들렸다. 아이들도 흥얼거리고 다니는 참이었다.

저 하늘에 높이 뜨시온 달님이시여

높이 더 멀리 돋아 오르시어

나의 님을 비추소서.

당신은 지금 어디에 계시옵니까.

저자에 계시옵니까, 전장에 계시옵니까.

당신 그 어디 계시오든 혹여

어두운 밤길에 진 데를 디디시지는 않겠지요?

밤길 걷다 고단하시면 아무 데서나 당신 몸 부리시어 쉬시어요.

그리고 홀로 누운 그곳에서 저를 생각하시어요.

저는 지금 당신 곁에 있어요.

아아 당신, 당신.

옛말로 전해지기를 아리랑은 이승과 저승을 가르는 고개의 이름이라고 했다. 아리랑 고개를 넘으면 아라리 강이 있는데 아리랑 고개에서는 이승으로 돌아올 수 있으나 아리리 강에 들어서면 돌아오지 못한다. 아리랑 고개는 산 자와 죽은 자의 경계를 뜻했다. 더불어 내 님이 내 곁에 있는 차안(此岸)과 내 님이 내 곁을 떠나버린 피안(彼岸)의 경계를 의미키도 하였다. 아리랑 노래들은 내 곁에 있는 나의 님을 염려하고 축원하는 내용들이 많았다. 때문에 가락이 대개 흥겨웠다. 아라리 노래들은 나를 버리고 떠난 님, 아리랑 고개를 넘어가 아라리 강에 몸을 담가버린 님을 원망하고 저주

하고 있기 십상이라 애조 띤 가락이 늘어질 때가 많았다.

지금 흥겨운 아리랑 가락이 둥기둥기 울리고 있는 유람선에는 내두좌평 진수림과 조정좌평 진이필, 병관좌평 유시 등 삼 인의 좌평과 달솔 육인과 은솔 칠 인이 탔다. 은솔 중에는 진고도의 아들 남로도 있었다. 그들의 호위 한두 명씩이 승선하였고, 노류화 이십여 사람이 함께 탔으니, 승선 인원은 선노와 선부들을 제하고도 오십여 명이 되는 셈이었다. 선노와 선부, 노류화들 때문에 배를 침몰시키려던 계획을 철회했다. 왕인이 제동을 걸었기 때문이었다.

—좌평 등의 귀족 고관들이 탄 배에서 살아날 그들은 어차피 죽은 목숨과 다를 것이 없기는 합니다. 하지만 우리 손으로 그들을 죽이지 않고도 행할 수 있는 방법이 있지 않겠습니까? 그들을 살려놓으면 살아난 자들의 절반쯤은 우리 사람이 될 수도 있음을 우리는 알지 않습니까.

이구림 사태에서 항복한 자들 중 절반 정도는 이구림에 남아 이구림 사람이 되었다. 선노들은 상선의 노잡이들이 되었고 진수림의 사병으로 살았던 자들은 각 마을로 흩어져 섞였다. 전쟁 포로들이란 대개 노예가 되기 십상이었으나 이구림엔 원래 노예가 없었으므로 이구림에 남은 그들도 노예가 아니었다. 그들에게 가고 싶은 데로 가든가, 이구림에 남든가 선택하라 했다. 절반가량이 떠났다. 절반이 남은 것은 어차피 그들에겐 돌아갈 곳이 없었기 때문이었다. 그리하여 오늘 밤의 놀잇배도 침몰시키지 않게 되었다. 표적들을 제거하여 배를 장악한 뒤 선노들이며 노류화들을 새실 작은 나루에다 내려놓기로 했다. 그들이 배에서 내릴지 말지는 그들 자신에게 달려 있었다. 내려서 원래의 자리로 가든지, 내리지 않고 숨어 살 자리로 가든지. 그렇게 결정은 했으나 그들에겐 사실 선택의 여지가 없을 것이었다. 그들에게는 돌아갈 자리가 없을 테니.

"강에 서린 살얼음을 한번 걷어내 볼까나. 제군들, 잠수!"

도비가 강 안으로 먼저 내려서며 명했다. 두 해전의 침입자들에 대한 복수라는 말은 아무도 입에 담지 않았다. 모든 이구림 사람들의 뼛속 깊이 각인된 그것을 입에 담을 필요조차 없었다. 서른두 명의 무사들이 그를 따라 강 안으로 내려섰고 물속으로 들어갔다. 며칠 동안 수차례 잠수 훈련을 하였음에도 구월 중순의 어두운 강물은 살얼음처럼 날카롭다. 그렇지만 두 해 전 시월의 바닷물에 비하랴. 서비구는 물에 잠근 몸을 부르르 떨고는 헤엄을 쳤다. 한 마장쯤의 거리에 놀잇배가 있었다. 불이 휘황한 놀잇배에서는 풍악소리가 아직 요란했다. 자신들의 죽음을 불러들이는 불빛이자 노랫소리였다. 한 마장 거리를 헤엄쳐 건너는 데 한 식경이나 걸린 것은 조용히 움직였기 때문이었다. 선체 밑에 도착한 수비대원들이 젖은 얼굴에 흠뻑 젖은 복면을 짜서 쓰고는 선체의 각 방면으로 흩어진 뒤 동시에 선체를 기어올랐다. 살해할 목숨을 구별함에 어려울 까닭이 없는 것은 표적들이 스스로의 복색으로 구별을 하고 있기 때문이었다. 자색 옷은 좌평부터 육품 나솔까지만 입을 수 있으므로 그들은 의복으로 자신이 표적임을 가리키고 있는 것이다.

죽이기로 작정했을 땐 상대의 눈과 마주치기 전에 움직여라. 그렇지 않으면 내가 죽으리라. 백미르는 수비대원들에게 그렇게 가르치고 훈련시켰다. 아직 초저녁에, 황성이 훤히 건너다보이는 곳에서 좌평이 셋이나 승선한 배를 감히 누가 건드릴 것인가. 꿈에도 상상치 못할 일이므로 유람선에 오른 표적들의 호위들은 기껏해야 서른 명 정도였다. 그들이 일차 표적이었다. 풍악소리 대신 노류화들의 비명이 자지러지게 울렸으나 비명은 금세 잦아들었다. 침입자들이 두렵기는 할지라도 복면한 그들이 자신들을 죽이러 온 건 아니라는 것을 깨닫고는 너나 없이 고개를 숙이거나 엎드렸기 때문인데, 놀랍게도 한 노류화가 악기를 안은 채 놓지 않았다. 악기를 놓지 않을 뿐더러 다시 악기의 현을 튕기며 노래를 시작했다. 도비가 그 노류화 곁에 서서 검을 어깨에 걸치고는 그의 노래를 들었다. 아라리 노래 '가신구나'이다.

가신구나 가신구나 가시었구나 아라리요 가시려든 가시려든 날마저 데려가지 아라리요 밤이면은 얼음 달이 낮이면은 거믄 해가 아리야 아라리요…….

한수의 뱃놀이는 끝난 것 같았다. 고천사(高天寺)라 이름 붙인 부처사원에서는 아직 제의가 끝나지 않았다. 아이태후의 무병 만세 기원제였다. 오래전부터 부처신을 모시기 시작했음에 이제 저희들의 사원을 갖게 된 신도들이 고천사 법당과 마당에 그득했다. 오늘 밤 고천사에 모인 부처신의 신도는 백여 인이고 그중 삼분지 이는 여인들이었다. 그리고 그 여인들 거개가 고관대작 집안의 부인들과 그들의 하종들이었다. 태후가 부처신을 받들므로 그들도 따라 받드는 것이었다. 아사나 공주가 온 것도 그런 까닭일 터였다.

미하수는 신이궁을 모신 채 신도들 틈에 섞여 법당 안에 있었다. 설요가 함께 오겠다 고집하여, 굳이 말릴 까닭도 없어서 모시고 왔다. 말린다고 말려지는 사람이기나 하던가. 젊은 아낙 복색으로 신도를 가장한 설요의 천연덕스러움에 미하수는 웃음을 삼켰다. 부처신의 경문을 알아오라 하기에 알아다 드린 게 나흘 전이었다. 어느새 외웠는지 신도들과 합창하듯 반야심경을 읊조리더니 이제는 나무아미타불을 외며 절을 하고 있지 않은가. 백팔 배라 했다. 나무아미타불을 읊조림과 동시에 절 한 번 하기. 앉아 있는 미하수는 하품이 날 것 같은데 설요는 지치지도 않고 계속했다. 백팔 배를 끝으로 고천사에서의 기도제가 끝나면 신도들이 고천사를 나갈 것이고 고천사에는 승려 십 인과 하종(下從)들만 남을 것이다.

　신궁 무사 열 명이 한 식경 전에 고천사 경내 지붕 위로 올라가 미하수의 명을 기다리는 중이었다. 인근 숲에도 이십 명의 무사가 나무인 양 잠복했다. 그 서른 명으로 백제에 들어온 부처신을 걷어낼 참이었다. 한번 들어온 신, 그 신을 마음에 받아들인 사람들을 모조리 죽일 수 없고, 그들의 신을 아주 걷어낼 수는 없을 것이나 앞으로 신궁 코밑에서 버젓이 행세할 수는 없을 것이었다. 하늘도 신이고 해와 달과 별들도 신이고 땅도 신이고 나무와 바위와 바람도 신이었다. 당연히 그들이 받드는 부처신도 신이었다. 만상에 신이 깃들었으므로 누구나 자신의 신을 받들 수 있었다. 자신의 신을 받들며 천신을 부정하고 신궁을 부정하며 무너뜨리려 획책하는 것이 문제였다. 자연의 섭리로부터 비롯된 신권을 권력 투쟁, 사람 간의 암투로 바꾼 사람은 태후였고 태후를 전면에 내세워 이용하는 권력들이었다. 그에 제동을 걸 때가 되었다.

　백팔 배가 끝났다. 절을 마친 사람들이 가사장삼을 휘감은 승려들에게 합장을 바치고는 서로들끼리도 덕담을 나누며 법당을 나서기 시작했다. 큰 마당뿐만 아니라 고천사 내 곳곳에 흩어져 있던 그들의 하종들이 주인들을 찾아 모시느라 한동안 수선을 피웠다. 부처신이 백성들 사이에 퍼져간다고는 해도 이 밤에 고천사에 있는 이들은 일반 백성들이 아니었다. 아사나 공주를 비롯한 거개가 황족, 귀족 집안의 사람들이었다. 열일곱 살의 아사나 공주는 시녀들에 둘러싸여 절을 마치고는 설요에게 눈길을 보내다가 여인들과 더불어 법당을 나갔다.

아사나 공주는 법당을 나오며 고개를 갸웃했다.

저이를 어디서 보았을까. 연홍빛 너울로 인중까지 감싼 얼굴의 반만 드러낸 젊은 여인. 그리하여 얼굴에 눈만 있는 듯이 보이던 그를 어디선가 분명히 보았는데, 만난 적이 없는 것도 분명했다. 그 눈빛. 세상을 바닥까지 들여다볼 수 있을 것처럼 커다랗고 새까만, 눈물을 머금은 듯이 엷은 빛 속에서도 영롱하고 촉촉이 빛나는. 한번 마주치면 절대 잊을 수 없을 것 같은 그 눈빛.

"저하, 가마에 오르시어요."

시녀장이 재촉했다. 함께 예불을 올린 부인들과 승려들이 모두 아사나를 배웅하기 위해 고천사의 바깥마당에서 기다렸다. 공주가 떠나야 그들도 떠나거나 남을 수 있었다. 아사나는 사람들을 둘러보고 저만치 안쪽에 있는 법당도 바라보았다. 모두가 공주를 배웅하고 있으되 한 사람, 연홍 너울을 쓴 그는 배웅을 나오지 않았다. 아사나는 좌중을 향해 합장을 해보이고는 가마 안으로 들어앉았다. 시녀장이 가마 안쪽에 등롱을 걸어주고는 문을 닫았다.

"공주 저하 환궁합시오, 비켜서시오."

공주 시위장의 긴 선소리에 맞춰 가마가 들렸다. 등롱이 약간 움직였고 유리등피 속의 황색 불꽃이 살짝 움직였다. 아사나는 등피를 붙잡다 말고, 아, 탄성을 올렸다. 그이, 그의 눈을 어디서 보았는지 생각났다. 소야궁 화실의 천신도 속에 있었다. 넓은 방바닥을 삼분지 이쯤 차지한 소야비의 화폭에는 천신을 중심으로 일천의 신이 거의 그려진 상태였다. 천신도 속 일천의 신은 천신이자 곧 백성이라 했다. 백성을 신으로 받들어버린 천신도의 화폭 왼편에 천신(天神)이 있었다. 천신의 눈이 그의 눈이었던 것이다.

그렇다면 그가 신이궁이라는 뜻이다. 신이궁이 이따금 내려와 소야비의 천신도 작업을 수발한다고 했다.

―내가 천신도를 그린다 하니 신궁에서 수발들어 줄 화공신녀를 보내주겠다 하지 않겠소? 헌데 온 이가 그입디다. 신이궁. 자청했대요. 원체 바쁜 사람이라 자주는 못 와도 오면 소매 걷어붙이고 채색을 도와주는데, 눈 밝은 사람이라 그런가 어디에 어떤 색을 쓸지 나보다 잘 알아, 내가 일일이 말해줄 필요가 없다오. 해서 이 천신도는 나만의 그림이 아니라 그 사람 그림이기도 해요. 신기하게도 이 일이 재미있다 해요. 여기 오면 그리 편할 수가 없다 하고. 내가 범속의 화공이고 그 또한 그렇다면 제자로 삼을 텐데, 말이에요.

그렇게 설명할 때 소야비는 신이궁을 이미 제자로 삼았음을 은근히 자랑스러워하는 눈치였다. 아사나에게는 고모가 되는 유리나 공주는 부황의 승하에도 불구하고 대방에서 돌아오지 않았다. 때문에 아사나는 적막강산이 되어 버린 소야궁을 챙겨드려야 할 것 같았다. 몸져누우시는 날이 절반이라 하지 않은가. 태후 폐하와 황후 전하께서 소야궁을 일체 돌아보시지 않기에 안쓰러웠다. 해서 올 들어 자주 문안을 다니기 시작했는데, 뜻밖에도 신궁이 소야비를 돌보고 있는 것을 알게 된 것이었다. 신궁이 소야비를 챙겨주는 것이 다행이긴 하나 태후께서 작정하고 신궁을 멀리하시는데 소야비가 신궁과 가까이 지내는 게 염려스럽기도 했다. 대자원을 그리 지성스럽게 보살피는 태후께서 소야비에게는 유독 가혹하셨다.

아니 어쩌면 그이가 아닐지도 몰라. 나의 착각일지도. 신이궁이 고천사에 왜 나타나겠어.

뇌까리고 나서 아사나는 자신의 뇌까림을 깨닫고는 픽 웃었다. 신녀들이 혼자 중얼거리길 좋아한다더니 스스로도 그리하고 있지 않은가. 아사나는 연홍빛 너울을 두르고 있던 그와 같은 눈빛을 가진 여인이 소야궁에 드나들지 않기를 바랐다. 소야궁을 드나드는 신이궁이 재주와 신기만 승한 밉상의 계집이었으면 싶었다. 사루왕인이 소야궁을 무시로 출입하고 있다지 않은가. 왕인이 소야비의 질자임에 홀로 편찮으신 소야비를 문안하러 다님은 당연하나 거기서 신이궁과 마주친다면? 상상하고 싶지 않았다. 아사나는 소야궁에서 신이궁을 만난 적이 없듯 왕인과도 직접 마주친 적이 없었다. 그를 보려면 태학으로 가야했다. 운이 좋으면 서장고에서 그를 볼 수도 있었다. 사실 몇 차례 되지는 않았다. 왕인은 서장고의 속종 쇠지레 할아범을 스승님이라 불렀다. 목소리가 현악기의 울림통을 지나온 듯 깊었다. 그가 쇠지레를 스승으로 높여 부르는 것을 알고 나자 아사나도 쇠지레 할아범에게 하대를 하기가 어려워졌다.

—나의 서장고 출입이 태학의 사람들을 불편케 하는가?

하느냐, 할 것을 하는가, 라고 말꼬리를 얼버무리게 되었다. 아사나가 그리 변했음에도 왕인은 서장고에 이따금 출현하는 아사나에게 눈길도 주지 않았다. 존재 자체를 느끼지 못하는 성싶었다. 다른 태학인들이 공주를 구경하려고 발돋움을 하거나 고개 숙이면서도 힐긋거릴 때 왕인은 일별조차 없었다. 제 필요한 책을 찾아서 빛 밝은 곳에 놓인 책상에 앉아 책을 읽거나 고른 책을 들고 서장고를 나가버렸다. 몇 차례 본 그의 모습이 그러했다. 나흘 전에 서장고에 갔을 때도 그를 못 보았다.

"저하, 불편하신 데는 없으시어요?"

가마 옆에서 가꾸미가 물었다. 아사나는 왕인을 못 보아 불편하다 중얼거릴 뻔했다. 또 픽 웃고는 괜찮다 하다가 들창을 열어 가꾸미를 불렀다.

"예, 저하."

"신녀들이 중얼거리기를 좋아한다잖아?"

"예?"

"신녀들이 혼잣말하는 일이 많다는 소리 못 들었어?"

"아, 예. 그야 들었지요."

"왜 그러는 걸까?"

"소인이 어찌 알겠나이까. 들은 소리로는 보통 사람이 못 보는 형상, 형상이 없는 어떤 기운들을 그들이 보기 때문에 그들과 마주 이야기를 나누기 때문일 것이라 하더이다."

"가령?"

"가령, 하느님이나 도깨비나 신선 같은 기운들이 아니겠나이까?"

가마 안의 아사나는 그저 말하지만 가마 밖에서 걷는 가꾸미는 큰 소리를 내고 있었다. 숨이 찬 모양이다. 가마를 탄 채 나눌 대화가 아닌 것이다. 아사나는 들창을 내렸다. 유리등피 속의 불꽃이 연해 흔들렸다. 아사나의 몸도 흔들렸다. 마음은 두 해 전에 이미 흔들린 것 같았다. 달거리가 막 시작됐던 그때 여인의 신체에 관해 쓴 책이 있는지, 황궁 장서고를 아무리 뒤져도 찾을 수가 없었다. 신궁 서장각을 찾아가보려 했더니 절차가 번거로웠다. 서장각지기 신녀의 허락을 받아야 하매 공주라 할지라도 최소한 하루를 기다려야 한다고 했다. 비위가 상해 태학에 거래를 넣었더니 낮 동안은 무시로 출입할 수 있다고 했다. 그렇게 들어간 서장고에서 한 학사를 보았다. 한 달 뒤쯤 그가 그즈음 문사시에서 장원한 왕인이라는 것을 알게 되었다. 아사나가 황궁 장서고를 두고도 태학 서장고에 계속 다니게 된 것은 순전히 그 때문이었다. 왕인.

　사람들이 다 나간 뒤에도 법당에 남은 설요는 황금빛으로 번쩍이는 부처상과 마주 서 있었다. 수만금을 들여 진에서 조성해왔다는 부처상이었다. 신이 황금의 옷을 입고 나타난 것은 진단 역사상, 단군 조선까지 거슬러 올라간다 해도 유례를 찾기 힘들 터였다. 신의 형상이란 자연의 아름다움과 흡사한 것이라는 생각을 버리라는 듯 황금부처상은 웅장했다. 그 앞에서 연홍색 치마에 초록색 상의를 걸치고 치마와 같은 색깔의 너울을 머리에 드리고 있는 열아홉 살 설요의 자태는 화려하기보다 서늘했다. 그가 자라면서 그랬다. 어떤 옷을 입든 성장(盛裝)한 설요를 가만히 보고 있노라면 아름답게 보이기보다 비애가 느껴졌다. 미하수는 그 까닭이 그의 유난히 큰 눈 때문이 아닌가 여겼다.
　부처상을 건너다보며 서 있는 설요를 향해 한 승려가 다가섰다. 처음부터 설요에게 자주 시선을 주던 그였다. 미하수는 그를 막아서려다 멈췄다. 고천사 대법승려인 마라난타는 아사나 공주를 배웅하러 뜰에 나가 있었다. 설요에게 다가든 승려는 쉰 살은 넘어 보였다. 열 명의 승려 중 제일 연장자로 보이므로 그는 진나라에서 마라난타를 데려오는 데 공을 세웠다던 다참이라는 승이었다. 그가 고천사의 주지승이었다. 신궁 기밀대가 수집한 정보에 의하면 다참은 어린 날 한성에서 대방으로 갔다가 진나라로 들어갔다. 거기서 부처신을 알게 된 그가 진단으로 돌아오며 부처신을 모시고 들어온 것이었다. 다참을 향해 설요가 말했다.

"처음으로 백팔 배를 했습니다. 백팔 번이라는 숫자는 부처신에서 나온 것이 분명할 것입니다. 헌데, 부처신을 받드는 절 법은 천신을 받드는 절 법과 꼭 같습니다. 합장하며 두발을 모으고 무릎을 꿇으면서 왼손을 짚고 오른손을 나란히 짚으면서 절하는. 부처님을 받드는 예법이 원래 이러합니까, 아니면 부처신께서 우리 백제에 들어오신 뒤 천신을 향한 절 법을 따른 것입니까?"

다참이 설요를 신기한 듯 쳐다보다 설요의 곧은 눈길을 슬그머니 피하며 미소 지었다.

"제 질문이 어렵습니까?"

"그런 질문을 처음 받은 터라 잠시 당황했습니다. 저 멀리 서역 넘어 천축국에서부터 일어난 부처교에서도 비슷한 예법이 있습니다만, 그 예법은 몸을 접은 채 이마를 대는 천신님의 절 법과 달리 온몸을 쭉 펴서 오체투지하지요. 우리 고천사에서 행하는 절 법은 천신을 향한 예법을 따른 것입니다. 어떠한 문물이든 세상을 떠돌며 현지에 맞게 내려앉듯 신을 받드는 예법도 그러하다 여겼기에, 백성들 누구나 익숙히 아는 그대로 따르기로 한 것입니다. 대답이 되었나이까?"

"우선 됐습니다."

"아씨께오선 어느 댁에서 오시었는지요."

"가부실에서 왔습니다."

"예서 가부실이 사뭇 먼 데 시자들은 밖에 있나이까?"

"예. 그건 그렇고 부처께서는 자비를 설파하신다지요? 만인이 다 부처가 될 수 있다고 하셨다 하고요?"

"예, 아씨. 부처께서는 좋은 말씀을 많이 하셨지요. 이따금 들르시어 부처님 말씀을 들어보시렵니까? 여기는 아무나, 아무 때나 들어올 수 있고 나갈 수 있는 곳이옵니다."

"그리 들었습니다. 퍽 개방된 곳이라 하여 흥미가 생기더이다. 저 위 신궁이 모시는 천신께서는 널리 사람을 이롭게 하라 하셨다는데도, 아무나 아무 때나 신궁에 들어가진 못하지요. 들어가서는 맘대로 나오지도 못하고요. 때문에 보통, 사람들은 소도에 들어 천신단을 우러러보다 물러나야 하지요. 부처께서는 사람을 대하매 자비롭게 하라 하셨다니, 더구나 아무나 아무 때나 사원에 들고 날 수 있다니, 그 같음과 다름을 한번 알아볼 참입니다."

"어느 신이든 상통하시는 바가 있을 터입니다. 다름보다 같음을 보시는 게, 그러해야 한다는 게 부처님의 말씀이십니다. 만 사람이 다 부처가 될 수 있다 하는 것도 그런 연유이고요."

"헌데, 도첩을 받은 승려들이 죄 남정네들인 까닭은 승려는 남정네만 될 수 있기 때문입니까?"

"부처는 남녀노소를 불문하고 받들 수 있으나 어느 신이든 받드는 법이 정해지기 마련이고 그 법을 받드는 사제는 엄격한 과정을 거쳐 사제가 되는 것 아니겠습니까. 불법을 받드는 저희 비구들 또한 그러한 과정을 거치는데, 그 과정이 여인들이 거치기에는 무리가 따르는지라 그리되는 듯합니다. 신궁신녀가 여인들만으로 이루어져 있는 것과 같은 형식일 수도 있지 않을까 싶습니다."

"제가 듣기로 오래전부터 신궁에 여인들만 살게 된 까닭은 세상이 버린 여인들, 세상에서 살기 힘들어 신궁으로 찾아든 여인들이 많아진 때문이라고 들었습니다. 작금에 신궁에서 사는 여인들 또한 내력을 알고 보면 죄

세상으로부터 버려진 여인들이라 하고요. 헌데, 부처신께서는 그 여인들을 위해 승려로 만들지 않으신다 하니, 그 또한 부처의 자비로운 아량이십니다."

설요의 비꼼을 느낀 다참이 쑥스럽다는 듯, 그렇지만 유쾌하게 웃었다.

"시자가 몇이나 되시는지요? 밤이면 인적이 끊기는 곳인지라, 저희 하종들로 하여금 가부실까지 모시게 할까 하옵니다만."

"달빛이 밝으니 등불 삼아 가지요. 괘의치 마세요."

"예, 헌데 가부실의 어느 댁에서 오시었는지요."

"그만그만한 집의 아낙이라 가르쳐 드려도 모르실 겝니다. 제가 이 고천사에 다시 들르게 되면 그때는 좀 더 자세한 이야기를 나눌 수도 있겠지요."

"예, 아씨. 밤길 조심히 살펴가십시오."

미하수는 한발 앞서 법당을 나와 가슴팍에 품고 있던 설요의 신을 섬돌 위에 대령했다. 설요의 버선발이 꽃수 놓인 가죽신에 사뿐히 담기더니 섬돌을 내려섰다. 설요의 치맛자락이 어슴푸레한 빛 속에서 연무처럼 움직였다. 마당에는 하종으로 보이는 몇이 오갈 뿐 거의 비어 있었다. 신도들을 배웅한 마라난타 등의 승려들이 그 마당으로 들어오다 설요를 향해 합장을 했다. 설요가 합장 대신 고개를 숙여 보이고는 그들을 지나 고천사 밖으로 나왔다. 건너 숲에 잠복해 있던 네 명의 호위가 나와 두 사람을 둘러섰다.

고천사 정문 앞에서 보이는 한수에는 유람선이 보이지 않았다. 고기잡이를 하는 몇 척의 쪽배가 등불 한 점씩을 밝힌 채 떠 있을 뿐이었다. 초경이 갓 지나 이경에 접어든 시각이었다. 달빛에 잠긴 한수를 묵연히 건너다보던 설요가 혼잣말인 양 물었다.

"고천사 하종들이 몇이나 된다고 했지?"

"스물다섯이라고 합니다."

"그들도 부처신의 신도들이겠지?"

"근묵자흑근주자적, 이번에 도첩 받은 자들을 따라다니다 고천사에 들었으니 아무래도 그렇겠지요."

"백성들이 좋이 따를 만한 너른 품을 지니신 건 분명해, 부처께서. 우리에겐 천신이 날 때부터 주어져 당연하되 중한 줄 모를 수도 있지만 작금에 부처를 따르는 백성들은 그 자신들이 찾아낸 신이라 훨씬 귀히 여길 수도 있을 거야. 그런 그들에게 부처를 따르지 말라 하면 애달아 하고, 애가 달으매 끝내 따르지 못할 형편이 되면 깊이 숨기겠지. 그리하여 깊게 높게 숭앙할 것이고. 때문에 우리는, 부처신을 부정하지도 않겠지만 부정하는 것으로는 더욱 보이지 않아야 할 거야."

"흡사 부처를 따르고 싶다는 말씀으로 들리나이다, 아씨."

"하누님과 부처신이 다르지 않은데 아무려면 어때. 부처신을 부정할 필요가 없듯이 새삼 그를 따를 필요도 없는 것이지. 여튼 사람을 사랑하고 연민하라는 것보다 좋은 말씀이 어디 있겠어. 널리 사람을 이롭게 하라는 하누님의 말씀과 같잖아. 태후께서도 그걸 아실 텐데, 아시면서도 사람에게 이롭지 않은 행사를 하시는 게 문제지. 여튼, 부처신의 경문을 수집해 서장각에 보관하고 학사신녀들에게 연구케 하면 우리 신궁 경문을 깊게 만드는 것에 도움이 될 것이야."

"고천사 하종들을 살리라는 말씀이십니까, 아씨?"

"아니. 그들이 안되었긴 하나, 계획대로 해야지."

설요의 한숨 어린 선언에 미하수는 호각을 꺼내 짧게 두 번 불고 한숨을 쉰 다음 길게 한 번 불었다. 짧은 두 번의 울림에 인근 숲에 잠복해 있던 신궁무절들이 경내로 그림자인 양 날아들었다. 길게 한 번 분 호각에 지붕 위의 무절들이 뛰어내렸다. 경내에 소란이 일었다. 볼 수는 없었으나 소리는 들렸다. 누구냐고 외치는 소리. 비명소리, 문을 여닫는 소리, 다급한 발자국 소리, 살려달라는 짧은 애원소리.

고천사 안에서 들리는 갖은 소리를 가만 듣던 설요가 중얼거렸다.

"비가 오실 것 같아."

설요의 중얼거림에 미하수뿐만 아니라 네 호위가 동시에 하늘을 올려다보았다. 열나흘 달빛이 사람의 눈빛을 읽을 수도 있을 듯했다. 바람에 습기가 서렸나, 코를 움직여 봐도 모래라도 날아오를 것처럼 건조하게 느껴졌다.

"비가 금세 오실 듯하옵니까?"

"아니 몇 시간 뒤에. 빠르면 사경쯤이나 되려나."

설요가 되는대로, 지나가는 말인 듯 내뱉을 때마다 미하수는 그걸 어떻게 아느냐고 매번 묻고 싶었다. 물어본 적이 있기도 했다.

―몰라. 그냥 느껴져.

설요가 그냥 느끼는 그것들은 어긋남이 없는 탓에 언제나 다음 일에 영향을 미쳤다. 조금 뒤에는 고천사가 고요해질 것이고 연후엔 고천사가 해체될 것이었다. 고천사가 있던 자리는 빈터만 남을 것이었다. 기왓장 한장 남기지 말라는 신궁의 명이 계셨다. 신궁의 말씀을 빈 신이궁의 말씀이었다. 신이궁 설요가 신궁 효혜보다 훨씬 냉혹한 일면을 지녔음을 미하수는 근래에 느꼈다. 고천사가 세워진 적도 없었던 듯 만들라는 명을 받들기 위해 삼백 명의 궁인들이 인근에 대기하고 있었다. 그런데 사경쯤에 비가 내린다 하면 고천사의 모든 일을 사경 전까지 끝내야 하는 것이다.

"아씨 모시고 먼저들 돌아가세요. 저는 조금 뒤에 가렵니다."

미하수의 말뜻을 알아들은 설요가 고개를 끄덕이며 사분사분 걸음을 옮겼다. 네 호위가 앞뒤에서 신이궁을 감싼 채 걸었다. 두 시진 뒤에 비가 내릴 것이라 하나 아직 달빛이 밝으니 숲길이 어둡지는 않을 터였다. 미하수는 돌아서서 소란이 거의 끝나가는 고천사로 들어섰다. 오늘 밤 고천사에서 일어난 일이 누구의 행사인 걸 태후 측에서도 짐작하겠지만 감찰대를 통해서 알 수는 없을 것이다. 태후의 감찰대장 을나와 을나의 측근 몇을 제함으로써 황궁감찰대를 와해시키기로 한 참이었다. 지금쯤 을나 집에서의 일이 시작되었을 터이다. 고천사 일이 끝나고 새벽이 되면 그 성패 여부를 알 수 있을까. 분명한 것은 당분간 부처신이 신궁 근방에서 공공연히 떠받들리는 일이 없으리란 것과 동시에 태후의 권력이 오늘 밤을 기점으로 내리막을 걷게 될 것이라는 사실이었다.

"역시나, 그림 같은 마을에 그림보다 아름다운 집입니다. 주인께서는 더 아름다우시고요. 자요, 오는 길에 주인께 드리려고 달빛을 꺾어 왔습니다."

취운파가 너스레와 함께 연보랏빛 쑥부쟁이꽃을 한 다발 내밀었다. 꽃을 받아드는 을나의 맘이 연보랏빛으로 물들고 수하들이 보고 있는 까닭에 몸이 부끄러움으로 죄어들었다. 취운파가 온다 하기에 을나는 모처럼 한껏 단장한 참이었다. 오늘은 각처에서 잔치를 벌이는 날이므로 함께 저녁을 먹자는 핑계로 수하들을 불러들였다. 실상은 혼자 취운파를 맞기 부끄러워 그들을 둘러 세운 것이었다. 자소와 보딤, 다사나와 용오가 두 사람의 수작을 재미나게 쳐다보고 있었다. 부장(副將)인 우번을 빼놓은 것이 마음에 걸리기는 했다.

"집이 맘에 드신다니 다행이십니다. 헌데 짐이 정말 없으십니다."

을나가 취운파의 뒤편에 서 있는 그의 수하들을 쳐다보며 물었다.

"떠돌이들에게 봇짐 하나씩이면 족하지요. 봇짐 하나에 일생을 다 담아 다니는 것이 사내들의 비운 아니겠습니까. 마당에 달빛이 드리워지니 마당이 강물처럼 흐르는 것을요. 좋습니다. 아주 맘에 들어요."

"객쩍은 소리 그만 하시고 안으로 드세요. 사방의 문을 열어놓았으니 안에서도 달빛은 얼마든지 감상하실 수 있을 텝니다."

"귀부에서 제일 귀한, 하여서 좀처럼 내놓지 않는다는 술을 얻어왔습니다. 그 양이 턱없이 작으나 주인께서도 준비해 놓으셨을 줄로 믿고 그것만 들고 왔는데요. 석령, 주인께 올려라."

취운파의 수하 석령이 다가와 양손에 들고 있던 한 되들이 술 두 병을 내밀었다.

"설마 술 준비 없이 객을 청하였으리까? 별 걱정을 다 하시었습니다. 귀부가 자랑하는 술이 어떤 것이기에요? 한번 맛보기로 하지요. 안으로들 드세요."

취운파가 어깨를 들썩이며 대청으로 올랐다. 그의 젊은 수하들 넷이 뒤를 따라 오르는데 몸피들이 한결같이 날렵하였다. 젊은 사내들의 청신함에 달빛이 무색하였다.

을나가 취운파를 캐기 시작한 까닭은 그가 대방 황제제(皇帝弟)의 사자로 폐하를 알현했기 때문이었다. 취운파가 폐하를 알현하고 폐하께 올린 제제 친서의 내용까지 훤히 아는데 정작 그에 대해서는 아는 게 없지 않은 가. 더구나 폐하로부터 답신을 받은 취운파는 그걸 수하에게 들려 대방으로 보낸 뒤 스스로는 한성에 남았다. 남은 그는 큰나루 귀부객점을 거처로 삼고 온 한성을 싸돌았다. 상장군 사루사기와 회동하는 것은 그들이 대방에서 알던 사이였기 때문이라는 것쯤은 짐작할 수 있었다. 헌데 그가 한성에서 하는 일이 무엇인가. 그걸 알기 위해 을나는 그를 주시했다. 그가 대방에서 대량의 금과 은을 들여와 팔려고 하는 것을 그래서 알게 되었다. 대방과 본국뿐만이 아니라 여타 나라들과의 은금 거래는 공식적으로는 내두부의 물재청에 신고해야 하고 일정액의 세금을 내야 하는데 그는 밀매를 위한 판로를 만들려 하는 것이다. 흔히 일어나는 일들이기는 했다. 을나가 물재청 관리도 아닌 바 그의 밀거래에 대해 발고할 필요도 없었다. 태후께 그가 대방으로 가지 않고 한성에 남았음을 보고치 않았다. 태후께서는 황제가 제제에게 보내는 서신의 내용을 아신 뒤로 취운파에 대해 무관심해지셨기 때문이었다.

태후는 취운파에 대해 관심 없으셨으나 그에 대한 을나의 관심은 그치지 않았다. 태후께 대방으로 돌아가는 황제의 답신의 내용을 보고하기까지 그를 직접 본 것은 두 번 뿐이었다. 나머지는 측근들의 보고에 따라 수합한 정보였다. 그를 두 번 보았을 뿐인데 그가 자꾸 생각났다. 큰나루 객점과 가부실 상장군의 집 앞에서 우연인 듯 봤던 때 그는 시자들과 더불어 웃고 있었다. 그처럼 호방하게 웃는 훤칠한 사내를 처음 봤다. 마흔세 살에 이를 때까지 지아비는 없었으나 사내는 이따금 겪었다. 그뿐 그들 때문에 애달아 보았던가. 기억나지 않았다. 헌데 그 때문에 애가 달았다. 그를 구경하고 싶었다.

한 달 전, 보름날 해질녘에 을나는 취운파가 묵고 있는 귀부객점에 갔
다. 귀부객점에서 집사 노릇을 하고 있는 둑개가 감찰대의 첩자이기도 하
여서 이따금 그에게 들리는 것은 상례였다. 위층 객실에 묵는 손님인 그가
아래층에서 홀로 술을 마시고 있었다. 둑개로부터 그가 한 시진 전부터 저
리 술을 마시고 있다는 말을 들었다. 저녁참이었으므로 을나는 그곳에서
밥을 먹기로 했다. 객점 손님 중에 여인들이 드물어 이목을 끌기 쉬웠으나
을나는 한 자리 차지하고 상을 받았다. 취운파가 성큼성큼 다가온 것은 갓
수저를 들었을 때였다.

—저는 대방에서 온 취운파라 합니다. 잠시 앉아도 되겠나이까?

그렇게 다가온 취운파는 한성에 집을 얻고 싶다며 황성 가까이 조용한
마을이 어딘지를 물어왔다. 반년쯤 한성에 머무르려는데 객점이 시끄러
워 기숙할 만한 집을 얻어야겠다는 것이었다. 을나는 안물골을 권했다. 안
물골은 황성 뒤편으로 흐르는 한수 지류(支流) 변 마을로 큰나루에서 가깝
지는 않으나 황성나루에서 가까웠다. 무엇보다 황성과 가까워 조용했다.
안물골은 을나의 사가가 있는 마을이기도 했다. 그가 집을 사거나 짓겠다
는 게 아니라 반년 정도의 기숙을 원하였으므로 안물골의 어느 집을 소개
해주면 되지 않겠나, 처음엔 그리 여겼는데, 그날 그 자리가 끝나기 전에
마음이 바뀌었다. 을나 스스로 매양 집을 비워 늙은 청지기 내외만이 지키
고 사는 자신의 집에 그를 들인들 어떠랴, 하였던 것이다.

그날 밤 그와 밤길을 오래 걸었다. 난생처음 모든 것을 놓고 한가하게
걸은 것 같은 그 밤길에 가슴이 사뭇 떨렸다. 그가 대문 앞에서 잘 자라고
하며 돌아서 갈 때 그를 붙들고 싶었으나 차마 그리 못했다. 그가 찾아오
기를 기다리다 못해 귀부객점에서 그를 다시 만난 게 열흘 전이었다. 그가

오늘 안물골 을나의 집에 온 것은 일회적인 방문이 아니라 이사였다. 오늘 밤부터 당분간 그는 이 집의 식구가 되는 것이었다. 수하들을 불러들인 것은 취운파가 한 집에 살 것에 대한 일종의 포고였다. 한편으로는 을나 자신의 미래에 대한 예비 작업이기도 했다.

을나의 선임 드래는 마흔 살에 감찰대장 자리를 을나에게 물려주었다. 그는 자신이 아는 것들을 상전이며 수하들과 공유했다. 을나가 그를 이어 감찰대장에 올랐을 때 아무 불편 없이 감찰대를 운영할 수 있었을 만치 드래는 자신의 일에 투명했다. 그런 그가 감찰대에서 은퇴한 지 반년이 채 되기 전에 대들보에 목을 매고 자진한 몰골로 발견되었다. 타살한 뒤 자진을 가장해놓은 것을 대번에 알았다. 을나는 사실상 드래를 밀어내고 그의 자리를 꿰찬 터였으나 드래의 자진에는 관여한 적이 없었다. 태후를 향한 드래의 충성이 모자랐던가. 그건 을나가 알 수 없었다. 분명한 것은 드래와 같은 방식으로 감찰대를 운영하면 드래와 같은 식의 결말을 맞게 될 거라는 사실이었다. 정보를 공유하지 않게 되었다.

나만 아는 것, 나만 앎으로 나를 함부로 죽일 수 없는 것들을 내가 지니고 있어야 한다고 여겼다. 작금 제일신녀 효혜가 신통한 예지력을 잃었으나 여전히 신궁으로 군림할 수 있는 힘은 신이궁에게서 나왔다. 신이궁은 어떤 신궁인들도 시비를 걸 수 없을 만한 예지력을 갖고 있다 했다. 그의 가장 큰 예지력은 바로 사람의 수명을 보는 일이었다. 아직 대중 앞에 나서지 않는 그가 중로, 원로신녀들을 좌지우지하며 신궁을 움직일 수 있는 것이 그 때문이었다. 그 사실을 태후께서는 아직 모르셨다. 을나가 필요한 만큼, 물으시는 것만큼만 알려드리기 때문이었다. 그런 사실을 을나에게 보고해오는 첩자들은 제가 캐낸 사실이 어떻게 쓰일지를 알지 못했다. 태후가 신궁을 무너뜨리려 하매, 마라난타 같은 외국의 승려를 끌어들이고 거금을 들여 고천사를 짓는 것보다 신이궁을 직접 치고 들어가는 것이 빠르다는 것을 아는 사람은 을나뿐이었다.

근래 신이궁은 소야궁과 더불어 천신도 그리는 일에 빠져 있었다. 위시부 소속의 소야궁 수비병에 따르면 얼핏 보기로도 신비한 자태를 가진 신이궁이라 하였다. 신비한 자태란 용모가 아름답다는 것의 다른 말일 터였다. 그러한 용모를 지닌 열아홉 살의 신이궁이 소야궁을 이따끔 드나드는데, 태학의 학사 왕인도 소야궁을 드나든다고 했다. 그 때가 엇갈려 두 사람이 만나는 일은 없는 것 같으나, 그건 모를 일. 원래 하루 스무 명의 수비군이 소야궁을 지켰는데, 선황 폐하 승하 뒤에는 그 숫자가 두 명으로 줄었다. 밤을 새운 수비병 둘과 낮을 위한 수비병 둘이 아침에 교대하는데, 그들은 수비병이라기보다 하릴없는 백면들이었다. 선황께서 급작스레 붕어하시고 난 뒤 소야비는 어떤 사람도 주목할 필요가 없는, 그래서 보살필 필요도 없는 여인으로 버려지다시피 했다.

그런 소야비한테 신이궁이 드나드는데, 태학학사 왕인도 드나든다지 않은가. 을나는 신이궁을 본 적이 없었다. 학사 왕인은 본 적이 있었다. 그는 훤칠한 청년이었다. 치우당들이 그를 끌어들이고 싶어 할 만한 신분과 학식을 갖추었다. 열아홉 두 청춘이 만나면 어찌 될 것인가. 을나는 요즘 그 상상이 짜릿하게 재미났다. 신이궁은 혼인할 수 없는 몸이었다. 사통은 제 맘일 것이나 세상에 알려지면 목숨이 왔다 갔다 할 노릇이었다. 문사시 장원으로 제 이름을 떠들썩하게 알린 왕인은 도성수비군 상장군 사루사기의 아들이자 소야비의 질자로 근래 혼기가 찬 귀족 가문 여식들의 가슴을 팔랑이게 하고 있었다. 그가 혼인하지 않은, 정혼자가 누구인지도 알려지지 않은 사내이기 때문이었다. 그러한 선남선녀가 만나면 어찌 될 것인가. 더 재미있는 사실은 아사나 공주가 태학의 서장고를 공공연히 드나든다는 사실이었다. 황궁 장서고에 십 수만 권의 책이 있는데, 그 책을 다 두고 서장고로 다니는 까닭이 뭘까. 아직 모를 일이나 모를 것도 없었다.

을나는 자신이 아는 것들을 필요한 만큼만 선별해서 태후께 보고했다. 태후께서 아시는 것과 수하들이 아는 것은 그러므로 각각의 조각들이었다. 그 조각들이 완성되어 한 가지의 정확한 사실이 되려면 을나를 통해야만 했다. 을나는 감찰대를 물러나도 그 역할을 하며 살아갈 작정이었다. 측근들을 불러 잔치를 하고자 한 의도가 거기 있었다. 쓸모없이 늙어갈 계집으로 보이지 않기.

상은 차려져 있었다. 취운파가 상석에 앉아 을나의 수하들에게도 들어오라 하였다. 보딤과 다나사와 자소와 용오가 들어와 사내들의 건너편에 앉았다. 부장인 우번을 부르지 않는 까닭은 태후 때문이었다. 태후께서 근래에 우번을 따로 불러 감찰대를 감찰하라 명하신 것을 을나도 알았다. 모르는 체할 뿐이다. 모르는 체하며 우번을 중요한 임무에서 제외시켰다. 그가 차후 을나를 대신하여 감찰대장이 된다고 해도 그는 그 자리에서 오래 버티지 못할 것이다. 아니 그전에 감찰대에서 몰아낼 참이었다.

평시라면 상전과 수하들이, 남정네와 여인네들이 한상에 마주앉기 어려운 일이나 을나는 부러 자리를 그렇게 만들었다. 하룻저녁일망정 화통하게 어울리고 싶어, 상차림을 마친 청지기 내외를 마을 안에 있는 그들의 큰아들 집으로 보내버렸다. 혹시라도 자신과 수하들이 체면을 잃은 모습을 보일까 저어한 탓이었다. 을나가 그렇듯 수하들도 혼인하지 않고 일만 하며 나이 들어가는 중이었다. 혼인한 여인들은 집 안에서 섬겨야 할 대상들이 많아지므로 바깥일을 하기 어려웠다. 때문에 감찰대원이 혼인을 하겠다 하면 감찰대 밖으로 내보냈다. 이따금 임무를 맡기기는 하나 대개 범속의 아낙네로 살아가도록 내버려두기 마련이었다.

"자아들 드세요."

을나는 주인으로서 양쪽의 사람들을 서로에게 소개하고 술잔을 먼저 들었다. 취운파가 귀부에서 얻어온 술은 을나가 예전에 두어 번 마셔본 술이었다. 귀부주(貴富酒)라 하나 대방에서 건너온 화주(火酒)를 병만 바꿔치기 한 것이었다. 독하기가 혀를 태울 듯하여 화주라 불리는 술이지만 희석시키면 뒷맛이 깔끔했다. 저자에서 사온 술이 여러 병 있었지만 을나는 우선 두 배로 희석시킨 귀부주를 돌렸다. 희석시켰음에도 속이 화끈했다. 석령과 백호와 가하로와 차유와 마주앉은 보림과 다사나와 자소와 용오가 각양각색으로 자주 웃었다. 취운파 수하들의 서툰 백제말이 자꾸 웃음을 자아냈다.

배가 적당히들 부르고 술기운이 돌기 시작하니 집 안에는 웃음소리가 질펀했다. 방 안에 술이 떨어졌다. 밖으로 나온 을나는 술을 들여 주고는 측간으로 갔다. 소피를 보고 마당으로 돌아오니 방 안에서 또 웃음이 터졌다.

그대들은 젊구나!

중얼거린 을나는 중천에 뜬 열나흘 달을 올려다보았다. 열두 살에 궁녀가 된 이래 내시부 감찰대장이 되어 마흔세 살에 이르기까지 남의 동태만 살피며 살아왔다. 남의 동태를 살핌은 살핌을 당한 그에게 위해가 되는 일이기 일쑤였다. 서른 해 동안 남에게 해를 입히며 산 대가로 남은 게 이 집이었다. 십 년 전에 이 집을 마련했으되 그 십 년 동안 이 집 안에 이렇듯 다사로운 기운이 깃든 적이 없었다. 사람 사는 맛이 이런 것인가. 심신이 안온하게 풀렸다. 태후께서 백미르를 안으신 때의 연치가 어찌 되시었던 가. 마흔 다섯이셨을 것이다. 아홉 해 전, 을나가 서른네 살일 때였다. 당시 황후의 사통을 이목으로부터 가리기 위해 무던히 움직였다. 한편으로는 저 연세에도 사내를 안고 싶으실까 의심하고 힐난도 하였다. 이제 그 맘을, 그 애타는 마음을 알 것 같았다. 사람 사는 맛이었다. 어제 아침에 알현했을 때 태후께서 그때의 백미르가 작금에 어디에서 무얼 하고 있는지 알아보라 하시었다. 이 맛 때문에, 이 기분을 잊지 못하시어 백미르를 기루고 계시는 것이다.

"흐르는 달빛 따라 여인의 맘도 흐르는 게지요?"

취운파가 다가오며 한 말에 술과 달빛에 취한 을나의 몸이 후루루 떨렸다. 다가드는 것 같던 그는 약 올리듯 방향을 틀었다. 마당가 화단으로 가더니 돌아서서 괴춤을 내리고 있었다. 뒷간이 있는데도 화단을 향해 소피를 보고 있는 그의 뒷모습에 을나는 오금이 저렸다. 하여간 사내들이란! 속으로 혀를 차보지만 허세였다. 그를 싸안고 엎어지고 싶었다. 그 감각이 너무나 날카로워 외려 꼼짝할 수가 없었다. 그가 괴춤을 여민 뒤 돌아서더니 투벅투벅 걸어 을나에게 다가왔다.

"소생에게 내주시려는 방이 어디입니까? 아직 방 구경을 못했습니다."

"이, 이쪽입니다."

을나는 그를 앞서 집 안쪽 별채로 걸었다. 거의 쓸 일이 없던 별채를 취운파와 그의 수하들을 위해 단장했다. 새로 도배하고 자리를 새로 깔았다. 취운파가 쓸 침상이며 탁자 등은 깨끗이 닦았으며 새 이부자리를 마련했다. 대청이 없는 곳이라 가운데 넓은 방을 취운파의 거소로 정한 참이었다. 그의 방문을 열어 보인 을나가 그를 돌아보지 않은 채 중얼거렸다.

"등불을 마련해 와야겠습니다. 잠시 기다리세요."

"달빛으로도 충분한 것을요."

그렇게 말한 취운파가 다가들어 을나의 턱을 받쳐 들었다. 그가 달을 등졌기에 을나의 눈앞이 캄캄했다. 을나는 기를 써서 그를 올려다보았다.

"괜찮지요?"

을나는 그의 손에 올려진 고개를 끄덕였다. 그러자 취운파가 을나를 끌어당기는가 싶더니 두 팔로 받쳐 번쩍 들어 안았다. 을나가 두 팔로 그의 목을 휘감고는 그의 목에 입술을 댔다. 아무 생각도 나지 않았다. 바라느니 오직 그와 깊이 부딪치고 깊이 닿고 싶은 것뿐이었다.

을나를 안고 방 안으로 들어선 취운파는 그를 침상에 내려놓고 방문을 닫고 돌아서며 옷을 벗었다. 여인도 스스로 옷을 벗어젖히는 참이었다. 욕정은 여인과 똑같이 치받쳐 올랐으되 취운파는 속으로 한탄했다. 이게 사내가, 장부가 할 짓인가. 무슨 전투가 이따위란 말인가.

젊은 시절에는 전투에 임하기 전의 순간에 늘 백미르와 함께 있었다. 신기하게도 피차 죽는 것을 두려워하지 않았기에 전투 직전의 긴장은 기대감이었다. 그건 색정을 나눌 때 절정에 이르기 직전의 긴장과 같았다. 터지기 위해 끓어오르는 용암 같은 것이었다. 젊었을 때는, 미르와 함께 있을 때는 그러했다. 나이가 들면서 한 전투를 할 때도 각자 다른 위치에서 수하들을 책임지고 이끌어야 했다. 이 시간의 미르가 이 안물골에 있지 않고 밤실 진씨 일족 마을에 있는 것도 그 때문이었다.

각기 맡은 표적이 다르므로 각자 사용하는 전술도 달랐다. 전술이 어떻든 오늘 밤 각개 전투의 기준은 소리 없이, 흔적 없게 만들기였다. 취운파에 맡겨진 표적이 문제였다. 여인들이라니! 무사도 아닌 여인들을 죽이라고? 셀 수도 없는 전투를 치렀지만 취운파는 여인을 직접 상대해 본 적이 없었다. 대체 그들을 어찌 죽인단 말인가. 여인들은 늘 유리 항아리 같았다. 조금만 억세게 다루어도, 잠깐 실수해도 쨍그랑, 깨질 존재들 같았다. 그 연약함이 어여쁘기보다 무서웠다. 그런데 취운파더러 그런 존재들을 깨뜨리라는 것이었다.

―대장, 내가 고천사로 가리다. 여인들은 신궁무절들이 맡게 합시다. 아니면 내가 선유객들을 맡을게. 제발, 응?

그리 뻗대다가 대장인 백미르의 눈총을 맞았다. 임무가 맡겨졌으므로 하는 수 없는 일이었으나 여인을 죽일 수 있는 방법이 떠오르지를 않았다. 여인의 목을 비틀 것인가. 심장에 칼을 박을 것인가. 맨 정신으로는 도저히 그리할 자신이 없었다. 사태가 여기까지 오게 된 것도 그 탓이었다. 여인의 맘이 이렇게 깊이 기울어 들 줄 예상치 못한 때문이기도 했다. 어떠한 변명을 하려고 해도 여인의 맘을 이용한 자신이 졸렬하기만 하였다.

도저히 할 짓이 아니로다.

속으로 뇌까리면서도 취운파는 을나의 몸을 쓰다듬으며 핥고 물었다. 술에 탄 미약은 사내들에게도 작용하는 것이나 여인들에게는 치명적으로 흐르고 있을 것이었다. 여인들을 제정신으로 두고는 어찌할 수가 없을 듯하여 생각해낸 사악하고 치졸한 방법이었다. 태후의 감찰대장 을나가 지금 사내의 몸을 갈구하며 몸부림치듯 그의 수하들인 네 여인도 자신들도 모르게 동하는 욕구에 어쩔 줄을 모를 것이었다. 기어이 교접을 해야만 할 것이고 교접을 하든 하지 않든 여인들이라 약기운을 감당치 못하여 혼절을 하게 될 터였다. 취운파도 마찬가지였다. 여인에 깊이 닿고 싶은 욕구가 터질 듯이 솟구쳐 있었다. 사출을 해야만 자신이 술과 더불어 마신 미약이 증세가 잦아들 것이고 제정신이 들 것이었다. 아아! 여인이 미칠 듯이 몸부림을 치며 취운파를 물어뜯었다. 드디어! 취운파는 여인의 속살을 향해 이를 악물며 느린 속도로 들어섰다. 취운파의 인내를 참지 못한 을나가 취운파를 젖히며 체위를 바꾸었다.

밝실은 황성 서편 십 리 밖에 위치했다. 해가 잘 드는 밝산 남향에 있어 밝실이라 불리는데 척족인 진씨 일족의 마을이었다. 황성과 같은 성벽을 두르고 있지 않을 뿐 규모가 황궁에 못지않았다. 그중 태후의 친가인 내신 좌평 진고도의 저택이 가장 넓었다. 삼경이 가까워 옴에도 진고도 저택의 안팎이 사뭇 소란했다. 태후궁에서 나왔으되 유람선을 타지 않은 일군의 귀족들이 몰려와 여흥을 즐기고 있기 때문이었다.

"저들의 잔치가 언제쯤 끝나오리까?"

왕인의 물음을 듣지 못했는지 백미르는 대답이 없었다. 그는 가부좌한 자세로 눈을 감고 있는데 좌상 같았다. 왕인은 대답을 채근치 않고 그 곁에 앉았다. 바위가 차가웠다. 진고도의 저택이 잘 내려다보이는 곳이었다. 그만큼 누군가의 눈에 띄기 쉬울 장소인 듯한데 미르는 괘념치 않고 바위 위에 올라앉은 참이었다.

"이 일이 끝나면 어찌 될까요? 과연 우리가 의도한 대로 되오리까?"

응답을 듣고자 묻는 게 아니라 스스로에게 하는 질문이었다. 두 해 전 여름 대방에서 부친이 황위 계승의 서열을 위반하여 우현왕 부여부를 즉위케 하리라 했을 때 실제로 그런 일이 일어날 것인지 왕인은 회의조차 하지 않았다. 신궁의 예시나 부친의 의지를 의심했다기보다 막연하고 먼 일

77

로 여겨왔다. 그 이전에 이구림과 미추홀에 태풍이 불 것이라 했을 때도 그러했다. 그 태풍이 어떤 것인지 숱하게 들었어도 설마 그런 일이 벌어지랴, 하였다. 전쟁과 살생이란 그만한 명분이 필요한 것일진대 당시의 황후와 척족들에게 그만한 명분이 무엇일까, 알 수 없었기 때문이었다. 그들이 그만한 규모로 치고 들어올 구실을 이구림과 미추홀이 제공한 적이 있는가. 또는 신궁이!

하였지만 태풍이 불었고 피아를 합쳐 이구림에서만 일천에 가까운 목숨이 스러졌다. 미추홀에서도 비슷했다고 했다. 너도섬까지 합치면 그때, 거의 이천에 달하는 사람이 파도에 쓸려가거나 흙 속에 묻혔다. 대체 그만한 명분, 구실, 핑계가 무엇인가. 전쟁을 일으킨 자들이 그러한 일이 일체 없었던 듯 시치미를 떼었으므로 답도 들을 수 없었다. 때문에 오늘 밤 이후 어찌 될지도 왕인은 막연하기만 하였다.

"지지난해 소질(小姪)이 저쪽에 갔을 때 아버님과 수사이생(隨思以生), 수생이사(隨生以思)에 대해 이야기를 나눈 적이 있습니다. 제가 아버님께, 생각한 대로 사시는 것 아니냐고 여쭸더니 아버님께서는 그렇지 않다고, 평생 수사이생, 수생이사를 고민하며 사시었다고 하셨습니다. 사는 대로 생각한다는 게, 주체적이지 못한 삶의 방식 같으나 꼭 그리 여길 것도 아닌 것 같더라 하셨지요. 그건 인위적이지 않는 자연스러운 삶이고, 그리 사는 게 두루 조화되기 쉬운 바 대개들 그리 사는 것 같다고요. 소질은 아직 그에 대해 모르겠습니다. 한 사람에게서도 수사이생과 수생이사가 분별하기 힘들 정도로 번갈아 진행되고 얽히며, 그 한 사람 한 사람의 얽힘이 한꺼번에 얽히는 것이 오늘 밤과 같은 일로 나타나는 것이오리까?"

미르는 여전히 눈을 감은 채 말이 없었다. 정말 잠이 든 듯했다. 삼경이 되었는지 달이 중천에 떠 있었다. 왕인은 두 손을 깍지 낀 채 뒤로 누웠다.

그 사람은 지금쯤 자신의 처소에 들었을지.

왕인은 달을 올려다보며 설요를 그렸다. 두 해 전과 같은 일 당하지 않고, 이런 일 벌이지 않고 이따금 어찌하면 설요를 한 번이라도 더 만날 것인지에 대한 방법이나 궁구하며 살 수 있다면 좋을 터였다. 그렇게 작으면서도 큰 사람. 서릿발처럼 차가우면서도 봄 햇살처럼 따스한 사람. 그렇게 괴이쩍고 귀여운 사람이 세상에 또 있으랴. 그의 몸속에 흐르는 눈물과 그의 몸에서 피어나는 웃음을 처음 만났을 때부터 알았다. 같이 가되 따로 갈수밖에 없음을 몰랐을 뿐이다. 그걸 알았다면 그를 기루며 성장했을지, 그것도 모른다. 모르는 일 천지이되 이 밤에 이 바위 위에서 전투를 기다리는 대신 소야궁 별실에서 그를 안고 그를 어루만질 수 있다면 좋을 터였다.

부친이 돌아오시어 설요가 가부실로 올 수 없게 되었다. 그를 만나지 않고는 견딜 수가 없기에 소야비에게 설요와의 인연을 털어놓으며 구원을 청했다. 소야비는 한참만에야 입을 열었다.

─내가 천신도를 다시 그리려던 참이다. 곁이 쓸쓸하다 보니 밤에 그림 그리는 일이 많구나. 헌데 눈이 침침하고 기운이 없어 수발 받아야 할 일도 그만치 많고. 천신도를 그리는 것이니 이번에는 신궁에 도움을 청해야겠다. 젊고 영민한 신이궁이 한 번씩 내려와주면 도움이 되겠지. 하여도 그는 신궁에서 제일 바쁜 사람이라 자주는 못 내려올 것이야. 한 달에 한 번이나 가능할까. 어떻든지 신궁에 거래를 넣어보기는 하련다.

그리 되어 오히려 설요를 더 볼 수 있게 되었다. 한 달에 한 번으로도 충분하여 넘칠 듯했다. 그렇지만 한 달에 한 번이 충분치 않음을 금세 느꼈다. 늘 모자랐다. 밤마다 신궁 성벽을 넘고 싶었다. 신궁 성벽을 넘을 재간이 없을 뿐더러 그 생각 자체가 도를 넘는 것이어서, 도를 넘으면 어떤 위험이 닥칠지 아는지라 인내하는 나날이었다.

"수사이생, 수생이사!"

잠든 듯했던 미르가 문득 중얼거린 소리였다. 왕인이 발딱 일어나 앉았다. 잠깐 꿈을 꾼 듯했다.

"나는 그런 것 생각하기를 일찌감치 포기한 사람이다."

"하오면 외숙께서는 무슨 생각을 하시옵니까?"

"나는 생각을 하지 않지. 그러한 생각은 너나 네 부친 같은 사람들이 하는 거고, 나와 같은 사람은 너나 네 부친 같은 사람의 생각에 따라 움직이는 것이다. 아마도 세상은 그렇게 굴러가는 것일 게다. 너나 네 부친과 같은 사람들과 나나 취운파 같은 사람들이 맞물려서 말이다. 그래도 네가 굳이 물었으니 대답하마. 나는 사람의 삶에는 공식이 없는 게 아닌가 한다. 삶과 그 삶에 수반되는 것들을 수행하거나 못하거나. 그뿐이라 여기는 나는 그러한 삶의 주체, 비주체를 따지지 않는다. 아니 따지지 못한다. 애초에 답이 없으므로 생각지 않는다는 게 내 생각이다. 어떤 일을 어쩔 수 없이 하든, 하고 싶어 하든 그건 내 삶의 필요에서 비롯된 것일 터이다. 내 삶을 영위하기 위해 하는 일에 주체와 비주체를 구분할 필요도 없을 테고. 지금 너와 내가 이 자리에 앉아 있는 행위는 주체적인 일일까, 그 반대일까. 오늘 혹은 두어 달 뒤의 일을 위해서 저 아래에는 대방에서 건너온 사람들이 때를 기다리며 웅크리고 있다. 그들은 비주체적일까, 그 반대일까. 저 아래 잔칫집에 있는 이들은 어떨까? 저들이 주체적일까, 우리가 수사이생 하는 것일까? 이 모든 일을 계획하고 이끄시는 네 부친께서는 어떨까? 혹은 네 가슴속에 뜨겁게 들어 있는 그 아이의 삶은? 계속하랴? 계속

하면 답이 나오겠느냐?"

"답이 나오지 않으니 생각을 해야 하는 것 아니옵니까."

"그러니 너와 같은 사람이, 목숨들과 상황들과 대의와 명분에 대해 생각하는 것 아니겠느냐? 그게 책임일 터이지. 나는 그걸 지기 싫은 사람이고. 어쨌든 수사이생, 수생이사에 대하여는 오늘 밤이 지난 뒤 기회가 되면 다시 얘기해 보기로 하자. 저들의 잔치가 마무리되어 가고 있지 않느냐?"

왕인이 일어서서 진고도의 저택을 내려다보았다. 저택을 둘러싸고 있던 그림자들이며 담장 안쪽 사람들의 움직임이 조금 전에 비해 급작스레 부산스러웠다. 미르가 휘익휘익, 두 번씩의 긴 휘파람을 세 번 불었다. 아랫녘에서 같은 응답소리가 나더니 연해 이어지다가 멀어졌다. 밝산 각 곳에 엎드려 있던 대방의 무절들이 잠복에서 일어나 자신들의 표적을 향해 나아간다는 신호였다. 세 명으로 이루어진 스무 조의 무절들이 제 집으로 돌아가는 표적들을 따를 것이었다. 그리고 오늘 밤 안 아무 때라도 적합한 때에 적정한 방법으로 자신들의 몫으로 정해진 표적을 제거할 터였다.

살생부에 오른 이름이 총 오십이 명이었다. 한수와 고천사와 안물골에서 삼십여 명이 제거될 것이었다. 나머지 이십여 인은 밝실과 밝실에서 그리 멀지 않은 각처에서 스러지거나 오리무중이 될 터였다. 백미르의 표적은 태후의 부친인 진고도였다. 무절들에게는 조를 지어줬으나 스스로는 홀로 할 참이었다. 왕인이 함께하겠다고 나섰다. 고개를 저었으나 그는 기어이 졸라댔다. 취운파가 어떻게 여인들을 상대하라는 거냐고 뻗대는 것과는 차원이 달랐다. 취운파는 눈 한 번 흘기면 수용하는 자이지만 왕인은 집요하기가 쇠심줄과 같았다. 포기하지 않을 아이였다. 그가 따라

붙은 것은 몹시 성가신 일이나 데리고 올 수밖에 없었다. 그도 어차피 한 배를 탔다 여긴 때문이기도 했다. 재작년 이구림 사태 때 제 몫을 너끈히 해냈지 않은가. 그는 조롱(鳥籠) 속의 소군이 아니라 이미 주군이었다. 그리고 주군으로 살아야 할 사람이었다.

"내 다녀올 때까지 예 머물러 있지 않으려느냐?"

"여기까지 와서 바위에 붙박여 있겠나이까. 저의 둔함과 어리석은 고집으로 인해 일을 그르친다 할지라도 따르겠습니다."

"네가 이미 주군일진대 누가 너를 말리겠느냐. 허면 가자."

왕인을 데리고 월담할 수는 없었으므로 미르는 진고도 저택의 정문을 택했다. 잔치 끝에 흩어지는 사람들로 부산해질 즈음까지 기다린 것도 그 때문이었다. 진고도는, 보통 노인 같으면 진작 모든 일에서 물러나 한가하게 여생을 보낼 예순 중반에 한 차례 물러났던 조정에 다시 입조하였다. 현재 그는 칠십오 세였다. 연치가 높은지라 밤이면 여인을 가까이 두지 않고 잠자리에 혼자 든다 하였다. 그의 처소는 저택의 북쪽 맹하당(孟夏堂)으로 수십 채의 전각에 둘러싸여 있었다. 지난 며칠 밤마다 사전 탐찰을 나왔던 미르는 자신의 집인 양 태연하게 정문으로 들어섰고 망설임 없이 맹하당 쪽으로 걸었다. 왕인은 태연하려 애쓰며 그를 따랐다. 워낙 천연덕스레 걸으니 아무도 두 사람을 주시하지 않았다. 마당에 북적이는 하종들은 손님들을 배웅하고 손님들이 나간 자리의 좌대들이며 차일들이며 모닥불들을 끄느라 바빴다. 진고도가 막 처소에 든 듯 불빛이 환한 맹하당 주변에는 네댓 명의 시위들이 오가고 있었다.

맹하당 옆 편액이 없는 자그만 전각의 처마 그늘에 들어선 미르는 왕인에게 벽에 몸을 붙이고 있으라 손짓했다. 왕인이 함께 안으로 들어가겠다

82

는 시늉을 하자 그가 고개를 저었다. 더 이상 고집을 부리면 일이 커질 것이었다. 왕인은 비로소 고개를 끄덕였다. 미르가 이웃 그늘 속으로 옮겨가 시야에서 사라졌다. 이곳에 혼자 남아 있다가 저들에게 발각되면 어찌될까. 처마 밑에 남은 왕인은 자신이 두려워하고 있는지, 스스로의 속내를 짚어보았다. 전혀 두렵지 않은 것은 아니로되 떨리지는 않았다. 누군가 다가와 네가 누구냐, 뭘 하고 있는 것이냐 묻는다고 해도 어떻게든 무마할 수 있을 것 같았다. 왕인은 그늘 밖으로 나서서 잔치 설거지를 하고 있는 하종들 틈에 섞여 들었다. 차일을 접고 있던 한 사람이 소리쳤다.

"이봐, 뭐 해?"

"제 상전이 뵈지 않아 찾고 있나이다."

"뒷간에라도 가신 모양이지. 망부석같이 잠자코 있지 말고 그쪽 좀 잡아당겨 보아."

왕인이 그의 맞은편에서 차일을 잡았다. 끙, 힘써 잡아당기며 뒤늦게 떨리는 손을 다스리는데 건너편의 그가 힘 좀 쓰라고 소리쳤다.

맹하당 호위들이 한차례 지나간 뒤 미르는 맹하당의 정면이 아니라 측면으로 다가들었다. 건물이든 사람이든 원래 앞이나 뒤보다 측면이 허술한 법이었다. 맹하당을 몇 번 탐찰한 결과도 마찬가지였다. 측문은 대개 잠겨 있기 마련이라 그 고리가 얼마나 허술한지 매일 점검하지 않는 것이다. 미르는 단검을 꺼내 안의 문고리를 걸어낸 뒤 안으로 들어섰다. 맹하당 안은 다섯 개의 방으로 이루어져 있었고 네 방의 가운데가 주인의 침소였다. 침소 왼쪽 방은 진고도의 접객실이었다. 접객실에는 침소로 통하는 문이 있는 법이었다. 오늘 밤 더 이상 맞이할 손님이 있을 턱이 없으므로 미르는 접객실로 스며들었다. 어두웠으나 밖에서 비쳐드는 불빛으로도 실내를 충분히 살필 수 있었다. 침소로 통하는 문 앞에 이르자 기침소리와 말소리가 들렸다. 침소에 아직 하종이 남아 있는 모양이었다.

"오늘 하루가 길었다. 너무 요란했어. 이리해도 될 노릇이었는지 모르겠구나."

"오늘이 다 지나갔나이다. 기침을 하시는데 등을 좀 만져드리오리까."

"되었다. 그만 물러가거라."

"소인 이대로 물러가도 되겠나이까."

"네가 대신 기침을 해줄 것도 아니지 않느냐. 약을 먹었으니 잠들 수 있을 것이다. 필요하면 부르마."

"하오면 밖에 있겠나이다. 불을 끄오리까."

"그냥 둬라."

하종이 앞문으로 나가는 것 같았다. 미르는 잠시 기다렸다. 기억 때문이었다. 삼십일 년 전, 불미성이 탔다. 그 불길 속에 내던져졌다는 시체들은 미르의 부모와 조부모와 형제들과 가솔들이었다. 형체를 분간할 수 없이 뒤엉킨 채 타버려 한구덩이에 묻혔다는 그들. 그 광경을 멀리서 바라보며 오줌을 지리던 아홉 살배기가 있었고 그 광경을 연출한 자가 있었다. 진고도가 그였다. 불미성의 백씨들을 몰살시키고 불미성을 태우고 불미성이 지니고 있던 영토를 황실의 것으로 삼은 자가 진고도였음을 미르는 오래전부터 알았다. 알았으나 그의 목을 베려 애쓰지 않았다. 그의 한 목숨을 앗는 것이 무슨 의미이랴. 그의 배후에는 백 년 넘게 권력을 누려온 진씨 일족이 있었고, 백제가 있었고, 백제 뒤에는 약육강식의 섭리가 있지 않은가. 그리 여겼다. 여기니 여겨졌다. 관심 두지 않을 수 있었다. 헌데, 오늘 이 자리에 선 까닭은 무엇인가. 그를 표적으로 삼은 이상 미르가 나서지 않아도 늙은 진고도의 목숨을 제할 사람과 방법은 얼마든지 있었다. 그럼에도 진고도 저택 침입은 내가 하겠다 나섰고 직접 왔다. 미르는 자신의 속내를 더 이상 파고들지 않고 침소로 난 미닫이문을 밀었다.

방의 사방에 등불을 밝힌 채 노인은 침상에 모로 누워 있었다. 붉은 비단 이불을 끌어내리며 잔기침을 하는가 싶던 노인이 중얼거렸다.

"괜찮대도 그러는구나. 곤하다. 물러가거라."

찬찬히 그에게 다가든 미르는 이불을 당겨 목까지 덮어주며 그의 목을 만졌다. 환결혈(環結穴)을 짚었을 때 노인이 눈을 떴다. 눈을 떴으나 인후가 막혔으므로 소리를 지르지 못했다. 목을 비틀거나 따는 것이 훨씬 빠를 것이나 미르는 몇 숨참 지체하며 환결혈을 짚은 채 노인의 숨이 끊기길 기다렸다. 밖은 여전히 부산했으나 세상이 참으로 고요하였다. 마침내 노인의 움직임이 완전히 멈췄다. 미르는 노인의 숨이 끊긴 것을 확인하고 그의 이불을 덮어주고는 돌아섰다. 오늘 밤에 죽은 자들 중에서 가장 반듯한 모습으로 선하게 돌아간 이가 그일 터였다. 자신의 침상에서 자는 듯, 아무도 동반치 않고 돌아갔으니.

몹시 근심하고 있을 줄 알았던 왕인은 태연히, 상전을 찾는 시자인 양 주변을 두리번거리고 있다가 미르가 나타나자 뒤쪽에 붙어 따랐다. 자식에게 무술을 가르치지 않겠다고 작정한 루사기의 의중대로 왕인은 무기 대신 책을 들고 자랐다. 그의 활쏘기는 여기(餘技)이자 호사취미일 뿐이었다. 그 솜씨가 꽤 정확하다고는 하나 적의 목숨을 앗으며 스스로를 지킬 수 있는 무술은 아니었다. 그게 다행한 일인지 아닌지는 판단하기 어려웠다. 혼자서 다닐 수 없으매 호위를 거느리고 다녀야 하는 게 얼마나 불편한 일인지 그 자신이 모르고 살아갈 수 있다면 다행일 것이었다.

미르는 진고도 저택의 마지막 손님인 양 정문을 나왔다. 아직도 대문 앞에서 말에 오르느니, 교자를 타느니 하며 실랑이를 벌이는 자들이 있었다. 그들은 대개 취해 있었고 그들의 시자들은 술에 전 상전들을 집으로 데려가기 위해 애를 먹는 참이었다. 달도 별도 보이지 않았다. 비가 내릴 듯한 날씨였다. 비가 내렸다 그치면 가을이 깊어질 것이었다.

실종

황궁감찰대는 태후의 눈이었고 귀였고 손이며 발이었다. 태후가 태자
비였을 때부터 매일 이른 아침이면 드래가 어김없이 들어와 황궁 안팎에
서 태후 모르게 은밀히 진행되는 모든 일들을 고했다. 드래 이후엔 을나가
똑같이 했다. 때문에 태후는 스스로 알고 있어야 할 일들에 모르는 것이
없었다. 그리 여겼다. 오늘 아침에는 을나가 들지 않았다. 저도 나이 들었
다고 늦잠을 자는가.

"마흔이 넘었으니 그럴 법은 하다마는."

중얼거린 태후는 소세를 하고 단장을 하며 을나를 기다리다가 그를 잊
었다. 조정이 열리지 않는 날인 데다 어제 치른 분주함의 여파로 황궁은
아직 고요했다. 간밤에 우박까지 동반하며 쏟아지던 폭우는 말끔히 그쳐
있었다.

내신좌평 진고도가 밤새 돌아갔다는 소식은 아침상을 막 물리고 접객

실로 나앉은 참에 들었다. 접객실에 앉자마자 첫 번째로 알현을 청해온 이가 밝실 저택 집사장 기수였다. 간밤 잔치에서 야기를 쐰 탓인지 고뿔기가 있기는 했으나 평안히 잠자리에 들었는데 그 길로 돌아가셨다 했다. 그런데 그걸 알리러 온 이가 아우들인 위시부 달솔 시겸이나 내두부 은솔 남로가 아닌 것이 태후의 심기를 불편케 했다.

"시겸은?"

"황송하오나 폐하, 달솔께서는 간밤에 야행을 나가시어 아직 돌아오시지 않으시었나이다. 우선 폐하께 아뢰고자 들어왔으니 그 사이 달솔께서 돌아오셨으리라 짐작하옵니다."

"어제 종일 놀고, 간밤에 그리 놀고도 모자라 또 놀러를 나갔단 말이냐? 편찮으신 노인을 두고?"

시겸은 나이가 그만치나 들고도 노류가를 찾아다니며 황음하는 버릇이 있었다. 천한 계집들을 끼고 도는 그 버릇으로 몸을 망치고야 말 것이라, 몇 차례나 경고했건만 태후 말로도 누이 말로도 귓등으로만 들었다. 그가 아우만 아니라면 조정에 둘 까닭이 없었다. 부친을 잃었으므로 내신좌평도 잃었다. 당장 새로운 내신좌평을 물색해야 할 것이나 시겸은 그 재목이 아니었다.

"남로는?"

"은솔께서는 간밤 한수의 놀잇배를 타신 것으로 아옵니다."

"허면 남로도 아직 귀가치 아니했단 말이냐?"

어느 계집의 품에서 널브러져 있을 남로임에 집사장이 몸 둘 바를 몰라 고개를 조아렸다. 그를 다그쳐야 아우들의 체면만이 아니라 스스로의 체면도 말이 아니게 된 터여서 태후는 한숨을 내쉬었다.

"알았으니. 가서 달솔과 은솔이 돌아와 있지 않으면 사람을 풀어 찾고, 돌아와 있으면 차분히 초상 준비를 하라고 전하라. 나는 상청이 차려진 뒤에 나가보리라."

작년 사월 지아비 상을 당했을 때 섧지 않았듯 부친상을 당했으나 특별히 애달프지 않다. 칠십오 세를 채우신 데다 주무시다 돌아가시었으니 복된 노인 아니신가. 선태후를 누이로 두신 덕에 일평생 누릴 만큼 누린 분이었다.

"징모야, 대황전에 부고를 전하고 을나를 찾아오너라."

징모가 명을 받들고 급히 물러났다. 을나는 궁내 내시부 소속의 감찰대를 이끌었으므로 주로 궁 안에서 기거했으나 궁 밖에도 사가가 있었다. 안물골이라던가. 을나의 충정을 의심해 본 적이 없으나 그가 만만찮은 재물을 축적했으리라는 짐작은 했다. 그는 서른두 살의 보딤을 제 후계로 생각한 듯했다. 후계를 생각할 나이가 되었으니 더욱이나 재물이 필요할 터였다. 누군들 재물이 필요치 않으랴. 태후는 을나의 축재에 대해 내색치 않았다.

"잠시 찬 바람을 좀 들이거라."

시녀 하야가 동쪽 창을 열었다. 찬 바람이 휘릭 들어와 순식간에 실내를 식혔다. 창 옆 벽에 걸린 초상화 족자가 잠시 흔들리다 가라앉았다. 어제 낮의 잔치 자리에서 소야비가 내놓은 그림이었다. 붉은 보자기에 길쯤한 궤가 싸이고 그 안에 둘둘 말린 족자 하나 담겼기에 내심, 요새 천신도를 그린다 하더니 옛날에 그린 꽃 그림 한 점 들고 왔구나, 신청부같이 여기면서도 펴보라 했다. 뜻밖에도 태후의 초상화였다. 머리에 황후관인 천계관(天鷄冠)을 얹고 초승달 모양의 짙은 눈썹에 환한 눈매와 검은 눈동자,

주름살 없는 볼과 오똑한 코와 야무지고 붉은 입술. 손에 들고 있는 둥근 부채와 부채 가장자리에서 희게 나풀거리는 깃털까지. 십 년 전쯤의 태후를 형용한 것이었는데 아주 흡족하였다. 태후의 생애 중 가장 빛나던 때의 모습이었다. 어제 그 누구에게서 받은 선물보다 그 초상화가 좋았다. 삼십 년 가까이 한 지아비의 여인들로 살아오며 소야를 귀히 여긴 적이 없었으되 어제는 그가 어여뻤다. 비로소 그가 그리는 그림들이 그저 할 일 없는 계집의 농탕이 아니라 여겨졌으므로 물감이라도 듬뿍 보내야겠다고 생각했다. 초상화 속 태후는 태후 자신이면서도 자신이 아니었다. 젊지도 늙지도 않은, 때문에 앞으로도 영원히 그와 같은 형상으로 살 것 같은 여인이었다.

"문을 닫아라. 징모가 오는지 보고."

이틀 전 을나에게 백미르의 소재를 파악해오라 명하였다. 그가 어디에서 무얼 하고 어떤 행색으로 살고 있는지. 지지난해 선황제가 환도할 때 분명히 따라왔다 들었건만 그의 꼴을 볼 수 없었다. 그가 환도 전에 사직하여 백면(白面)으로 들어왔다니 황궁에 나타날 일이 없는 것은 당연하나 당연한 것과 도리는 다르지 않은가. 한 철이었을망정 황후를 품었던 사내였다. 그 황후가 태후가 되었음에도 인사 한 번 하러 오지 않았다. 쉰네 살이나 되어 몸과 맘이 통나무인 양 둔해졌다. 사내로서의 그를 기루는 것은 분명히 아니었다. 하지만 저는 인사를 와야 하는 게 아닌가. 하마 그가 알현을 청하지 않나, 그렇게 때로 그를 생각하다 보니 점점 괘씸했다. 그에 대해 알아보라 을나에게 명하고도 어제 큰마당에서는 그를 찾았다. 상장군 사루사기의 주변을 몇 번이나 훔쳐보았으나 백미르는 자취가 없었다. 잔치가 끝난 뒤 사루사기가 대황전의 부름을 받고 홀로 들어가 밤늦도록 그곳에 머물고 있다는 말을 들은 뒤 함부로 쏟아지는 빗소리를 들으며 잠이 들었을 뿐이었다.

을나를 데려오라 했더니 징모가 빈 몸으로 들어와 고했다.

"폐하, 황궁 안에는 을나와 그의 수하들이 없는 것 같다 하옵니다. 하여 그의 사가로 사람을 보내었나이다."

"을나와 그의 수하들이 아무도 없더란 말이냐? 내가 아침이면 찾는다는 것을 알면서도?"

"황공하옵나이다, 폐하. 금세 찾아오라 하였으니 곧 들어올 것이옵니다."

을나가 눈앞에 보이지 않아도 언제나 그의 행방을 알고 있다고 여겼던 건 찾으면 찾아지기 때문이었고 찾기 전에 그가 들어왔기 때문이었다. 그런데, 그를 찾을 수가 없다? 석연치 않고 불쾌했다. 을나가 백미르의 소재를 파악하기 위해 저 아랫녘 이구림까지 직접 갔을 리 없고, 만약 갔다면 미리 고했을 터였다.

이구림! 태후는 한숨을 쉬었다. 재작년 초겨울에 이구림과 미추홀과 신궁을 친 것은 일생일대의 실책이었다. 그곳들에서 목지형검의 진신을 찾아보라고, 그걸 핑계로 그곳들을 장악하라고 좌평들을 다그쳤다. 그리고는 잊었다. 그들이 실행할 것이라 믿지 않은 채, 잊은 척했을 것이다. 그들이 실행함을 몰랐다 할 수는 없으니 그 또한 실책이었다. 그들이 면밀히 준비하여 사병대를 내려 보낸 것을 눈치 채었을 때, 내심 자신했지 않은가. 그곳 주인들의 기반을 와해시켜 황실의 권위를 그곳들에 심으리라. 신궁은 몰라도 월나의 상대포와 미추홀의 미추홀포를 장악할 수 있을 것이라 여겼다. 그들이 지닌 드넓은 상권과 거대한 금력이 황실의 것이 되리라 믿었다. 참패였다. 두 곳으로 파병된 진수림과 진이필의 사병들 몇이 돌아오긴 했다. 정식으로 치른 전쟁이었다면, 그래서 대장들과 더불어 살아왔다면 모를까. 대장을 잃고 동료를 잃고도 뻔뻔하게 돌아온 그들은 황실의 과실에 대한 징표일 뿐이었으므로 살려둘 수 없었다. 생존자들이 절반쯤 되었다는데, 그들 다수가 돌아오지 않은 건 그런 걸 예측했기 때문이었을 터였다. 돌아오매 어차피 살 수 없을 그들은 제가 살아난 자리에 숨어서 살아갈 수밖에 없는 것이다. 아무도 그에 대해 거론치 않았으므로 없던 일처럼 되었으나 그걸 생각할 때마다 태후는 입 안에 소태를 머금은 듯했다.

"내신좌평께서 서거하시었으니 의논할 일이 많다. 각부 좌평, 달솔, 은솔들의 저택으로 파발을 띄워 급히들 백세전(百歲殿)으로 입조하시라 하여라. 오시에 조정을 열 것이다. 대황전에도 오시에 조정이 열릴 것이라 전해 드리고."

"예, 폐하."

징모가 태후의 명을 하달키 위해 물러났다. 이십여 년 곁에서 수발을 들어온 머리시녀 징모가 수족처럼 움직이기는 하나 여전히 답답했다. 징모는 수족이기는 할망정 을나와 같은 눈과 귀가 아니기 때문이었다. 대체 어딜 갔기에 나타나지 않는단 말인가. 을나가 없다면 그의 휘하에서 움직이는 감찰대가 당장은 무용지물이었다. 보고 들으매, 언제나 을나를 통해 왔던지라 태후는 근래 감찰대의 깊은 속내를 몰랐다. 을나가 대동하고 다니는 몇 계집들의 얼굴을 알 뿐 그들을 알기 위해서는 새롭게 감찰대를 만들어야 할 정도로 을나의 감찰대에 대해 어두웠다. 진중한 을나를 믿었다. 그가 전임이었던 드래와 달리 조근조근 풀어내 보이는 성격이 아니었으나 태후가 알고자 하는 것을 알아내 오지 못한 적이 없으므로 감찰대를 제

손안에 넣은 것을 탓하지 않았다. 전적으로 신뢰해야 그에 값할 만한 충성이 돌아오기 마련이었다. 을나는 믿은 만큼의 값을 해왔다. 그의 속내를 너무 모른다는 사실에 생각이 미치지만 않았다면 우번을 눈여겨보지 않았을 것이고, 우번에게 감찰대 동향과 을나의 행적을 살피라고 따로 명하지도 않았을 것이다.

"폐하, 아사나 공주 드시었나이다."

그러고 보니 아사나가 문안을 들 시각이었다. 열일곱 살의 손녀 아사나가 들어서니 일흔다섯 살 부친의 부고로 암울했던 태후전이 일시에 청신해지는 듯했다. 어느새 외증조부의 부고를 들었는가. 온통 흰 의복차림인데, 신녀들의 복색과 흡사하다. 아사나가 절을 하고는 일어나 앉는데, 그 얼굴이 평소와 다르게 침착치 못했다.

"어느새 밝실의 소식을 들은 게냐?"

"예, 폐하. 밝실 어른님의 소식을 조금 전에 들었나이다."

"그만하시면 호상이신 셈이니, 어린 네가 그리 깊이 슬퍼하지 않아도 되느니라. 죽음이란 온 곳으로 돌아가는 과정이라 하지 않던?"

"명심하겠나이다. 하온데, 폐하."

"말해보아라."

"폐하께오서도 고천사에 납시어 보신 적이 계시지요?"

"새삼스럽게. 고천사 부지를 정한 게 이 할미이고, 불상을 봉안케 한 사람이 이 할미이지 않아? 완공된 뒤에도 가보았지. 가장 최근에 다녀온 게 열흘 전쯤이니라."

"소녀가 지난밤 초저녁에 고천사에 가서 폐하의 강령하심을 기원하며 예불을 올렸다 말씀드렸지요?"

"그랬다 하지 않았더냐. 헌데 왜?"

"지난밤의 예불이 좋았기에, 매일 새벽이면 예불을 올린다기에, 오늘 새벽에 다시 고천사엘 갔나이다."

"갸륵타. 헌데?"

"폐하, 고천사가 사라졌더이다. 흔적이 남았으매 그게 고천사의 흔적인지 알 길이 없을 만큼 고천사의 종적이 묘연하더이다."

아이가 대체 무슨 말을 하는 것일까. 벌써 진시에 접어들었을 것인즉, 아직 잠이 덜 깨었단 말인가.

"사람도 아니고 연기도 아닌, 고천사가 종적이 없어지다니. 그게 어인 말인고?"

"소녀가 새벽, 잔경 즈음에 고천사에 도착했사온데, 폐하, 고천사가 없었나이다. 어두워 잘못 찾았는가 싶어 날이 밝기를 기다렸다 보았사온데, 고천사가 밤사이 흙더미만 남겨놓았더이다. 흡사 새로 개간한 밭과 같았나이다. 그 밭이 진정 고천사 흔적인지, 소녀는 기연가미연가, 서 있다가 지금 돌아오는 길이옵니다. 폐하, 할마님. 대체 고천사가 밤새 어디로 갔사오리까?"

"밭이 있더라고? 고천사 부지에?"

"예, 폐하. 소녀가 가니, 궁인 삼십여 인이 따르지 않았겠나이까? 소녀를 비롯하여 그들 모두가 간밤에 그곳에서 고천사를 보았사온데, 지난 새벽에 다시, 고천사가 없는 것을 같이 보았사옵니다."

첫 자손임에 몸소 이름을 지어준 아이였다. 해가 맨 먼저 떠오르는 아침 나라 진단에서 아침에 태어난 귀한 계집아이 아사나. 그랬음에도 아사나를 특별히 귀애한 적이 없었다. 아사나가 태어날 적에 태후는 스스로가 할미가 되었음을 믿기 어려운, 믿고 싶지 않을 만큼 팽팽히 젊었기 때문이었다. 아사나는 귀살스러움이 없는 아이였다. 황녀 유리나를 귀애하듯 황손녀 아사나를 귀애하지 못한 것은 아이의 타고난 성품이 고요하여 귀염 부릴 줄 모르기 때문이었을 것이었다. 덥석덥석 안겨올 줄 모르는 어린 날의 아사나를 보면서 천생 예쁜 짓 할 줄 모르는 제 어미로구나, 여러 번 그리 생각했을 정도였다. 황상의 이비(二妃) 소생인 고을나 공주만 하여도 얼마나 귀염을 떠는가. 귀염이란 타고나는 것이매, 계집은 계집스러워야 귀히 여겨지는데 아사나는 유리나나 고을나와 같은 계집스러움을 타고나지 않았다. 하여도 아사나가 얼마나 영민한 아이인지 모르지는 않았다. 제 어릴 때부터 책 읽기를 얼마나 좋아하던지, 책을 읽으매 그에 어찌나 몰두하던지 끼니때가 되면 책을 뺏어야 할 때도 있다고 했다. 헛소리를 할 아이가 아니었다. 고천사가 하룻밤 새에 종적이 없어졌다는 말도 헛소리가 아닌 것이다.

하지만 어떻게? 어떻게 일 년 반이나 걸려 지은, 아름드리 기둥들에 수천 장의 기와를 얹은 사원이 하룻밤 새에 사라질 수 있는가? 마라난타와 다참을 비롯한 승려들은 다 어디로 가고? 아사나에게 물을 일이 아니었다. 가만 앉아서 전말이 어찌 되는지 알아오길 바랄 수도 없었다. 내 직접 확인하리라.

"징모야. 내 시방 고천사로 갈 것이다. 아사나를 대동하고 갈 것이니 차비하여라."

"폐하, 간밤의 드센 비로 인하여 아직 땅이 질척일 것이옵니다."

징모의 간언에 태후는 벌컥 화를 냈다. 지금 땅의 질척거림에 연을 멘 하종들의 걸음을 염려할 때이던가. 당장에 확인치 못하면 지레 숨이 넘어갈 듯하였다.

"연을 타고 한들한들 나설 계제가 아니니 마차를 준비하여라. 당장!"

예정 없던 태후의 행차에 태후궁이 온통 들썩였다. 다섯 필의 말이 이끄는 마차에 아사나와 함께 올라앉아 궁을 나서고 고천릉원 쪽으로 달려갈 때 태후는 바깥의 풍경을 보지 못하였다. 머릿속에 연기가 들어찬 듯 아무 것도 보이지 않았다. 무언가 잘못된 것이다. 부친이 돌아갔는데 그의 두 아들이 집에 있지 않고, 태후가 찾았는데 을나와 그의 수하들이 내시부에 있지 않았다. 고천사가 사라졌다고 했다. 이건 뭔가가 크게 잘못되어 가는 것에 대한 징조였다.

"아사나야, 네가 오늘 새벽에 간 곳이 정녕 고천사였더냐? 잘못 가, 잘 못 본 게 아니더냐?"

다그쳐보지만 답은 이미 알고 있었다. 골똘히 생각에 잠긴 듯 마차의 쪽 창을 내다보고 있던 아사나가 돌아보았다.

"할마님!"

"오냐. 네 생각을 말해보아라."

"신궁에 언제 가보시었사와요?"

두 해 전 봄이었다. 대안전의 소나무가 말라 그게 무슨 뜻이냐 물으러 갔다. 효혜의 예시대로 소나무가 완전히 말라 넘어질 즈음 휘수황제가 승하했다. 효혜의 예언이 맞았으므로 더 이상 아쉬울 게 없었다. 신궁에 갈 일도 없었다. 불상을 조상해 모셔들이고 사원을 짓느라 신궁의 존재는 거의 잊고 살았다.

"한 두 해 쯤 되었다. 신궁은 왜?"

"혹여 신이궁을 보신 적이 계시어요?"

"신이궁은 신궁이 되기 전에는 궁 밖 사람에게 얼굴을 내밀지 않는 법이다. 피치 못하여 대중 앞에 나설 시엔 너울을 쓰는 것도 그 때문이다. 그런 신이궁이 왜?"

"소야궁께서 편찮으시어 소녀가 이따금 문안을 다니지 않나이까. 할마님께서도 아시겠지만 소야궁께서는 근년에 편찮으신 몸으로도 천신도를 그리고 계시는데 거의 완성되어 가는 참이랍니다. 그 천신도를 천혜당 큰 방에 걸 것이라고 천혜당을 보수하고 있지요. 소녀는 그 그림을 보기 위해 더 자주 소야궁에 가는 셈인데, 천신도 속 천신의 얼굴을 간밤 고천사에서 보았습니다."

"그게 무슨 말이냐?"

"소녀보다 두어 살 더 먹었음직한 한 여인이 범속한 아낙 복색으로 시녀 하나를 거느리고 예불자들 사이에 있었사온데, 그의 고요한 기상이 범연치 않아 자꾸 눈길이 가더이다. 그러다 일순 눈이 마주 쳤사온데……."

"그 얼굴이 소야궁 그림의 천신의 얼굴과 닮았더라?"

"얼굴보다 눈이 닮았습니다. 똑같았던 듯합니다. 어여쁘기보다 독특한 눈빛이라 한번 마주치면 잊기 어려운 눈을 가지고 있지요. 그 눈, 눈빛을 가진 젊은 여인이 간밤 고천사에 있었습니다. 그렇다면 그가 신이궁이 아닐까, 생각했습니다. 신궁과 소야궁이 지척이니 신이궁이 소야궁에 드나들 수 있고, 소야비께서는 신이궁의 눈을 천신도에 옮겼을 수도 있지 않을까. 헌데 할마님. 만약 간밤의 그가 신이궁이었다면 신이궁이 고천사에는 왜 나타났으리까? 불도의 예식에 호기심이 발동하였을까요? 그가 나타난 것과 고천사가 사라진 것과는 무관한 것이오리까?"

아사나의 끝없는 의문은 태후에게 가 닿지 못했다. 머릿속이 먹통이 된 듯했다. 고천사의 사라짐이 기정사실일 것이 분명하기 때문이었다.

참말이었다. 고천사가 없었다. 불에 탔다면 타고 남은 게 있어야 하고 무너졌다면 무너짐의 흔적이 있기 마련이었다. 불에 탔다면 그 불길을 본 자들이 있었을 것이라 간밤에 벌써 화재소식을 들었을 것이다. 무너진 것도 아니었다. 무너질 수가 없었다. 고천사 극락전에는 이백 년 이상 묵은 아름드리 나무들을 베어다가 삼 년간 말린 목재들을 사용했다. 수백 년 끄떡없는 황궁과 신궁을 지은 목수들이 황명을 받아 축조했고 삼도국에서 들여온 금송목재들로 치장했다. 정면 일곱 칸에 측면 네 칸으로 아담하되 튼튼하고 미려하여 대백제국 부처신의 첫 사원으로 넉넉했다. 네 채의 부속건물도 똑같이 공을 들였다. 그런 고천사에 남은 게 없었다. 기단석들이 흙에 묻혔다가 간밤의 폭우에 씻겨 내려 깔끔히 빛나고 있을 뿐, 나무 한 조각, 기왓장 한 조각도 없이 황토만 널려 있었다. 어제 저녁에 고천사에 다녀왔다는 아사나가 태후궁에 들렀다 갔고, 늦은 밤에 비가 내렸다. 그 사이가 고작해야 두세 시진에 불과했다. 천신이, 천신의 형상을 한 신이궁, 신이궁의 형상을 한 천신이 조화를 부렸단 말인가? 법당이 있던 자리에 선 채 태후는 믿을 수 없는 눈앞의 광경에 고개를 갸웃하다 자신의 발을 내려다보았다. 진흙이 발등까지 묻었다. 평생토록 신발에 진흙을 묻혀본 적이 없는데, 젖은 흙을 뒤집어 쓴 발은 자신의 것 같지 않게 낯설었다.

영고제(迎鼓祭)

황제나 태자나 태손의 사냥이란 원래 군사훈련의 일환이었다. 그렇지만 황상 부여벽에게 긴긴 태손과 태자 시절을 거치는 동안의 사냥은 그저하나의 체면치레였을 따름이다. 작년 영고제 때, 즉위한 뒤 첫 사냥이었음에도 한성 인근 수요산 아랫녘의 구원(丘園)만 훑고 만 것도 그런 습성 때문이었다. 구원 행궁에서 술만 마시며 지새웠던 작년 영고제와 올해 영고제는 달랐다. 오천의 도성수비군과 황제제가 데리고 온 그의 친위군 삼천이 가세하여 한수를 건널 때 흡사 전쟁을 위해 출정하는 듯하였다.

한수 건너편은 한수 이북에 있다 하여 북한성(北韓城)이라 불렸다. 도성민호(民戶) 삼십만여 호 중 오만여 호가 북한성에 살았다. 비류황제 시절에 닦인 북한성의 비류대로(比流大路)는 한성 중간나루에서 마주보이는다목나루에서 시작되어 부아악 남쪽 아남평까지 뻗어 있었다. 아남평으로부터 만경돈대가 올려다보이는 문장대(門帳臺) 사이가 신궁 영지인 부아악하였다. 다목나루에서 곧장 움직여온 팔천여 영고제군은 신궁인들이 몰려나와 구경하는 가운데 부아악하를 통과하여 문장대 분지에 이르렀다. 영고제군이 도착하기 전에 군량미며 상의 행차에 필요한 물건들을 실은 보급대가 미리 들어와 진영을 차려놓았다.

"황제 폐하와 태자 전하와 제제(帝弟) 전하께서 사열을 하실 것이다. 대열을 정비하라!"

도성수비군 상장군 해지무의 명에 호각수가 호각을 불자 고고대가 북을 두드렸다. 현 위시좌평 사루사기가 삼 년 전 선황 휘수황제를 따라 환도한 뒤 대방백제와 같은 고고대를 한성군(韓城軍)에도 만들었다. 일백 점의 악기로 무장한 한성고고대는 대방고고대에 버금갈 만한 위력을 갖추었다. 오만 군대를 감안한 고고대를 팔천의 군사 대열에 붙이고 나와 연주케 하니 문장대가 공중으로 붕붕 떠오르는 듯하고 부아악 전역이 들썩였다. 팔천 군사들의 움직임이 어찌나 재빠르고 정연한지, 문장대 단 위에 올라앉아 내려다보는 황상 부여벽은 과연 이들이 나의 군대가 맞는가, 의심스러웠다.

"폐하! 아예, 본국의 전군을 동원해 나올 것을 그랬나 봅니다."

북소리를 피하느라 제제 부가 상에게 바싹 다가들어 외쳤다. 스물여섯 살 제제의 얼굴이 자부심과 즐거움으로 빛났다.

"그러기에는 시간이 촉박했지 않아. 올해는 이쯤에서 만족하고 차후에 그리해 보자고. 가능하다면 대방군까지 합쳐서 말이야."

"그리하시려면 폐하, 평양벌이 필요하겠습니다."

"평양벌이라면 고구려의 평양성 앞벌을 이른 것이옵니까?"

태자 여해가 끼어들며 물었다.

"그렇지요, 전하."

제제의 태연한 응답에 황제가 뒤늦게 하하, 큰소리로 웃었다. 육로로만 따지면 대방백제와 본국백제의 경계지인 밝알성 이웃에 평양성이 있었다. 기마로 열흘 거리쯤이라던가. 제제는 고구려 영토인 평양성을 백제의 것으로 만들어 거기서 영고제를 치르자 말하는 것이었다. 제제는 열세 살 무렵 평양성 전투에 참가하였다. 당시의 고구려왕 사유를 죽였음에도 정복하지 못했던 평양성은 백제가 기어코 넘어야 할 봉우리였다.

"반드시 그리해 보자고. 태자 들었으렷다? 위시좌평께서도 들으셨지요?"

상은 느꺼운 마음으로 아우와 아들에게 맞장구를 치고 사루사기에게는 다짐을 받듯 물었다. 모후들이 달랐던 탓도 있으려니와 터울이 크게 져서 상은 어린 날의 제제 부를 돌아본 적이 없었다. 그가 대방으로 건너가 십사 년 만에 환도한다 하였을 때, 그가 이방의 사람같이 느껴지지 않을까 은근히 두려웠다. 그가 부황처럼 크고 낯설고 두려운 존재일 것 같아서였다. 헌데 제제는 부황의 젊은 시절과 닮기는 했으되 부황과 달랐다. 그는 자신만만하면서도 천진한 성품으로 상에게 다가들었다. 서글서글하게 웃는 그를 낯설어 할 겨를 없이 형제로 어우러졌다. 천생 형제였던 것이다.

제제 부가 친형제와 다름없이 자라 돌아온 것을 보는 요즘, 상은 태자 여해를 제제의 대륙 환도길에 붙여 보낼까 싶은 생각이 자꾸 들었다. 열다섯 살의 태자 여해가 제 모후와 척족들의 품에서 황성 안팎만 알고 자라온 게 마음에 걸렸다. 상 자신이 그러했지 않은가. 많이 돌아다니고 많이 보고 겪으며 제제처럼 너그럽고 큰 가슴을 가진 사내로 자란다면 좀 좋으랴. 그러다 보니 다정한 말 한마디 제대로 건네보지 않은 채 대방으로 보낸 누이 유리나도 아쉬웠다. 한 시절 대방 구경을 간다고 나섰던 그는 그곳에서 살기로 작정을 해버렸다 하지 않은가. 유리나는 조선성주의 손자 자하무와 혼약을 맺었다 하였다. 오는 봄에 제제가 모후를 모시고 가면 게서 혼인식을 거행하고 그런 연후에는 조선성이 아니라 위례성 공주궁에서 살 것이니 윤허를 바란다 했다. 청원이라기보다 통고였으나 상이 불허할 까닭은 없었다.

"폐하, 전하! 대열이 정비되었습니다."

말을 타고 대열을 둘러보고 돌아온 상장군 해지무가 단 아래에서 아뢰었다. 도열한 군사들 앞에 세워진 단은 며칠 전에 완성된 것이었다. 예전에 있던 단이 너무 오래 방치되어 있었는 바 황제의 부아악 행차가 결정되면서 문장대를 새로 닦고 단을 만들었다. 상은 좌대에서 일어나 단의 가장자리로 갔다. 상장군 해지무가 가까이 있었고 그 뒤로 좌장군 백미르와 우장군 평류와 대방군장 취운파가 있었다. 그들 뒤로 부장들이 오백씩의 군사를 거느린 채 단을 올려다보는 중이었다. 이들은 본국과 대방에 흩어져 있는 정예군 십오만과 전시에 동원할 수 있는 일반군 삼십만여를 상징했다. 사십오만 군대의 제왕으로 선 것이었다. 황제는 이렇게 정식으로 하는 사열이 처음이었다. 그럴 것이 황제 노릇도 처음이었다.

지금이 아니라면 남은 반생 또한 모후의 그늘에서 허수아비로 살게 될 터여서 상 자신에게도 피붙이가 되는 이들을 걷어내게 했다. 지난달 태후의 생신잔치 끝이었다. 대황전에서 독대한 사루사기와 술을 마시던 중 친정(親政)에 관한 이야기가 나왔을 때, 상은 가능하다면 당장이라도 모후의 그늘을 벗고 부황 같은, 제국의 황제다운 임금이 되고 싶다고 속내를 털어놓았다. 무심히 듣는 것 같던 사루사기가 문득 말했다.

―하오면 폐하, 만인이 취해 있는 오늘 밤이 적시(適時)이옵니다.

―오늘 밤 당장, 어떻게요?

―작정만 한다면 하룻밤은 한 나라를 멸할 수도 있는 긴 시간입니다, 폐하.

―짐이 작정만 한다면 가능하단 말입니까? 하지만 어찌 작정을 하지요?

―소신은 서른 해 넘게 선황 폐하의 전장만 쫓아다닌 무관이옵니다. 작금에 폐하의 신하가 되었으매 전쟁이라 규정한 상황에 이르면, 명을 받기만 하면, 어떠한 방식의 전투라도 치를 수 있나이다. 폐하께오서 작정하시고 명만 내리신다면 오늘 밤 안에 태후 폐하의 권력을 황상께 옮겨드릴 수도 있습니다.

어찌하려는 것이고 정말 그리할 수 있느냐고 묻지 않았다. 도성수비군을 움직이면 모자간의 권력쟁탈로 비칠 수 있는 바 그리하지는 않을 것이라 그가 말하였으므로, 짐작만 하였다. 척족들만 뽑아내려는 것이로구나. 대방에서 달고 온 수하들이 많을 터이니. 그렇게 상이 생각하는 사이에 그가 나갔다.

그를 믿었으되 상은 스스로를 믿지 못하여 홀로 술을 한없이 마시다가 쓰러져 잠이 들었다. 자고 일어나니 간밤의 대화가 꿈이었던 것 같았다. 진정 허무한 꿈이었던가. 확인도 하고 싶지 않아 침소에서 벗어나지 못하고 있는데 밖실에서 부고가 날아들었다고 했다. 그때까지도 믿지 못했다. 태후께서 오시에 조정을 소집했다고 하시지 않는가. 조정을 여는 날도, 여는 시각도 아닌데 태후께서 신료들을 소집하셨다는 건 여전히 모후의 세상이라는 뜻이었다. 사루사기 그도 술에 취하였던 게로구나. 하였더니 아니었다. 오시엔 천하가 뒤집혀 있었다. 한낮의 백세전에 든 신료가 절반도 되지 않았고, 그 속에 사루사기가 들어 있었다.

자신의 군대 앞에서 무슨 말을 해야 하는지, 상은 간밤 늦도록 숱하게 궁리했다. 부황께서 군사들이나 백성들 앞에서 우렁우렁한 목소리로 말씀하시던 모습도 애써 떠올렸다. 태산같이 크시고 햇발처럼 호호탕탕하셨던 아바님. 기억 속의 부황은 그러하셨다. 문장대 일원과 주변 부아악을 둘러보던 상은 떨리는 가슴을 다스리며 입을 열었다.

"성조 온조 폐하와 선황 폐하들의 위업의 결과로 오늘날 우리 백제가 이루어졌다. 만백성과 제군들이 이룬 위업에 다름이 아닐 것이다. 오늘 진단과 대방의 군사들이 일체가 되어 이 자리에 섰으니, 이 자리로부터 아침나라 대백제의 새로운 앞날이 다시 시작될 것이다. 지금부터 사냥을 하고 그 제물을 천신과 조상들님께 올리며 영고제를 올리리라. 시작하라!"

생각한 것들을 다 말했는가. 잘했는가. 상은 자신이 무슨 말을 했는지도 모를 만큼 떨렸다. 적당하게 끝맺었는지도 알기 어려웠다. 그런데 시작하라는 말이 끝나자마자 둥둥둥, 천지를 울릴 듯한 북소리와 함께 대백제국 만세와 황제 폐하 만세를 외치는 함성소리가 초겨울 문장대 골짜기를 들어올렸다.

나의 군대였구나. 내가 아침나라 대백제의 임금이었구나.

황제는 쩌릿한 환희에 전율했다.

사냥이 시작되었다. 많이 잡는 게 목적이 아니라 제물이 될 만한 짐승을 잡는 게 목적이었다. 클수록 좋을 일이나 제물이 원형을 갖추고 있는 게 관건이었다. 오십 명씩으로 조를 이룬 각 부대가 부아악으로 일제히 스며들었다. 석양녘까지 아무도 다치지 않고 돌아와야 하는 것도 오늘 사냥의 한 목적이었다. 군사들이 사냥에서 돌아오매 사냥물을 겨루어 제물을 가려내고 제물을 잡은 부대의 군사들에게는 비단 한 필씩의 상이 주어질 것이다. 제물을 정해 제단을 차려놓고는 진영을 갖춰 문장대에서 새벽 동이 트기를 기다렸다가 영고제를 올릴 것이었다.

"형님 폐하, 우리도 시작해 보시지요? 오늘 폐하와 소제(小弟)가 한편으로 어우러졌으니, 일등하기는 일찌감치 틀린 일이오나 재미는 있지 않겠나이까?"

제제가 무술을 못하는 자신을 빗대며 우스갯소리를 했다. 상은 유쾌하게 웃었다. 내일 제를 지내고 난 연후에는 화산산성(華山山城)으로 옮겨가 사냥을 하고 그곳에서 밤을 나고, 셋째 날은 다목나루 한수 변에서 무술대회를 벌이기로 했다. 그 대회에는 영고제군들끼리의 무술 경합은 물론이고 백성들이 참여하는 영고무사시도 열리게 되어 있었다. 매년 삼짇날의 정례 시과 외에 비정례 무사시로는 영고무사시인데 이번 영고시는 십일 년 만이었다. 일백 명의 무사를 급제시켜 백제의 초석으로 삼게 될 영고시는 뿌듯하고 흐뭇할 터였다.

"토끼 한 마리라도 잡아야 체면이 설 터인데?"

"눈먼 토끼라도 나타나길 빌어봅지요."

황상 형제의 우스갯소리에 주변의 호위들이 소리를 죽이며 킬킬대었다.

"소자는 곰을 잡을 텝니다, 폐하."

열다섯 청년답게 호기를 부린 태자가 제 호위들과 함께 앞서 나갔다. 상은 호기를 부린 태자가 모처럼 듬직해 미소를 짓고는 제제와 더불어 걸어서 산 속으로 들어섰다. 숲이 깊었다. 나뭇가지를 흔들며 지나가는 초겨울 바람이 싱그러웠다. 진작 이리하고 다닐 것을. 황궁이 좁다고 투덜대며 황궁 근방만 싸돌며 살았다니. 끝없이 모후와 척족들만 탓하며 스스로를 방기했다니. 상은 비로소 후회하였다. 제자리를 찾은 지금에 이르러서야 찾아든 후회이지만 지금이라도 후회할 수 있어 다행이었다.

"폐하, 신궁에서 여기 문장대 분지를 거쳐 만경돈대를 향해 올라갈 것이라는 전갈을 보내왔나이다."

부차가 아뢰었다. 하룻밤 행재소가 된 천막 안에서 잠자리에 들려던 참이었다. 행재소 밖은 아직 소란했다. 곳곳에 피운 모닥불들과 씨름판과 자잘한 무술시합들로 한낮의 저잣거리 같았다. 내일 새벽 천신제에 올릴 제물은 좌장군 백미르 휘하의 한 소대가 생포한 노루로 정해졌다. 노루며 사슴 멧돼지, 고라니며 살쾡이며 토끼며 비둘기와 까치까지, 수백 마리의 짐승을 잡았으므로 군사들은 마음껏 먹고 마시며 놀고 있었다. 상은 평생 해보지 않았던 과격한 행군을 했던 탓에 몹시 노곤했다.

"시방 시각이 어찌 되었관대, 이 밤에 만경돈대로 올라?"

"신궁에서는 원래 시월 보름 자정에 만경돈대 천신단에서 제를 올린다고 하옵니다."

"그러했다 해?"

"예, 폐하. 오늘 폐하의 거둥이 이례적이시기는 하나 신궁에서 매년 하던 대로 하고자 하오니 길을 열어주십사, 청해왔나이다."

"우리도 저들의 영지를 지나왔거늘 그들도 지나야지. 몇 명이나 된다 하더냐?"

"신녀 일백 명이라 하옵니다."

부차가 나가매 수발내관에게 의대를 벗기게 하려던 상은 나중으로 미루고 행재소 밖을 내다보기로 하였다. 신궁이 황궁과 세력을 겨루거나 가까이 지내거나 하며 수백 년 양존해 왔다지만 신궁이 여인들 세상이라 여긴 탓에 황제는 신궁의 일에 관심 두어본 적이 없었다. 어린 날 모후를 좇아 신궁에 두 번인가 가보았다. 효혜라는 제일신녀를 만나고 나오다 큰마당에서 흰 병아리처럼 오종종 옮겨 다니며 춤을 배우는 아기신녀들을 보았다. 그 정도가 상이 아는 신궁의 전부였다.

둥둥, 나지막하게 북소리가 울리기 시작했다. 신녀들에게 길을 열라는 명을 내리고 있는 것이었다. 보름달이 떴으나 얼음처럼 차가운 달빛이 밤바람에 나부끼는 이경 초였다. 북소리와 더불어 여기저기 흩어져 있던 군사들이 양편으로 갈라서 길을 열고 있었다. 그 사이를 일정한 간격으로 늘어선 횃불들이 올라왔다. 머리끝에서 발끝까지 흰옷으로 둘둘 감은 여인들이었다. 신녀 정복이 아니라 무절 복색이다. 눈만 내놓은 참으로 기이해 보이는 그 행렬에, 보급부대원들까지 구천의 사내들이 넋을 잃어 사위가 적막했다. 흔들리는 것은 신녀들의 횃불과 영고제군이 피워놓은 모닥불들뿐이었다.

"폐하, 저들을 잠시 세워 치하를 하심을 어떻겠나이까?"

어느 결에 곁으로 다가온 위시좌평 사루사기가 말했다.

"저들이 의식을 치르러 가는 길인데, 무례가 아니리까?"

"저들이나 우리나 이 밤에 이 산 속에 있는 목적이 하나인데, 무례일 까닭이 있겠나이까. 저들 또한 폐하의 나라에 사는 백성들인 것을요."

제제도 다가와 말했다.

"예, 폐하. 저들을 잠시 불러 세우심은 우리 병사들의 사기에도 큰 도움이 될 터입니다. 저들이 어떤 사람들인지 궁금하여 모두 몸살이 날 지경일

걸요. 특히 태자께서 들썩이고 있습니다."

"아우, 자네가 몸살이 나는 눈치로구먼그래."

상의 장난에 제제가 하하, 넉살 좋게 웃었다.

"허면 잠시 불러 인사를 나누도록 해보지요."

위시좌평이 손짓을 하자 긴 호각소리가 울렸다. 동작정지 명령이었다. 이미 정지 상태이던 영고제군은 물론이고 쫙 갈라선 영고제군 사이에서 두 줄로 움직이던 신녀들의 횃불도 멈춰 섰다. 사루사기가 신녀들의 행렬의 선두가 아니라 중간으로 다가들었다. 흰옷에 감싸인 신녀들의 몸피가 한 틀에서 찍어낸 것처럼 비슷한데 위시좌평이 왜 저리 가는가. 상은 호기심으로 그의 뒤를 따랐다. 제제가 곁에서 건들건들 걷는데 역시 건들거리며 태자가 다가왔다. 상도 사실 속이 근질근질할 만큼 그들이 궁금하면서 재미났다. 신녀들 행렬의 가운데 즈음에 멈춰선 사루사기가 한 무릎을 꿇는 깍듯한 군례를 갖춘 채 말했다.

"저는 위시좌평 사루사기라 하옵니다. 폐하께오서 신궁의 행렬에 잠시 인사를 드리고자 하옵십니다. 허락하시렵니까?"

그러고 보니 유일하게 세 사람으로 나란히 서 있는 곳의 가운데에 횃불을 들지 않은 신녀가 있었다. 눈도 밝으시구먼. 상이 사루사기를 겨누어 속엣말을 하는데 횃불을 들지 않는 신녀가 행렬에서 몇 걸음 걸어 나왔다. 그러자 그 주변의 대열이 그림자가 움직이듯 반원형으로 바뀌었다. 그가 제일신녀인 모양이었다. 작년 가을 선황제릉의 봉인식 때 보았던 그일 텐데, 그때나 지금이나 얼굴에 복면을 하고 있거니와 복색이 달라서 같은 여인인지 짐작키가 어려웠다. 제일신녀인 듯한 그가 두 손을 앞으로 모아 허리를 숙였다간 섰다. 잠시 상의 눈앞에 모두어졌던 그의 두 손이 소매 속으로 쑥 들어가 숨었다. 그가 무슨 말인가 하려니 기다렸더니 묵묵하다. 그제야 상이 자신이 말할 차례인 걸 알고 나서려는 찰나에 여해가 먼저 말했다.

"황상 폐하께옵서 거둥하여 계심에 신궁이실지라도 무릎을 꿇어야 하지 않습니까?"

상은 태자의 경망함에 놀라 돌아보았다. 태자 곁의 진두서가 소스라쳐 태자를 잡아당겼다. 제 외숙이 황망스러워 하자 태자가 상을 향해 읍하고는 한 걸음 물러섰다. 그리고 보니 여해는 술에 취해 있었다. 술을 마실 수도 있었다. 상 스스로도 그 나이에 이미 술을 마셨다. 하지만 태자 시절 웃전들 앞에서 취기를 내색해 본 적이 없었다. 임금 자리에 오른 뒤라고 다르랴. 시종들 앞에서도 취기를 내색치 않으려 조심했다. 그런 상에게 아들의 언사는 부끄러웠으나 그가 태자임에 당장은 그를 꾸짖을 수 없었다.

"이 밤에 우리 백제의 무궁과 백성들의 안녕을 기원하러 오르시는 신녀님들께 하례를 드리고 싶었소이다. 달빛이 밝다 하여도 길이 험하니 아무쪼록 무사히 천신단에 닿으시길 바랍니다. 혹여 짐이 거들어 드릴 일이 있으면 기탄없이 말씀하세요."

"폐하의 그 말씀을 감사히 받겠나이다. 폐하께오서도 대군을 거느리심에 무사히 올해 영고제를 치르시옵길 기원하옵니다."

신궁 제일신녀는 연로한 나이에 접어들었을 텐데 목소리가 느릿하면서도 낭랑했다. 봉인제 때도 그랬다. 그때나 지금이나 제일신녀가 아닌 것이다. 그렇다면, 아, 신이궁이로구나. 상은 고개를 끄덕하다가 신이궁과 눈길이 마주쳤다. 눈만 보이매 그 눈이 크고 깊고 어두웠다. 저 깊은 눈을 불빛 가까이 당겨 들여다보았으면 싶은데 제제가 나섰다.

"저는 대방에서 살다 본국에 잠시 들른 제제 부여부라 합니다. 신녀님들, 밤길이 험한데 폐하의 군사들을 움직여 횃불이라도 들어 드리게 하오리까?"

"전하의 말씀 또한 감사히 받겠사오나 저희들에게는 익숙한 길입니다. 심려 마십시오. 폐하와 전하의 말씀만 감사히 받겠나이다. 하오면 새벽에 비가 오실 듯하오니 저희들은 걸음을 서두르려 하옵니다."

신이궁이 뒤로 한발 물러나더니 몸을 돌려 아까의 자리로 가서 섰다. 행렬이 다시 움직였다. 그리고 문장대 분지를 빠져나가 사라졌다. 어찌나 날렵하던지 걷는 것 같지 않았다. 그들이 사라지기까지 정적에 잠겨 있던 분지 안이 조금씩 소란해지는가 싶더니 도깨비 떼가 나타난 양 시끄러워졌다. 방금 제들 앞을 지나간 이들이 과연 사람들이었나, 여인들이었나, 흰 여우 떼가 아니었을까, 왕왕거리며 이왕의 소란했던 진영을 재현하고 있었다.

제 놀던 데로 가려던 제제가 문득 생각난 듯이 하늘을 올려다보며 말했다.

"방금 대장 신녀가 내일 새벽에 비가 온다고 하지 않았습니까?"

사루사기와 상도 하늘을 올려다보았다. 써늘하게 맑은 달빛이 문장대 중천에 떠서 여울거리고 있었다.

"일관들이 비가 내릴 거라는 예보를 했습니까?"

상의 물음에 사루사기가 대답했다.

"황송하옵니다, 폐하. 일관들이 그리 말했으면 그에 대한 대비를 하고 나왔거나 여정을 달리 잡았겠지요. 여튼 신녀들이 그리 말했으니 미리 단속을 시키기는 해야겠나이다."

"신녀들 말이 맞을 것이라 보십니까?"

"신녀의 말이 맞지 않아 비가 내리지 않는다면 병사들이 비를 맞지 않아 좋을 것이고, 신녀의 말이 맞아 미리 대비를 해놓고 비가 내린다면, 그때도 비를 맞지 않을 수 있으니 좋은 일 아니겠나이까."

"그건 그렇지요. 단속을 시키십시오."

"예, 폐하. 편히 침수에 드시옵소서."

상은 다시 행재소로 들어왔다. 화로를 여러 개 들여놓은 천막 안이 훈훈했다. 비가 내릴지도 모른다는 소리를 들은 내관들이 따라 들어와 두터운 천막을 꼼꼼히 여미고 침상을 살피고 다녔다.

"부차."

"예, 폐하."

"신궁 제일신녀의 이름이 효혜라고 했지?"

"그리 들었나이다."

"조금 전의 그가 효혜 신녀는 아닌 것 같았지?"

"예, 폐하. 아마도 신이궁이 아니겠나, 짐작하였습니다. 제일신녀께서는 연치가 사뭇 높으신지라 이 밤에 만경돈대에 오르시긴 무리이실 거라……."

"신궁은 우리 백제에 어떤 의미가 있지?"

"우리 백성들 다수가 하누님을 향해 무엇이든 기원하며 살지 않나이까. 말끝마다, 아이고 하누님, 하며 입에 달고 살지요. 그러한 하누님을 신궁 사람들이 받들며 사는 것이니 다수 백성들의 정신이라고 할 수도 있지 않겠나이까."

"신궁이 하는 일들은 무엇이지?"

"신궁이 하는 일을 소신이 혜량할 길이 없사오나 백성들 사이에서 오가는 말로는 백성들이 마지막에 갈 수 있는 곳이 신궁이라 한다 하옵니다. 어떤 죄를 지은 자이든 일단 소도에 들면 쫓는 자들이 멈춰야 하지 않나이까. 그렇다고 신궁에서 살인한 죄인까지 받아들여 면사시켜 주는 것은 아닌지라 황궁과 신궁 간의 그 계율이 지켜져 나가는 것이지요. 그리고 신궁이 하는 큰일의 하나는 천혜당을 열어 빈한한 백성들의 병을 살펴주는 것이고, 또 하나는 소도에 버려지는 백성들을 거둔다는 것이겠지요. 신궁에 일단 들어가면 신궁 사람이 되는 것이라 마음대로 나올 수는 없으되 그 안에서 배곯지 않고 살게 되므로 백성들이 마지막에 갈 수 있는 곳이 신궁이라 칭하는 듯하옵니다."

"그렇다면 신궁은 황궁이, 짐이 거두지 못하는 백성들을 거두는 것이로구나. 임금이 버린 목숨들을 거두어 살리는 곳이야, 그러하지?"

"황공하옵니다, 폐하. 의대를 갈아드리겠나이다."

부차가 당황하여 말을 돌렸다. 상은 일어나 옷을 벗기게 하였다. 태자 시절부터 잃어버린 시간들을 충당하자면 할 일이 얼마나 많은지, 비로소 깨닫는 밤이었다. 아무것도 하지 못한 채, 아들조차 다스리지 못한 채 서른네 살의 한 해가 또 저물어가는 참이었다. 아무것도 하지 않은 채 헛나이만 먹은 것 같은데 천백만에 가까운 백성과 사십오만 군대를 거느린 제왕이 되었다. 근래 고구려의 인구가 육백만쯤일 것이라 했다. 원래 있었던 진나라의 인구가 천만쯤일 것이라 했고 나중 생긴 동진의 인구는 칠백만가량 될 것이라 신료들이 말했다. 중원의 어느 나라보다 영토가 넓지는 않을지라도 그 어떤 나라보다 부강한 나라가 백제였다. 백제가 그만큼에 이를 때까지 부여벽은 기여한 게 없었다. 상은 그게 부끄럽고 안타까웠다.

안타깝고 부끄러운 만큼 욕심이 커졌다. 내년엔 이 군사들을 이끌고 말갈을 복속시키리라. 그런 뒤엔 부단히 움직여 고구려를 더 밀어내고 대륙백제에 접한 동진과 전진도 더 밀어내리라. 그런데 어찌 이리 한기가 드는가. 빈틈없이 닫혀 있는 것 같은 행재소임에도 어디선가 찬 기운이 자꾸 스며들었다. 정말 비가 오실 모양이었다.

모든 것 중의 하나

신궁 소도(蘇塗) 아래 천혜당이 처음 지어진 것은 이백 년 전쯤이고 지금과 같은 천혜당이 된 것은 백여 년 전이었다. 터진에운담 형상의 전각으로 가운데 대중방이 있고 양쪽으로 열 간 씩의 방이 들여져 있었다. 처음 지어질 때는 그 한 채뿐이었으나 현재는 세 채의 별채가 생겨 방이 일흔두 간이었다. 매일 아침 진시면 신궁에서 의절(醫節)신녀들이 내려와 석양녘 신시 말까지 아픈 백성들을 돌보았다. 시시로 보수해도 워낙 오래된 건물인 데다 아픈 대중들이 무시로 드나들며 상주하기도 하는 곳이라 낡고 삭은 데 투성이었다. 석 달여에 걸친 대대적인 수리를 거쳐 천혜당이 말끔해지고 대중방 북쪽 벽이 백지처럼 희어졌을 때 소야비의 천신도가 봉안되고 향로가 마련되었다. 동짓달 초사흘 날이었다.

두 해 넘게 혼신의 힘을 기울여 그린 그림을 봉안하여 대중에게 열던 어제, 소야비는 지척에 있는 천혜당에 오르지 못했다. 병세가 깊어져 가마조차 탈 수 없었다. 한 달여 전부터 그런 상태이나 혼수에 빠진 것은 아니었다. 자신의 침상에 누운 채 이따금 들어왔다가 나가는 사람들을 바라보며 미소를 짓거나 고개를 끄덕이거나 한두 마디를 건네기도 했다. 오늘은 눈이 내린다는 말에 창을 열라고 시녀들에게 말했다가 머리시녀 개미에게 제지당했다. 고집을 부릴 기운도 없었으므로 소야비는 또 잠이 들었다가 깨어났다.

황후가 아사나 공주를 대동하고 소야궁에 왔다. 초청장을 보냈음에도 어제 천혜당 천신도 봉안제에 참석치 않았던 그가 오늘 신궁을 방문하러 가던 길에 예고 없이 소야비한테 들른 것이다. 황후가 된 뒤에는 물론이고 긴 태자비 시절에도 목이나황후는 신궁이나 소야궁을 방문한 적이 없었다. 이례적인 방문이기도 하려니와 황후의 거둥이므로 소야비는 개미에게 안긴 채 일어나 앉았다.

"애쓰지 마시래도, 고집이십니다."

"몰골이 이러하여 황송하옵니다, 전하."

"말씀하시려 애쓰지 마십시오. 이리 뵈었으니 됐습니다. 진작 한번 찾아뵌다 하면서도……. 요새 폐하께서도 환후가 깊으신지라, 이래저래 면구스럽게 되었습니다."

"펄펄한 젊은이이신데 오늘이라도 털고 일어나시겠지요."

소야비는 황후가 황제를 지칭한 것으로 오해했으나 후가 가리킨 폐하는 태후였다. 그 모자가 다 환후 중인 셈이니 오해랄 것이 없기도 했다. 목이나황후는 달포 전쯤부터, 정확히는 구월 보름부터 시작된 갖은 재앙으로 인해 나날이 어지럽고 불안했다. 하룻밤 새에 고천사가 사라지고 내신 좌평이 돌아가고 네 명의 좌평을 위시한 달솔과 은솔과 덕솔과 한솔과 나솔들 수십 명이 한꺼번에 사라졌다. 그 사흘 뒤 태후께서 정신을 반쯤 놓아 버리셨다. 태후는 요즘 실성기와 더불어 실어증 증세도 드러냈다.

사라진 그들이 그 밤에 모조리 죽었다면, 주검들이 나타나야 하는데 그들은 하늘로 솟았거나 땅으로 꺼진 모양이었다. 내신좌평 진고도의 장례를 치르는 동안 일천 명의 황성수비대와 일천 명의 도성수비군을 움직였음에도 사라진 사람들의 족적을 찾지 못했다. 사라진 게 분명하되 주검이 없으니 살해자를 찾아 나설 수가 없고 애도할 수도 없었다. 더 기가 막힐 노릇은 그 많은 신료들이 없어졌음에도 그들이 원래 없었던 것마냥 황성과 도성과 백제가 흔들리지 않고 굴러간다는 것이었다. 황상은 내신좌평이 돌아간 이튿날로 내법좌평 부여신계를 내신좌평으로 옮겨 앉혔고, 그 이틀 뒤 위시좌평이 사라진 사람 명단에 든 걸 확인하고는 도성수비군 상장군 사루사기에게 위시좌평 직을 대리하게 하였다.

"소야궁께서도 아직 쉰이 아니 되시었지 않습니까. 어서 털고 일어나서야지요."

"저는 살만큼 살았지요. 전하를 뵙는 것도 이번이 마지막일 성싶고요. 아사나 공주, 그간 고마웠소. 태후 폐하께도 내가 마지막 문안 여쭙더라고 말씀 올려주세요."

"궁주님, 그런 말씀 마시고 어서 일어나리라고 맘을 단단히 하시어요."

소야비가 황후 모녀를 향해 희미하게 미소를 지었다. 근래 들어 깜박 잠들었다가 깜짝 깨어날 때면 문병객들이 들곤 하였다. 다녀가는 그들은 매양 마지막 볼 사람들이었다. 그들을 향해 미소 짓기가 번거로운 까닭에 미구에 가야 할 저승길이 무겁고 멀게만 보였다. 아프지 않고, 아무도 만나지 않고 그저 가만히 있다가, 가만히 있으면서 바람소리를 듣고 눈이 내리는 소리를 듣고 젊은 날 떠나가신 모친의 음성이나 떠올려보고 싶었다. 모친에 비하면 아주 오래 산 셈이었다. 작년에 돌아간 지아비도, 대방에서 돌아오지 않는 딸도, 십사 년 만에 어미를 찾아왔음에도 정작 밖으로만 싸도는 아들도 그립지 않았다. 평생 혼자 살아왔던 것 같았다. 쓸쓸했던가. 쓸쓸했다. 그 쓸쓸한 시간들을 화폭에 엎드려 견디었다. 그리하여 쓸쓸하지 않았다. 몸이 원하는 것, 마음이 원하는 것들이 그림 속으로 들어가 스미었으므로 소야의 몸과 마음은 평생 비워져 왔다. 지금은 다 비어 매미 껍질 같은 허물만 남았다.

"그래요, 공주."

소야비가 잔잔히 미소 짓는데 황후의 가슴이 모처럼 뭉클했다. 모든 것을 수긍하는 저 얼굴. 죽음을 앞둔 자의 표정이 저러한 것인가. 반위라 하였다. 내장 어느 부위엔가 검은 돌멩이 같은 혹이 생겼는데 그 혹이 자꾸만 커지면서 몸을 갉아먹는 병이 들었다고 했다. 그와 마지막 만남이리라는 예감을 하고 왔다. 자주 만나지 않았고 사사로이 정들일 관계도 아니었다. 때문에 머지않아 아리랑 고갯길을 건너갈 것이 분명해 보이는 소야비가 안타까워 온 것이 아니었다. 근자에 황성 안팎에서 일어나는 이 모든 일에 대해 물어볼 사람이 필요했다. 그 대상이 제일신녀일 수밖에 없다는 생각이 드니 진작 신궁과 친해두지 않았던 게 후회스러웠다. 소야비가 제일신녀와 동무처럼 지냈다기에 그에게 다리라도 놔주길 바라서 왔더니, 틀렸다. 소야비는 이미 아리랑 고개를 다 넘어가버린 것 같지 않은가. 그런 소야비에게 현실의 일들은 의미가 없을 것 같았다.

육좌평 중에서 그대로인 사람은 병관좌평 유시뿐이었다. 황상은 내두좌평 진수림의 자리에 해천을, 조정좌평 진이필의 자리에 곤차를, 내법좌평 자리에 가려를 앉혀 대리를 시키더니 사라진 자들이 보름이 지나도 돌아오지 않자 그들을 그대로 좌평들에 봉하고 말았다. 감쪽같이 사라진 자들의 자리가 메워졌다. 그런 참에 대방에서 제제 부여부가 환도했다. 그것으로도 모자랐는지 황상이 드러누웠다. 이제야 자신의 할 일을 찾은 듯 날마다 조정을 열고 국사를 관장하고 환도한 제제와 함께, 태자까지 거느리고 도성이 떠들썩하게 영고제를 치른다며 사냥을 나가더니 고뿔을 얻어 돌아왔다. 그 고뿔이 폐에 염증을 일으켜 온갖 약을 쓰고 있음에도 스무 날이 지나도록 걷히지를 않았다. 처음 병세는 오히려 가벼웠다. 하루 만에 일어나 조정을 열었다. 사흘 뒤 다시 편찮다며 눕더니 이틀 만에 일어났다.

그리고 또 환후에 든 게 사흘 전이었다. 혼수에 빠져든 것은 아니라 하나 그가 침소를 벗어나지 못하는지라 요즘 황후는 불안했다. 태후께서 하시던 일은 벌써부터 황후가 할 일들이었으므로 이제부터 자신이 하면 될 것이었다. 사실 목이나황후는 글눈이 어두웠다. 황손 부여벽이 짝으로 정해진 게 목이나의 열 살 무렵이었다. 이듬해에 황손이 태손이 되었으므로 목이나는 열한 살에 이미 태손비가 된 셈이었다. 그럼에도 글공부가 하기 싫었다. 글자만 보면 머리가 아팠다. 태자비가 되고 황후가 될 것이니 공부를 많이 해야 한다고 선생들이 귀가 따갑게 외대도 머리 아프고 눈이 아파 글자를 익히기 어려웠다. 까막눈은 면했으나 아는 글자보다 모르는 글자가 훨씬 많았다.

작년에 황후위에 오른 뒤에야 비로소 공부하지 못한 것을 후회했다. 지금까지 태후께 한 번도 대서보지 못한 까닭은 글을 수월히 읽지 못한다는 사실이 알려질 게 두려워서였다. 내가 황후가 되었으니 내경고를 내놓으시라고 태후에게 요구하려도 내경고를 다스릴 안목이 없었던 것이다. 하지만 이제 태후께서 실기하셨으니 아사나를 대동하여 내경고를 꿰찰 수 있게 되었고, 이미 그렇게 되어가고 있었다. 밝실이 쑥대밭이 되었다고는 하나 오라비 진두서가 있는 데다 얼추 다 자란 질자들이 있으므로 세월이 가길 기다리면 될 노릇이었다. 혹시 황상이 저대로 일어나지 못하는 게 아닐까 하는 불안에 비하면 태후께서 정신을 놓으신 것이나 친가 일족이 쑥대밭이 되어버린 것은 오히려 약소했다.

"전하, 제가 기운이 없나이다. 잠시 누우려 하오니 허락하소서."

"예, 그러믄요, 어서 누우세요."

소야비를 등에서 받치고 있던 개미가 소야비를 뉘어놓고 침상에서 내려와 이부자리를 곱게 손보았다. 그 사이 소야비는 기진한 듯이 눈을 감았다.

"전하, 소야비께서 깜박 잠에 드셨습니다. 근자에 늘 이러시나이다. 혜량하시오소서."

"그래, 네가 고생이 많구나. 네 이름이 무엇이냐."

"개미라 하옵니다, 전하."

"신궁께서 이따금 이 소야궁에 내려오신다면서, 근자에도 오시었더냐?"

"신궁께오서 다녀가신 지는 반년이 넘으셨나이다. 근자에 신궁께서도 자주 편찮으시어 궁 밖 나들이는 물론이고 지화합을 통 못 나오신다고 들었나이다."

"천지에 아픈 사람들 투성이다마는 어찌 신궁까지 편찮으시어? 신궁의 의술과 영험함을 다 어찌하시고?"

역정이 나서 내뱉어보는 것이지만 선황 후궁의 늙은 시녀가 무슨 죄가 있으랴. 황후가 가매 아무리 몸이 편치 않은들 제일신녀를 만나지 못하기야 할까만, 성치 않은 사람들 만나는 일에 진력이 났다.

"어마님, 여기는 병석입니다. 소야비께서 주무시니 그만, 신궁으로 오르시어요."

아사나가 때와 장소를 가리지 않고 역정을 부리는 모후를 돌려세웠다.

제제가 환도하여 거하게 된 소야궁은 한 달여 전의 그 적막강산이 아니었다. 대방으로부터 제제를 따라온 궁인들로 인해 겨울임에도 온 궁이 훈기로 가득하고 반짝반짝 윤기가 났다. 제제는 소야비가 병석에서 일어나면 그를 모시고 대방으로 돌아갈 것이라 하였다. 소야비가 끝내 일어나시지 못하면 그의 장례를 치르고 제제께서 떠나실 거라는 뜻일진대, 과연 그가 그렇게 돌아가기 위해 온 것일까.

요즘 아사나에게 이따금 찾아드는 의문이었다. 고천사가 사라진 일부터 부황의 환후까지, 모든 일이 흡사 정해진 순서를 밟고 있는 것 같지 않은가. 그 순서는 천신이나 자연이 일으킬 수 있는 일이 아니었고 우연히 일어날 수 있는 일은 더욱 아니었다. 사람만이 할 수 있는 일이었다. 그렇다면 누가? 누가 한 일일까? 숱한 궁리를 거듭하던 끝에 아사나 공주의 상상은 비로소 대황전에 가 닿았다.

부황께서 외척을 걷어내시고 친정(親政)을 하시고자 함이었구나. 태후께서는 그걸 아시고 저리 되신 것이었고.

그렇게 생각하니 모든 것이 설명되었다. 하지만 아사나의 상상은 거기서 그치지를 못했다. 혹시 모든 일이 정해진 대로 진행되었다면 그 일은 아직 계속 진행 중이지 않을까. 차마 할 수 없는 상상임에도 하게 되는 것은 근래 부쩍 자주 편찮으신 부황의 승하였다. 가령 제제가 모후 소야비의 환후 때문에 한성에 머무는 동안 부황이 승하하신다면 그다음은 어떻게 되는가. 태자 여해는 열다섯 살이었다. 두 달 전이라면 그가 즉위하고 태후께서 섭정하심이 당연한 일이었다. 지금은 그렇지 못했다. 태후께서는 섭정하실 권력을 완전히 잃으셨다. 태후의 실권(失權)은 당연히 황후의 실권이었다. 외가 쪽에 남은 사람이라고는 그간 조정이며 관직에 일체 관심 없이 살았던 외숙 진두서뿐이었다. 진두서가 사라지지 않은 이유, 살아남은 이유는 조정에 들지 않고 야인인 듯 지내왔기 때문일 터였다. 그는 아무런 힘이 없었다. 아사나는 더 이상 상상하지 않으려 애썼다.

온통 흰빛이 된 신궁의 큰마당에는 이십 인의 흰옷 입은 신녀들이 황후와 공주를 맞이하기 위해 나와 있었다. 그들이 눈사람들처럼 신비해 보이니 신궁도 눈의 나라 궁전 같다. 황후와 공주가 탄 마차가 멈춰 서자 신궁인들이 두 대의 가마를 들이대었다. 여인들이 메는 가마를 타보기는 처음이어서 아사나 공주는 가마 속에서 여러 번 자신의 발을 만졌다. 차라리 걷고 싶어서였다.

가마에서 내려 들어간 천인각에는 제일신녀가 아니라 신이궁이 나와 있었다. 고천사가 존재하던 마지막 밤에 법당에서 보았던 그이였다. 예상을 하였음에도 그임을 확인하고 나니 애써 부정하고 싶던 것들이 현실로 드러난 양 아사나는 불안했다.

"황후 전하, 신이궁 설요, 신궁 성하를 대신하여 인사 올리나이다."

신이궁의 이름이 설요였다. 그에게 이름 있음이 새삼스러울 만큼 아사나는 신이궁에 대해 무지했을 뿐더러 신궁 일에 무지하게 지내왔다. 신이궁 설요의 어투는 낮고 잔잔하고 느리다. 모후께서는 보통 목소리에 빠르게 말씀하시는 분인데, 이를 어쩌나. 아사나는 자신이 무얼 근심하는지도 느끼지 못한 채 걱정했다.

"신궁께서 편찮으시다고?"

"예, 전하. 직접 나와 전하를 영접치 못함을 사과드린다, 전하시었습니다."

"허면 그대 신이궁이 신궁의 모든 것을 대리할 수 있는가?"

"어찌 제일신녀의 모든 것을 대리할 수 있사오리까. 그저 아쉬운 대로 수백 년 전래된 일과를 잠깐씩 대리하고 있나이다."

"과인은 신궁께 여쭐 것들이 있어 왔는데, 나의 물음에 그대가 답을 할 수는 있는가?"

"제일신녀만큼 되기에는 어림도 없을 터이오나 하문하시오면 성심껏 상담하겠나이다."

"허면 말해보아. 신궁은 백제의 것이냐?"

"백제와 더불어 있지요."

"신궁은 백제에 충성하느냐?"

"백제와 더불어 사는 바, 백제에 충성합니다."

"신궁은 황상 폐하의 신하이냐?"

"제일신녀는 황제 폐하의 신하가 아니옵고 하누님의 사제입니다."

"뭐라?"

황후와 신이궁의 일문일답을 아슬아슬하게 듣던 아사나의 가슴이 오그라들었다. 제일신녀가 황제의 신하가 아니라는 선언도 문제려니와 신이궁의 불복에 모후가 어찌 나오실지. 아사나가 갈라진 얼음장 위에 선 듯이 조마조마해서 모후를 쳐다보는데 모후는 어처구니가 없는지 허, 헛웃음을 웃었다. 저년을 당장 끌고 나가 목을 베어 버리라고 호통칠 계제가 아닌 정도는 알고 있는 것이다. 다행이다, 아사나는 속을 쓸어내렸다.

"허면, 고천사가 사라진 일을 하누님께서 행하신 일이라 도성 안의 백성들이 아직도 떠들고 있다 하는데, 그 일을 하누님께서 하신 일이냐?"

"신궁에서 그 일을 한 것이냐, 하문하신 것이라면 전하, 신궁은 그 일을 하지 않았나이다. 신궁에서는 사람을 널리 이롭게 하라는 하누님 말씀을 받들며 사옵니다. 널리 사람을 이롭게 하매 다른 신을 받드는 사람들을 부정할 까닭이 없사옵니다. 더구나 부처신께오서 설파하시는 자비는 하누님의 말씀과 다를 것이 없나이다. 고천사의 사라짐은 신궁과는 무관하옵니다. 혜량하시옵소서."

"그리 나올 것이라 짐작했느니. 도성 안에 거하던 신료들이 일제히 사라짐에도 관여한 적이 없다 하겠지?"

"그 또한 그러할 까닭이 없나이다."

"허면 누가 그런 짓을 했다고 생각하느냐? 어느 세력이?"

"도성 내 거하던 신료들이 사라졌다는 소문은 들었사오나 그건 황궁과 연결된 일인지라, 신궁과 황궁 양쪽이 서로의 일에 관여치 않는 것이 전통인 고로, 신궁에서는 그에 대한 소견을 갖고 있지 않나이다, 전하."

"과인에게 말하지 않는 것이 아니고?"

"말씀드리지 않을 까닭이 없나이다."

모후께서 저리 질문하시매 신이궁에게서 어떤 답을 들을 수 있으리. 제일신녀가 환후를 빙자해 이 자리에 나타나지 않은 게 분명할 제 그건 이미 황후와 대화하지 않겠다는 선언이었다. 아사나는 젊은 신이궁에게 내리는 모후의 질문이 계속될수록, 신이궁이 느린 어투로 막힘없이 대답할수록 낯이 뜨거워졌다. 당장 모후를 말리고 싶으나 끼어듦은 곧 황후를 능멸하는 것이고 모친을 모욕하는 것이라 그리할 수도 없었다. 어찌하나. 아사나는 모후 곁에 앉은 채 신이궁을 바라보았다. 신이궁의 눈길은 한순간도 아사나에게 닿지 않았다. 그의 시선이 황후께 닿아 있는 것 같지도 않았다. 그의 큰 눈은 황후를 지나 저 먼 아득한 곳에 닿은 듯 무심해 보였다.

"허면 그대가 신궁을 대리하여 과인에게 해줄 수 있는 말은 무엇이냐?"

우회적으로라도, 거짓으로라도 부처신을 모셔 들이고 고천사를 하사하신 태후의 행사를 사과부터 해야 마땅할 것이다. 그리함으로써 태후와 황후의 입장이 다름을 알려야 하는 것이다. 그게 뻔히 보이는 알량한 것이라 해도 그게 순서였다. 다스리기는커녕 대항치도 못할 처지라면 엎드려야 하지 않겠는가. 황후 체면에 엎드리지 못할 것이라면 정중하기라도 해야 할 터인데 모후께서는 그것조차 모르고 계신다. 아니 모르지는 않을 테니 무시하는 것일 터이다. 태후께서는 고천사가 사라진 것을 필두로 당신의 모든 것이 사라졌음을 느끼시고 스스로조차 놓아버리셨는데, 황후께서는 아직 크게 잃은 게 없다 여기시는 것이다.

"전하, 하문하시온 말씀이 막연하시나이다."

"신궁 제일신녀가 제일신녀일 수 있는 것은 그의 예지력 때문이라는 것은 만백성까지도 아는 상식이 아니냐. 그대도 장차 제일신녀가 될 것이매, 예지력을 가지고 있을 것은 자명한 일. 그대에게 보이는 과인의 미래가 어떠한지 말해보라."

실상은 황상의 환후가 반복되는 상황에 대하여 묻고자 왔다. 대체 젊은 임금이 왜 저리 자주 드러눕는가. 혹여 그가 단명할 운을 타고 나지는 않았는가. 듣고 싶은 말은 그가 오래 살 것이라는 예시였다. 하지만 차마 그에 대해 물을 수는 없어 에두른 것이다. 태후와 나이가 같다는 제일신녀라면, 다정히 살아오지는 않았으되 훨씬 편히 물을 수 있을 것 같은데 너무 젊은 신이궁은 황후에게 어렵기만 하였다.

"신궁 제일신녀가 제일신녀일 수 있음은 그의 예지력에 기인하는 것이 맞나이다. 하오나 그건 극히 일부분일 뿐이고 나머지는 오랜 수련과 신궁인들 모두와의 조화로 인하여 제일신녀가 된다 하옵니다. 저는 아직 미력한지라 전하의 하문에 상답키가 어렵나이다."

"원 이런 답답한 데가 있나. 신궁을 대리해 나왔으면 그 비슷한 노릇이라도 해야 하는 게 아니겠느냐? 말말이 들을 말이 한마디도 없지 않아?"

아사나는 별수 없이 끼어들었다.

"어마님! 소녀가 신이궁께 한 말씀 올려도 되오런지요?"

"그래, 말해보아라."

황후가 역정을 내며 물러앉았다. 신이궁과 아사나의 눈길이 비로소 맞닿았다. 신이궁의 입매에 설핏한 미소가 어렸는데, 그의 눈은 전혀 웃고 있지 않았다.

"신이궁 예하."

"예, 저하."

"작금 황궁에서는 양존(兩尊) 폐하들께옵서 환후 중이십니다. 하와 황후 전하께서는 심려가 깊으십니다. 신이궁께서 신궁 성하를 대리하여 나오셨사온데, 전하의 어조가 격앙되시어 신궁 성하께 결례를 드리고 있음을 부디 혜량하시어요."

아사나가 앉은 채 공손히, 자리에 없는 제일신녀에게 사과인사를 했다.

설요는 마주 인사했을 뿐 공주의 사과를 사양하지 않았다. 황후와 공주가 내방하겠다는 소식이 전해지고 그들을 맞이할 준비를 할 때 이렇게 불손한 마음으로 대할 작정이 아니었다. 지난 구월 보름쯤에 공주를 얼핏 보앴으므로 오늘 들어선 그가 낯설지도 않았다. 그 낯설지 않음에 덜컥 가슴이 내려앉았다. 두 달 전에는 보지 못했던 것이 선명히 보인 탓이었다. 아사나의 미래가 사루왕인과 묶여 있지 않은가. 그것도 아주 가까운 미래였다. 그들은 혼인을 하게 될 것이었다. 머지않은 날에 그러한 일이 닥칠 것이라 늘 마음먹으며 살아왔건만 사루왕인의 지어미가 될 여인과 맞부딪치니 설요의 마음결이 자꾸 가스러졌다.

"하옵고 예하께 사사로이 한 말씀만 여쭙겠습니다. 아직 덜 자란 자의 얕은 의문에서 비롯된 질문입니다."

공주는 저의 모후와 달리 침착하고 영민하다. 기운이 맑다고는 할 수 없으나 천생인 기품과 기상이 그 몸에 어렸다.

"예, 저하."

"아까도 말씀드렸다시피 황실은 양존 폐하의 환후며 신료들의 사라짐으로 인해 흔들리고 있습니다. 저도 그 안에 들어 있으므로 몹시 불안하고 근심스런 나날을 보내고 있지요. 하여 근래 여러 차례 생각했습니다. 혹여, 황족이라는 태생, 그로 인한 부귀, 만인으로 받았던 사랑, 명예, 존중, 권위와 권력 등 모든 것을 다 가졌다가 다 잃을 지경에 이른다면, 그러하매 단 한 가지를 가질 수 있는 기회가 주어진다면 무엇이어야 할까. 제가 경험이 얕고 생각이 얕아서 알 수가 없더이다. 가령 신이궁께서 저와 같이 생각을 해보신다면 어떤 선택을 하시겠어요? 아니 제가 어떤 선택을 해야 하오리까?"

공주 곁의 황후가 그 무슨 얼토당토않은 언사냐고 역정을 내다가 아사나의 굳은 눈길에 주춤했다.

설요는 그런 모녀를 가만 바라보다가 설핏 웃었다. 공주는 영민한 사람

126

인지라 제게 닥친 위험을 감지하고 있었다. 태후의 머리시녀 징모는 태후의 실성과 실어가 진실인 듯하다고 하였으나 설요는 믿지 않았다. 태후를 직접 보게 된다면 대번에 알 일이나 그렇기 때문에 태후는 스스로를 드러내지 않을 터이다. 자신을 둘러선 성벽이 일시에 완전히 와해되었음을 목격한 태후는 동면에 드는 구렁이처럼 깊은 동굴 속으로 은신했다. 자신의 권력을 와해시킨 장본인이 아들인 황상이라 믿고 그리하였을 것이므로 은둔 속에서 상의 치세를 지켜볼 것이다. 그의 은둔이 얼마나 지속될지는 황상의 향후에 달려 있을 것인즉 조만간 상이 서거하고 나면 더 깊이 침잠할 것이었다.

"예하, 저의 질문도 막연히 들리십니까?"

"아닙니다, 저하. 잘 알아들었습니다. 잠시 생각을 해봤지요. 저하께오서 왜 그러한 상상, 생각을 하시었는지."

지난 거사를 계획할 때 태후를 살려두자 한 이는 사루왕인이었다고 했다. 그건 명분을 살려놓자는 그의 의지였으므로 아무도 반대치 않았다고. 설요가 관여할 수 있는 일이 아니었으나 그 말을 전해 들은 설요는 예감이 좋지 않았다. 왜 개운치 않은지 그때는 몰랐다. 지금은 느낄 수 있었다. 아사나 공주가 끼어 있었기 때문이었다. 아사나는, 능구렁이처럼 깊은 동굴 속에서 운신할 수 있을 날을 기다리며 살아갈 태후와 닮은 인물이었다. 아사나는 태후의 모든 것을 물려받아 그를 대리하게 될 터였다. 아사나가 어느새 내경고의 정무를 관장하기 시작했다지 않은가. 작금의 아사나가 천진하고 무구하므로 그 자신은 물론 그를 아는 모든 사람이 그가 태후와 흡사한 인물임을 모를 뿐이다. 하여 부여아사나가 사루왕인과 부부지연을 맺게 되는 것이다.

설요는 사루왕인과 부여아사나의 운명이 묶여져 있음을 읽을 힘은 있어도 그들의 엮임을 막을 힘은 없었다. 지난달 열나흘 밤 부아악 문장대에서 잠깐 본 황상의 수명은 두 해 전에 예감했던 대로였다. 그는 올해를 넘기지 못할 것이 틀림없었다. 빠르면 이달 동짓달 안에 승하할 것이다. 그런 그가 이생에서 마지막으로 하는 일이 아마도 공주 혼인시키기일 것이다. 그 때문에 이리 비애스러운 것인가. 남보다 앞서 많은 것을 지켜볼 수밖에 없는 비애. 비애라 여기면 그러했다. 하지만 사루왕인을 설요의 것이라 단정지어 본 적이 없지 않은가. 신궁이 백제의 것일 수 없듯이 왕인도 설요의 것이 아니었다. 설요도 왕인의 것이 아니었다. 지켜볼 수밖에 없다면 지켜보며 살아가면 될 일이었다. 설요는 애써, 기를 쓰고 자신의 마음을 다잡으며 미소 지었다.

"제가 왜 그러한 상상, 생각을 하는지는 신이궁께서 짐작하실 거예요. 허니 말씀해 보시어요."

"아니오, 저는 공주 저하의 생각을 헤아리기 어렵습니다. 까닭은 방금 저하께서 거론하신 존귀한 태생이며 부귀영화며 권위와 권력들 중 제가 택일할 수 있는 것이 없기 때문입니다. 신궁에 사는 이들 거개의 태생이 천하게 태어나 배를 곯거나 병을 앓다 버려진 목숨들이지요. 신궁 영지에 사는 사람들 중 열에 한둘은 몸이 성치 않습니다. 다리를 절거나 외눈박이거나 손가락이 문드러져 없거나. 종으로도 팔릴 수가 없는 종자들이라 신궁에 버려진 자들이지요. 사지가 멀쩡한 이들이라 하여도 그들과 같습니다. 저도 그렇지요. 작금의 제가 제일신녀를 대리하고 있으므로 권력을 가진 듯이 보일지 모르나 저 신이궁은 물론 신궁주의 권력도 그 개인의 것은 아닙니다. 천신의 뜻을 받드는 신녀들과 신궁 영토에 사는 이들을 대리하고 있을 뿐이지요. 때문에 저는 공주 저하께서 지니신 바 중 한 가지도 갖고 있지 못합니다. 그러함에도 제가 선택을 한다면 저하께오서 거론치 않으신 목숨일 것입니다."

목숨.

신이궁과 생각은 다르지 않았는데, 아사나는 목숨 거론하기를 잊었다. 그건 당연한 것이어서 그러했는가. 아니었다. 목숨 자체에 대해서 생각해 본 적이 없었다. 모든 목숨은 목숨 자체로 귀한 게 아니라 그 목숨에 곁들여진 것들에 의하여 가치가 매겨진다고 여겼던가. 그조차도 생각해 본 적이 없었다. 졌다! 속으로 생각하며 아사나는 애써 웃음 지었다.

"오늘 제가 황후 전하를 따라 온 것은 신궁 성하께 그러한 말씀들을 듣고 싶어서였던 듯합니다. 목숨에 관한 고언, 가슴 깊이 새기겠습니다. 오늘 성하를 뵙지 못하였으나 신이궁께 좋은 말씀을 들었으므로 눈길을 헤치고 온 보람이 생기나이다. 신궁 성하의 환후가 나으셨을 무렵 제가 사람을 보내어 성하 뵐 수 있기를 미리 청하고 다시 오겠습니다. 그리하여도 되겠나이까?"

"예, 저하. 오늘은 신궁께서 두 분을 영접치 못하시었으나 차후에는 이리 헛걸음하시지 않으실 것이옵니다."

"예, 그때 다시 뵙지요. 어마님, 소야비와 신이궁을 뵈셨으니 헛걸음하신 건 아니지 않나이까. 오늘은 그만 환궁하시어요."

아사나는 모후를 모시고 나와 천인각 앞에서 신궁의 가마에 올랐다. 영접에서부터 배웅까지, 신궁이 황후 대접에 소홀했던 점은 없었다. 그럼에도 왜 지금까지 당해본 적 없는 푸대접을 받았고 능멸을 당한 것 같은지 모를 일이었다. 앙심을 품은 것은 아니었다. 앙갚음을 하려도 할 수 있는 처지가 이미 아니었다. 저희들끼리 잘 살 뿐더러 백성들의 삶을 돌보매 황궁이 하지 않는 일을 하는 신궁인데, 태후께서는 어찌 그리 신궁을 못마땅해 하셨을까. 왜 한사코 힘겨루기를 하고 싶으셨을까. 나는 왜 신이궁과 힘겨루기를 하고 있는 것만 같고, 이미 패한 듯이 느끼는가. 그리고 그제 아침 태후궁에 문후 드리러 갔을 때 태후께서 멍한 눈빛으로 하신 말씀은 무슨 의미이셨을까.

─아사나 너밖에 없구나, 너밖에.

황상께서 다시 환후에 드신 이튿날 아침이었다. 상이 환후에 드신 탓에 온 황궁의 촉각이 대황전으로 뻗친 때였으므로 태후궁에 문안 드는 사람이 아사나, 너 하나뿐이로구나, 그리 말씀하신 줄 알았다. 이제 보니 그게 아니시었던 것 같다. 아닌 것만 같았다. 그렇다면 무슨 뜻이셨을까. 다시 정신이 맑아지셔서 그 말씀의 뜻을 설명해주실 수 있을까.

큰마당 아래에 이르렀는지 가마가 멈춰 섰다. 가마 문이 열렸고 건너편에 마차가 문을 연 채 기다렸다. 가마와 마차 사이에 새빨간 천이 깔려 길을 내어 놓았다. 그 새빨간 길 위로 눈송이들이 자꾸만 내려앉았다. 모든 것 중 하나여야 한다면 목숨이라고 하던 신이궁의 말이 저처럼 붉은색이었던 것 같았다. 목숨의 색깔은 붉은 빛일 것 같지 않은가. 붉은 빛깔일 것 같은 목숨 때문에 아사나는 괜히 서러웠다. 눈물이 날 것 같았다.

다섯 필의 말에 매달린 황후의 마차가 느리게 신궁을 빠져나갔다. 천인각 대실 앞에서 그 광경을 물끄러미 내려다보던 설요는 몸을 돌려 천인각 북쪽의 작은방으로 들어섰다. 천인각에는 방이 둘 뿐이었다. 귀한 손님들을 접객하거나 중로, 원로신녀들이 모여 회의를 하는 큰방과 평시에 아무

도 쓰지 않는 작은방. 남쪽은 큰방으로 막혀 있고, 동서 양쪽엔 쪽창 하나
씩 있으나 덧문으로 막혀 있고 북쪽엔 외짝의 출입문이 있는 옆으로 긴 방.
이불이 놓여 있지 않은 침상과 책이 놓여 있지 않은 책상과 좌대 하나와 꽃
이 꽂혀 있지 않은 화병 하나만이 있었다. 아홉 살 때 아흐레를 굶고 난 뒤
스스로 걸어 나왔던 그 방의 이름을 설요는 일인각(一人閣)이라 불렀다.

"예하, 화로를 들이오리까?"

호금의 물음에 설요는 고개를 끄덕이고 책상 앞 좌대에 앉았다. 책상은
남쪽 대실과 면한 벽에 붙여져 흰 사기 촛대 하나 얹고 있었다. 어쩌다 이
곳에 앉으면 이야기만 전해 들은 한 아이가 떠올랐다. 마리라는 이름의 아
기신녀. 원래 이름이 마리나였다던가. 신이궁 시험에 임할 제 그는 열 살
이었던가 보았다. 마리나는 아흐레의 긴긴 굶주림을 견뎠고 대중시험을
치르기 위해 큰마당으로 향했다. 이 일인각에서 큰마당까지 내려가는 길
이 그에게는 너무 멀었던가. 대신전 계단이 너무 가팔랐던가. 오천여 신궁
인의 숨죽인 시선 속에서 계단을 내려 걷던 마리는 쓰러졌다. 서너 계단을
구르고 난 뒤 움직이지 않았다. 그는 열흘이 지난 뒤에야 예비신녀의 처소
에서 깨어났다. 그는 물론 신이궁에 오르지 못했다. 칠년 뒤 그는 그가 어
머니처럼 따르던 제일신녀 여진의 죽음과 함께 왜국 신당으로 보내졌다.
신당신녀로 부임한 그는 왜국 왕실로 들어갔고 육십여 년째 왜국을 다스
리고 있었다. 그의 일생이 얼마나 파란만장하며 찬란한지는 짐작키 어려
웠다. 설요가 떠올리는 마리는 열 살짜리 아이였다. 대신전 계단에서 쓰러
진 아이. 그때의 쓰러짐은 추락 같았을 터였다.

"며, 명상에 듭시게요?"

등지고 앉은 설요의 자세가 기도하는 품새인지라 호금의 목소리가 떨

렸다. 제일신녀나 신이궁이 기도하는 방식은 크게 두 가지였다. 평소와 똑같이 지내면서 삼경, 자시부터 일어나 기도하는 백일기도와 먹지도 자지도 않고 사흘이든 이레든, 심하게는 보름씩 명상에 들어버리는 명상기도. 제일신녀 효혜가 나이 들면서 명상기도를 하지 못하게 된 뒤, 몸이 자란 신이궁이 명상기도를 시작했다. 두 해 전 봄부터였다. 설요는 석 달이 멀다 하고 명상에 들었다. 신궁인들은, 특히 신녀들은 설요가 명상기도에 드는 것을 두려워했다. 제일신녀를 대리한 신이궁이 곧 제일신녀인지라 그가 명상기도에 들면 신궁 전체가 적막해지기 때문이었다. 신이궁이 먹지도 자지도 말하지도 않는데 누가 맘 편히 먹고 자고 말할 수 있으랴. 온 신궁 안에 경계령이 내리는 것과 다름없이 되었다. 신이궁 시위들과 호위들은 특히나 조심스러웠다. 상전이 방 안에서 꼼짝을 않으니 할 일이 없어지매, 다른 어떤 일도 할 수 없는 지경에 닿기 때문이었다. 상전이 몸을 아주 상하기 전에 방에서 나와주길 기다리며 눈치나 봐야 하는 나날.

"아니, 그저 잠시 혼자 있을게요."

아홉 살 때, 자신이 신이궁이 되고 싶었던지 설요는 기억이 없었다. 어머니이신 효혜께서 너의 신기가 너를 덮칠 것이므로 네가 신이궁이 되지 못하면 오래 살지 못할 것이라 하셨다. 너의 신기는 만인을 위해 쓰이며 풀려야만 할 것인즉 신이궁이 되어야 네가 살 수 있다는 것이었다. 살겠느냐 죽겠느냐. 그 택일에 대한 강요가 얼마나 잔혹한 것이었는지 어렸으므로 깨닫지 못했다. 그리고 아흐레간의 굶주림 속으로 들어섰다.

이 방이었다. 이 일인각. 그 무렵 갓 외기 시작했던 천신경문(天神經文)들을 읊었다. 천존경(天尊經)을 외고, 신명축원경(神明祝願經)을 외고, 북두칠성연명경(北斗七星延命經)을 외고 신장해살경(神將解殺經)을 외웠다. 산

왕경(山王經), 산신경(山神經), 용신경(龍神經), 조왕경(祖王經)……. 외다가 잊으면 책상에 쌓여 있던 경문책을 들여다보았다. 태반이 모르는 글자였으나 보고 또 보고 아무렇게나 되는 대로, 뜻도 모르는 책을 뜯어 먹듯이 읽으며 외웠다. 그러면서도 저 멀리 지화합 마당을 거니는 제일신녀의 발걸음 소리를 들었고, 각 전각의 지미방에서 만들어내는 음식 냄새를 맡았다. 아기신녀들의 방에서 소곤거리는 소리와 원로신녀들의 기침 소리도 들렸다. 저녁나절이 되면 장서각 마당의 개미들이 제 집으로 들어가는 소리도 들었다. 이경이 되면 신궁이 잠드는 소리를 들었고 새벽 오경이면 신궁이 깨어나 움직이는 소리를 들었다. 배가 고파 죽을 것 같아서, 물을 마시기도 싫어서, 배고프다 울며 뛰쳐나갈 수는 더욱 없어서, 이대로 죽자 했더니 들려온 소리들이었다. 팔십여 년 전 마리의 신음소리가 들렸다. 그의 눈물이 느껴졌다. 해가 뜨고 지고 달이 뜨고 기우는 소리가 들렸다. 칠성이 움직이는 소리가 들렸고 움직임이 보였다. 자신을 소도에 버리고 달아나던 여인의 얼굴이 떠올랐고 살려달라 외치던 자신의 무언의 목소리가 들렸으며 제일신녀가 달려 내려오던 발걸음 소리와 물려주던 젖 맛이 입 안에 감돌았다. 그때 배고프지 않았다. 배고프지 않게 된 순간을 기억할 뿐 이후는 기억에 없었다. 자신이 어떻게 이 일인각에서 걸어 나가 신궁삼보를 찾아내고 신이궁이 되었는지.

　세 보물을 찾아낸 뒤 기절했다가 사흘 만엔가 깨어났을 때, 내가 살아 있구나 하였다. 살아 있어 좋았던가. 그도 기억나지 않았다. 그 이듬해 봄, 여우바위에서 사루왕인을 만났다. 백호가 나타난 줄 알고 무서워 숨죽여 있었다던 아이가 말했다.

　―지켜줄게. 같이 있을게.

그 말이 좋았다. 좋아서 눈물이 났다. 이전에 울었던 것들이 기억에 없었으므로 그때 찔끔 흘린 눈물이 처음이었다. 이후에도 눈물 흘린 적 없었으므로 지금까지는 그때 흘린 눈물이 마지막이었다. 앞으로는 어떨까. 지켜줄 것이란 사루왕인의 말, 같이 있을 것이란 그의 말이 이토록 생생하니 앞으로도 내도록 그 말을 가슴에 품은 채 살아갈 것인데, 눈물 흘릴 일이 생길지도 몰랐다. 그에게 다른 여인, 지어미가 생긴다는 사실이 이렇게 가슴이 아프니.

내가 그의 지어미라 여겼던가.

아마도 그러했을 것이다. 두 사람의 집 호천려(狐泉廬)를 마련한 뒤로는 더욱. 가부실에 부친께서 계시고, 소야궁에 제제가 들게 되니 왕인은 두 사람이 만날 장소를 따로 물색했던가 보았다. 설요가 쉬이 닿을 수 있는 곳을 궁리하다 소야궁 인근의 거믄골을 찾아냈다. 우물이 깊어 물이 검게 보인다 하여 이름 지어졌다는 거믄골 아랫녘은 큰나루였다. 위로 소야궁과 신궁이 있고 아래로 번다한 큰나루가 펼쳐져 있을지라도 그 틈새 숲에 박힌 거믄골은 인가가 몇 채 되지 않았다. 몇 채 되지 않는 인가들도 띄엄띄엄 있어 마을이라 부르기에도 마땅치 않았다. 거믄골에 맞춤한 집이 있으니 아예 사버리자고 나선 사람은 서비구였다고 했다.

호천려는 길 오른쪽의 숲에 들어 있는데 길가에 면하여 낮은 울타리에 달린 사립이 있고 사립문에서 대문까지는 오십 보 정도의 바깥마당이 있었다. 바깥마당에는 수령이 백 년쯤 될 법한 늘메나무가 있어 말들을 매어 두기가 용이하였다. 위채와 아래채에 방이 여섯 칸이라 양쪽의 수하들이 넉넉히 함께 들 수 있는 집이었다. 게다가 옆마당에 도래샘이 있었다. 얼마만큼 깊은지 우물의 깊이는 알 수 없으나 우묵사발처럼 얕은 샘 테두리 안에서 물이 졸졸 새어나와 샘가를 돈 뒤 대문 밖의 도랑으로 흘러나갔다. 왕인은 그 집이 몹시 마음에 들었으나 그에 값할 만한 자금이 모자랐다. 어머니 다님 부인께서 급할 때 쓰라며 주신 은병이 다섯 개 정도 모여 있었으나 집값의 절반밖에 되지 않았다. 태학학사로서 받는 봉록은 한 달에 쌀 두 말 값 정도이나 일 년에 두 차례 집으로 들어오는 것이라 왕인이 여축할 것이 아니었다. 서비구가 여누하의 방에 쓸 만한 물건이 있을지도 모른다 하여 뒤졌더니 과연 은병 열 개가 나왔다.

나중에 사죄하며 갚으려니.

왕인은 누이 여누하가 두 손 성할 틈 없이 일하여 모아놓은 돈을 집어내 집값을 치르고, 남은 돈으로 집을 수선케 했다. 요즘 한성에는 침상을 들이는 방 대신 방바닥에 돌을 놓고 아궁이에 불을 지펴 방바닥을 데우는 온돌방 집이 크게 유행했다. 새집을 지으면 으레 그리 짓고 헌집을 수선할 제 온돌방으로 바꾼다 하였다. 왕인도 집을 그렇게 고치라 하였다. 온돌을 놓고 그 위에 황토를 꼼꼼히 채워 말리고 그 위에 기름종이를 두껍게 바른 방은 그 자체로 방바닥에 햇살을 불러들인 듯 다사롭고 고왔다. 그 과정에 왕인은 설요가 돕기를 바라지 않았다. 모처럼 사내 노릇을 하겠다는 의지였다. 설요도 모처럼 계집 노릇을 하고 싶었다. 집이 다 고쳐질 때까지 기다려 호금에게 간소하나마 안살림을 채우게 하였다. 그렇게 하여 처음으로 갖게 된 두 사람의 집이었다. 그 집에서 설요는 왕인을 두 번 만났다. 자신이 새벽 인시에는 천신단 앞에 있어야 하므로 함께 동이 트는 것을 볼 수는 없어도 두 사람의 집이었으므로 가부실이나 소야궁에 비할 수 없게 편했다. 재미 삼아 집의 이름도 지었다. 여우샘집, 호천려(狐泉廬).

아이고 하누님 맙소사!

넉 대의 작은 화로를 시위들에게 들려 일인각으로 들어온 호금이 속으로 탄식했다. 책상에 두 팔을 괴어 깍지 끼고 그 위에 턱을 얹은 채 앉은 설요의 자세가 석상 같지 않은가. 설요가 기도에 들어버린 것이다.

다 죽은 아기 설요가 제일신녀에게 발견되어 딸로 되살아났을 때부터 설요를 키워온 호금이었다. 효혜는 설요에게 젖을 먹였고 호금은 아기 설요를 업어 키웠다. 효혜의 딸인 설요는 호금에게도 딸자식과 다름없었다. 설요가 왕인을 만나고 있음을 털어놓고 도움을 구한 것도 스스로를 호금의 딸이라 여기기 때문이었다. 설요가 무엇을 하든, 사내를 만나기 위해 한 달에 한두 번 야행을 하든 황후와 대서서 싸움을 하든, 다 괜찮았다. 하지만 호금은 설요가 명상기도에 드는 것은 질색이었다. 한창 피어나야 할 나이의 설요가 만날 빼빼 말라 있는 까닭이 명상기도 때문 아닌가. 그런데 또 시작했다. 그동안의 경험으로 보아하면 최소한 이레는 이 방 밖으로 나가지 않을 고집과 적막이 그 어깨에 괴어 있었다. 아니 이레로 끝날지도 의문이었다.

금년 말을 즈음하여 효혜께서 제일신녀에서 물러나 원로원으로 들겠다 선언하신 게 보름 전이었다. 아직 공표하신 건 아니로되 금년 신궁의 마지막 행사는 설요의 제일신녀위 계승식이 될 터였다. 온 신궁이 그를 위해 조용히 준비를 하고 있는데 명상기도에 들다니. 아이고 하누님. 일인각을 당장 기도실로 만들어야 하므로 호금은 수하들을 이끌고 방을 나왔다. 어둠이 내리기 시작한 신궁이 다시 거세어진 눈발에 오히려 환해지고 있었다.

문안인사

여드레 만인가. 자리를 털고 일어나니 기운은 없으나 운신할 만하다. 시월 중순의 초겨울 비를 그리 맞을 일이 아니었다. 내 오늘은 백세전에 나가보리라, 해놓고 대황전을 나온 황상은 조정에 앞서 태후궁 문안을 하기로 하였다. 비단이불 속으로도 찬 기운이 스며드는 한겨울이나 모처럼 마주한 아침 햇살이 환하였다. 상은 내관들의 가마를 타시라는 강요에도 흔쾌히 응했다. 가마의 쪽창으로 내다보는 황궁의 뜰 곳곳에 잔설이 남아 있었다.

여누하가 그리웠다. 그 귀여운 이. 앓는 동안 내내 그를 그렸다. 깔깔대는 웃음, 찡그리면 눈가장에 생기던 주름, 고집스런 입매, 그 입에서 쏟아지는 신기한 말들, 거칠고 따뜻한 손. 그 손이 만져올 제 상의 몸은 여인을 처음 만난 듯 수줍곤 했다. 그를 만난 이후 이전의 다른 여인들을 다 잊었으나 그를 만나지 않고 있는 근 몇 달 여누하는 잊지 못했다. 잊지 못했으나 그는 너무 멀리 있었다. 위시좌평이 된 사루사기는 여누하에 대해 일체 거론치 않았다. 하는 수 없이 호위들을 시켜 여누하의 근황을 알아보게 하였더니 그는 이구림에서 올라올 줄 모른다 하였다. 이구림에서 모친과 더불어 상단 일을 하고 있다던가. 내려갈 때 다시는 한성에 발을 딛지 말라는 부친의 명을 받았다고 했다. 딸자식을 궁실로 들이려는 자들이 허다한데 위시좌평은 그런 생각 자체가 없는 사람이었다. 그의 그런 성품이 마음에 드는 한편으로 상을 쓸쓸하게 만들었다. 여누하를 진작 궁실에 들어앉혔더라면 어떠했을까. 병석에서 일어난 오늘 그가 곁에 있었을까. 아니 병석을 지켜주었을까. 아마도 아니었을 것이다. 그를 궁실로 들여앉힌 순간에 그를 잊었을지도 몰랐다. 갖지 않음으로 가질 수 있는 보물이 있다면 그였다. 귀여운 여누하. 그는 어렸으나 어리지 않았다. 그 앞에서 상은 나이를 의식했던 적이 한 번도 없었다.

"폐하!"

태후전에는 공주 아사나가 문안을 들어 있었다. 사뿐히 절하는 공주에게 상은 어색한 미소를 띤 채 고개를 끄덕였다. 아사나가 언제 이리 성장했던가. 며칠 전 대황전 문안을 들어와 보았음에도 낯설다. 공주는 아비도 모르는 사이에 다 커버려서 점직하고, 태후는 그 변한 모습으로 인해 수꿀하다.

"태후 폐하, 그간 소자가 시난고난하느라 문안드리지 못하였나이다. 소자의 불초함을 용서하소서."

자식이라고는 하나 임금이 인사를 하는데 태후는 쳐다보지도 않았다. 당신의 초상화에 눈길을 박은 채 양손 열 손가락에 끼고 있는 반지들을 손가락 끝으로 감치듯 매만지고 계신다. 태후는 두어 달 전의 그분이 이미 아니셨다. 늘 명경같이 단장하시고 추상같이 호령하시던 모후가 아니라 여염의 노파같이 변해 계셨다. 언제 저리 머리가 희어지셨던가. 반백을 넘어 백발에 가까워지셨지 않은가. 얼마 전까지만 해도 소야비가 그린 초상화 속의 모습과 크게 다르지 않으셨다. 소야비는 태후의 늙지 않은, 영원히 늙지 않을 것 같은 초상화를 바쳤고, 태후께서는 초상화가 마음에 드셨던지 생신잔치가 있던 날 저녁에 이미 그림 속 자신의 얼굴을 태후전 접객실 벽에 거셨다.

권력을 놓으심이 그리 큰일이셨던 게지.

상은 두 달 가까이 모르는 체했던 모후의 심사를 비로소 이해했다. 아들인 자신이 모친을 저리 만든 것이었다.

"아바님, 할마님께오서 간밤에 실뇨(失尿)를 하시었다 하옵니다. 하여 할마님 심기가 편치 않으신 듯 날마다 문안을 드는 소녀도 모르시는 체하시나이다. 혜량하시어요."

태후의 침묵이 부황한테 황송한 듯 아사나가 변명하고 나섰다. 젊다기보다 어린 날에 생긴 자식이라 자식으로 귀애해보지 못한 채 저 혼자 커버린 아사나이지만 속 깊고 영민한 아이임은 알고 있었다. 하여 어느새 태후를 대리하여 내경고를 살피고 있지 않은가. 대자원 순시도 아사나가 다닌다 하였다. 황후가 문서들을 읽어낼 만한 글눈이 약하기 때문인데 아사나는 제 모후의 그러한 약점을 고요히 감싸 안으면서 황후를 대리하고 있었다.

"그러하시었구나. 그러실 수도 있지. 어마님, 그만 일로 심기 불편하실 것까지야 없지 않나이까. 맘을 편히 하소서. 소자는 모처럼 백세전에 나가보려 하나이다. 태후 폐하 용체가 원만하시오면 함께 조정에 나아가시자

소자 들렸사온데, 어쩌하시온지요."

모후께 맺힌 것이 이토록 많았던가. 제국의 황제는커녕 장부도 못 되는 도다. 상은 자신의 졸렬함에 몸서리를 쳤다. 몸서리만큼의 희열도 없지 않았다. 태손 시절에 혼인을 하고 이미 자식을 얻었던 자신이었다. 할바님과 아바님이 모두 대방에 거하시매, 본국은 태손인 자신이 통치할 수 있었다. 그걸 믿으시어 할바님과 아바님이 대륙의 영토 확장에 매진하신 것이었다. 할바님이셨던 태수황제가 환도하셨을 적, 할바님을 따라 본국의 곳곳을 누빌 때 장차 내가 진단과 대방의 모든 영토를 통치하게 되리라 하였다. 하지만 태수황제께서 승하하시고 나자 황후가 되신 모후가 한층 기승스러워지셨다. 당시 태자가 되었던 상은 꼼짝할 수 없었다. 부황이신 휘수황제께서 승하하셨을 때도 잠시 기대하였다. 착각이었다.

─황상께서는 어찌 그리 유약하십니까? 대체 언제 철이 드실 테요?

무슨 일을 결정하려 할 때마다 모후께서 그렇게 걸고 드셨다. 유약하고 심약하고 허랑하고 용단이 모자라고 철들지 못했다고. 모후께 그런 말씀을 들을 때마다 상은 그러한 자가 되었다. 허수아비보다 못한. 허수아비는 참새며 까치라도 쫓지 않는가. 정말이지 넌더리가 났다. 누구를 막론하고 권력이란 스스로는 못 내놓는 것임을 상은 너무 늦게 깨달았다.

"하오면 어마님, 오늘 조정엔 소자 홀로 나아가 보겠나이다."

상이 고개 숙이는 시늉을 하고 일어서려는 찰나 태후가 무슨 소리인가 중얼거렸다.

"황상! 아사나를, 아사나를 혼인시켜야지요."

이번에는 상도 알아들었다.

"아사나 혼인, 장차 시켜야지요, 태후 폐하. 내년이나 내후년쯤, 우리 백제에서 최고로 쓸 만한 젊은이를 부마감으로 뽑아 아사나를 혼인시키겠습니다. 심려 놓으십시오."

"아니, 황상! 내가, 이 어미가 며칠 못 살 것 같소. 죽기 전에 부마를 봐야겠소."

또 이 무슨 억지이신가. 상은 진절머리가 나서 고개를 돌렸다. 태후의 머리시녀 징모가 저만치서 달달 떨며 서 있었다. 그 곁에 부차가 체머리를 흔들며 섰다가 상과 시선이 마주치자 석상처럼 우뚝해졌다. 태후께서 자식인 황상을 겁박하고 계심에 시종들조차 얼어붙고 있는 것이었다.

"어마님께오선 소자보다 오래 사실 텐데, 당치 않으신 말씀이십니다."

"아니, 며칠 안에 내가 죽을 듯싶소."

"대전 어의들을 보내겠나이다. 그들에게 진맥 받으시옵고 약을 드신 뒤 쉬십시오. 쾌차하실 것입니다."

"아니, 내 죽기 전에 아사나 혼인을 봐야겠소."

"할마님, 태후 폐하! 갑자기 무슨 말씀이시어요?"

아사나가 펄쩍 뛰어오르며 놀래는 것을 보니 사전 얘기는 없었던 듯했다. 조손간에 공모하지는 않은 것이다. 상은 다시금 모후의 눈을 살폈다. 태후의 눈은 상의 눈길에 곧장 이어져 있었다. 눈이 충혈된 채 이글거리는가 싶더니 깜박, 이글거림이 사라진다. 증오였던 것 같았다.

"아사나를 혼인시키려면 어마님, 우선 부마감을 물색해야지요. 부마감 물색하기가 그리 쉽지 않음을 어마님께오서도 아실 텝니다. 죽느니 사느니, 하나뿐인 자식을 겁박치 마시고 아사나와 더불어 노시면서 부마감이나 생각해 보소서."

"왕인하고 시키구려."

"예?"

"며칠 앓으셨다더니 귀도 어두워지셨소? 황상하고 짝짝꿍이 된 사루사기의 아들 왕인 말이오. 사루사기가 좌평에 앉았으니 지체도 그만하면 되었지 않소? 황상의 여식, 아사나가 그 왕인을 사모하는 듯하오. 내 죽기 전에 아사나를 그와 혼인시키라는 말씀이오."

모후께서 정신을 놓으셨는가 하였더니 아닌 것 같고, 아닌가 하고 보기에는 또 너무 기이하셨다. 대체 어떻게 왕인을 부마감으로 염두에 두고 계실 수 있단 말인가. 수태를 하지 않아 궁실에 끌어들일 억지 명분을 만들지 못했을 뿐 왕인의 누이 여누하가 상의 여인임을 태후께서 모르셨을 리 없었다. 그렇다면 이건 권력을 앗아간 아들에 대한 복수란 말인가. 그 권력이 원래 누구의 것이었는데? 상이 의혹에 사로잡혀 쳐다보려니 태후는 딴전을 피우듯 자신의 초상화를 바라보았다. 그러더니 황황히 일어나며 뇌까렸다.

"갑시다, 백세전에. 가서 아사나의 혼인을 선포해야지. 여봐라, 징모야, 내 백세전으로 나아갈 것이다. 차비를 차려라."

차비를 차리라 했으면 차비를 차릴 때까지 기다려야 하는데 태후는 기다리지 않았다. 곧장 처소를 나섰다. 징모가 소스라쳐 태후 폐하의 가마를 대령하라고 소란을 피울 제 태후는 태연히 상의 가마 앞에 서서 문을 열라고 시종들에게 소리쳤다. 실성하셨구나. 미친 게 저런 것이었어. 상은 모후의 정신없는 움직임을 그리 생각했다. 그리 여기니 스스로는 정신이 들었다. 대전 시종장 부차가 물었다.

"폐하, 어찌 하오리까?"

태후를 가마에서 끌어내어 태후전으로 모실 것인가. 태후가 타신 가마를 모시고 조정이 열리는 백세전으로 갈 것인가를 묻는 것이었다. 상은 태후를 궁 밖으로 모시고 나가 아무 데나 가마 채 묻어 버리라고 소리치고 싶은 것을 간신히 참았다. 아무도 모른다면, 스스로조차도 모를 수 있다면, 이 아침에 누군가가 모후의 목숨을 거두어가 주었으면 싶었다.

"태후 모시고 궁을 천천히 한 바퀴 돌다가 다시 태후전으로 모셔라. 혹여 중간에 무슨 일이 생긴다 하여도 태후께서 오늘 백세전에 납시는 일은 결단코 없으셔야 할 것이다. 알겠느냐?"

"예, 폐하."

태후를 모신 상의 가마 행렬이 태후전 마당을 떠나갔다. 상은 태후궁 문을 빠져나가는 가마행렬을 섬쩍지근하니 지켜보았다. 곁에 아사나 공주가 있음을 한참 뒤에야 깨달았다. 아뜩해진 상은 태후전 안으로 들어왔다. 공주가 따랐다. 상이 앉으며 공주에게 앉으라 명했다. 탁자 건너편에 다소곳이 앉는 아사나의 얼굴은 상기되어 있었다. 좀 전의 일로 놀란 탓이고 열일곱 청춘이기 때문일 터였다.

"태후께서 네 지아비감으로 사루왕인을 떠올리신 까닭이 무엇이냐? 아사나, 네가 그리 말씀드린 적이 있더냐?"

"아니오, 폐하, 소녀는 할마님 앞에서 그의 이름을 거론한 적이 없나이다."

"그의 이름? 아사나 네가 사루왕인을 알고 있기는 하였고?"

"그는 소녀를 모를 것이오나 소녀는 그를 두 해 전부터 알고 있었사옵니다."

"어떻게?"

"소녀가 책을 읽으며 그 내용의 가없음을 궁구하기보다 책 표지 구경하기를 즐기는지라, 장서고에 만족치 못하고, 태학 서장고에 드나들게 되었나이다. 그곳에서 왕인을 보았습니다."

"그래서?"

"때때로 그를 지켜보며 그를 연모하게 되었나이다."

그럴 수도 있는 일이었다. 몇 차례 본 왕인은 그 또래의 처자들이 능히 이끌릴 만한 면모를 두루 갖춘 젊은이였다. 그가 여누하의 형제만 아니라면 그와 아사나를 맺어주지 못할 까닭이 없었다.

"태후께서 너의 그런 맘을 홀로 깨달으셨다? 그리하여 너와 그를 혼인시키라 하셨다?"

"할마님께서 느닷없이 그런 말씀을 하시게 된 까닭은 소녀가 모르겠나이다. 하오나, 이왕 일이 이렇게 되었사오니, 이 여식에게 짝을 채워 주시올 양이시면, 폐하, 사루왕인을 주시어요."

딸자식 앞에서 짓쩍고 열없는 입장의 아비로되 아사나의 안 차고 다 진 청은 가량스럽다.

"그게 계집아이가 아비에게 할 소리이냐?"

"소녀가 일개 계집이 아니라 아바님의 여식이옵고 태후 폐하의 손녀인지라 이리 말씀드릴 수 있는 것 아니겠나이까. 할마님께오서 그리 말씀하오신 까닭이 따로 계실 것이구요."

"태후 폐하 말씀에 의지하여 네가 이리 나서는 것이라 하여도 참으로 납득키 어려운 해괴한 언사로다. 여하튼, 아사나, 네가 욕심내는 그를 다른 사람, 다른 여인들은 욕심내지 않았을 성싶으냐? 왕인의 나이는 벌써 지어미를 얻고 자식을 얻고도 남을 나이다. 대체, 성치 못한 어른이 하신 말씀을 붙들고 너는 무슨 생각을 하고 있는 것이냐? 신분을 막론하고 멀쩡한 집안의 멀쩡한 사내가 그 나이에 이르도록 정혼자가 없을 것 같아?"

"하오면 폐하, 소녀에게는 왜 정혼을 해두시지 않으셨나이까? 정혼자가 있으매 작금의 소녀가 부황 폐하 앞에서 이러한 발칙한 언사를 하고 있겠나이까. 아바님 어마님, 할바님 할마님. 폐하들께옵선 나시어 열 살도 되시기 전에 이미 정혼하시고 성년이 되신 즉시 혼인들을 하셨다 들었나이다. 작금의 소녀는 열여덟 살을 바라보고 있나이다. 아바님 어마님께오서 이미 소녀를 낳으신 나이이옵니다. 어느 분도 소녀의 짝에 관심 두지 않으신 바 소녀 홀로 제멋대로 상상하며 성장하였지요. 그리하다 우연히 보게 된 이가 왕인 그이였나이다. 소녀가 말씀드리지 않았음에도 태후 폐하께오서 아까와 같이 말씀하신 건 소녀가 얕아 속내를 추스르지 못한 결과일 것이옵니다. 폐하, 아바님. 소녀가 어찌해야 하옵니까? 소녀가 아는 사내, 하여 소녀가 맘에 들인 유일한 사내가 왕인이온데 새삼 다시 누구를 알아보고 맘에 들이오리까. 그래야 하오리까? 부디 폐하의 여식이 처한 곤궁을 헤아려 주시어요."

모후께 인사 한번 드리러 왔을 뿐인데 조손간에 상을 골탕 먹이기로 작당들을 한 듯했다. 작당한 것이 아니라면 이 아침에 모친과 여식이 한 철 굶은 독수리들마냥 이리 덮쳐들 것인가.

"왕인과 대화를 해본 적이 있느냐?"

"없습니다."

"왕인과 우연이라도, 마주 웃어본 적은 있느냐?"

"없나이다."

"허면 네가 태학을 드나든다니 묻겠다. 근자의 그가 무슨 생각을 하고 무슨 책을 즐겨 읽는지는 아느냐?"

"안다 하기 어렵습니다."

"허면, 그가 왜 좋고, 어찌 그를 네 지아비감으로 여겨?"

"이유, 근거, 까닭, 아뢰기 어렵나이다. 그러하오나, 폐하, 그를 소녀의 짝으로 삼아 주시옵소서."

열일곱 살의 아사나는 갈 데 없는 태후였다. 아니 황후였다. 아니 그 둘을 합쳐놓은 것 마냥 집요하고 뻔뻔하다. 어린 것이 부끄러움을 모르지 않는가. 어린 날의 황후가 딱 그러했다. 태후도 그러했을 것이다. 부황 생전에 환도하실 때마다 소야궁에서만 머물렀던 까닭이 달리 있겠는가.

"그가 싫다 하면 어찌 하려느냐?"

"폐하께오서 명을 내려주시면 결정되는 일이 아니옵니까?"

"임금의 명으로 다정도 피어날 수 있을 것 같으냐?"

"소녀는 그에 대하여는 아는 바가 없나이다. 맺어진 뒤에 알게 될 터입니다."

"아무리 임금의 명으로 만사가 움직인다 하여도 아사나, 남녀 사이는 감정의 합일이 우선인 법이다. 그게 자연의 이치이고, 이치에 맞아야 관계도 순탄하기 마련이다. 너와 같은 여인이 정인, 지어미라 한다면 어느 젊은이가 쉬이, 곱게, 네 곁에서 너를 숭앙하며 살겠느냐?"

"어느 사내, 지아비인들 여인을, 지어미를 숭앙하며 길이 고와하오리까. 어차피 그런 사내, 지아비는 세상에 없지 않나이까? 그리하여 다들 지어미를 둘, 셋, 넷씩 두고도 또 여인을 찾아 밖으로 돌지 않나이까? 그게 자연의 이치이며 사람살이의 당연함으로 여기면서요. 그러할 제 사루왕인 그인들 다르겠나이까."

"하여 그에게 이미 여인이 있다 하여도 괘의치 않는다는 말이냐?"

"그에게 여인이 있는지 없는지는 알 수 없사오나 혼인은 하지 않은 것으로 아나이다. 사지가 멀쩡하고 지체가 그만하고 총명하기로 호가 난 그가, 그에게 여인이 있다면 왜 스무 살이 가깝도록 혼인을 하지 않았을까요. 그건 그 여인과 혼인할 수 없는 까닭이 있기 때문이겠지요. 소녀는 그와 혼인치 못할 까닭이 없습니다. 그가 사통을 하고 있다면 그건 모든 사내들이 사는 법을 따라 그 또한 사는 것일 터이니 소녀가 문제 삼을 까닭도 없습니다."

연모한다더니 연모가 아니었다. 이러한 억지가 무슨 연모이랴. 제 것인 적 없음에 이미 집착하고, 그를 빙자해 말말이 부황을 견주며 대서고 있지 않은가.

"너의 그런 심사, 아비가 느끼기에 젊은 여인의 것으로 온당치 않아 보이매, 아비가 허락지 않으면 어찌하려느냐?"

"황상께서 허락지 않으시올제, 소녀가 무슨 힘이 있어 그와 같은 생각을 계속할 수 있겠나이까. 이리 쏟아낸 부끄러운 언사를 갈무리할 방법을 궁구하며 나이 들어가겠지요. 그러하다 부황께오서 가라 하시는 아무 사내에게로 가서 그가 공주저(公主邸)로 끌어들이는 여인들을 감당하며 살게 되겠지요."

딸자식이 이리 밉게 보일 수도 있는 것도 처음 깨닫는 것이었다. 상의 속이 부들부들 떨렸다.

"임금인 아비를 겁박하는 너는, 임금인 자식을 겁박하는 네 할마님과 여지없이 닮아 있구나."

극도로 인내하였음에도 저절로 내뱉게 된 말이었다. 인내하지 못했더라면 끌고 나가 목을 베라 소리치고 말았을 것이었다. 아비의 눈길을 집요히 붙든 채 다박다박 대답하며 맞서던 아사나가 비로소 놀라 고개를 푹 떨어뜨렸다.

"작금에 사루왕인이라는 젊은이가 부마로 적절하지 않을 까닭이 없음에도 아비가 흔쾌히 그를 허락지 않은 기색이라면, 왜 그러할까 한 번이라도 생각해야 할 것이다. 그러면 연유를 알게 될 것이다. 생각해도 연유를 알 수 없다면 아비에게 묻든지, 묻지 못할 것이면 다소곳이 이후 상황을 살펴야 하는 게 아니겠느냐? 그리하지 못할지언정 마디마디, 사이사이, 부황과 선황제들을 빗대어 능멸해? 아비와 할바님들을 능멸하면서 네가 얻고자 하는 것이 진정 너의 연모의 대상이더냐? 그것이 너 대백제국 공주 아사나의 연모하는 방법이야? 이 아비는 아비로서 변변치 못했음에 여식으로부터도 이러한 모욕을 당하는 것이다만, 아사나, 정략이 아닌 바에 사내와 계집의 만남이란 시작에서는 다만 상대의 맘을 보는 것이 우선이어야 함은 안다."

좌대에서 일어난 아사나가 방바닥에 무릎을 꿇어 엎드리며 울었다. 엎드려 울며 중얼거렸다.

"황송하옵니다, 폐하. 여식의 무례를 용서하소서."

"내가 저이를 연모함에 저이로부터 다정을 받을 수 있을 것인가, 그렇게 상대의 맘을 헤아리고 나의 맘도 헤아려가면서, 맘 졸이고 안타까움과 불면에 시달리며 그가 나를 다정히 보아주기를, 나를 그 맘에 어여삐 들여주기를 기다리는 것이 연모이며 사모인 것이다. 그건 남정네와 여인네가 똑같다. 임금이라고 다를 것 같으냐. 본질은 다를 것 없다. 너의 부모, 조부모가 너에게 그렇듯 부당하고 부정한 모습으로 비친 것은 어쩌면 정략에 의해 맺어진 인연들이었기 때문일 터이다. 먼저 사모하고 사랑받기 위해 애쓰지 않고 처음부터 으레 내 것이니 내 맘대로 따라주길 바라매, 따르지 않으니 서로 외면하게 된 경우들일 것이야. 그렇다고 세상 사내와 계집들이 다 그렇게 사는 것은 아닌 듯하더구나. 한 사람만을 맘에 들여놓고 평생 숭앙하며 겉으로든 안으로든 지조를 지키며 사는 이들도 없지는 않더라는 것이다."

"폐하, 소녀를 죽여 주시옵소서."

"내 자랑스러운 아비가 못 되므로 너를 용서하고 말 까닭도 없다. 태후께서 돌아오시면 네가 돌봐드리도록 하여라. 아비는 백세전으로 갈 것이다. 나중에 위시좌평과 이야기를 나눠보긴 하련다. 그가 너를 사씨 가문의 일족이자 사루왕인의 짝으로 용인한다면 너를 왕인과 혼인시킬 것이되, 루사기 좌평이 아니라 하면 오늘 우리 부녀간에 이루어진 이 대화는 없었던 것이 될 것이다. 일어나거라."

일어나라 명하신 부황께서 찬바람을 일으키며 나가시었으나 아사나는 일어나지 못했다.

미쳤다. 미쳤으되 작정하고 그리된 것은 아니었다. 어쩌면 어제 부황의 최근 몇 년간의 여인이 누구인지 알게 된 때문인지도 몰랐다. 여누하라던가. 그는 사루왕인의 누이라 하였다. 부황께서 태자 시절에 이미 그를 맘에 들여놓으시고도 그를 사가에 그대로 둔 채 그를 만나기 위해 미행을 다니셨다는 것이었다. 여누하를 만난 이후 다른 어떤 여인도 품지 않고 오직 그이만을 좇았다고 했다. 그 사실을 듣고 절망했다. 부황께서는 그를 진정으로 대하신 것 아닌가. 왕인과의 혼인에 대해 절절히 생각해 본 적이 없었다. 그를 기루었으되 혼인은 막연히 여겼다. 그런데 그와 혼인할 수 없을 것이란 사실을 알게 되니 급작스레 절망스러웠다. 아무리 친인척 간의 혼인이 자연스럽다고는 하나 임금과 그 딸이 한 형제를 지아비, 지어미로 삼을 수는 없는 법이었다. 부녀가, 형제가 될 수는 없지 않은가. 절망했기에 오히려 쉽게 맘을 다스렸다. 태후께서 왕인에 관해 말씀하신 것은 천만 뜻밖이었다. 사라진 희망이 솟구치면서 부황을 눌러야겠다고 여겼던가. 혹은 태후께서 저리하심에 까닭이 있을 것이라 여겼던가. 그 짧은 동안에 어떠한 생각들이 뭉쳐서 굴렀는지는 알 수 없었으나 미쳐서 부황께 맞섰다. 맞서는 중간에 이미 미쳐 날뛰고 있음을 깨쳤으나 멈추지를 못했다. 멈춰지지 않았다. 그러한 미친 짓은 아사나의 것이 아니었다. 아아! 아사나는 엎드린 채 몸서리를 쳤다. 이러한 사실을 혹여 그가 알게 된다면 그 노릇을 또 어찌할까. 그 부끄러움을.

여우샘

어제가 거믄골 여우샘집에서 세 번째 만나기로 한 날이었다. 밤새 기다렸음에도 설요가 오지 않았다. 만나 삼 년이 가까워지는 동안 한 번도 어긋난 적이 없는데 설요로부터는 아무 기별이 없었다. 미하수라도 보내어 연유를 설명해 줄 법하지 않은가. 동짓달 밤하늘을 자꾸만 내다보았다. 밤하늘이 흐려 달은 고사하고 별 한 점 떠 있지 않았다. 무슨 일이 생긴 게 틀림없는데, 못 오면 연통이라도 할 것인데, 어찌된 일일까. 오늘이 만나기로 한 열나흘이 아닌가, 마당에서 목검을 든 채 홀로 춤을 추고 있는 서비구에게 자꾸 물었다. 지난 영고제 무사시에서 장원으로 등과한 서비구는 십오품 진무 품계를 받고 위시부에 배속되었다. 위시좌평이 사루사기이므로 서비구는 위시좌평의 호위대로 명받고 여전히 왕인의 호위로 지내는 참이었다. 서비구는 왕인이 물을 때마다 처음 대답하는 양 열나흘이 맞다 하였다. 새벽까지 설요는 호천려에 나타나지 않았다. 아침이 밝아오되 인의 마음은 컴컴해졌다. 샘가에서 세수를 하려다 우물을 들여다보니 우물 속에 설요가 들어 있었다.

가부실로 돌아와 받은 아침 밥상이 소태 같았다.

"소군, 주군께서 찾으시나이다."

집사 유술이 부친의 명을 전했다. 설요에 관해선 언급하지 않기로 묵약이 이루어져 있는 줄 알았는데, 새삼스레 간밤 외박을 질책하시려는가. 왕인은 태학 학사복으로 갈아입고 학사 두건을 썼다. 부친이 위시좌평에 임하셨으나 왕인은 여전히 태학의 학사였다. 삼 년차 학사이매 후배 학사 몇이 생겼고 태학 안의 잡다한 일에서 벗어나 책을 읽고 글을 쓸 시간이 늘었다. 덕분에 《대방성풍물기(大邦城風物記)》를 마쳤고 《논어신역본(論語新譯本)》을 마무리 지어 두 권을 함께 태학 감원(勘院)에 내놓았다. 감원에서 필사사들에게 필사케 한 뒤 박사들이 검토하여 인증하면 왕인의 저서 두 권이 태어나는 것이고 인증 받지 못하면 수정을 하거나 폐기해야 할 것이었다. 박사들이 필사본을 검토하는 기간은 한정되어 있지 않다고 하나 보통 석 달은 걸린다고 하였다. 석 달이 가까워오는 즈음이었다.

왕인의 일과는 여일하였다. 왕인은 그 여일함이 좋았다. 그렇게만 살고 싶었다. 매일 책을 읽고 이따금 설요를 만나고.

"황상께서 어제 해질녘에 너 사루왕인을 아사나 공주의 부마로 명하시고 너에게 비류군(沸流君)이라는 궁호를 내리셨다. 조금 뒤 사시 초에 칙사가 당도할 것이니 오늘 태학에는 궐석하거라. 혼인식은 열흘 뒤, 스무닷새 날 신시 초에 태후궁 큰마당에서 거행될 것이니라. 이구림에 어젯밤에 파발을 띄웠다만 너의 어머니께서 그날 맞춰 오시기는 어려우시리라."

부친의 말씀이 황당한지라 왕인은 잠시 착각했다. 유리나가 어느새 환도하였던가? 그리하여 또 나를 지아비로 삼겠다고 나선 것인가? 전해 들기론 조선성주의 손자 자하무와 오는 봄에 혼인한다 한 것 같은데?

"알아들었느냐?"

"아니오, 아버님. 누가 누구와 혼인을 한다 하시었나이까?"

"너 누왕인이 백제국 공주 아사나와 혼인을 한다 하였느니라."

"소자가 왜 아사나 공주와 혼인을 하옵니까?"

"황상께서 명하셨기 때문이다."

"황상께서 저를 잘 모르시는데 어찌 저를 겨누어 그런 명을 내리시지요?"

"그건 나도 모르겠구나. 아사나 공주는 너를 안다는데 너는 아사나를 아느냐?"

"아니오, 저는 그를 모릅니다. 그가 서장고를 드나든다는 것이야 태학 사람이면 모두 아는 사실이고, 제가 그를 따로 알 까닭은 없습니다. 때문에 이 황당한 처지를 어찌해야 할지도 알기 어렵습니다. 혹여 아버님께오서 간밤 소자의 외박이 마땅치 않으시어 걱정하시느라 펼쳐내신 상황이십니까?"

"드물지 않은 너의 외박이 걱정스럽지 않은 것은 아니나 새삼스러울 것없는 바, 그런 너를 견제하기 위하여 아비가 따로 술수를 쓸 필요는 없다. 아비는 어제 퇴청 전에 폐하께 불려가 너를 부마로 삼겠다 하시는 황명을 들었을 뿐이다."

누왕인의 눈빛이 아비에 대한 반감으로 격렬히 흔들렸다.

"아버님께 의논도 않으시고 황명부터 내리셨단 말입니까?"

"전일에 네게 정혼자가 있느냐 하문하신 일이 있기로 그런 일 없다 상답하였다."

　루사기가 원한 일이 아니었으되 왕인에게 정혼자가 있느냐는 질문을 받았을 때 아사나 공주를 일족으로 맞게 될 것임을 예감하였다. 황명이 아니라 질문이었으므로, 그 진의를 되물은 뒤 거절할 수도 있었다. 루사기는 거절하지 못하고 유보하였다. 누왕인이 설요를 두고 혼인하겠다 나설 위인이 아니었으므로 혼인을 시켜야 한다면 누구와 시킬 것인가, 궁리하지 않을 수 없었다. 대방에서 자식들에 대한 이야기를 나누었던 상장군 해지무는 여식 우전을 내신좌평 부여신계의 큰손자 연각과 정혼시켰다. 연각이 아직 열네 살이라 혼인은 두어 해가 지나야 할 터이나 그 두 집안은 서둘러 혼맥을 맺음으로서 근래의 어지러운 시국을 함께 건너가기로 한 것이었다. 누왕인이 제 맘에 설요를 품고 있는 게 해지무와 우전에게 결례가 될 듯하여 잡지 못했으되 우전을 놓친 것이 루사기는 아까웠다.

　어제 저녁나절 대전에 들어갔더니 상이 쓸쓸한 얼굴로 왕인을 부마로 삼으려는데 동의하느냐 또 물었다. 잠깐 새에 루사기는 많은 생각을 하였다. 어찌할 것인가. 최근 들어 급작스레 수척해지는 상이었다. 이 달 안은 아닐지라도 그리 머지않은 미래에 효혜의 예언이 실현될 것이 느껴지는 즈음이었다. 어차피 소야비를 궁실여인으로 만든 순간에 이미 황실과 뒤섞였지 않은가. 미구에 제제가 즉위케 될 것인즉 그를 보필할 사람을 황실에 심기도 해야 했다. 설요에 대해서도 생각했다. 그 아이가 신이궁이 아니라면, 일개 신녀이기만 했어도 그를 신궁에서 빼돌려 누왕인의 짝으로 맞아들였을 것이라고 스스로 합리화하였다. 상과 여누하에 대해서도 떠올렸다. 상은 왕인을 부마로 삼기로 함으로써 여누하를 포기한 것이었다. 누왕인이 부마가 되매 여러 가지가 한꺼번에 해결되는 셈이었다. 하여 상의 뜻에 동의하였다. 비류군이라는 궁호는 의외였다. 비류의 후손이 누왕인에 이르러 비류라는 이름으로 다시 불리게 된 것이 아닌가.

조금 전 동요하던 인의 눈빛이 차분히 가라앉았다.

"소자가 황명에 불복하면 어찌 되나이까?"

"글쎄다, 공주의 지아비가 되라 하매 불복했다는 사내에 관한 이야기를 내 일생 동안 들어본 적이 없어서 모르겠구나. 내가 아는 바 황명에 불복한 자에게 내려지는 벌은 죽음이라는 것이다. 네가 나의 자식이라도 다를 것 없어."

"하오면 소자는 황명에 불복할 시 어찌 되는지 한번 보겠나이다."

"네 이미 어리지 않고 불민한 사람이 아니므로 그러한 짓이 얼마나 우매한 일임을 알 것이다. 네가 설요 그 아이에게 가진 그 한결같은 마음, 이제 아비도 인정은 한다만 어차피 너도 그 아이를 세상에 드러낼 수는 없지 않느냐? 그러니, 포기하지도 드러내놓지도 못할 것이라면 마음속에 품고 지금과 같이 이따금 만나며 살면 되는 일이다. 아사나 공주가 네 지어미가 될 제 그가 평생 설요의 존재를 모르도록 하면 되는 것이야. 지아비의 맘속에 다른 여인이 있음을 어느 여인인들 모르기야 하겠느냐만 네 맘속의 여인이 설요, 그 아이임은 공주가 모르는 것이 설요에게 좋을 터이지. 신궁에는 말할 필요도 없고."

"그리하기 싫습니다. 그 사람에게는 물론이거니와 공주는 또 무슨 죄입니까?"

"그 아이는 신이궁, 신궁이 될 만한 자질을 가진 아이이므로 너를 받아들이며 이미 그걸 각오했을 터이다. 공주는 자청했으므로 그 또한 각오했을 것이다. 그 두 사람 모두에게 안쓰러울 일이기는 하나, 그렇기 때문에 네가 잘해야겠지. 네가 네 외숙이나 취운파와 같이 홀로 살 수 없으므로 그 또한 너의 운명이다. 이미 결정난 일이니 조금 뒤에 올 칙사를 맞도록 하여라. 그리고 서비구는 비류군의 호위장으로 이후 열 명의 수하를 거느리게 될 것이다."

루사기에게 신이궁 설요를 굳이 떨쳐내지 않아도 되는 이유가 생긴 터이기도 했다. 그가 장차 무절선인이 된다 하여도 마찬가지였다. 효혜가 자식을 낳고도 무사히 자신의 본분을 수행했듯 설요도 그러할 것이었다. 지난달 문장대에서 설요가 새벽에 비가 내릴 것이라 하였을 제 과연 비가 내렸다. 그 비를 맞으며 루사기는 그간 효혜의 예시라 여겼던 것들이 실상 설요의 예시였을 것이란 생각을 비로소 해냈다. 효혜에게 예지력이 살아 있다면 이렇듯 깜깜하게 침잠해 있을 턱이 없지 않은가 하고. 신궁은 진작부터 신이궁 체제로 움직이고 있는 것이라고. 그렇다면 누왕인 곁에 설요를 두는 것은 더할 나위 없는 참모를 두는 것이라고.

"아니오, 아버님. 승복할 수 없나이다. 소자에게도 생각할 여유를 주십시오. 칙사를 맞지 않겠습니다."

"네가 칙사를 맞지 않아도 달라질 것은 없느니라. 설령 네가 혼인식에 나타나지 않는다 하여도 이미 아사나가 너의 지어미가 된 것이고, 너의 향후 거처는 공주저가 될 것이다."

왕인은 부친에게 허리 숙여 인사를 바치고는 부친의 처소를 나왔다. 마당에서는 어느새 황실의 칙사를 맞을 채비를 하고 있는 참이었다.

"소군, 이대로 나가십니까."

지품이 걱정스레 말했다. 재작년 이구림 사태 때 노스승 보륜사를 잃고 한성으로 불려온 그는 무과에 급제하고 루사기의 호위가 되었다.

왕인은 하릴없이 고개를 끄덕이고는 대문 밖으로 나왔다. 가부실 어귀를 다 빠져나왔을 때 뒤에서 따라오던 서비구가 용추의 고삐를 내밀었다. 왕인은 용추에 올라 거믄골로 달렸다. 두어 해 전, 선황과 현 황상의 수명을 예시한 이는 제일신녀 효혜가 아니라 설요였다. 그즈음부터 신궁 효혜가 연로하여 예지력이 사라졌다는 사실을 아는 사람은 극소수인 바, 왕인도 그중 한 사람이었다. 지난 초나흘 저녁에 소야궁에 갔다가 그날 낮에 황후와 아사나 공주가 신궁을 찾았다는 소식을 들었다. 공주를 만난 설요는 이러한 일이 진행될 것임을 알게 되었을 것이다. 그 때문에 설요는 간밤에 호천려에 오지 않은 것이다.

호천려에는 미하수가 여염 복색으로 와서 안채의 큰방을 청소하고 있었다. 간밤 왕인이 홀로 묵었던 방에 불을 들였는지 방은 새로이 따뜻하였다. 미칠 듯이 날뛰었던 왕인의 마음이 차분해졌다. 미하수에게 물을 용기도 났다.

"혹여 마음이 편치 않으시어 오지 않으셨던 겝니까."

"사루 님 또한 소인의 상전으로 모시어 온 지 세 해가 가까워오는 바, 간밤 사루 님께서 기다리셨을 줄 알기에 소인이 독단으로 왔나이다. 가부실에서 이리로 다시 오신 것은, 지금쯤 황실의 칙사가 가부실에 닿을 것을 아셨기 때문이겠지요."

"그렇습니다. 아침에 가부실 집에 갔다가 부친께 그 얘길 들었습니다. 그분도 그걸 미리 아신 게지요?"

"소인은 간밤 늦은 시각에야 그러한 황명이 내렸다는 걸 들었사오나 그 님께오선 지난 초나흘에 이미 아신 듯합니다. 오늘이 열하루째이온데, 그 님은 일인각 밖으로 한 발자국도 나오지 않고 계십니다. 온 신궁이 바짝 긴장해 있는 바 소인조차도 간밤에 이곳으로 오기는 어려웠나이다."

"열하루째요? 열하루째 일인각에만 계신단 말입니까?"

"예."

설요가 매양 말라서 미하수에게 물은 적이 있었다. 대체 설요가 무얼 얼마나 먹고 살기에 저리 살집이 없는가. 그 때문이라 했다. 명상기도. 신궁인들 아무도 말리지 못하는 그걸 왕인도 말릴 수는 없었으나 횟수라도 줄이기를 간절히 바랐다. 횟수를 줄이게 하기는커녕 오히려 보태고 말았다. 열하루째라니. 굶어 죽을 참인가. 아니, 왕인을 제게서 떼어내고 있는 것이다. 왕인은 말을 할 수가 없었다. 방문을 열어놓은 채여서 찬 바람이 세차게 들이쳤다. 대청마루 끝에 앉은 서비구가 하늘을 올려다보고 있는 게 보였다.

"미하수 님!"

"예, 사루 님."

"신궁인이 아닌 자가 신궁에 찾아가 성하나 예하 알현을 청할 수도 있지요?"

"당연합니다. 다만 허락이 계셔야 가능합니다. 그 허락을 받기 위한 청원서가 사절부(事節部) 궁사당(宮事堂)에 수백 장 쌓여 있습니다."

"오늘 안에라도 예하를 뵐 수 있게 허락을 받아 주십시오."

"그건 불가합니다. 그님 스스로 일인각에서 나오시기 전에는 어떠한 사람이라도 아무 말씀도 드릴 수 없습니다."

"그러니 부탁을 드리는 것 아닙니까. 제가 간절히 뵙기를 청하더라고 전해 주십시오. 하면 예하께서 일인각을 나오실 수도 있지 않습니까."

"오늘 소인이 이곳에 온 까닭은 사루께서 그와 같이 나오실 수도 있으리라 짐작했기 때문입니다. 하지만 어떠한 경로로든 사루께서 신이궁 알현을 청하시는 것은 두 분 모두에게 위태로운 일입니다. 지난 초나흘에 황후와 공주께서 신궁에 내방하신 걸 아시는지요?"

"들었습니다."

"그날 공주께서는 신이궁께 물었습니다. 모든 것을 다 가졌다가 다 잃을 지경에 처했다는 가정하에, 한 가지만을 선택할 수 있다면, 신이궁께서는 무엇을 취하겠느냐. 황족이라는 신분, 명예, 부귀 등등 중에서 말입니다. 그때 예하께서 말씀하시길, 공주께서 열거하시지 않는 목숨을 택할 것이라 하셨습니다. 저는 그때 예하의 말씀이 공주에게 한 길을 열어 보이신 거라고 생각했습니다."

"공주의 길을 열어 보이신 거라고요?"

"소인은 그리 여겼습니다. 신이궁께서는 그런 분이시니까요. 그리고 난 뒤, 사루 님을 부마로 정하자고 처음 나선 이는 태후이셨다 합니다. 공주께서는 태후의 뜻을 좇아 부황에 대서기까지 하면서 학사 왕인을 부마로 삼아달라 하였다 하고요. 근자에 실성기를 보인다는 태후께서 왜 왕인을 부마로 삼자고 하였을 것인가. 간밤 기밀대의 보고를 받고 저를 위시한 신이궁의 측근들은 그 까닭을 유추해 보았습니다. 그리고 노회하신 태후께서 미구에 황실에 닥칠 위기를 예감한 것이라 결론을 내렸습니다. 즉 아사나 공주와 사루왕인께서는 황실의 방패로 선택된 것이지요. 아사나 공주가 장차 태후와 황후와 태자, 태손의 보호자로 살게 될 것인 바 사루왕인께서도 그러하실 테고요. 아사나 공주는 그만큼 총명한 사람입니다. 총명한 그는 미구에 태후의 모든 것을 물려받을 것입니다. 이미 내경고(內璟庫)를 관장하기 시작했지요. 내경고를 관장함은 곧 황궁과 황성을 장악하는 것이고, 크게 보면 한성을 다스린다는 뜻도 됩니다. 그러한 아사나 공주가 사루 님의 여인으로서의 신이궁의 존재를 알게 된다면 어찌 되겠나이까. 신이궁의 일은 그 개인에 머무르지 않습니다."

"저는 부마가 될 생각이 없습니다."

"황명이 내렸습니다. 사루께서 비류군으로 불리게 되셨음은 이미 돌이킬 수 없는 일입니다. 아시지 않습니까. 그리고 미리 알려드리자면, 신이궁께서 일인각에서 나오시어 기운을 되찾으시면, 제일신녀위에 오르실 것이옵니다. 늦추 잡아도 섣달 보름쯤엔 그님께서 신궁이 되실 거라는 뜻입니다. 그님께서 제일신녀가 되시매 무절선인이 되신다는 사실은 이미 짐작하고 계실 것입니다. 하오니 감히 청하옵건대 사루 님, 작금의 이 상황을 될수록 순하게 받아들이시고 제 웃전과의 인연은 차후에 다시 생각하소서. 제 웃전의 뜻도 그와 같을 것임을 믿어 의심치 않습니다. 그 말씀을 드리고자 소인이 온 것이옵니다."

"알겠습니다. 더욱 신중히 움직이겠습니다. 대신 그분을 뵐 수 있는 방법을 찾아주세요. 부탁드립니다."

"지금 돌아가 방법을 찾아보겠습니다. 방법이 생긴다면 오늘 밤 이경즈음에 제가 이곳으로 오겠습니다. 오지 않는다면 방법을 찾지 못한 것으로 여기시고 차분히, 미래를 기다려 주십시오. 사루 님이 하셔야 하는 바의 일들을 하시면서요. 간절히 청하나이다."

미하수가 갔다. 왕인은 움직이고 싶지 않았다. 열 살 적 처음 만났을 때 이미 신이궁이었던 설요가 새삼 신궁이 되든 무절선인이 되든 상관없었다. 하지만 설요는 오래도록, 어쩌면 영원히 답을 주지 않을 것이었다. 목숨이 걸린 일임에도 일말의 주저 없이 왕인을 제 맘속에, 몸속에 받아들였던 그였다. 그런 그가 지금 열흘이 넘도록 명상에 들어 있다 함은 왕인을 제 안에서 뽑아내고자 하는 것 아니겠는가.

"소군, 태학에 가시지 않습니까?"

미하수를 배웅하고 들어온 서비구는 맨방바닥에 우두커니 앉은 왕인을 향해 하릴없는 소리를 했다. 지지난해 물뇌협에서 죽었다가 살아난 뒤 이 구림이 겪은 사태를 알게 되었을 때의 표정과 같았다. 살아 있음이 기쁠 까닭이 없는 멍한 얼굴.

"소군, 태학으로 가사이다. 예 계시는 것보다 서장고가 나을 것입니다."

"열하루째 굶고 계시다는군. 살자는 것일까, 죽자는 것일까?"

"사시려는 것 같은데요."

"그 사람이 내게서 떠난 게지?"

"그님은 거기 그대로 계실 분입니다."

"그러니 떠난 게지."

"한 말씀 올려도 되겠습니까?"

"음."

"떠나실 분은 그님이 아니고 소군이십니다. 그분에게 소군은 일생에 한 사람일 뿐인 사내일 것이나 소군께 그분은 둘이나 셋, 열이 될 수도 있는 여인들 중 첫 번째 사람일 뿐이지요."

"그렇지 않다는 것을 알잖아."

"아니오, 그렇다는 걸 아시기에 지금 소군께서 이러하시는 걸로 뵙니다. 어찌할 수 없는 상황이라는 걸 알기에 그님을 포기하시려는 것으로요. 그렇지 않다면 이만한 일에 이리 낙심하실 까닭이 무엇입니까?"

"이만한 일이라고?"

"그분을 영영 다시 뵐 수 없다면 모를까 그렇지 않은데 이만한 일이지 않고요. 더구나 그님이 만든 상황이 아니라 소군께 벌어진 일이매 그님 입장에서 떠나려는 사람은 소군이시지 않습니까."

"그대는 여누하 말고 다른 여인을 품어본 적이 있어? 맘으로든 몸으로든?"

"없습니다."

"왜?"

"그 한 사람만으로도 차고 넘치는 까닭이지요."

"헌데 나한테 그리 말할 수 있나? 그대와 나의 입장이 다르다고? 입장 다른 게 내게 위로가 될 성싶은가?"

서비구도 잘 몰랐다. 임금을 그저 사내라 칭할 수 있다면 서비구는 임금과 더불어 한 여인을 품어온 셈이었다. 임금이 그 사실을 알았다면 서비구와 여누하의 목숨이 열 개씩이라도 부족했을 것이나 그것을 두려워한 적은 없었다. 여누하의 마음만이 문제였다. 임금이 머지않아 돌아갈 것이라 하나 앞으로는 미추홀의 어린 공자 궁휼과 더불어 여누하를 품게 될지도 몰랐다. 명확한 것은 아무것도 없었다. 그러함에도 여누하가 그만큼의 거리에 존재해 주기만 바랐다. 그 정도면 되지 않은가. 그리 여기는 터수에 누왕인이 빠진 상황이 자신과 다른지 같은지 알기 어려웠다.

"그러니 이대로 망연자실 계시는 건 그님이나 소군께 위로가 될 일인가요? 황명과 부명을 거스르면서 도망자가 되어 숨으시렵니까? 그님께 함께 도망하자 하시게요? 도망하자면 하늘 아래 갈 곳이야 많겠지요. 대방 어느 곳이든 탐라도든 삼도국이든. 월나악도 괜찮을 겝니다. 소인도 따라가고 미하수도 따라갈 터이니 두 분 평생 굶주리지 않고 해로하실 텝니다.

헌데요, 그님이 그리하실 분이신가요?"

"내가 그리하자 하여도 따르지 않을 사람이거니와 나는 그리하자 나서지도 못할 터이지. 내게는 그러한 용기가 없으니까."

죽을 일도 아닌데 웬 엄살이시냐 따지고 들던 서비구는 입을 다물었다. 사루왕인은 엄살이 없는 사람이었다. 용기 없는 사람도 아니었다. 그는 지금 생각하고 있었다. 옴나위없이 사로잡혀 전혀 원치 않는 방향으로 이끌려가야 할 이 상황을 어찌 지나갈 것인지. 뚫고 나갈 것인가, 우회할 것인가, 뒤로 물러날 것인가. 어린 날부터 바위 하나를 넘기 위해서도 그는 그러했다. 활을 배울 때도 마찬가지였다. 그냥 활을 잡고 화살을 메겨 시위를 당기다 놓으면 될 일에 그는 몇 번이나 생각했다. 하고 싶은 일이나 하고 싶지 않은 일이 생겼을 때, 잠깐이라도 꼼짝도 하지 않은 채 생각에 잠기는 게 그의 버릇이었다. 그러니 생각하게 내버려둬야 하는 것이다. 왕인의 생각하기가 끝난 뒤 움직일 제 그를 따르는 게 서비구의 일이었다. 그 방향이 설사 죽음으로 가는 것이라 해도 함께 죽기 위해 움직이면 되는 것이었다. 왕인을 믿는 서비구의 길은 간단했다. 그리 여겨도 안쓰럽기는 마찬가지이다. 왕인이 열일곱 살의 설요를 만날 제 일시적인 충동이라 여겼더니 그게 칠 년이나 자라며 궁구한 생각의 결과였지 않은가.

서비구는 텅 빈 방 안에 앉아 있는 왕인을 둔 채 방을 나와 방문을 닫았다. 미하수가 제 상전이 일인각 칩거에서 나오길 기다리듯 서비구에게도 왕인이 방에서 스스로 나올 때를 기다려야 했다. 동짓달 보름날 아침이었다. 눈이 내릴 듯했다. 서비구는 부엌으로 들어가 아궁이를 들여다보았다. 미하수가 넣어둔 장작이 거의 타 불꽃이 사위어 들려는 참이었다. 곡물을 끓인 적 없이 물만 끓여댄 가마솥 겉면에 마른버짐 같은 자국이 나 있었

다. 서비구는 솥뚜껑을 열어놓고 샘에서 물 몇 바가지를 떠다 부었다. 솥
뚜껑을 닫아 장작 한 아름을 가져다 부려놓고는 한 개비를 아궁이 속에 넣
으며 중얼거렸다. 이렇게 불이나 때고 살면 좋으련만.

어정칠월 건들팔월(391년)

생김새며 노는 모양새까지, 여섯 살배기 계집아이 부여라(夫余羅)는 제 어미 여누하의 어릴 때 모습을 빼박았다. 제 어미를 찾지 않고 아무의 품에나 안겨서 이곳저곳 기웃거리며 다니기 좋아하는 품새까지 영락없었다. 그런데 효혜는 부여라가 저 멀리 대방성에 살고 있는 황녀 유리나의 아기 때 모습과 똑 닮았다고 하였다. 다님은 유리나의 어린 날을 본 적이 없어서 효혜의 말을 신뢰치 못했다. 수시로 아이가 누굴 닮았는지에 대한 논쟁이 속삭임으로 이루어졌다. 두 여인이 저를 쳐다보며 무슨 소리를 하건 부여라는 오늘 제가 학당에서 배운 글자를 그리느라 여념 없었다. 귀이 자 하나를 제대로 쓰기 위해 단주 처소의 온 방바닥에 먹칠을 해대고 있는 참이었다. 엎드린 아이 곁에서 시녀 달래가 방바닥을 닦느라 바빴다. 드디어 아이가 자랑스레 고개를 들었다.

"할머니, 이건 귀이 자에요. 귀이 자는 귀이 부의 기본 글자이고요, 여섯 획으로 그릴 수 있답니다. 아시지요?"

학당에서 쉬운 부수 명칭부터 익혀준 뒤 부수에 따른 글자들을 획수에 따라 가르치는지라 학당에 나가기 시작한 지 여덟 달쯤 된 부여라는 귀이 자 부의 글자들을 익히는 참이었다. 날마다 제 배운 것을 그려 보이며 자랑하는 게 학당에서 돌아온 아이의 재롱이었다.

"잘 썼구나. 헌데 라나야, 스승님께서 귀이 자 부수를 가진 글자들의 쓰임새에 대해서도 가르쳐 주셨으렸다?"

다님의 물음에 부여라가 먹물 든 손가락을 제 입에 넣고는 생각에 잠기더니 자신 없는 투로 자그맣게 종알댔다.

"이순(耳順), 석이(石耳), 중이염(中耳炎), 이현령비현령(耳懸鈴鼻懸鈴), 이목구비(耳目口鼻), 마이동풍(馬耳東風), 우이독경(牛耳讀經), 충언역이(忠言逆耳) 등으로 숱하게 쓰이는데요, 할마님, 소녀가 그 뜻을 아직 다 모르고요, 쓸 줄도 모른답니다."

아이 하는 짓에 효혜가 방바닥을 치며 웃더니 아이를 향해 두 팔을 내밀었다.

"이리 온, 우리 라나. 그만하면 아주 잘했다. 이 서울 할미가 한번 안아보자꾸나."

부여라가 곤경을 면한 듯이 기쁜 얼굴로 효혜의 품에 덥석 안겼다. 부여라를 안을 때마다 효혜는 이십 년 전에 설요를 처음 안았을 때를 떠올렸다. 그때의 환희를 무슨 말로 형용할 수 있을까. 그 직전에 아직기를 낳아 떠나보내었던 자신이었다. 아직기가 있는 이구림으로 와서 말년을 보내고 있으나 다님을 제 친어미로 알고 자란 열아홉 살의 아직기는 효혜가 제 어미임을 알지 못했다.

"라나야, 글자 공부가 재미있느냐?"

"예, 서울 할머니. 소녀는요, 무엇이든 다 재미있어요."

"그게 좋은 게다. 무엇이건 스승님들께서 가르쳐 주시는 건 다 배우려무나. 허면 우리 부여라는 모르는 것이 없을 것이야."

"그러면 서울 할머니, 아버지가 언제 오실지도 소녀가 알게 되요?"

아이한테 기습을 당한 효혜는 순간 다님을 쳐다보았다. 당황하던 다님은 자신이 감당할 일이 아니라는 걸 깨닫고는 어깨를 슬쩍 올려 보이며 당신 품에 안긴 아이니 당신 알아서 하시라 시늉했다.

"우리 부여라, 아버지 이름이 뭐라고?"

"무영인이죠."

"아버지가 어디 가셨다고 했지?"

"아이참, 라나 아비는 대방성에 계시잖아요. 참참 멀어서 금세 못 오시는 거지요."

"그리 잘 알면서 이 서울 할미한테 왜 묻누?"

"그리워서 그렇지요."

"네가 그리움을 안단 말이냐?"

"아이참, 서울 할머니는! 동무들이 아버지 자랑을 하잖아요. 나리는 제 아버지가 구림호 부선장이라고 자랑하고 이피는 제 아버지가 수비대라고 자랑하고요."

"헌데?"

"저도 아버지 자랑을 하고 싶지요. 헌데 대방성은 뭘 하는 것인지 소녀가 모르잖아요."

"대방성은 뭘 하는 것이 아니라 여기 이구림처럼 사람이 사는 데를 이른 것이야. 저 멀리 대륙에 있는 우리 백제의 또 하나의 한성이지."

"또 하나, 한성? 한성이 어딘데요?"

"한성이 서울이지. 이 할미가 게서 살다 이 이림으로 와 서울 할미가 된 게 아니냐?"

"한성은 월나악 저 너머에 있사와요?"

"한성으로 가는 길은 숱하게 많으나 그래, 예서 따지고 보면 월나악 저 너머일 수 있겠구나. 여튼 제일 쉽기로는 배를 타는 것일 게야. 이 할미가 한성 큰나루에서 배를 타고 여기 상대포에 내렸듯이 말이다."

"하오면 할머니, 소녀의 아버지도 배를 타고 오시면 쉬울 텐데요. 왜 배를 아니 타실까요?"

"일이 바쁘시어 그런 게지."

"무슨 일이 바쁘신 건데요?"

"소군을 지키시지."

"소군을 왜요?"

"네 어머니를 마기나 다예 등이 지키는 것과 같지."

"소군은 어디 계세요?"

하느님 맙소사! 아이의 질문이 시작되었음을 깨친 효혜의 표정이 그랬다. 아이가 질문을 시작할 제 거기 걸려든 어른들은 죄 허방에 발을 디딘 듯이 당황했다. 아이가 질문하매 다박다박 대답하다 보면 백 가지를 쉬이 넘겼다. 그런 아이한테 아비가 없다 말하지 못하고 은연중에 내세운 아비가 서비구였다. 서비구는 왕인을 따라 천지를 헤매느라 아이한테 아비로서의 얼굴을 보여준 일이 없었다. 아이 돌 무렵에 다녀가고 그만이니 아이는 얼굴도 모르는 아비에 대해 그리움만 쌓고 있는 것이다. 다님은 한숨을 안으로 들이쉬고는 달래에게 아이를 데리고 나가라 눈짓했다. 달래가 나섰다.

"라나 아기씨, 오늘 밝알성에서 큰 배, 월나호가 들어온다 하던걸요? 월나호가 들어왔는지 보러 저랑 나루에 나가실래요?"

"밝알성 배, 월나호?"

"아니지요, 월나호는 우리 단주님께서 만드신 우리 이구림 배이죠. 월나호가 밝알성에 갔다가 오늘 돌아오는 거랍니다. 밝알성은 진단 북쪽에 있는 성이라던걸요."

본국백제와 대방백제 사이에서 이쪽저쪽의 변방이었던 밝알성이 작년의 전쟁 뒤부터 상단이 모여드는 성이 되었다고 하였다. 밝알성이 변방이 아니라 이쪽저쪽의 가운데가 되었다는 소문이 돈 뒤 여누하는 월나호를 그곳으로 보낸 참이었다. 단주를 대리한 세진구가 아직기와 당주 네 명을 거느리고 갔고 수비대장 대만이 월나호에 탔다. 월나호는 팔 년 전 이구림 참변 이후 삼 년여에 걸쳐 건조한 거선이었다. 상선을 겸한 전함이었다. 엔간한 전투는 거뜬히 치를 수 있도록 공들여 만들 때 한성으로부터의 침입자들을 막기 위함이었는데, 한성군이 침입할 위험이 사라지면서 해적들을 방비한 배가 되었다. 선장은 해리였다. 너무 젊은 데다 타지 사람인 셈이라 망설였으나 그가 어린 날 이구림과 운무대에서 수학한 데다 월나호가 진수되기 전에 들렀던 누왕인이 적극 추천하였으므로 당주들도 찬성했다.

"아직기 삼촌도 오셨어요?"

"월나호가 들어오면 아직기 님도 오시겠지요. 가보실래요?"

"응."

"허면 얼른 가보게 저한테 업히세요."

업혀 다니기엔 이미 커버린 아이가 좋아라 달래의 등으로 가 엉겨 붙었다. 달래가 아이를 업고 나가더니 문을 열어놓은 채 시야에서 사라졌다. 팔월 가을볕이 따사로운 오후였다. 어정거리는 새에 칠월이 가더니 건들바람 느끼자마자 한가위가 다가오고 있었다. 단주당 마당에는 흰 국화며 맨드라미 등이 잔뜩 피어 어우러져 있었다. 벌들이 왕왕 날았다. 화단 넘어 키 큰 비파나무들에는 누런 꽃들이 햇살처럼 피어 있다. 효혜의 처소 무무당(撫堥堂)은 비파나무 숲 건너에 있었다. 효혜가 처음 이구림으로 들어왔을 때 다님은 효혜에게 단주당에 버금가는 집을 주고 함께 온 퇴역신녀들과 거처하게 했다. 그리고 무무당에다 이구림 여인들을 위한 야학당을 만들어 이림학당의 한 반으로 편제시켰다. 효혜를 비롯한 일곱 명의 퇴역신녀들을 위한 자리를 만들었던 것이다. 그리하여 야학당에 찾아드는 여인들뿐만 아니라 학당의 학동들도 신녀들이 수십 년 갈고 닦은 학식과 재주들을 가까이에서 보고 들으며 배울 수 있게 되었다. 신녀들은 학당 선생 노릇은 물론이고 이구림의 마을들을 돌아다니면서 몸이 아픈 백성들을 보살폈다. 또 포구에 열어놓은 의소(醫所)에서 포구를 드나드는 외지 환자들도 돌보았다.

"아이들 크는 것을 보자면 세월이 참 빠르지요?"

다님의 말에 효혜가 대답했다.

"그러게 말입니다."

효혜가 장난감을 놓친 듯이 허우룩한 얼굴로 부여라가 사라진 쪽을 바라보았다. 그가 다님과 함께 지내게 된 지 네 해째였다. 효혜는 이따금 저렇게 쓸쓸한 얼굴이 되곤 했다. 아직기가 오늘 타고 돌아올 월나호는 한가위를 지낸 뒤 또 삼도국을 향해 출발할 것이었다. 여누하가 선주로서 승선하여 왜국 대판섬으로 갈 것이고 아직기도 함께 갈 터였다. 대판섬에는 신호부(神戶府)라는 고을이 있고 육갑산이라는 산이 있으며 그 산에는 오래전에 버려진 신당 자리가 있다고 했다. 그곳이 대판섬에 개척할 이구림 영지 자리로 맞춤한 모양이었다. 왜국 도성인 대화성(大和城)과 가까우면서도 미개척지라 신호부의 번주 응신은 육갑곶 일대를 이구림에 내어줄 용의가 있는 듯했다. 작년 초 해리와 세진구와 아직기가 다녀와 전해준 그곳 풍경이 그랬다.

여누하는 아직기를 대동하여 그곳으로 가서 과연 영지로 삼을 만한 곳인지를 살피게 될 터였다. 그리고 어쩌면 아직기를 당분간 그곳에 남기고 올지도 몰랐다. 열서너 살 적부터 왜국을 드나든 아직기는 작년에 대화성에 인접해 있는 백제성에서 한 처자를 만났는데 백제성주 기각의 막내누이라 했다. 스물한 살로 아직기보다 한 살 많고 자식 없이 과부가 된 여인이라 했다. 자식이 없다 하여도 과부라는데 어느 어미인들 쉬이 며느리로 맞고 싶으랴. 다님이 반대하였더니 아직기는 호올이 아니면 장가들지 않을 것이라고 뻗댔다. 막둥이로 자라며 제 하고 싶은 대로 하며 살아온 아직기가 능히 그런 위인인 데다 그런 위인이 처음으로 마음에 들인 여인이라니 하는 수 없이 여누하에게 가서 살펴보라 했다. 속으로 왜녀가 아니라니 그나마 다행이라 여기며 기각이라는 백제성주와도 만나 이야기를 나눠보고 과부라는 것 외에 흠이 없다면 장가를 들여주라 했다.

"효혜 님, 몇 시간 뒤에는 아직기가 돌아올 터이나 며칠 후면 또 떠나갈 것이니 여쭙겠습니다. 그 아이에게 효혜 님께서 생모이심을 밝혀 드리리까, 말리까? 저는 세 아이들을 키우며 분에 넘칠 정도로 자식 키우는 맛을 본 사람이니, 저를 고려치는 마소서. 아직기가 스무 살에 이르러 이미 장성하였으니, 그 아이를 고려치도 마시고요. 아직기는 명랑하고 속 깊은 사내로 자랐지 않습니까. 효혜 님 맘을 의탁하여도 좋을 것입니다. 더구나 장가를 들지도 모르고요."

"말씀만으로도 황홀합니다. 허나 아직기는 단주님 자식입니다. 그 아이 평생 그리 알고 살았으니 앞으로도 그리 살게 두십시오. 내년이면 환갑인 제가 무슨 욕심이 있사오리까. 제 말년을 원향에서, 또 그 아이 곁에서 보내고 있으니 원도 한도 없습니다."

원도 한도 없다는 효혜의 말은 진정일 것이었다. 다님도 겉으로는 그러했다. 속내로는 거둘 수 없는 욕심이 남아 있었다. 누왕인이 자식을 낳지 못한 채 떠돌고만 있지 않은가. 아우 미르가 운무대에 안착하여 고요히 사는 것이 좋으나 그의 자식 없음이 늘 아렸다. 마흔여섯 살에 이르도록 일점혈육이 없음은 이미 그의 생애를 말하고 있었다. 자식 없는 생애가 무슨 의미를 남기랴. 열흘에 한 번 꼴로 미르를 보며 살게 된 덕분인지 다님은 근래 들어 부쩍 발라 불미성의 친가를 떠올리곤 했다. 거기서 유일하게 살아남은 아우 미르를 생각하면 억장이 미어졌다. 그가 자식을 낳았더라면 이렇듯 허무하고 애달플까. 허무 대신 미래며 희망을 말했을 것이었다. 헌데 불미왕성에서 홀로 살아난 미르는 제 일생 동안 이생에 아무런 미련이 없는 듯이 건성으로만 살았다. 만날 때마다 혼인을 권했더니 그리 권하는 누이를 매번 서녘 하늘 저녁 구름 쳐다보듯 하였다.

헌데 왕인이 그러한 미르의 성정과 닮았다. 제 부친처럼 떠돌며 살지 않기를 바라 무술도 가르치지 않았건만 그 아들 아니랄까 봐 아버지의 전철을 밟아 떠돌았다. 떠돌매, 제 부친이 백제 임금들을 모시며 시절을 지나온 것이라면 왕인은 직책이랄 것도 없는 최하위 학사 모자를 쓰고 제 외숙처럼 허랑하게 살고 있었다. 삼 년 전 다니러 왔을 때는 대방에서 왔다고 했다. 겨울이었다. 대방 관미성 쪽에 머물고 있다 상을 따라 환도했다는 것이었다. 환도하고도 한성에 머무르지 않고 이구림으로 돌아와 달포가량을 보내고 간 뒤 여태 얼굴을 못 보았다. 작년에 고구려와 말갈을 상대로 치른 전쟁판에 끼어 있었다는 먼먼 소식만 들었다. 밝알성이나 고구려의 도곤성이나 말갈의 불함성이 다님에게는 전부 이역이었다. 현실의 땅 같지 않게 멀었다. 그만치나 누왕인 또한 멀었다.

공주와의 혼인이 문제인 성싶었다. 육 년 전 겨울이었다. 누왕인이 혼인을 하게 되었으니 상경하라는 루사기의 바쁜 전갈을 받고 갔을 때 혼인이 치러진 지는 열흘이나 지나 있었다. 비류군이라는 궁호를 얻었다는 아들은 혼인을 한 밤에 대방으로 가는 배를 타버렸다고 하였고 아들의 짝이 되었다는 공주는 제 혼인 사흘 만에 부황의 승하를 당하는 바람에 궁에서 나올 줄을 몰랐다. 새 식구 맞을 꿈에 부풀어 상경하였다가 새 식구는커녕 자식 얼굴 구경도 못한 채 지냈던 그즈음을 돌이키면 다님은 아직도 답답했다. 젊으신 황상이 승하하고 열다섯 살의 태자 대신 스물여섯 살의 제제가 즉위하고, 며칠 뒤 새 황상의 모후 소야비가 세상을 떠났던 그 겨울 한성은 살얼음판이었다.

"어마님, 이모님!"

포구에 나가 있던 여누하가 마당으로 들어서며 대청에 나앉은 두 여인에게 인사를 했다. 연분홍빛 바지와 저고리에 연푸른색 표의를 드리워 입은 스물다섯 살 여누하의 자태가 가을빛 속에서 눈부셨다. 그 뒤로 여누하의 시위 마기와 다예와 여섯 대의 수레를 끈 상단 일꾼들 삼십여 명이 따랐는데 하나 같이 스무 살 안팎의 젊은이들이라 너른 이림 뜰이 비좁아 터질 듯했다.

"무슨 일이야. 월나호가 들어왔느냐?"

"아니오, 월나호는 해질녘에나 당도하지 않을까 싶습니다. 대진상단 배에 겨울면주를 실어주기 위해 들어왔나이다."

"대진 단주가 결정을 내렸더냐?"

"예. 헌데 포구 창고의 면주가 아니라 제 처소의 면주를 내달라 하더이다. 외숙께선 아직 아니 오셨어요?"

"이제 올 터이지. 점심 준비를 하고 있는데 너희들도 아주 점심을 먹고 나가려느냐? 서둘러 준비를 시키랴?"

"물건 실어주고 난 담에 두불객점에서 먹기로 하였으니 심려 마시어요."

"그렇다면 어서 일하여라."

여누하가 일꾼들을 몰고 제 처소 쪽으로 향했다. 제 처소를 온통 직물 염색공장으로 만들어버린 여누하였다. 지난 초봄부터 며칠 전까지 물들여놓은 피륙이 이천여 필이었다. 포구 창고에도 작년에 만든 오천 필의 겨울면주가 쌓여 있었다. 매양 값이 맞지 않아 쌓기만 한다더니 이제 풀려나갈 모양이었다. 겨울이 다가오니 거래가 성사된 것이기도 할 터였다. 여누하의 옷감은 재질이며 색깔이 늘 특이했다. 겨울용으로 나가는 여누하의 면주는 구림의 길쌈촌과 종이촌과 여누하의 염색술이 합작된 것이었다. 물들인 종이를 두툼한 실처럼 꼬아 만들게 하고 그걸 길쌈촌으로 옮겨서 물들인 대마실 몇 줄과 함께 짜게 하니 짐승 가죽처럼 두툼하면서도 가벼운 천이 만들어졌다. 물들이지 않는 종이실과 대마를 짜게 하여 천이 만들

어지면 거기다가 물을 들이기도 하였다. 그 천으로 옷을 만들면 빨기 어렵
지 않았다. 빨아서 꽉 짠 뒤 널어 말릴 시 손바닥으로 북북 두드려주면 종
이실이 부풀어 다사로운 원형을 되찾았다. 안감을 덧대기도 쉬워 옷을 짓
기가 임의로웠다. 여누하가 그 옷감을 만들어내기 위해 온갖 실험을 해댄
게 부여라를 낳은 이듬해였다. 네 해가 지난 지금은 온 이구림 사람들이
색 곱고 따뜻한 여누하의 옷감으로 온갖 옷을 지어 입으며 겨울을 났다.
여누하가 면주에 이구림면주라는 이름을 붙였으나 이구림 사람들은 여누
하면주라고 불렀다.

"아이구, 장엄하기도 하여라."

효혜가 감탄했다. 여누하의 처소 쪽에서 구메구메 짐을 실은 수레가 소
에 이끌려 나오는 걸 보며 한 소리였다. 수레들이 단주 처소 앞을 몇 차례
지나 다닌 뒤 여누하가 활짝 웃는 얼굴로 손을 번쩍 들어보이고는 마지막
수레를 뒤따라갔다. 효혜가 양위를 하고 원로원에 들어갔다가 아예 신궁
을 벗어나 귀향을 하였듯 다님도 단주가 해야 할 상단의 일을 거의 여누하
에게 대리시킨 참이었다.

―네 혼자 도저히 결정치 못할 사항은 이 어미와 의논하되 나머지는 네
알아 하여라.

젊은 여단주가 났다는 소문이 난 덕분인지 근자에 포구를 직접 찾아오
는 상단의 단주들이 많아졌다. 대진상단의 단주 양하만 하여도 와서는 다
님에게는 인사만 차렸을 뿐, 일은 여누하와만 했다. 여누하는 밤낮을 모르
고 일에 파묻혀 사는 데도 젊은이라 그런지 손바닥만 한 그늘조차도 드리
우고 다니지 않았다. 상단 일을 결정함에 대범했고 활달했다. 그렇다고 속
조차 없으랴. 다님은 딸자식의 활짝 갠 얼굴을 마주할 때마다 기쁜 한편으

로 가슴이 저렸다. 부여라는 선황의 씨앗이라 했다. 미처 여누하의 배가 불러오기 전에 선황이 승하하였으니 부여라는 사통의 흔적으로 남았다. 다님은 여누하를 구슬려 서비구를 아이 아비로 내세우자 하였으나 여누하는 그저 제 자식으로 남게 하겠노라 했다. 다님은 미추홀 정씨 일족의 후계자 긍휼을 포기하기도 몹시 힘들었다. 여누하로 하여금 아무도 몰래 출산케 하고 아기는 이구림에서 키우되 여누하는 긍휼과 맺어줄까 싶은 궁리도 하였다. 여누하는 그도 싫다 하였다.

—제가 무슨 잘못을 했기로 죄인인 양 숨어 가슴 졸이며 살아야 하나이까. 또 무슨 영화를 보기 위해 자식을 어미아비도 없는 아이로 만든단 말입니까. 어마님이시라면 그리하시겠사와요?

아이를 서비구의 거짓 자식으로 만들지 않고 거짓 처녀 노릇도 하지 않겠노라는 여누하의 의지가 곧았으므로 더 이상 고심하지 않았다. 아이 이름을 부여라로 지은 이상 그 아비를 바꿀 수도 없게 되었다. 다님은 여누하를 미추홀로 떠나보내지 않고 상단을 물려줄 수 있게 된 것을 다행이라 여기기로 하였다. 왕인이 이구림에 살기는 이미 틀려버렸고 당시 아직기는 너무 어렸다. 어린 데다 사내 녀석인지라 벌써부터 천지를 싸돌기만 좋아할 뿐 한자리에 머물러 일을 추려나갈 만한 심지가 없었다. 그렇다고 자식이 셋이나 있는데 단주 자리를 다른 사람에게 물려주고 싶지도 않았다. 그건 다님이 버리지 못한 욕심 중 가장 큰 것이었다. 그래서 그때 미추홀로 집사 자승진을 보내었다. 여누하가 그쪽 사람이 될 자격이 없어졌으므로 백배 사죄 드린다 전하게 하였다. 일백 필의 생 비단을 더불어 보냈다. 미추홀에서는 사과를 받아들였다는 표시로 일백 섬의 소금을 보내왔다.

"할머니! 미르 스승님하고 같이 왔사와요."

부여라가 미르에게 안겨 들어오며 희희낙락했다. 계집아이는 제게 할 아비인 미르를 아무도 가르치지 않았음에도 한사코 스승님이라 칭했다. 미르가 두 여인 앞에 아이를 내려놓고는 허리 숙여 인사를 했다. 집에 다니러 온다고 면도를 했는지 얼굴이 말끔하고 등까지 늘어지는 긴 머리를 한 가닥으로 묶어 단정하였다. 미르가 이구림에 나타날 때마다 얼굴이 붉어지는 처자들이 아직도 여럿이었다. 마음만 먹으면 장가를 못 갈 턱이 없었다. 자식도 얼마든지 낳을 수 있을 것이라 다님은 아우를 볼 때마다 반가우면서도 애가 끓었다.

"두 어른께서 앉아 계시는 모습이 그림 같으십니다."

미르의 넉살에 효혜가 깔깔깔 웃었다. 미르는 나이 들면서 전에 없던 넉살이 생겼다. 다님은 아우의 그런 점이 서글프면서도 부아가 났다. 그가 모든 것을 다 비워버리고 세월에 실려가는 듯이 보이기 때문이었다.

"미르 선생, 아무래도 부여라를 제자로 거두셔야 할 것 같소."

"녀석이 장차 월나악에 올라와 살겠다면 뭐, 그리하지요."

효혜의 농담에 답하는 그의 말투는 역시나 너글너글하다. 맺힌 것이 없는 것이다. 그러므로 장가를 보내기는 영영 틀렸다. 신녀 효혜가 짐을 벗어버리고 원향으로 돌아와 밤에 열리는 학당에서 옛날이야기나 해주며 늙어가고, 다님 또한 짐을 벗어가고 있었다. 거의 다 벗은 참이었다. 그런데 지아비 루사기는 아직도 짐을 벗지 못하고 한성에 묶여 있었다. 한성이, 황상이 그를 필요로 하여서라기보다 그 스스로 떨치지 못한 미련 때문일 것이었다. 그의 미련은 곧 권력에 대한 집착일 터였다. 지어미와 함께 늙어야 하는데 그는 늙지 못했다.

옛 인연

"면주 이천백 필에 은전 사천이백 냥, 즉 은병 사십이 점입니다, 여누하님."

물건의 숫자를 확인했다는 수하의 말을 들은 양하가 다짐받듯 말했다. 양하는 여누하가 열일곱 살 적에 처음으로 판로를 개척한 점포의 원 주인이자 큰나루에 본거를 둔 대진(大津)상단의 단주였다. 두 달 전 대진상단 배가 들어왔을 때 여누하는 시험 삼아 겨울면주 열 필을 그에게 보냈다. 그걸 본 단주가 상대포구에 직접 온 것은 이례적인 일이었다. 와서 월나악을 한 차례 올랐다 내려오고 한 차례 술자리를 가졌음에도 거래의 가부를 말하지 않던 그가 여누하옷감 이천 필을 사겠다고 나선 게 겨우 몇 시진 전, 대진호의 선적이 마무리되어 가던 때였다.

그의 수하가 은병 사십이 점이 들었을 상자를 건네주었다. 여누하는 그 상자 속을 당주들로 하여금 확인케 하였다. 여누하면주를 합작해 낸 네 마을의 가구가 오백여 호이니 한 가구당 은전 팔십여 냥 꼴로 배당될 수 있을 터였다.

"고맙습니다. 단주님 덕에 저희들이 올 겨울을 기껍게 지날 수 있게 된 듯합니다. 단주님께서도 저희 옷감으로 풍성한 수확 거두시길 기원하겠나이다."

"여누하 님 옷감을 못 팔아본 적이 없는지라 이번에도 모험을 하게 된 것인데, 잘되겠지요. 그나저나 한가위 지나면 대판섬엘 가실 거라면서, 한성엔 언제 오십니까?"

"차차 가지요. 한성에 가면 단주님을 꼭 찾아뵙겠습니다. 가시는 길에 순풍이 불기를 기원하겠습니다."

지난달 말 모진 태풍이 한차례 지나갔다. 매년 여름부터 초가을까지 태풍을 대비한다 하면서도 어디에선가는 반드시 사고가 났다. 이구림 영토 안에서 사고가 나지 않으면 이구림과 거래하는 상단이며 그들의 영토에서 큰일을 당했다는 소식이 들려오곤 했다. 태풍은 육지에서만 물자를 생산하는 물주들에게는 물론이거니와 상선을 거느리고 움직이는 상단주들에게는 치명적인 적이었다. 때문에 인사가 늘 순풍에 돛단 듯이 움직이시길 바란다는 것이었다.

물건을 가득 싣고 출항을 기다리던 대진호가 단주 양하를 실은 뒤 큰 선창에서 서서히 밀려나갔다. 선창가에 있던 사람들이 손을 흔들며 배웅했다. 물뫼협을 빠져나간 뒤 순풍을 만나면 돛을 올리게 될 것이었다. 중간에 기항하지 않을 터이니 바람이 잘 불어준다면 네댓새 정도면 한성 큰나루에 닿을 것이고 바람이 용이치 않아도 칠팔 일 안에는 도착하리라.

오래 걸려도 칠팔 일이면 갈 수 있는 한성을 여누하는 육 년 동안 가지 않았다. 아직은 가고 싶지 않았다. 한성을 떠올리면 저절로 돌아간 황상 부여벽이 떠올랐다. 그가 생각나며 가슴이 아렸다. 좀 더 일찍이 그를 받아들일 것을. 그에게 더 자주 시간을 내주고 어여쁘다, 귀엽다 더 많이 말해줄 것을. 시간이 많은 줄 알았다. 임금이 되신 그가 여전히 나에게 휘둘려지므로 그를 휘두르는 재미만 나의 진정인 줄 알았다. 그의 자리가 얼마나 컸던지는 그가 승하했다는 소식을 듣고서야 느꼈다.

"아씨, 점심 자셔야지요."

시위 마기의 말에 여누하는 대진호의 꽁무니를 향해 있던 몸을 돌렸다. 선창의 깔판 밑에서 일렁이는 파도가 깔판 틈새로 피직피직 올라왔다. 여누하는 마기와 다예와 함께 두불객점으로 향했다. 두불 노인이 돌아가고 그의 아들 임수가 꾸려가는 객점이었다.

"아씨, 밥 먹으러 왔어?"

아침도 아니건만 빗자루로 객점 앞길을 쓸고 있던 칠뜨기가 반색했다. 날 새어 날이 질 때까지 비질만 하는 게 그의 일이었다. 여누하를 볼 때마다 반가워하는데, 웃기만 하면 좋으련만 꼭 다가들어 만지려 하는 바람에 혼쭐이 났다. 지금도 비실비실 술 취한 놈처럼 괜히 다가들다 마기한테 여지없이 내던져진다. 제가 쓸어놓은 길바닥에 팽개쳐지고도 아픈 줄을 모르는지 일어나며 또 히죽 웃었다. 개도 발길질 한 번이면 발길질한 사람을 피해 다니는데 놈은 그리 무수히 혼이 나면서도 볼 때마다 똑같았.

여누하는 체머리를 흔들고는 안으로 들어섰다. 함께 짐을 실어낸 사람들 삼십여 인이 들어서자 이미 복작거리던 객점 안이 한층 붐볐다. 오시경에 미추홀 소금배가 들어왔는데 짐을 다 부린 선부들이 두불객점으로 왔는가, 솔재 당주가 그들 틈에 끼어 있었다. 정기적으로 드나드는 선박들은 당주들이 맞이하고 배웅했다. 새로운 거래를 위해 오는 선주나 선장, 상단의 단주들은 여누하가 상대했다. 여누하는 솔재에게 목례를 해보이고는 일꾼들이며 호위들에게 편히 식사하라 이르고는 이층으로 올랐다. 객실에 마기와 다예와 함께 앉자마자 객점 주인 임수가 찾아왔다.

"아씨, 오늘 온 미추홀 소금배에 정긍휼 공자가 계셨습니다. 그분이 아씨 뵙기를 청합니다."

가슴이 덜컥 내려앉는 듯했다. 그에게 죄를 지었다 여긴 적이 없음에도 그가 나타났다 하니 어쩐지 면구스러운 것이다. 그를 만나고 싶지 않았다.

"솔재 님이 맞고 계시는데 제가 따로 그분 뵐 일이 뭐 있어요. 아니 뵐래요. 그리 전해 드리세요."

임수가 물러가고 점심상이 차려졌다. 사내들처럼 술을 곁들이는 밥상이 아니므로 간소했다. 생선을 갈아 된장을 푼 우거지탕과 쌀이 반나마 섞인 쌀밥과 짐채와 계란찜과 나물들. 잔뜩 허기진 상태에서 평소 즐기는 우거지탕을 받아놓았지만 여누하는 입맛이 돌지 않았다. 억지로 먹으면 체할 것 같았다.

"아씨 드시어요. 아씨께서 드셔야 저희들도 허기를 면하지요."

상전이 수저를 움직이지 않으니 먹지 못하고 있는 마기가 권했다. 마기는 스물여덟 살로 이구림 수비대장 대만의 딸이었다. 팔 년 전의 이구림 사태 때 수비대원이었던 지아비를 잃었다. 스무 살에 홀몸이 된 그에게는 자식도 없었다. 근자의 눈치를 보자 하면 운무대의 백미르를 사모하고 있는 듯했다. 미르는 운무대를 이끄는 도비 선생 곁에서 더부살이하듯, 그렇지만 어떤 것에도 얽매이지 않은 채 살고 있었다. 백미르는 한 달에 두 번쯤 운무대에서 내려와 이림에서 묵는데, 그가 이림에 닿는 순간부터 떠날 때까지 마기는 상기되어 있었다. 오늘 미르가 오는 날이니 지금쯤 마기의 가슴이 뛰고 있을지도 몰랐다. 그런 마기가 백미르의 시선을 끌지 못함이 안타깝기는 하지만 여누하는 그조차도 보기가 좋았다. 가까이 사는 어떤 이를 그리워하고 그를 이따금 볼 수 있다는 것이 부러웠다.

"시장했는데, 웬일인지 입맛이 사라졌소. 미추홀 공자 때문에 놀랐나 봐요. 내 천천히 먹을 테니 어서 드세요. 다예 너도 먹으렴."

다예는 육 년여 전 가부실에서 여누하가 부친에게 쫓겨 내려올 제 따라 왔다. 과부였던 아이 어미 곱사가 데려가달라 간청하여 그 식구를 다 데리고 왔다. 두 해 남짓 이림에서 지냈던 곱사는 길쌈촌의 홀아비와 짝을 맺어갔다. 다예는 그보다 앞서 운무대로 올라갔다가 올 봄에 내려와 여누하의 호위가 되었다. 근자의 눈치를 보면 월나호 선장 해리가 다예를 맘에 두고 있는 듯했다.

"아씨답지 않으십니다. 생각은 나중에 하시고 일단 드셔 보십시오. 그리고 아씨가 드셔야 소인들도 먹지요. 뱃가죽이 등가죽에 붙은 소인들을 생각하십시오."

상전을 생각하여 하는 겁박이었다. 여누하에게 단주 일을 물리면서 다님 부인이 호위로 붙여준 마기는 어린 시절 육 년을 운무대에서 보냈다. 마기와 다예의 무술 실력은 잘 알 수 없으나 그들을 대동하여 이구림과 월나군과 이웃 군들을 다닐 제 여누하는 두려운 것이 없었다. 여누하는 두 사람을 생각하여 탕을 떠먹었다. 먹으니 먹어졌다. 하기는 상이 승하하였다는 소식을 듣고도 먹을 것 다 먹고, 잘 것 다 자고, 할 일 더 많이 했는데 긍휼 때문에 입맛을 잃을 까닭이 무엇인가. 여누하의 열세 살과 긍휼의 열 살 때 혼약을 하였다. 혼약이 혼인으로 이어지지 못하고 깨진 것은 여누하

탓이었다. 하지만 그 때문에 그가 잘못된 것도 아니지 않은가. 그가 열아홉 살에 혼인하였다는 말을 들었다. 지금쯤 자식 둘쯤 낳았을지도 모른다. 그러니 되었지 않은가.

"아씨!"

또 임수였다. 그가 다시 올 것이라 예상했다. 긍휼이 여기까지 와서 그냥 돌아가려 할 것인가. 또 전해온 긍휼의 청을 여누하는 받아들였다.

마침내 긍휼이 와서 마기와 다예가 비운 자리에 앉았다. 어린 날부터 숱하게 이름을 들었으되 마주앉기는 처음인 그였다. 자그마한 몸피의 서생 같은 인상일 것이라 예상했던 그는 커다란 몸피에 두건도 없이 짧은 머리카락을 그대로 드러내고 있어 모처럼 뭍에 오른 선부 같다. 젊구나! 그가 젊다 느껴지니 자신이 나이 든 듯 느껴져 여누하는 웃었다. 여누하가 웃으니 그도 웃었다. 마주 웃으니 도사렸던 맘이 풀어지면서 편했다. 그가 먼저 입을 열었다.

"당신께서는 저를 처음 보시겠지만 저는 삼 년 전 이른 봄에 멀리서나마 뵌 적이 있습니다."

"어떻게요?"

"오늘처럼 소금배를 타고 왔지요. 와서 여누하가 어디 계시냐고 솔재 당주한테 물었더니 길쌈촌에 나가 계실 거라 알려주더이다. 베를 내는 날이었던가 봅니다. 길쌈촌 큰마당에 사람들이 죄 모여서 잔칫날인 듯 북적였지요. 한쪽에서는 숯불을 모두고 한쪽에서는 풀을 쑤고 또 한쪽에서는 베를 내고. 알고 보니 닥나무에서 실을 뽑아 마와 함께 내는 광경이라 하였습니다. 오백여 명이 북적이는 마당이었지만 당신을 대번에 알아보았지요. 낮에도 반짝이는 별이 있다면 저와 같은 이겠구나. 아아, 여누하가

183

저리 생긴 이였구나. 한탄하며 구경하고 돌아갔지요."

그의 엉너리에 여누하가 깔깔대며 웃다가 말했다.

"그때 구경하셨으면서 뭘 또 보자 하세요?"

"철들기 전에 나의 짝으로 정해졌던 여인. 하여 늘 그리며 자라던 중에 사라져버린 여인일지언정 한 번은 만나고 싶더이다. 그래야 매듭이 지어질 것 같다고나 할까요. 여누하 님, 혹여 저한테 미안함 같은 게 있습니까?"

"그런 게 있기를 바라십니까?"

"예."

"헌데, 어쩌지요? 미안하지 않은걸요. 긍휼 님께 누가 될 법한 사람이 비켜섰으니 외려 긍휼 님이 저에게 고마워할 법하다, 생각하는 참이랍니다. 어이없으실 테지만 제가 이러한 사람이니 어째요."

"그러면서 왜 저를 만나지 않으려 하셨습니까."

"미안함은 없어도 면구스럽기는 하니 뵙지 않는 것이 낫겠다 여긴 것이지요. 그렇지만 이리 뵈니 좋군요. 긍휼 님께서 미추홀을 경영하시듯 저 또한 장차 이 상대포를 경영케 될 터인데, 또 내내 양 포구의 배들이 오고 갈 것인데 이렇게 안면을 튼 게 다행이다 싶고요. 지아비 지어미로서의 인연은 맺지 못했을지라도 생판인 것보다는 교류가 훨씬 부드럽지 않겠습니까? 동무가 될 수도 있구요. 긍휼 님, 저랑 동무 하실래요?"

"달리 할 일도 없으니 우선은 그리라도 해야겠지요."

"우선이요?"

"소생의 생각 속에서 여누하라는 여인은 아직도 나의 지어미인 듯한데 동무를 하자 하니 우선 동무를 할 수밖에요."

여누하는 깔깔 웃으며 그에게 손을 내밀었다. 긍휼이 당황하여 손을 맞잡았다. 여누하의 손은 작고 거칠고 그의 손은 크고 부드러웠다. 한때는 임금과 서비구와 더불어 거느리고 살고 싶었던 긍휼이었다. 작금에 이르러 한 사내도 곁에 남아 있지 않으나 동무가 생기니 든든했다. 여누하는 맞잡은 그의 손을 흔들며 웃었다.

"해질녘쯤에, 밝알성에 갔던 월나호가 입항할 거랍니다. 제 아우 아직기가 밝알성 근방을 둘러보고 돌아올 텝니다. 오늘 이림으로 드시어 제 아우의 이야기를 들으시어요. 우리 단주님도 한번 뵈시구요."

"그 어른을요?"

"왜요, 제 어마님 뵙기가 두렵습니까?"

"두려운 게 아니라 어렵지요."

"어려워하실 것 없으세요. 긍휼 공자를 사위로 맞지 못한 것을 여태도 애석해 하시는 분이니, 몹시 반가워하실 겝니다. 그건 그렇고, 긍휼 님, 오늘 이 상대포로 오신 진정한 이유가 무엇인가요?"

"좀 전에 말씀드렸잖습니까. 여누하 님을 한번 뵙고 싶었다구요."

"그도 한 이유가 될 수 있겠지만 그게 참 이유여서는 아니 되겠지요."

긍휼이 큰 몸피를 흔들며 웃었다.

"혹여, 오늘 우리 월나호가 들어올 것을 아시고 밝알성과 대방 소식이 궁금하여 내방하신 건 아니세요?"

"밝알성 소식이야 미추홀이나 한성에서 더 빠삭하게 듣지요. 여기 온 까닭은 월나호가 어떤 형상으로 건조되었는지 보기 위해섭니다. 크고 작은 돛 한 자락씩이 아니라 중간 돛 두 자락과 작은 돛 네 자락으로 이루어져 그 펼침과 접음이 용이해졌다는 월나호의 기능들을 살펴보려고요. 스물세 살에 월나호의 선장이 되었다는 해리라는 분도 만나 뵙고 싶고요."

월나호를 건조하고 상대포호와 아로호 등의 거선은 물론 이림호와 구림호 등의 중선들을 전함체제로 개조한 까닭은 모친 다님 부인의 한이 맺힌 결과였다. 모든 이구림의 백성이 바다 위에서만 몇 달을 살 수도 있게 하리라. 여누하는 그리 여겼다. 그날 밤 다님 부인은 석벽으로 이루어진 이림서고에 갇혀 있었고 그 바깥에서는 혈투가 벌어졌다고 했다. 이구림의 젊은 여인들까지 죄 덤볐다던 그 전투. 여누하의 생모 버들 부인도 그 밤에 월나 담로성 병사들에게 목숨을 잃었다. 이림호가 돌아오기 전에 이림으로 쳐들어온 그들에게 어머니 버들 부인이 소리쳤다고 했다.

—이놈들아, 내가 이 이구림의 단주다. 너희들의 뿌리가 이 이림에 있는데 어찌 이리 무도할 수 있단 말이냐. 당장 물러들 못 가느냐?

생모 버들에게 그러한 비장한 기개가 내재되어 있었던가. 전해 들은 생모의 마지막 장면이 다 사실인지 여누하는 믿기 어려웠다. 어린 날에는 다님 부인이 생모인 줄 알았다. 여누하가 기억하는 어린 날, 버들 부인 품에는 늘 누왕인이 안겨 있었다. 스스로는 다님 부인의 품에 안겨 있거나 그의 손을 잡고 이구림 각 마을과 포구를 거닐었던 기억뿐이었다. 각 마을을 이림인 양 훤히 꿰게 된 것도 그 덕분이었다. 자신을 낳은 사람이 버들이라는 것을 알게 되었어도 달라진 건 없었다. 버들 부인은 여전히 누왕인의 어머니였고 자신의 어머니는 다님 부인이었다. 다님 부인은 그날 밤 살아난 자신의 목숨을 아직도 부끄러워하고 있었다. 여누하도 이따금 그날 밤이 부끄러웠다. 여누하가 태자 부여벽과 만난 지 반년여 만에 한수를 건너가 다목나루 행궁에서 첫날밤을 치른 날이었다. 그 순간에 이구림에서는 생모와 사백 명 가까운 이구림 식구들의 목숨들이 스러지고 있었다. 하마

터면 누왕인도 그날 밤에 저세상 사람이 될 뻔하였다. 다님 부인이 월나호를 건조한 건 이구림의 앞날을 대비한 것이기도 하려니와 그날 밤 죽었다가 가까스로 살아난 아들 누왕인 때문이었다. 두 번 다시 그와 같은 꼴을 당하지 않으려니.

"월나호와 같은 거함을 건조하시게요?"

"최근 이삼년 새에 여섯 척의 배를 황해에서 잃었습니다. 팔 년 전 진이필의 사병대가 침입했을 때 삼백여 식구들을 잃었는데, 근자에 그보다 많은 식구들을 잃고 있습니다. 육 년 전 현 황상께서 즉위하신 뒤 한성군이 각각의 호족들을 치고 들어올 수도 있으리라는 염려는 없어진 대신 외부의 도적들이 난립하고 있지 않습니까. 삼도국 변방의 해적들은 물론이고 가야와 신라와 고구려 변방의 족속들까지 바다로 나와 설쳐대지요. 아국에서 발생한 도적들도 물론 있을 것이구요. 이구림에서는 일찌감치 그에 대비하신 셈이지요."

대방과 한성 사이의 해상교통로가 지금과 같이 활발해진 것은 삼대 전 태수황제 시절부터였다고 했다. 휘수황제에 이르러서는 그 길이 비약적으로 발달해 한성백제가 해상무역의 중심지가 되었다. 해적들이 없지 않았지만 자위대들만으로 대적할 수 있었다. 이삼 년 전부터 발해와 황해와 남해에 해적들의 출몰이 잦아졌다. 대외무역선단을 거느린 상단들이 큰 피해를 당했다는 소문 또한 빈번해졌다. 각 나라들이 그만치 자주 전쟁을 치르고 있기 때문이었다. 궁휼도 지금 그 얘기를 하는 참이었다.

"결과적으로 그런 셈이 되기는 했지요. 그때 이후로 저희 이구림에서는 큰일 겪지 않고 있으니까요."

"헌데 그게 배의 유다름 덕분일 뿐만 아니라 해상수비대의 활약 덕분이라고도 하더군요. 과연 그러합니까? 월나악에서 생산된 무사들이 이구림 수비대로 활동한다는 것이?"

"미추홀은 아니 그러십니까? 어지간한 상단마다 자체로 배출한 무사들을 호위로 쓰는 것이라, 저는 그리 여겼는데요? 저희 월나악 운무대에서 배운 사람들 중에 인근 군에서 온 사람들이 드물지 않습니다. 그들이 운무대에서 무술을 익힌 뒤 한성으로 가서 무사시에 급제하여 한성군에 편입되기도 하지만 대개는 자신의 영토를 지키는 수비군으로 사는 줄 압니다. 그 때문에 각처의 영주들이 무사로 키우고 싶은 아이들을 우리 운무대로 보내는 것이라고요. 그쯤은 아시고 계시는 줄 알았는데요?"

"아는 것과 실행하는 것은 늘 다르기 마련이지요. 우리 미추홀에서는 용병을 쓰지 않습니까. 미추홀의 자위대를 안팎에서 모집해 왔지요. 안팎이라고는 하나 밖에서 모집되는 경우가 태반이고요. 그러다보니 그들의 소속감이라고나 할까, 충성심이라고나 할까. 그런 게 그들에게 주어지는 돈에 따라 달라지는 듯합니다. 지금까지는 운무대와 같은 곳을 운영하는 비용에 비하여 용병이 낫다 여겼던 게 우리 미추홀의 입장이었습니다. 최근에는 심한 회의를 느끼고 있고요."

"제가 소견이 짧은 탓에 긍휼 님의 말씀을 다 알아듣지는 못하겠습니다. 다만, 내 영토를 지키는 일에 내 식구를 지킴이로 세워온 우리가 잘한 것이었구나, 싶기는 합니다. 저는 아직 단주로서 갖춰야 할 소양들을 다 갖추지 못하여 영토 내의 모든 일을 다 알고 있지도 못하지만 기본적으로 우리 이림학당, 운무대와 같은 교실이 어쩌다 특출 난 인재를 양산하는 곳이기보다 그 영토 내 사람들의 결속을 다지는 일인 줄은 압니다. 쉬운 예로 제가 단주 일을 하는데, 저와 함께하는 사람들이 저와 함께 이림학당에서 공부한 이들입니다. 여인네건 남정네건 모두 동무들인지라 척하면 착, 일사분란으로 일이 진행되지요. 얼마나 든든한지 모릅니다."

"그러한 사실을 우리는 잘 몰랐습니다. 근래 이구림 무역선들에 대한 이야기를 들으면서 깨달았지요. 하여 우리도 그와 같은 수련소를 운영하여 볼까 하는 것이고요."

"잘 생각하셨습니다. 이참에, 내일이라도 아예 운무대까지 올라가 보시어요. 든든한 인연을 만나실 수 있을 겁니다. 제가 다음 달에 대판섬을 향해 월나호를 띄우기로 한 것도 운무대에서 발현된 믿음 때문일 터입니다. 운무대 출신 무사들이 있으니 맘 편히 배에 올라, 바람이 나를 데려다 주리라, 믿는 게지요. 그 믿음으로 대판섬에 가보려고요. 판로를 개척해보려함이지만 상황을 보아 아예 영지를 구하고 그 영지를 발판 삼아 금광석 채석장을 찾아볼 참이랍니다. 어떠세요, 긍휼 님? 저랑 같이 대판섬 한번 가보시겠어요? 가서 판로들을 개척하고 금광석을 찾아보고, 세상 구경도 하고요."

대판섬과의 교역은 물물교환 형식이었다. 옷감이나 장신구나 양질의 종이를 싣고 가서 각종 짐승 가죽이나 보석과 은금의 원석 등으로 바꾸었다. 잘 말려 다듬어진 대판의 금송재(金松材)도 주요한 교역물품 중의 한 가지였다.

"가고는 싶으나 여누하 님 당신과는 못 갑니다."

"저랑 아니 가셔도 상관은 없습니다만, 저랑 못 가는 까닭은 무엇입니까? 제가 무슨 역질이라도 앓고 있는 것으로 보이십니까?"

"역질이라면 오히려 쉽지요. 잠깐이면 지나가매 횡행하는 동안 전염되지 않도록 조심만 하면 되지 않습니까. 당신께서는 지나가시지 않는 분이지 않습니까? 그런데 어찌 한 배를 타고 오랜 시간 함께 좁은 공간에 머물 수가 있겠나이까."

웃으며 하는 그의 말뜻을 알아들은 여누하도 웃었다. 몇 백 명이 타는 배라고는 하나 배는 배일 뿐, 갇혀 지내는 기간 동안 두 사람이 무얼 하랴. 결국은 무슨 일을 저지르고 말 것이 틀림없었다.

"허면 그건 나중에 다시 궁리키로 하고요, 먼저 이림으로나 들어가 보시지요?"

"이림 어른은 월나호가 들어온 뒤에 가서 뵙도록 하지요."

"월나호는 해질녘에나 들어올 터인데 그때까지 궁휼 님과 제가 에서 뭘 하지요?"

"당신과 제가 오래지 않은 평생의 반을 정혼자들로 지냈는데, 이 방에서 몇 시진 함께 보내기가 무에 그리 어렵겠나이까? 한두 달 갇혀 지내야 할 배도 아닌데요."

느물느물 여유 있게 웃는 스물두 살의 궁휼은 하시했던 그 어린 사내가 아니었다. 그는 이미 어지간한 일에 흔들리지 않을 일족의 후계자이며 느긋한 성품의 사내였다. 사내! 사내라는 낱말을 떠올리다 여누하가 큰 소리로 웃었다. 웃다가 울컥 눈물이 솟구쳐 고개를 숙였다. 사내답지도 임금답지도 못했던 부여벽이 떠올랐던 것이다. 다목나루 행궁에서 그를 처음 안았을 때, 여누하는 물론 사내의 몸이 처음이었다. 서비구를 사모하면서도 아직 그를 안지는 않은 때였다. 사내를 처음 겪는 여누하보다 지어미를 몇이나 거느린 그가 오히려 숫되었다. 수줍어 한 이는 그였다. 그가 떠난 뒤에야 여누하는 비로소 사람에 대한 그리움을 알게 되었다.

"제 농이 심했습니까?"

궁휼이 당황하여 물었다. 여누하는 눈가를 훔치고는 고개를 들며 웃었다. 갑자기 세월이 느껴져 울컥했던 것이다. 어머니 다님 부인만큼이나 나이가 든 듯했다. 여누하는 그를 재촉하여 밖으로 나섰다. 방 안에 둘이 앉아 있다간 자신이 어찌 돌변할지 몰랐다.

접경지의 젊은이들

　고구려의 십팔 대 왕위에 오른 어지지왕(고국양왕)은 백제의 선황 침류황제와 같은 해인 갑신년에 즉위했다. 그해에는 진나라에 의해 멸망했던 연나라가 모용수에 의해 재건되었다. 이른 바 후연이었다. 후연도 전연처럼 고구려와 숙적인 양 다툴 수밖에 없었다. 후연이 전연이 지녔던 영토를 회복하고자 하는 것인데, 전연의 영토는 백제보다 고구려에 훨씬 많이 복속되었기 때문이었다. 고구려는 후연을 상대해야 했으므로 말갈을 부추겨 백제를 공격케 하였다. 말갈과 백제는 백삼십여 년 전 고이황제 때 화친을 맺은 이래 정식으로 전쟁을 치른 일이 없었다. 그런데 말갈이 맹약을 어기고 백제를 향한 전쟁을 수시로 일으키기 시작했다. 삼 년 전 관미령 전쟁 때부터였다. 그즈음 말갈의 북쪽지역 거개가 이미 고구려의 속령이 된 참이었다. 관미령은 본국백제의 북방 요충지였다. 때문에 방비가 튼튼한 관미령은 말갈이 건드리는 정도로는 끄덕도 없었다. 하지만 가는 비에도 옷은 젖는 법이었다. 백제로서는 말갈과 고구려가 수시로 관미령을 넘보게 둘 수 없었다. 그들의 시선을 돌려야 했다. 백제가 작년에 말갈의 불함성(弗含城)을 점령한 건 고구려와 말갈을 동시에 견제하기 위한 방편이었다. 불함성은 고구려의 도곤성과 말갈의 차리성과 백제의 밝알성에 인접해 있었다.

백제와 고구려와 말갈의 접경지에 있는 고구려의 도곤성(都坤城)은 백제의 밝알성에서 오백 리쯤의 거리에 있었다. 말갈의 차리성(遮履城)과는 삼백여 리였다. 도곤성과 차리성이 이삼 일 거리 밖에서 밝알성과 대치한 형국이라 백제의 접경지는 늘 긴장 국면이었다. 한편으로는 유례없을 만큼 밝알성에 사람이 끓었다. 백제인들뿐만이 아니라 고구려와 말갈 사람들이 어느 나라 백성인지 알 수 없을 만치 뒤섞여 있었다. 불함성도 마찬가지였다. 일 년 전에 영토의 주인이 바뀌었으나 백성들은 그대로였다. 그대로인 말갈인들에 고구려인과 백제인들이 한 백성인 양 마구잡이로 섞여서 피아를 구분하는 일이 무용했다. 점령을 했으되 불함성 관내의 내치를 성주에게 그대로 맡긴 탓에 미처 백제 방식의 기강이 세워져 있지 않은 때문이었다. 왕인은 사람과 문물이 뒤섞인 불함성의 분위기가 맘에 들었다. 밝알성에서 도곤성을 치기 위한 준비가 은밀히 진행되고 있을 것이나 사나흘 거리만큼 떨어져 있는 불함성의 가을은 태평하고 화창했다. 성 뒤쪽의 불함산이 단풍으로 환했다.

"또 동점이 나온 모양인데요?"

저만치 과녁 옆에서 푸른 깃발이 흔들렸다. 왕인의 화살이 팽백과 같은 위치에 박혔다는 신호였다.

성주 다루치의 아들 팽백과 더불어 활쏘기 시합을 벌이는 참인데, 두 사람의 실력이 비슷한지라 승패가 나눠지지 않았다. 삼백 보 거리에 나란히 놓인 각기의 과녁을 향해 아홉 발씩을 쐈는데 승점이 똑같이 나왔다. 오늘 시합에서 왕인이 이기면 불함성의 군사 삼천을 데리고 도곤성으로 갈 수 있었다. 그리하기로 불함성의 팽백과 내기를 하였다.

"소생이 무술이라고는 화살로 과녁 맞추는 재주 하나 간신히 가졌건만 소성주님 한 번 이기기가 어렵군요."

왕인의 말에 클클 웃는 불함성 소성주(小城主) 팽백은 스물네 살이었다. 작년에 일만의 백제군이 불함성을 점거할 제 무혈입성했다. 팽백 덕분이었다. 팽백은 소성주이면서 성주인 부친을 대리하고 있었다. 성주 다루치가 젊은 날 고구려와의 전쟁에서 다쳐 몸을 임의롭게 쓰지 못하게 되었는데 아들이 자라자 전권을 물려주어 버린 때문이었다. 그때 왕인은 대장군 취운파의 사자로 팽백을 만났다.

—여기는 고구려와 백제와 말갈의 접경지입니다. 각 나라들마다 탐을 내는 영토이지요. 고구려의 영토였다가 말갈에 속했고 다시 우리 백제가 들어왔습니다. 우리가 이번에 전투를 벌일 제 소성주께서 백제군을 물리치고 수성하실 수도 있을 것입니다. 하지만 반대의 경우일 수도 있습니다. 어떤 경우든 양측이 접전을 한다면 손실은 당연하지요. 헌데, 가령, 백제군이 이 불함성을 점령한 뒤에도 불함성의 위험은 사라지지 않습니다. 또다시 말갈이나 고구려가 들어오지 않는다고 장담할 수 없기 때문이지요. 그렇다면 이번에 백제와 전쟁을 하시기보다 화친을 하시어 군사와 백성을 지키시는 것이 불함성의 미래에 득이 되지 않을런지요.

왕인의 말을 듣고 난 팽백이 말했다.

—제가 화친, 항복하여 백제에 복속한 성주로서 이 불함성을 지켜나간

다고 가정해 보지요. 그런데, 비류군께서 말씀하셨다시피 말갈이나 고구려가 다시 들어온다면, 싸우지도 않고 백제에 항복한 우리 불함성을, 성주 일가를 고이 보겠나이까. 사방에서 우리 불함성을 노리는 바 저는 싸우지 않고 장구히 제 영토와 백성을 지킬 수 있는 방법을 알지 못합니다.

팽백의 말에 왕인은 그에게 중립을 지키라 하였다.

―그때의 중립이란 아무 쪽과도 대면치 않는 중립이 아니라 모두와 대면하는 중립이 되겠지요. 가령 우리 백제가 이 불함성을 사수치 못할 상황에 이르러 또다시 고구려나 말갈의 침입을 받게 된다면, 그때도 대결을 하는 대신 고구려나 말갈의 속성(屬城)이 되는 길을 택하는 방식 같은 것 말입니다. 저쪽의 임금과 사사로이 지켜야할 의리가 있다면 모를까, 주군의 자존과 사나이의 명분이란, 자신의 백성들을 지켜야 할 의무에 비한다면 무슨 의미가 있으리까. 그리고 백성들에게야 먼먼 임금이 누구인지가 무에 그리 중하겠나이까? 백성들에게는 사실상 가까운 성주, 영주, 추장만이 임금인 것을요.

자신의 전력이 상대를 물리칠 수 없다는 걸 알았던 팽백은 피를 흘리지 말자는 왕인의 화친 제안을 받아들였다. 더불어 두 사람은 동무가 되었다. 일 년여 만에 다시 만나 사흘을 함께 지내면서 사냥을 함께했고 술을 마셨고 활쏘기 시합을 하고 있었다. 열흘 뒤의 전쟁을 받아놓고 있음을 잊을 만치 그와의 놀이가 재미났다.

"고구려의 태자에 대해 아는 바가 있습니까?"

마지막 화살을 시위에 메며 왕인이 팽백에게 물었다. 팽백도 마지막 화살을 시위에 메며 말했다.

"이름이 담덕(훗날의 광개토대왕)이고 스무 살이 채 못 되었을 것이라는 사실 외에는 들은 바가 없습니다. 느닷없이 그는 왜요?"

"근자에 고구려 어지지왕의 환후가 깊다는 소문을 들었습니다. 왕의 병세가 심각하면 그의 후계가 떠오를 법한데 그 태자 담덕에 대하여는 그다지 알려진 바가 없더이다. 최근에 혼인을 하였다는 소문뿐, 그의 존재가 안개에 싸인 듯 아련한 까닭이 뭘까, 요 며칠 새 몇 차례 생각이 나더이다."

"존재가 드러나기에는 아직 어린 탓 아니겠습니까? 어지지왕이 선왕의 아우로서 태왕위에 올라 육 년째이니 아직 정치적 기반이 약한 것일 테고요. 예로부터 고구려를 운영하는 대가(大家)들의 입김이 태왕을 능가한다는 것은 익히 알려져 있지 않습니까."

"그 점이 고구려 태자 담덕의 존재를 미미하게 가리고 있을지도 모르나 한편으로 그가 즉위케 된다면, 바로 그 점, 왕귀족과 대가들을 장악하기 위한 방편으로 그는 전쟁을 행할 수밖에 없지 않을까. 그가 즉위하매 전쟁으로 치세를 시작한다면 그 상대는 후연보다 먼저 우리 백제가 되지 않을까. 그런 생각이 든다는 것이지요."

즉위하되 정치적 기반이 취약한 임금들이 권력을 다지기 위해 흔히 취하는 방법이 전쟁 벌이기였다. 전쟁을 일으키면서 왕권을 위협하는 세력들을 소진시켜야만 하는 것이 왕권의 생리였다. 그렇게 다져진 권력과 영토를 유지하기 위해서 또 전쟁을 계속 벌여야 하는 임금의 자리. 백제 십육 대 황제가 된 부여부도 다르지 않았다. 그가 한성보다 대륙에 머무는 세월이 많은 까닭도 그 때문이었다. 진단백제가 큰 전쟁에 휘말리지 않을 수 있는 게 그 덕분이긴 했다. 취운파와 진가모가 이끄는 군대가 도곤성을 점령하고 나면 황제는 황후를 대동하고 한성으로 향할 것이었다. 일백이십여 년 전 책계황제 시절 이후 대방성에서 난 황후가 본국으로 이도하기는 처음이었다.

부여부 황제의 황후 화용은 부여찬을 비롯한 두 아들과 한 딸을 낳았다. 황후의 한성이도는 황실의 새로운 후계구도를 만들면서 한성에서 황후를 중심으로 한 황실의 기반을 쌓자는 의도일 터였다. 그런데 한성에는 스무한 살의 태자 여해가 있었다. 대방의 큰 왕자 부여찬은 이제 열두 살이었다. 황제가 자신의 아들로 태자를 삼자면 여해를 제거해야만 하는데 그리하자면 본국 신료들의 지지를 받을 수 없었다. 후계 문제에 있어서 고민이 깊을 수밖에 없는 황제는 이번에 환도하여 본국 군대를 선봉으로 내세운 전쟁을 벌일 터였다. 그 상대는 본국 동북에 있는 말갈이었다.

"그럴 수도 있겠으나, 전쟁을 시작하기에는 담덕의 나이가 어리지 않습니까? 당장 어지지왕이 서거하여 담덕태자가 즉위한다고 해도, 몇 년은 지나야 전쟁을 일으킬 수 있겠지요."

팽백의 말에 왕인은 고개를 끄덕였다. 고개는 끄덕이지만 생각은 달랐다. 전쟁을 일으킬 수 있는 나이가 따로 있기는 할 터이나 전쟁을 결정하는 것은 나이나 경륜이 아니라 자리였다. 자리에 앉은 그가 몇 살이든 임금인 바 전쟁의 필요성을 느끼고 선언하면 전쟁이 시작되는 것이었다.

오십 보 뒤로 물러나 삼백 보 저편에 놓인 두 과녁 사이에서 녹색 깃발이 흔들리고 있었다. 준비가 되었다는 신호였다. 팽백이 말했다.

"준비가 된 모양인데요, 비류군. 담덕태자 생각은 나중에 하시고 우리 승패나 가려보지요."

왕인은 과녁을 겨누어 보며 시위를 한껏 잡아당겼다. 오늘 시합에서 팽백을 이기지 못하여도 불함성 군사들이 도곤성으로 가기는 할 터였다. 불함성 군대가 도곤성 공략에 참가하는 의미에 대해 팽백이 모를 리가 없었다. 불함성이 백제의 일부가 되었으므로 백제군으로서의 첫 전쟁이 되는 것이었다. 그럼에도 왕인이 그에게 농담인 듯 시합을 제안하여 삼천 군사를 빌리자 한 것은 팽백에게 명분을 주기 위해서였다.

과녁을 겨누면 머릿속이 말개지는 게 왕인의 평소 습관이었다. 지금은 승부에 대한 생각을 계속하며 시위를 힘껏 당겼다가 놓았다. 동시에 팽백도 화살을 날렸다. 팽백의 과녁에서 정중앙에 박혔다는 붉은 깃발이 올랐고 왕인의 과녁에서는 파란 깃발과 함께 일 점이 모자라다는 수신호가 그려졌다. 주변에서 두 사람의 시합을 지켜보던 팽백의 시위대가 일제히 와와, 함성을 질렀다. 팽백이 그들을 향해 손을 흔들며 말했다.

"비류군, 부러 그리 쏘신 게지요?"

팽백과의 시합에서는 굳이 이길 필요가 없었다. 지거나 이기거나 결과가 같다면 지는 게 낫다.

"제가 가진 유일한 재주가 활쏘기인데, 그럴 리가 있습니까. 소성주님의 솜씨가 저보다 나으신 게지요. 그렇다고 소성주님 솜씨가 그리 뻐기실 정도는 아닌 듯하신걸요? 저보다 아주 약간 나으신 것뿐이니 말입니다."

"패배를 인정하시려거든 깔끔하게 하실 것이지, 비류군답지 못하게 인색하십니다. 승부를 다시 가리리까?"

이긴 자나 진 자나 유쾌하게 웃을 수 있는 승부였다.

팽백은 흔쾌히 열흘 뒤인 구월 열사흘 날 저녁참에 도곤성에 당도할 수 있도록 출병시키겠노라 약속했다. 사냥을 떠나는 양 준비하여 출병할 것이다. 팽백에게서 군사를 얻어낸 왕인은 그 사실을 밝알성에 전하라고 파발을 먼저 띄웠다.

서죽점

구월 초사흘 새벽이었다. 잠에서 깬 왕인은 꿈을 떠올려보려 했으나 방금 꾼 꿈이 생각나지 않았다. 흰 벌판을 달리는 꿈이었던 것 같은데, 말을 탄 자가 누구인지 알 수 없었다. 흰 벌판은 눈에 싸인 송눈평원 같았다. 엄호수를 끼고 있는 무한한 벌판. 어쩌면 얼어붙었던 엄호수였는지도 모른다.

엄호수는 옛 탁리국에 있던, 동명성왕이 탁리국을 떠나 세상으로 나서면서 건넜다는 강이었다. 동명성왕은 탁리국을 나와 부여를 건국했다. 지금은 고구려의 속령이 된 부여국 엄호수에 왕인이 갔을 때 강은 꽝꽝 얼어 송눈평원과 이어져 있었다. 말을 타고 반나절을 달려서야 얼음 평원을 건넜다. 서둘러 그곳을 벗어났던 건 추위 때문이기도 했으나 눈이 멀 것 같아서였다. 숨이 막히기도 했다. 흰 눈을 너무 오래 바라보면 실제 눈이 먼다고도 했다. 꿈속의 벌판은 그때의 송눈평원이거나 엄호수였는지도 몰랐다. 하지만 그곳을 달리던 꿈속 인물은 왕인이 아니었다. 왕인의 꿈은 대개 그렇게 불분명했다. 어쩌다 뚜렷이 떠오르는 꿈을 꾸기는 했다. 꿈에서 설요를 보았을 때였다. 그가 웃거나 찡그리거나. 뒤돌아 있거나 춤을 추고 있거나. 왕인의 꿈에 나타난 설요 곁에는 언제나 왕인이 없었다. 때문에 왕인은 자신의 꿈속에서조차 설요를 만나지 못했다.

누구였지?

중얼거린 왕인은 거처에 있는 줄을 당겨 영빈관의 속종을 불렀다. 속종이 불을 켜라는 것인 줄 알아듣고 촛불을 들고 와 탁자 가운데 놓인 촛대에 꽂았다.

"소셋물을 올리오리까."

"조금 뒤에 나가서 씻겠다. 지금 시각이 어찌 되느냐?"

"잔경은 지난 듯하여이다."

속종이 나간 뒤 왕인은 바랑에서 서죽을 꺼냈다. 쉰 개의 댓가지를 왼손에 잡고 그 속에서 한 개를 뽑았다. 그 한 개가 태극이다. 태극은 모든 변화 가운데 움직이지 않는 근원이기 때문에 변화의 상태에서 제외하는 법이다. 남은 마흔아홉 개의 댓가지를 쥔 채 방금 꿈에서 본, 누군지 알 수 없는 이를 떠올리며 왼손의 댓가지를 양손에 나누어 쥐었다. 왼손에 있는 것은 천책(天策)이고 오른손에 있는 것은 지책(地策)이다. 천책을 왼손에 가진 채 지책을 탁자에 내려놓고 그중에서 한 개를 뽑아 무명지와 새끼손가락 사이에 끼웠다. 지책에서 뽑아낸 한 개가 사람을 의미하는 인책(人策)이다. 다음 천책을 네 개씩 셈하면서 세다가 나누어지지 않은 나머지를 손가락 사이에 끼운다. 다시 지책을 네 개씩 셈하다가 나머지를 손가락에 끼웠다. 십팔변서법을 펼쳐보는 것이다. 일효(一爻)가 정해지기까지 세 번의 변(變)을 펼쳐야 하고 점괘를 읽을 수 있는 육효(六爻)를 정하려면 열여덟 번의 변을 펼쳐야 했다.

청주성에 갔을 때 저자 구경을 하다가 한 손아귀에 들 만한 서죽을 발견하고는 호기심에 구입했다. 처음 펼칠 때는 서툴러 두 식경 쯤 걸렸다. 지금은 반 식경이 채 걸리지 않는다. 하루치의 길흉화복을 읽어내려고 서죽점을 보는 것은 아니었다. 일찍 잠이 깬 새벽이 기꺼운 대신 한숨이 날 때, 말을 타고 달리다 어느 곳에 멈춰 주먹밥을 먹다가 올려다본 하늘이 막막할 때, 깊은 밤 흐린 등잔불 아래서 글을 쓰다 곁이 서늘할 때 그저 한 번씩 펼쳐볼 뿐이었다. 서죽을 펼치노라면 설요가 떠올랐다. 서죽을 접으면 그도 접혔다. 때문에 설요를 자주 생각하는 것은 아니었다.

왕인과 호위들은 사흘 밤 머물렀던 불함성을 나왔다. 날이 흐렸다. 도곤성까지는 이틀 길이었다. 밝알성에서는 닷새 뒤 출병할 것이고 열사흘 날 저녁참에 도곤성에 도착할 것이다. 인에게는 사흘쯤의 여유가 생겼다. 도곤성을 점령하고 나면 왕인은 밝알성으로 가서 한성으로 환도하기로 되었다. 대방성에서 환도할 황상보다 앞서 한성으로 가서 황상을 맞이할 채비를 할 것이다.

"여기서 차리성이 동쪽이지?"

"서죽점을 치셨다더니 동쪽으로 가라고 나왔습니까?"

"《말갈사(靺鞨史)》가 들어왔는지 보러 갈까? 남방루의 어여쁜 채힐도 만나고?"

왕인의 물음은 늘 선언이다. 즉흥적인 것이 아니라 홀로 숱하게 생각한 다음에 결정하여 내뱉는 말이기 때문이다. 하릴없는 일인 줄 알면서도 서비구는 고개를 저었다.

"적국에 들어갈 때마다 도망치느라 정신없는데 또 그러고 싶으십니까? 차리성도 아직은 적국이란 말입니다, 비류군 저하."

비류군이라는 호칭에 왕인이 얼굴을 찌푸린다. 그의 결정에 승복하기 싫을 때마다 서비구는 왕인을 비류군이라 부르며 약을 올렸다. 두 사람 곁의 호위들이 두 상전의 실랑이를 외면하는 척했다. 서비구가 왕인의 결정을 따르기 싫어 비류군이라 부르면 비류군은 약이 올라 한층 고집을 부르는 버릇이 있었다.

"허니 가보자는 말이지."

취운파 군대가 도곤성 공략에 성공하면 그다음으로 칠 곳이 차리성이었다. 한창 준비 중인 도곤성 공격조차 대장군 취운파의 측근 몇 사람만 알고 있는 터라 차리성 점령 계획은 겉으론 거론된 적조차 없으나 이미 정해진 사항이었다. 왕인은 부여부 황제 즉위 이후 그의 최측근이 되었다. 뚜렷한 직함조차 없이 그저 비류군으로만 불리고 있으나 황상은 전쟁을 행할 때 비류군의 의견을 높이 샀다. 비류군에게 직책이 없는 까닭은 적국에 왕인을 노출시키지 않기 위해서였다. 때문에 왕인은 단 열한 명의 무절들로 이루어진 호위들과 더불어 대륙을 떠돌아다녔다. 호위들과 더불어 지도를 만들고 책을 구하고 책을 썼다.

"번번이 이미 작정하시고서 묻기는 왜 물으시는 겝니까?"

"그걸 알면서 번번이 토를 달기는 왜 다나 모르겠군."

호위들이 참지 못해 웃음을 터트리는데 왕인은 이미 출발하고 있었다. 하기는 하룻길이니 못 들를 것도 없으리라. 서비구는 부대장 우무로에게 명했다.

"차리성으로 간다. 진파와 샛마와 육지니를 데리고 한 마장 앞서 달리

라. 양교와 마차니와 소하니는 뒤에서 따르라. 날살과 부뚜와 늑장은 근접 호위한다."

차리성 내 큰거리 초입의 객점 남방루의 주인은 채힐이었다. 채힐의 할아비는 대방성 사람으로 사십여 년 전 말갈과의 전쟁을 치르기 위해 첩자로 잠입했다가 아예 뿌리를 내린 이였다. 그가 십여 년 전에 돌아간 뒤 과부가 된 그의 손녀 채힐이 남방루를 운영하고 있었다. 말갈에 거점을 마련하기 위해 정착했던 채힐의 조부는 퇴역한 무절이었다. 무절이 서른다섯 살에 이르면 퇴역하여 필요한 곳에 정착한 뒤 무절들의 거점이자 후원자들로 살아간다는 사실을 서비구는 무절이 된 뒤 알았다.

말갈이었다가 백제가 된 불함성이 그렇듯 아직 말갈의 영토인 차리성도 드나듦이 어렵지 않았다. 불함성에서 하루 반이 걸려 차리성문에 이른 왕인 일행은 성문이 닫히기 전에 수월하게 성안으로 들어섰다. 해질녘이었다. 차리성은 성 밖 관내에 이만여 백성을 거느리고, 성내에는 오천여 백성을 담고 있었다. 성내의 오천여 명도 밤이라 모인 것이지 낮에는 그 절반의 숫자도 머물러 있지 않는다고 했다. 말갈인들이 흩어져 사는 습성을 지닌 족속들이기 때문이었다. 하지만 날래기가 늑대들 같아서 전쟁이 시작되었다는 신호가 울리면 몇 시진 안에 관내의 모든 백성이 성안으로 모여든다고 했다.

왕인은 뒷골목 지물전거리로 들어섰다. 한 번 와봤던 곳이라 낯설지 않았다. 지물포 세 곳이 나란히 있는데 그 세 곳이 차리성에 있는 지물포의 전부였다. 세 군데밖에 안 되는 탓에 세 지물포가 다루는 물건들은 종이는 물론 온갖 문구류를 다 갖추었고 책들도 쌓아놓았다. 책이 많지는 않았다. 세 점포의 책을 합쳐도 이림서고의 십 분지 일도 못 됐다. 재작년에 왔을 때 왕인은 세 점포의 책들을 모조리 훑으며 반나절을 보내면서 열 권의 책을 골라 샀다. 그리고 맨 나중에 들렀던 우측 점포의 주인에게 초파가 지은 《말갈사》가 없냐고 물었다. 세 점포 중에서 가장 오래된 곳이었다. 그런 책은 없다는 주인의 대답에 왕인은 두 냥의 은전을 맡겼다. 《말갈사》가 들어오거든 가지고 있다가 언젠가 내가 찾으러 오면 달라고 했다. 오늘 왕인은 그 책을 찾으러 우측 점포로 들어섰다.

태학 서장고의 쇠지레 할아범을 연상시키는 늙은 주인이 등잔에 불을 밝히다가 돌아보았다. 들어선 손님들의 얼굴이 보이지 않는지 눈을 게슴츠레 떴다.

"안녕하십니까, 주인장. 초파가 지은 《말갈사》가 들어왔는지 궁금해서 왔습니다."

"아아, 두 해 전 여름에 오셨던 그 공자님이시구려. 이름이 하, 한……."

"한소손입니다."

비밀한 여행에서 왕인은 자신의 이름을 한소손으로 칭했다. 한소의 손자라는 뜻이었다.

"맞아요, 한소손. 수염이 없어져 다른 사람 같소이다?"

"그때는 깎을 틈이 없어 제멋대로 자란 털이고 이번엔 집 나온 지 하루밖에 되지 않은지라 깨끗합니다. 책이 들어왔습니까?"

"책은 제법 들어왔는데, 내 이제사 털어놓는 것이오만 나는 글자를 읽지 못하오. 해서 내 점포에 있는 책들이 뭣인지도 모르오."

"허면 그때는 어찌 《말갈사》가 없다고 단언하셨습니까?"

"그때야 한 공자께서 모조리 훑어보고 난 뒤에 그 책을 물으셨으니 없을 것이 분명했기 때문이지요."

왕인이 웃고는 노인장이 가리키는 가게 안쪽의 서가로 향했다. 노인장이 등잔을 들고는 따라왔다. 책은 두 해 전에 비해 많이 늘었다.

"예전에 있던 책들과 새로 들어온 책들을 구분해 놓으셨군요?"

"그때 얼떨결에 빚을 지게 된 터라 빚을 갚을 양으로 그리했지요. 한 공자께서 찾으시는 책이 있는지 보시구려."

두 해 사이에 들어온 책은 백여 권쯤이었다. 왕인은 노인이 비춰주는 불빛에 의지해 한 권 한 권 빼어 제목을 살폈다. 말갈인들은 제목에 상형문자를 많이 썼다. 책제목에 글자가 아니라 그림이 그려진 경우가 많았다. 문자로 쓰인 책은 그래서 말갈 밖에서 들어온 책이기 쉬웠다. 초파는 아직 살아 있는 것으로 알려진 말갈 사람이었다. 초파가 《말갈사》를 지었다는 소식을 왕인은 재작년 봄 유주(幽州)에서 자사(刺使)의 손자 금원에게서 들었다. 학식이 깊은 금원은 근래엔 경서연구보다 역사연구에 몰두해 있었다. 그가, 말갈 학자 초파와 《말갈사》를 이야기했다. 지금까지 나온 말갈 역사책들을 망라한 듯 섬세하게 쓰인 책이라는 소문을 들었다는 것이었다. 왕인이 각 지역을 돌아다니며 그 지역에서 꼭 하는 일이 서책을 구경하러 서책포를 찾는 것을 알고 한 말이었다. 왕인은 《말갈사》를 구하면 필사하여 보내겠노라 금원에게 약속했다.

"그 책이오?"

책을 뽑았다 넣기를 반복하다 작은 책 하나를 붙들고 있으니 노인이 반색하며 물었다. 《말갈사》가 아니라 제목에 칠지도 형상의 그림이 그려진 책이었다. 책자의 크기가 보통 책의 절반 정도이고 얇은데 표지부터 속지까지 모두 양피지로 되어 있는 원본고서였다. 칠지도는 옛 부여에서부터 쓰이던 일종의 상징물이라 대륙 곳곳에서 흔히 발견되는 그림이었다. 칠지형상의 솟대를 세워놓은 마을도 흔했다. 하지만 이건 어쩐지 각별하게 느껴졌다. 가슴이 저절로 쾅쾅거리지 않는가. 책표지를 넘기는 인의 손이 사뭇 떨렸다. 역시나.

木枝形劍. 甲申年 追募太帝 元年 木枝形劍 鑄造聯詞.

사백삼십여 년 전 추모태제 원년의 목지형검 제조 과정에 따른 말씀이란다. 왕인은 짐짓 태연히 표지를 덮어 책을 노인에게 건네주었다.

"초파의 책은 아닙니다만 맘에 쏙 드는 책입니다. 잠시 들고 계세요."

왕인은 설레는 맘을 다잡으며 서둘러 남은 책들을 살폈다. 초파의 《말갈사》는 맨 끝에 있었다. 최근에 필사되어 묶인 듯 종이냄새와 먹내가 새로웠다.

"이 책입니다. 초파가 쓴 《말갈사》."

"아까 어떤 젊은이도 그와 똑같은 책을 한 권 사 갔는데, 그게 그리 좋은 책이오?"

"어떤 젊은이가요?"

"첨 보는 사람이라 이방인이려니 했지요."

"그가 또 어떤 책을 샀습니까?"

"나는 글자를 모른다지 않았소? 무슨 책인지는 모르나 한 권의 겉표지에는 산과 돼지인 성싶은 짐승 한 마리가 그려졌습디다. 꼬리가 돌돌 말렸더구면. 또 한 권은, 한 권이 아니라 한 묶음으로 된 책이었소. 그이가 그 한 묶음을 한 권이라 합디다만."

"그 한 권, 돼지꼬리가 돌돌 말린 그림 옆에 그려진 산은 어떤 산이었는데요? 혹, 봉우리가 셋인데, 가운데 높은 봉우리에 구름 모양의 띠가 둘러져 있었습니까?"

"맞소. 그런 듯하오. 아는 책이오?"

"예, 제 집에 있는 책인 듯합니다."

말은 그렇게 했지만 왕인은 뜻밖의 인연에 가슴이 두근거렸다. 인은 그동안 《대방성풍물기》와 《태산수렵관람기》와 《발해연안기》, 《논어 신역본》과 《중용 이해본》과 《대학역주》 등 여섯 권의 책을 썼다. 세 권은 돌아다니며 재미 삼아 쓴 셈이고, 세 권은 공부를 겸하여 썼다. 표지에 산과 돼지가 그려졌다는 책은 《태산수렵관람기》인 것 같았다. 육 년 전 아사나와 혼인 직후 도망치듯 대방으로 향하는 배에 올랐고 대방에 닿은 뒤 태산에 다시 갔다. 그곳에서 왕인이 쓴 책이 《태산수렵관람기》였다. 태학박사들에게 검증받아야 책이 될 수 있으므로 표지에 제목을 붙이는 대신 장난스런 그림을 그렸고 속표지에다 제목을 썼다. 위례성으로 가서 정서한 뒤 태학으로 보내기 위해 필사사에게 두 권을 필사하라 시켰다. 필사사가 돈을 벌기 위해 백 권 남짓을 필사했다는 것은 나중에 알았다. 검증받기 전에 세상으로 나가버렸던 책이 이 차리성의 조그만 서점까지 들어와 있었던 것이다. 왕인은 노인에게서 《목지형검》을 받아 점포 앞쪽으로 나왔다. 열린 문 밖에 서비구가 등을 지고 서 있었다.

"초파의 책값은 이미 드렸지요? 이 양피지 책값은 얼마 받으시렵니까?"

"그 가죽종이 책은 은전 여섯 닢 주고 샀고, 초파 책인가 하는 것은 은전 두 닢에 샀으니 내가 되려 한 냥을 거슬러드려야 하게 생겼소. 나는 연전에 한 공자께서 두 냥씩이나 두고 가시기에 초파 책이 아주 귀한 것인 줄 알았더니만 사방에서 필사해대고 있는 책이라니, 아깝소. 나머지를 돌려드려야 할 일이지만 장사치인 내 입장에서는 어지간하시면 좋아하시는 책이나 몇 권 더 골라 가셨으면 싶소이다."

"재작년에도 책을 여러 권 가지고 나가다가 검문에 걸려 혼났습니다. 오늘은 이 두 권만 지니고 다니렵니다. 그리고 나머지는 돌려주시지 않아도 됩니다. 양피지 책이 아주 오래된 귀한 것이라 그 값을 하고도 남습니다. 제가 또 책을 구하러 올 때까지 강건히 지내시기 바랍니다."

"그렇다면 다행이구려. 이제 어디로 가실 테요?"

"저녁때니 객점으로 가서 저녁을 먹고 잘 자리를 찾아야지요."

"어느 객점으로 가시게?"

"재작년에 왔을 때 남방루에서 묵었기에 오늘도 그리로 갈까 합니다만, 왜요?"

"거기 채힐이 귀엽기는 하나 오늘은 대리각(代履閣)으로 가보심이 어떠시오?"

"그곳이 편합니까?"

"그곳이 우리 성안에서는 제일 규모가 크고 좋은 곳이니 사람도 제일 많이 모이는 곳이지요. 두 시진 전쯤에 책을 사간 젊은 공자가 이 성에서 제일 편한 객점이 어디냐 묻기에 대리각을 가르쳐 드렸소. 이방인이 찾기 쉬운 데다 이방인이 머문 곳의 풍경을 구경하기에도 그런 곳이 마땅할 성싶어서요."

뚜렷한 목적 없이 낯선 곳에 찾아들면 맨 처음 들르는 곳이 규모가 가장 큰 객점이었다. 현지 풍경을 한눈에 살피기 쉬웠다. 노인은 한소손이 말갈 사람이 아닌 것을 알아본 것이다. 그가 말한 젊은 공자도 말갈 사람은 아닐 것이었다.

"알겠습니다. 어르신 말씀 염두에 두겠습니다."

"그리고, 그 뭣이냐, 수염을 적당히 기르고 다니시는 것도 좋겠소."

"왜요?"

"사나이 얼굴이 멀끔하면 계집들이 꼬이기 마련이지요. 내가 원치 않음에 계집이 꼬이는 것도 문제려니와 계집 주변 사내놈들 감정을 상하기 쉽지요. 가령 불량한 놈들이 시비 걸어오기 쉽다 그 말이요. 물론 한 공자야 밖에 범 같은 시위들이 대기하고 있으니 걱정할 건 없겠으나 술김에라도 한 공자한테 괜한 시비를 붙였다가 목숨이 간당거리게 될 놈들이 가엾지 않은가 그 말씀이요."

눈에 띄지 않게 다니라는 충고였다. 책 몇 권의 인연일 뿐인데 노인의 호의가 깊었다.

"어느 정도로 길러야 수염이 적당하겠습니까?"

"젊은이들 수염은 속눈썹 길이 정도가 보기 좋습디다. 깨끔하고 사내다워 뵈고."

"알겠습니다, 어르신. 좋은 말씀, 차후로 염두에 두고 살겠습니다."

왕인은 말갈 사내인 양 오른손 주먹을 왼쪽 가슴에 붙여 고개를 숙였다. 말갈 사내들의 인사법이 그랬다. 여인들의 인사법은 손바닥을 왼쪽 가슴에 붙이는 것이었다. 노인이 미소를 지으며 고개를 끄덕였다.

차리성 내에서 제일 큰 객점 대리각은 성주의 저택이 건너다보이는 큰 거리에 서 있었다. 멀리서도 보일 정도로 불이 밝았다.

"어디로 가시게요. 채힐 보러 오신 거 아닙니까?"

재작년에 와서 하룻밤 묵을 때 채힐이 한소손의 하룻밤 지어미를 자처

하였다. 만날 때마다 하룻밤만 지어미가 되겠노라. 채힐은 호방한 여인이었다.

"남방루는 차차 가기로 하고, 우선 대리각에나 들러보자고. 재밌을 것 같지 않아?"

"먼 훗날에 소군이 돌아가시면 말입니다……."

"나 죽으면 뭐?"

"아무도 모르게 저 혼자서만 소군 머리를 해부해 그 속을 한번 들여다보고 싶은데, 허락하시렵니까."

"그러든지 말든지, 죽은 내가 어찌 알아? 원하는 대로 해. 헌데 왜? 사람 머릿속이 어찌 생겼는지 이미 숱하게 봤잖아. 희뿌연 바가지뼈와 피."

"소군 머릿속은 다르게 생겼을 것 같아서요."

서비구의 농담에 왕인이 크크 웃으며 걸었다. 대리각 마당에 이르렀다. 서비구는 멀찍이서 말을 끌고 따라오는 호위들에게 주변에 포진하라고 수신호를 하고는 인을 따라 대리각 안으로 들어섰다. 백여 명은 될 법한 사람들로 북적이는 실내는 백 점은 될 법한 등불이 밝혀져 불야성이었다. 초저녁인데, 어떤 자리에서는 노름을 하고 어떤 자리에서는 노류화들을 희롱하고 어떤 자리에서는 술 마시기 내기를 하고 있었다. 전쟁 같은 것은 알지 못하는 사람들인 양 흥겹고 한가로운 분위기였다.

"두 분 오셨습니까?"

대리각 하종의 물음에 왕인이 고개를 끄덕였다. 조용한 자리가 있나 둘러보니 조용히 앉은 사람이 보였다. 거리 쪽에 면한 자리에 홀로 앉아 술잔을 손에 든 채 들창문 밖을 내다보는 사람이 있는데 젊기보다 어려보이는 그의 뒤켠에 두 사내가 시립해 있었다. 그가 거기 있음으로 그 자리는 빈자리보다 오히려 고요했다. 말갈인이 아니었다. 백제인도 아니었다. 그렇다면 그는 고구려인일 터였다. 지물포의 노인이 말했던 이방인이 그인 것이다.

재미있겠는걸.

왕인은 싱긋 웃고는 대리각의 하종에게 명했다.

"저기 계시는 공자와 꼭 같이 내게도 한적한 자리를 내어다오."

불함성의 말갈어가 그렇듯이 차리성의 말도 대방어와 비슷했다. 어린 날부터 익혔던 왕인의 대방어는 대방에 상주하면서 능숙해졌다.

"황송하오나 그러한 자리는 이미 없나이다. 몇 군데 빈방이 있으니 방으로 드시렵니까?"

"아니, 나는 저기 저 공자가 앉으신 자리가 맘에 쏙 든다. 허니 네가 가서 저분께 내게 자리를 양보하시던가, 양보치 않으실 것이면 합석을 허락하시라 청하더라고 말씀드려라."

"아니 어찌 그런 말씀을!"

"어서!"

왕인의 억지에 눈이 동그래지고 입이 벌어진 하종이 더 이상 대꾸 못하고 창가 자리로 다가갔다. 하종이 뭐라고 아뢰었는지 그 자리의 젊은 주인보다 그의 두 호위가 먼저 왕인을 돌아보았다. 푸른 두건과 흑두건을 쓴 그 눈길들이 곱지 않았다. 왕인이 목례를 하는데 이쪽을 건너다보던 젊은 주인이 씩 웃으며 고개를 끄덕했다. 왕인은 그에게로 가서 합석했다.

마주앉은 인을 향해 건너편의 그가 말없이 술잔을 내밀었다. 길고 마른 몸피에 나이보다 깊은 눈빛을 지니고 있었다. 왕인이 술잔을 받으니 그가 술병을 들어 잔을 채웠다. 왕인이 술을 마시고 빈 잔을 그에게 건넨 뒤 술을 따랐다.

"합석을 허락해 주서서 고맙습니다. 저는 한소손이라 합니다."

받은 술을 들이킨 그가 빈 잔을 인에게 건네어 술을 따른 뒤 말했다.

"이 자리를 탐내신 게 아니라 더불어 대화할 사람을 찾으신 게지요? 저는 이련자라 합니다."

이련자라는 이름에 퍼뜩 떠오르는 또 다른 이름이 있었다. 대륙에서 가장 넓은 영토를 차지하고 그 영토의 가장 높은 곳에 있는 사람. 앞의 이련자는 그냥 이련자가 아니라 자신이 이련의 아들이라 말하고 있는 것이다. 이름이 지닌 의미를 상대가 알아챈다 하여도 상관없다는 자신감이 배어 있는 작명이매 그는 이련자가 틀림없었다. 왕인은 뜻밖의 조우가 놀라워 재채기가 날 뻔했으나 웃음으로 모면했다.

"그렇습니다, 소생이 하릴없이 떠도는 자임에 낯선 곳에 이르면 어울리고 싶은 사람을 먼저 찾습니다."

"오늘은 소생이 한소손 님의 눈에 든 것이고요?"

"눈에 드는 것과 맘에 드는 것. 그 차이가 재미있지요? 그 합일점도 재미있고요."

"서로의 눈에 들든 맘에 들든, 일단 낯선 곳에서 낯선 사람과 이렇게 마주 앉으면 한소손께선 대개 무슨 이야기를 나누지요?"

이련자의 말갈어는 왕인만큼이나 능숙했다. 진단 땅의 백제와 가야와 신라의 말이 거의 닮아 진단어라고 통칭하듯이 말갈어와 대방어와 요동어가 뒤섞여 비슷한 점이 많았다. 왕인이 요동어를 어렵잖게 하듯 이련자도 말갈어를 하는 것이다. 대방어도 할 터였다. 왕인은 장난스레 대방어로 말했다.

"곳에 따라, 사람에 따라 다르지요. 이련자 님, 요동 분이시지요?"

"소생의 얼굴에 요동 사람이라 새겨져 있습니까?"

젊은 이련자가 대방어로 자신이 요동 사람이라 인정하였다. 그 범상치 않은 기개가 왕인은 마음에 들었다. 이런 게 여행하는 재미였다. 닿은 곳마다에서 사람을 사귀는 것. 한 번 만난 사람을 이후 다시 만나지 못할지라도 잠시라도 더불어 시간을 보낼 만한 사람을 만나 어울리고 나면 그는 내 안에 머무는 존재가 되었다.

"아닙니다. 그저 해본 소리일 뿐 그런 것을 알 만한 눈이나 귀가 소생에 겐 없습니다. 사실은 조금 전에 한 지물포에 들어가 구경하다가 책이 많기에 두 권을 샀습니다. 한 권이 초파의 《말갈사》였습니다. 그랬더니 주인장이, 몇 시간 전에 한 젊은 이방의 공자가 똑같이 생긴 책을 사간 것 같다고 했습니다. 그리고 그가 이 대리각으로 가셨을지도 모른다고 했지요. 저는 오늘 같은 책을 만난 인연을 따라 그 이방의 공자를 쫓아온 셈입니다. 여튼 저는 요하 사람입니다."

"아, 요하!"

요수는 고구려와 백제의 영토를 지나 발해로 흐르는 강이었다. 고구려의 도성이 요하의 동쪽에 있어 고구려인은 요동 사람이라 불리고 요수의 하류가 백제의 일부를 지나는 바 요하인은 백제 사람을 의미했다. 고구려, 백제인들이라 하여도 다 알아듣는 말은 아니었다. 양국의 지도가 어찌 생겼으며 어찌 변해 가는지를 알고 있는 사람들만 사용하고 알아듣는 말인 것이다. 전쟁판이라면 적일 수밖에 없는 상대임에 이련자에게도 요하인의 자진 출현은 놀라운 모양이었다. 하지만 그도 미소를 지었다.

"허면 타지에서 두 유랑인이 만난 셈인데요, 한소손, 우리가 무슨 대화를 나눌 수 있으리까? 유랑인들끼리 대륙의 정세를 이야기하기도 멋쩍을 노릇이고요. 그렇다고 아직 읽지 못한 《말갈사》를 논할 수도 없고요."

이련자가 구입한 세 권의 책 중 한 권이 왕인의 《태산수렵관람기》라면 그는 말갈과 백제에 대한 정보를 구하고 있다는 의미였다. 《태산수렵관람기》에는 현 황제 부여부의 십여 년 전 모습이 꽤 소상히 그려져 있었다. 일천 기마병의 위세와 태산의 형세까지도. 이적행위라는 단어가 떠올라 왕인은 웃었다. 이적행위는 곧 반역이고 반역자는 구족(九族)의 씨가 마르는 형을 받는다.

"유랑인에게 이곳이 타지일 뿐더러 위험할 수도 있는 곳이니 정세 이야기는 삼가야지요. 두 사람이 지닌, 하나의 책이 가리키는 나라에 들어와 그 나라의 역사에 대해 논하는 것은 어리석은 일이고요. 그렇다고 더불어 나눌 말이 없겠습니까. 술자리인데요. 술 마시며 술 이야기나 하지요. 우선 한 잔씩 하고요."

왕인이 술맛을 알게 된 건 대방으로 건너온 뒤였다. 자주 마시지는 않으나 필요한 자리에서 너끈히 어울릴 수 있을 정도로는 주량이 늘었다. 왕인이 합석한 뒤로 넉 잔째인 이련자도 주량이 제법 되는지 아직 술기운을 풍기지 않았다. 말짱한 그가 호기심 어린 눈으로 물었다.

"제가 그렇듯 한소손께서도 여행을 많이 하시는 듯한데, 이 차리성을 기점으로 가장 멀리 여행하신 곳이 어디십니까?"

직설적인 질문이었다. 사람을 떠보겠다는 의도가 없지는 않을 것이나 여행지에서 만난 사람에게 쉽게 할 만한 질문을 쉽게 하고 있었다. 쉬운 질문엔 쉽게 대답해야 하는 법이었다.

"저는 엄호수였습니다. 제가 갔을 때는 강이 완전히 언 데다 그 위에 눈이 두세 뼘 높이로 싸여 사막 같더이다. 눈 사막이요. 저 옛날 어느 선인(先人) 앞에 나타났다는 자라 떼는 없었으나 꽝꽝한 얼음 덕에 말을 타고 강을 건널 수 있었습니다."

먼 옛날 동명성왕이 탁리국을 탈출할 제 뒤에서 쫓는 자들이 있었다. 강변에서 발을 구르며 천신께 빌었다. 하늘이시여 이 땅 위에서 쓰시려거든 나를 살리소서, 하자 자라 떼가 시커멓게 몰려들어 부교를 만들어 주었다. 옛이야기를 빌린 한소손의 농담을 알아듣고 이런자가 미소 지었다. 말이 통하는 상대와 만나는 일은 유쾌하고 기꺼웠다.

"저는 아직 엄호수에 가본 적이 없는데, 장차 그쪽엘 간다면 여름에 가야겠습니다. 자라 떼가 나타나는지 보렵니다."

"아니 나타나면 서운해서 어쩌시려고요?"

"나타나지 않으면 구워먹겠다고 강물을 향해 겁박을 해보지요. 강물아 강물아 자라를 내놓아라. 아니 내어놓으면 강물을 말려놓으리라, 하고요."

왕인이 웃다가 재채기를 했다. 가락국의 옛 노래를 빙자한 그의 농담이 어마어마하지 않은가. 노래에 담긴 뜻이 어떻든지 전해지는 가락국의 거북이 노래는 간략하고 단순했다. 거북아, 거북아, 네 머리를 내어라. 네 머리를 아니 내면 구워서 먹으리라.

"엄호수가 지레 마르게 생겼습니다. 거북이 노래 부른 저 진단 남방의 옛사람들이 땅 속에서 일어나게 생겼구요."

"아, 그런가요? 한소손의 농에 답한다는 것이 그만 심해졌나 봅니다. 혜량하십시오."

"여행 이야기를 하는 것뿐인데, 심하시기는요. 이런자께서 가보신, 제일 먼 곳은 어디였습니까?"

"저는 진단 땅의 한수변까지 내려가 보았습니다. 백제국의 도성을 구경했지요."

그가 한성까지 가보았다니. 일고의 망설임 없이 솔직한 그의 말에 왕인은 술잔을 잡으려다 포기하고 웃었다. 손이 떨리는 것을 들킬지도 몰랐다. 왜 손이 떨리는가. 오늘 하루 일신의 위협은 없는데 왜 떨리는가.

"백제국의 도성이 어떻더이까?"

"지난봄에 갔는데, 천지에 꽃이 피었더이다. 한수는 부드러이 흐르고 사방에 산이 그리 많고 높은데도 화사하고 부드러웠습니다. 봄인데도 굶주린 백성들이 그리 눈에 띄지 않았고, 노랫소리가 흔히 들리더군요. 그곳에 사흘쯤 머물렀는데 떠나려는 날 아침에 객점 주변이 술렁이더이다. 그날 태학원 일대에서 각종 시과가 치러지는 날이었던 봅니다. 소생이 머물던 객점에도 시과를 치르기 위해 멀리서 와 있던 학인들이 묵고 있었던 거지요. 그들이 태학원으로 몰려가느라 술렁였던 겝니다. 아, 고구려에도 태학이 있음을 아실 터입니다. 헌데 시과제도는 없지요. 소문으로만 들었던 시과가 어찌 치러지는가 궁금하여 학인들을 좇아 백제국 학문의 요람인 태학원으로 가보았지요. 과장에는 들어가지 못했어도 작금 백제국 융성의 근원을 그곳에서 발견했습니다. 보기에 참 좋더이다."

이련자는 한소손에게 한성에 가보았냐고 묻지 않았다. 상대에게 거짓말을 시키지 않으려는 그의 사려가 깊었다. 왕인은 자신의 속이 왜 떨리는지 알 것 같았다. 그가 고구려의 이련자이고 자신이 백제의 한소손이기 때문이었다. 왕인은 결국 백제인인 것이다. 미구에 적국의 우두머리로 떠오를 그가 높고 깊고 넓음에 백제인으로서 떨리는 것이었다.

"그래서 그날 그곳을 떠나오셨나이까?"

"아, 그날 오후에 많은 백성들이 신궁 구경을 간다 하여 저도 그들을 좇아 신궁엘 가보았어요. 고구려에도 신궁이 있는 바 백제국의 신궁은 어떠한가 궁금하여 가본 겝니다."

"두 신궁이 비슷하더이까."

"같은 신을 모시는지라 비슷할 거라 여겼던 백제신궁은 제 예상과 반대로 완연히 달랐습니다. 백제신궁이 훨씬 화려하더이다. 고구려신궁은 검은색과 짙은 붉은색과 황색을 많이 썼는데 백제신궁은 주로 흰색과 연한 갈색으로 이루어져 있었어요. 검은색은 기와뿐인 듯하고요. 기와도 검은 빛이라기보다 회색에 가까웠지요. 그야말로 고색창연하더이다. 고구려신궁의 외양의 색채가 훨씬 강렬한데, 왜 백제신궁이 화려해 보이는가 잠시 생각해 봤지요."

"기풍 탓도 있겠으나 기후에 따른 차이겠지요?"

"맞습니다. 백제신궁이 자연색으로 치장할 수 있는 까닭은 기후에서 비롯된 듯했습니다. 헌데 그 자연색 덕분에, 물에 붉은색이 비치면 물이 붉어지듯, 신궁을 둘러싼 자연의 색이 신궁을 화려하게 만들고 있는 것 같았습니다. 그리고 신궁 사람들과 백성들이요. 신녀들의 춤을 우러러 보며 숨을 죽이는 그들이. 저도 그 자리의 백성들과 꼭 같이 홀려서 신녀들의 춤을 보았습니다. 지상에서 가장 아름다운 것은 사람의 몸놀림, 여인들의 춤이 아닐까, 여겼지요."

이런자와 한소손이 서로의 중간지역에서 신분을 감춘 채 여행자로서 나눌 이야기의 소재는 무궁무진할 터였다. 모든 이야기를 다 할 수도 있을 상대였다. 다만 설요에 대한 말을 그로부터 듣고 싶지는 않았다. 왕인은 고개를 끄덕이며 화제를 돌렸다.

"그다음에는 어느 곳으로 가셨는지 몹시 궁금합니다만, 참아야겠지요?"

그도 웃으며 고개를 끄덕였다.

"참아야겠지요, 무수한 이야기들을. 우리 술 얘기를 하려던 참이었지요?"

"맞습니다. 제가 처음 마신 술은 열일곱 살 때 부친으로부터 받은 술잔이었습니다. 그때 부친께서 네가 다 자랐으니 아비가 주는 잔을 받아라, 하시었어요. 다 자랐다는 말씀이 참 기꺼웠지요. 하지만 그때 마신 술은 뜨거웠습니다. 모골이 송연할 정도로 독하더이다. 이련자께서는 언제 술을 처음 드셨습니까?"

"저도 열일곱 살에 처음 마셨습니다. 두 해 전 요맘때였지요. 제가 모친께 저녁 문안을 들었는데, 마침 술을 들고 계셨습니다. 사뭇 취하신 모친께서 아들인 저를 반기시며 너도 한 잔 하여라, 하시더군요. 그 술이 몹시 쓰더이다. 하지만 모자간에 주거니 받거니 꽤 여러 잔을 마셨습니다. 마시며 모친께서 자주, 홀로 술을 드신다는 걸 그날 알게 되었지요. 여인들의 삶에 대해 처음으로 생각게 된 날이기도 하고요. 그날 모친께서는 다시 태어나고 싶지 않다고, 다시 태어나야 한다면 계집이 아니라 사내로 태어나고 싶다고 하셨습니다. 사내로 태어나시면 무얼 하고 싶으신가 여쭈었더니, 뭐라셨는 줄 아십니까."

"어머님께서 어찌 말씀하시더이까."

이련자가 왕인을 가만히 쳐다보았다. 그 눈빛이 거믄골의 우물만치나 깊었다. 거믄골의 호천려. 세 해 전 본국에 갔을 때는 떠났을 때 모습 그대로 있기는 하였다. 경황없이 떠나 흐트러져 있었을 집 안팎이 안온하게 정리되어 있었다. 호금 신녀가 돌보는 것이려니 여겼고 여우샘집에서 잤다. 설요에게 기별하지 않았으므로 그를 기다리지 않았다. 아니 기다렸다. 고천원 일대에 왕인이 나타나면 그 기운을 느낀다던 설요였으므로 혹여 그가 오지 않을까, 그곳에 묵던 밤마다 대문 쪽에 귀를 기울였다. 설요가 왕인의 기운을 느끼고도 오지 않은 것이었던지, 혹은 느끼지 못하는 것이었던지 그는 오지 않았다. 그래서 왕인은 자신이 그를 기다리지 않았다고 믿었다.

"말씀하시다 말고 왜 저를 그리 쳐다보십니까."

"한소손께서 어머님이라 하시니 어머님이 맺혀서요. 그날 제 어머님께서는 다시 태어나면 반드시 사내로 나서 사내라는 족속들에 대해 알아보고 싶다고 하시더이다. 만날 싸우거나 싸움을 준비하고, 보이는 계집마다 건드려 풍파를 일으키는 사내들에 대해서요. 모친께선 지아비이신 저의 부친을 염두에 둔 채 하신 말씀이셨겠지요. 참고로 저는 형제가 열하나입니다. 한소손께서는 형제가 몇이나 되십니까?"

열아홉 살인 그에게 형제가 열한 명이라는 것은 그의 부친에게 부인이 서넛쯤 된다는 뜻이었다. 그의 모친이 이따금 홀로 술을 마시며 여인임을 한탄하는 것도 그때문인 것이다.

"저는 손위누이 하나와 아우 하나가 있습니다. 헌데, 삼형제의 어머니가 다 다르지요."

인의 말에 이런자가 씩 웃으며 물었다.

"한소손의 자제는요?"

"저는 아직 자식이 없습니다. 제가 아는 바로는요."

219

인의 농담을 뒤늦게 알아들은 이련자가 또 웃음을 터트렸다.

"이련자께서는요? 혼인을 하셨습니까?"

"작년 가을에 혼인하였습니다. 아직 자식이 없지요. 제가 아는 바로는 요."

대구를 지어 이어진 농담에 웃음이 연신 터지는데 서비구가 주문한 꿩 고기와 술이 와 탁자에 놓였다. 앞서 이련자가 받아놓은 양고기가 거의 그대로 있는 상태였다. 왕인은 새로 온 술병의 술을 따라 이련자에게 건넸다. 그 잔을 이련자가 마시고 스스로 잔을 채워 왕인에게 건네며 말했다.

"아까 한소손께서 두 권의 책을 구입하셨다 하셨는데, 저는 세 권을 샀습니다. 초파의《말갈사》와 왕인의《태산수렵관람기》와 고흥의《백제서기》였습니다. 한소손이 구입하신 책은《말갈사》와 무엇이었습니까."

아차 싶은 왕인이 웃고는 대답 대신 술을 마셨다. 이련자 앞에서《목지형검주조연사》를 내보이고 싶지 않았다. 하지만 솔직하게 털어놓는 그 앞에서 얘기를 하지 않음은 자연스럽지 못하거니와 예의도 아니었다.

"저자가 나와 있지 않은 고서였습니다. 고문으로 쓰여 읽을 수 있을지도 의심스러웠습니다만 가죽으로 만들어진 책이라 욕심이 나 샀지요.《목지형검주조연사》라는 책입니다."

그도 아차 싶은지 잠시 어색한 미소를 지었다. 왕인은 그의 어색함과 자신의 난처함을 무마하면서 또 잔에 술을 따라 그에게 건넸다. 그는 술잔을 받아 내려놓았다.

"한소손,《목지형검주조연사》를 얼마에 사셨습니까. 제가 그 열 배에 해당하는 값을 쳐드리겠습니다. 제게 파시렵니까."

"이거 왜 이러십니까. 아직 손때도 묻혀보지 못한 책입니다. 여행지에 이르면 책방 먼저 들르기는 저나 이련자가 비슷이 지닌 습성인 듯한데, 책한 권 구했을 때의 기쁨을 이련자께서도 모르시지 않을 터인데, 갑자기 사람을 책장수로 만드십니다그려?"

고구려는 육십여 년 전에 연나라와의 전쟁에서 도성을 도륙당한 적이 있었다. 고구려 전쟁 사상 가장 큰 패배였을 그때 고구려는 평양성 내에 있던 국서고(國書庫)를 잃었다. 사백여 년간 쌓인 기록이 그때 다 사라졌다고 했다. 하지만 요동공자가 책 욕심을 부리는 까닭은 그 국서고 복원을 위한 것만은 아니었다. 《목지형검주조연사》이기 때문이었다.

"결례를 드렸습니다만, 한 번 더 청하겠습니다. 백 배로 쳐 드리겠습니다. 제게 넘기십시오."

"그건 불가합니다, 이련자. 넘겨드릴 수는 없으나 잠시 구경은 시켜드릴 수 있습니다."

이련자가 씩 웃었다.

"몹시 욕심이 나나 하는 수 없지요. 구경으로 만족하겠습니다. 보여주십시오."

두 사람의 앞의 고기들이 거의 손도 대지 않은 채였다.

"이련자와 저 둘이서는 이 음식들을 다 먹지 못할 것 같군요. 저는 수하가 제 뒤의 호위와 더불어 열한 명인데, 이련자께서는 몇이나 되십니까?"

"저는 제 뒤의 두 사람과 아울러 스물 둘입니다. 책 보여 주신다더니 그건 왜 물으십니까?"

"이 거리 초입에, 지금은 어떤지 알 수 없으나 아끼는 손님이 하나도 없이 한적해 뵈는 객점이 있더이다. 그쪽으로 자리를 옮김이 어떠하오리까. 이미 성문이 닫혔는 바, 객들인 우리는 새벽이나 되어야 움직일 수 있지 않겠습니까. 그렇다면 오늘 밤 우리가 할 일이 먹고 마시며 놀다 잘 일뿐인데, 수하들도 먹이며 같이 놀자는 것이지요. 팔씨름이라도 하면서요. 책 구경이야 그 틈에 잠깐 하시면 되실 것이고요."

"팔씨름이요?"

"이 밤에 우리가 경서를 논하겠습니까, 정세를 논하겠습니까. 그렇다고 낯선 곳에서 만난 유랑인들끼리 칼 부딪치는 소리를 내며 무술 시합을 하겠습니까. 당장에 이 성 성주의 군사들이 쫓아올 텐데요. 팔씨름쯤이 격에 맞지요. 아! 이련자께서는 무술을 좀 하십니까? 저는 맹탕입니다."

몇 잔 마신 터수인지 이련자의 웃음이 잦았다.

"제가 호위를 달고 다니는 까닭이 뭐겠습니까? 제 한 몸 건사할 능력을 못 갖춘 탓이지요. 가시지요, 한소손. 그 한가하다는 객점으로 가서 수하들에게 팔씨름이든 벅수치기든 시켜보지요."

"고구려에도 벅수치기 놀이가 있습니까?"

"고구려와 백제가 한 뿌리에서 났는데 같은 놀이가 없겠나이까? 아, 그런데 여기 술값은 의당 제가 내겠습니다만, 이제 갈 곳에서의 비용은 한소손께서 내셔야 할 터인데, 어쩝니까? 양쪽의 수하들을 다 먹이고 재우자면 그 금액이 만만치 않을 것을요?"

"제가 청한 것이니 마땅히 제가 내야지요. 그 자리를 감당할 만한 능력은 됩니다. 허나, 그리하면 또 무슨 재미가 있겠습니까? 벅수치기든 가위바위보든 판을 벌여서 지는 쪽이 감당키로 한다면 그 재미가 배가 되지 않겠습니까? 이련자의 사람이 저의 사람보다 곱절이 많으시니 이련자께서 불리하실 것도 없고요."

서비구는 돌아가는 판세에 한숨을 쉬면서 건너편에 시립해 있는 이련자의 두 호위를 바라보았다. 그들도 저희 상전의 하는 짓이 자못 심란한지 체머리를 흔들다가 서비구와 눈이 마주치자 쑥스러운 듯 웃었다. 날마다 붙어살아도 때로 안개 속인 양 알 수 없는 상전들의 심사이고 머릿속이었다. 《목지형검주조연사》가 뭐기에 이련자는 책값의 백 배를 줄 테니 팔라 하고, 또 한소손을 고개를 젓는가. 목지형검에 관한 전설이야 백제뿐만 아니라 대륙 어느 곳에나 떠도는 이야기였다. 목지형검은 칠지도이고, 칠지도는 목지형검으로 만들어지기 오래전부터 각 나라 임금들이 흔히 사용하는 상징물이었다.

두 상전이 일어나 십년지기인 양 나란히 마당으로 나갔다. 이련자의 호위 중 흑두건이 은전 몇 냥을 대리각 하종에게 쥐어주고는 따라 나갔다. 서비구도 그의 뒤를 따라 마당으로 나섰다. 인근에 흩어져 있던 양쪽의 호위들이 자신들의 주인들을 발견하고 모여들다가 마구 뒤섞이게 된 상황을 깨치고는 각자의 대장들에 시선을 모았다. 서비구는 우무로에게 남방루로 갈 것이니 길을 열라고 신호했다. 이련자의 호위대장은 대리각 안에서 왼편에 서 있던 푸른 두건인 것 같았다. 그도 자신의 수하들에게 남방루 쪽을 가리키며 길을 열라는 수신호를 했다. 그의 손짓을 살피던 서비구는 불현듯 스치는 아찔한 느낌에 새삼 이련자의 호위대장을 바라보았다. 서른 살쯤 되었을 것 같고 무술은 한 경지에 이르렀을 것 같은 고요함을 몸에 담고 있었다. 그건 호위무사로서 그럴 법했다. 그런데, 이련자를 향한 그의 몸가짐은 어쩐지 부자연스러웠다. 서비구가 왕인을 섬기는 품새에 비한다면 이련자를 받드는 그의 품새는 극도로 절제된 조심스런 것이었다. 생사고락을 함께하는 주인과 수하는 때로 경계가 허물어지기도 하는 법인데 그의 주인 섬김에는 경계가 너무 뚜렷했다.

두 상전은 주변에 아무도 없는 듯 우스갯소리를 해대며 건들건들 걷고 있었다. 이련자의 호위대장의 움직임은 미풍인 양 부드럽다. 하지만 제 주인의 걸음에 걸림돌이 될 만한 무엇이 나타나지 않을까 극도로 경계하고 있었다. 그 몸짓에 배인 기상이 미행 나선 황제 호위대장에 못지않았다.

뭐지?

서비구는 고개를 갸웃했다. 백제황제 부여부가 미행을 나설 시면 그의 측위대장 막설이 저와 같이 움직였다. 고구려의 태왕 어지지의 미행에도 막설과 같은 호위대장이 은밀하게 따르는 기백 명의 호위대를 저와 같이 움직이며 상을 보호할 것이었다. 황제나 태왕에 준하는 호위를 받는 사람들이 태자들이매 태자들의 호위대장도 이련자의 호위대장 푸른 두건과 같을 터이지. 그렇게 속으로 뇌까리던 서비구는 퍼뜩 떠오른 한 이름에 아, 탄성하며 전율했다. 열아홉 살의 요동공자 이련자! 이련은 요동공자 자신의 이름이 아니라 고구려 어지지왕의 또 다른 이름이었다. 그러니 이련자는 이련의 아들이라는 뜻이고, 그는 곧 어지지왕의 태자 담덕을 가리키는 것이었다.

하느님 맙소사!

서비구는 주변을 힐끗 돌아보았다. 담덕의 측위들은 주변에 있지만 성 밖에는 태자호위군이 진을 치고 있을 것이다. 혹은 조의들이 인근에 포진하고 있을지도 모른다. 왕인은 이련자라는 이름을 듣는 즉시 요동공자가 누구인지 알았을 터였다. 왕인은 주변국의 왕들은 물론이고 조정신료들, 각 성의 성주들에 대한 정보를 세세히 꿰고 있었다. 한번 보고 들은 것을 잊는 법이 없는 그이므로 당연히 어지지왕의 다른 이름이 이련이라는 것을 기억하고 있었을 것이다. 그런데 이리 태연히 어울릴 수 있단 말인가.

여드레 후에 도곤성을 치게 될 터인데. 어쩌면 요동공자도 밝알성에서 은밀히 진행되는 전쟁 준비를 감지했을지 모르는데. 그래서 도곤성으로 가는 중일 지도 모르는데, 이래도 되는 것인가. 서비구가 의혹에 시달리든지 말든지 열한 명의 무절들을 거느린 비류군과 스물두 명의 조의들을 거느린 요동공자는 십년지기인 양 건들거리며 남방루로 들어서고 있었다.

백제인

일만의 대방군과 삼천의 밝알성군과 삼천의 불함성군이 연합한 백제군의 전력 앞에 도곤성은 반나절 만에 무너졌다. 수차례 항복을 권했으나 성주 부례가 불복하였으므로 도곤성군 팔백여 명이 죽고 천여 명이 다쳤다. 성주 부자를 생포하여 감금하고 주검들을 분류한 것으로 도곤성 전투가 일단락되었다.

"성주 일족에 관한 처결은 내일 하겠습니다. 현재 부상자를 합친 포로가 이천여 명입니다. 내일부터 포로들 중 이 도곤성에서 순순히 백제의 백성으로 살아가려는 자와 곱게 백제의 백성이 되고 싶지 않은 자들을 가려내야 할 터이니 진가모 상장군께서 그 일을 처결하여 주십시오. 순순히 백제 백성으로 살고자 하는 포로들은 그냥 살게 하고 성주를 좇아 불응하는 자들은 전리품으로 위례성으로 송치합니다."

"예, 대장군."

"우군장 두지께서는 밝알성군과 불함성군이 내일 아침에 철군할 수 있도록 그들을 도와주십시오."

"예, 대장군."

"좌군장 계역께서는 성 안팎의 치안에 힘써 주시고 관내 백성들을 안돈시켜 주십시오."

"예, 대장군."

"그리고 이미 명을 내렸으나 다시 한 번 황상 폐하를 대리하여 명합니다. 우리가 이 도곤성을 점령하였으매 이 성은 우리 백제의 성이며 성민은 우리 백제의 백성입니다. 군은 백성을 보호해야 하지요. 때문에 이 도곤성에서 어떠한 약탈, 약취 행위도 일체 금합니다. 여러 장군들께서는 그 점을 명심하시고 기강을 잡아주시기 바랍니다. 우리 군은 새로운 성주가 결정되고 이 도곤성이 안정될 때까지, 당분간 여기 머물 것입니다. 각자의 진영으로 가시어 정리하시고, 내일 아침 진시에 다시 뵙겠습니다."

대장군 취운파의 선언으로 마침내 도곤성 전쟁이 끝났다. 진가모와 두지와 계역를 비롯한 장군들과 부장들이 물러갔다. 대장군 취운파의 임시 군영이 된 성주의 저택 객관에는 취운파와 그의 측위대, 왕인과 그의 호위들만 남았다. 왕인은 주로 취운파와 함께했다. 정식 직함은 없으나 대장군 취운파가 벌이는 전쟁의 시작부터 끝날 때까지 그의 진영에 있었다.

"저도 물러가오리까, 대장군?"

"쓸데없는 말씀 그만 하시고 비류군, 앉으세요. 보아라. 술 좀 들여다오. 측위들도 물러가 한숨들 돌리도록 하라."

두 사람의 측위들이 물러나자 대장군의 시위들이 준비해 두었던 술상을 차려냈다. 술과 양고기가 올려져 있을 뿐인 간단한 술상이었다. 전투에

서 승리한 뒤 대개 요란한 술자리를 벌이지만 취운파는 그걸 몹시 싫어했
다. 취운파가 시위들도 물러가게 했다. 왕인이 일어나 그의 잔에 술을 따
라놓고 스스로의 잔을 채웠다.

"어렵잖은 전투였는데, 그에 비해서는 인명 손실이 많았지?"

취운파는 왕인과 단둘이 있을 때면 백제말을 사용했고 반말을 했다.

"예. 이 도곤성이 어째 그리 대비가 없었는지, 어쩐지 허방을 짚은 듯합
니다. 왜 평양성에서 이 도곤성에 대한 방비책을 만들어두지 않았을까
요?"

취운파와 함께 있을 때 왕인도 사사로운 연분에 따라 말했다.

"어지지왕의 환후 탓이겠지. 왕의 병이 심각하다 여겨지는 순간부터
국내 정세가 시끄러워지는 법이잖아. 후계가 명백히 세워져 있어도 그 자
리를 넘보는 자들은 있기 마련이고. 때문에 작금 저들의 척후력이나 기동
력이 우리가 예상했던 만큼은 못 되었던 것이지."

여드레 전 저들의 태자 담덕을 만났음을 왕인은 발설치 않았다. 그를 그
저 우연히 스쳐간 젊은 요동인이라 치기로 했다. 담덕도 그날 밤의 한소손
을 하룻밤 어울린 백제인으로 칠 것이었다. 하지만 아무 생각 없이 그저
팔씨름만 하며 놀고 마시다 그냥 이웃 방에서 잠들었던 것은 아니었다. 쉽
게 잠들기 어려웠다. 젊은 담덕은 부황의 환후에도 불구하고 대장정을 강
행하고 있었다. 그게 무슨 의미일까. 고구려 남쪽 변방에 접한 지역을 돌
고 있는 그에게 말갈의 차리성은 대장정 중에 머무른 한 곳이었을 뿐이었
다. 한성까지 다녀왔다지 않은가. 그렇다면 그의 향후 장정에 한성이 들어
있다는 뜻이 아닐까. 말갈의 북쪽 지역 태반은 이미 고구려의 속령이었다.
본국백제 위쪽에 있는 말갈은 나라라기보다는 부족들이 독자적으로 존속

하고 있었다. 백제가 불함성을 피 흘리지 않고 점령했듯이, 담덕이 즉위한 뒤 말갈의 남은 영토를 점령하기로 작정한다면 거의 무혈입성을 할 것이었다. 아니 그는 이미 작정했음이 분명했다. 그는 자신의 즉위 이후를 구상하며 자신의 영토와 국경들을 돌아보고 있는 것이었다. 말갈의 호로고루성에서 한성까지는 말로 달린다면 사흘 길이었다. 군대가 움직여도 대엿새면 닿을 수 있는 거리였다. 고구려가 말갈의 부족들과 연합하거나 점령한 뒤 백제를 향해 움직인다면 한성이 함락될 수도 있는 것이다.

"어쩌면요, 대장군. 고구려가 이 도곤성을 지레 포기한 것은 아닐까요?"

"그게 무슨 말이야?"

"근자의 고구려 조정이 전쟁을 치를 만한 여력이 없노라고 연막을 치는 듯 보인다는 것이지요."

"대대적인 정벌을 위해 지금은 웅크리는 것이다?"

"그렇지 않다면 도곤성이 이렇게 허술할 까닭이 있겠습니까. 우리 백제도 그렇지만 고구려의 정보력도 중앙군에 있습니다. 끊임없이 정보를 모아들이고 분석하고 예견하면서 일이 터질 만한 사안을 각 성에 전달하고 조정하지요. 그런데 이번에 고구려 중앙에서는 도곤성에 어떤 작용도 하지 않았습니다. 고구려 중앙군과 도곤성 사이에 아무 연통이 없었기에 도곤성주가 끝까지 항거한 것 아니겠습니까."

"연통이 있었더라면 일찌감치 거짓 항복하여 제 병사들을 지켜냈을 것이라고?"

"그러했지 않겠습니까?"

"하지만 고구려 중앙군에서 도곤성에 아무런 언질을 하지 않은 것은 밝알성에서 진행된 전쟁 준비를 감지하지 못한 것일 수도 있지. 처음부터 전세가 당치 못함을 깨쳤을 도곤성주가 항복치 않은 것은 그 자신의 신념이었거나 어리석음 때문일 수도 있고."

"항복하면 명목상으로 영토의 주인이 달라진다고는 해도 그 자신은 성주로서 지금까지와 다를 것 없이 살고, 자신의 백성들 일부라도 잃지 않았을 겁니다. 그런데 그가 죽음을 선택한 까닭이 뭘까요. 그걸 정의로운 신념이라고 볼 수 있을까요?"

"정의로운 신념? 세상에 정의로운 신념이라는 게 있을까? 아니 정의로운 신념이라는 말이 성립되기는 하나? 내가 믿는 게 다른 이들에게도 선하게 작용하리란 보장이 없는데? 그러니 누군가에게는 어리석어 보이는 그의 선택이 그 자신에게는 필연적인 것이었을 것이라 짐작해 볼 수밖에 없겠지."

"그가 이만여 백성을 거느린 성주인 바 그의 선택은 그 자신의 필연을 좇아서는 안 되는 게 아닙니까?"

"내가 그 상황에 빠진다면 어떨지 자신할 수 없지만 역지사지, 내가 도곤성주라면, 나도 백기 흔들며 백제임금의 신하가 되겠노라 오체투지하기 싫을 것 같기는 해. 정의고 신념이고 입장이고 간에, 누가 막무가내 쳐들어와서 항복하란다고 항복할 수는 없을 것 같거든. 나의 힘이 확연히 약해 싸우면 죽을 수밖에 없다고 해도 말이야. 그대는 자신할 수 있나? 자신의 고집, 자존, 필연 등을 다 무시하고 그대의 이구림을 위해 항복할 수 있어?"

자신 있는가. 취운파가 대놓고 물으니 왕인은 대답하기 어렵다. 내 생각은 명백하다고 우길 만한 자신이 없었다. 싫어도 할 수밖에 없는 일이 얼마든지 있다는 걸 알기 때문이었다.

"사실 저도 모릅니다. 어떤 게 옳은지, 옳은 것이 정녕 옳은지, 그른 것은 정녕 그른지. 수시로 헛갈리거든요."

취운파가 하하 웃었다.

"어쨌든 사루왕인, 그대가 지금 옥방에 있는 성주라면 어떨 거 같아? 아니 도곤성주를 예로 들 필요 없이 그대의 열일곱 살 때 이구림에서 그대가 벌였던 전투를 떠올려보아. 혹시라도 항복하여 그대 백성들의 목숨을 하나라도 더 건지자는 생각을 해보았던가? 황실에 이구림을 바치고 황실 영지 백성들과 같은 노예 상태로 살 생각, 찰나간이라도 했어?"

"그때는 애초에 협상의 여지 같은 것은 없었습니다. 그때 진씨들은 이구림을 아예 몰살시킬 작정으로 쳐들어온 것이었으니까요. 오늘 도곤성주에게는 협상의 기회가 얼마든지 있었고요."

"모든 전쟁에는 애초 적에 대한 몰살이 전제되어 있는 법이야. 협상과 타협은 그 전제에서 생겨나는 전술의 한 가지인 것이고. 여튼 그때 협상의 여지가 있었더라면 그대는 협상을 했을 것 같은가?"

"그것도 모르겠습니다."

취운파는 카카 웃고는 술을 들이켰다. 성주도 제왕도 꿈꿔본 적 없고, 그와 같은 자리를 맡아야 할 책임이 없는 것은 얼마나 다행한 일인가. 언제라도 벗으면 그만인 옷을 걸치고 사는 건. 취운파의 본향인 광릉성은 대륙백제의 남단에 있었다. 장형인 취관후가 태수이고 조카인 취손하가 그 후계였다. 취운파의 형제들이 많으나 그들은 광릉성 관내의 자그만 성들에서 각기 성주 노릇들을 하며 자신들의 영지를 가꾸어 나갔다. 취운파는 손바닥만 한 영지도 갖지 않았다. 왕인은 제 부친 사기가 그러했듯 저 옛날 마한 구해국의 그늘을 벗지 못하고 있었다. 그들이 벗지 못한 그늘이 그들을 안주하지 못하게 내몰았다. 백미르처럼 아예 피가 식어 버렸더라면 어땠을지. 부여부를 황제로 만들어놓은 그는 이만하면 됐다고 스스로에게 선언했다. 그리고 이구림으로 귀향해 버렸다. 월나악 골짜기와 봉우리를 느린 듯 가벼이 걸어 다닐 그를 떠올리노라면 취운파의 몸 어딘지가 저렸다.

낮에, 항복치 않겠다는 성주를 옥방에 가두라 명할 때, 내일 그와 그의 일족을 베는 것으로 하루를 시작하게 되리라 싶을 때, 취운파도 백미르와 같은 생각이 들었다. 이만했으면 그만할 때가 되지 않았나. 마흔두 살의 취운파가 열다섯 살 무렵부터 참여한 전쟁에서 스러진 목숨이 십만은 될 것이었다. 젊을 때는 전투가 좋았다. 아무 생각 없이 주어진 마당에서 허깨비처럼 춤출 수 있었다. 나이 들면서 그게 재미있지 않았다. 대체 내가 뭘 하고 있는 것인가, 싶은 생각이 가끔 찾아들었다. 그런데 자신이 마흔 살이 가까워서야 하기 시작한 그 회의를 사루왕인은 스무 살이 되기 전부터 했다. 앞으로도 계속할 것이다.

"술이나 마셔, 사루왕인. 만날 머리를 굴리고 가슴을 쥐어뜯어도 결론 나지 않을 일이 전쟁이잖아. 오늘 우리가 한 전쟁을 끝냈으되 차리성을 칠 계획은 이미 세워져 있고, 세상 곳곳에서는 임금이란 위인들이, 그 주변의 신하란 자들이 이 시간에도 전쟁을 준비하고 있지 않아?"

열아홉 살의 이련자 담덕과 남방루가 들썩이도록 웃으며 놀다가 이웃한 방에서 자고 아침을 함께 먹었다. 아침 식사 뒤 헤어질 때 왕인은 그에게 농담인 양 어디로 향할 것인가 물었다. 그는 일 년 가까이 떠돌아 다녔으므로 이제 집으로 갈 것이라 했다. 두 사람이 나눈 말들 중에 하지 않은 말들은 있을지라도 거짓은 없었다. 거짓말이 필요치 않는 대화들만 나누었거니와 서로 거짓을 말할 성정들도 아니었다. 하룻밤 십년지기처럼 호탕하게 어울렸으되 동무가 되자는 헛된 말도 서로 하지 않았다.

　─무사 안녕을 빕니다.

　그 한마디씩을 서로 나누고는 뒤돌아보지 않고 헤어졌다. 그는 일 년 가까이 떠돌아다녔다. 그가 말하는 집이 평양성이라면 벌써 돌아갔을 것이고 저 요동 땅 한가운데의 환인성이라면 아직도 돌아가는 중일 터이다. 어쨌든 그는 장차 태왕이 될 사람이니 전쟁을 준비하게 될 것이었다. 임금이 되지 않을 왕인 스스로도 전쟁을 준비하고 있었다. 어디에서 무슨 일을 행하건 그건 결국 전쟁 준비였다.

　"아저씨."

　"왜."

　"아저씨는 아저씨 자신을 백제인이라 느끼십니까?"

　"그게 무슨 말이야?"

　"저는 최근에 차리성에 들어갔다가 내가 백제인이라는 걸 처음으로 느낀 듯해서요."

　"그전까지는 이림인이었을 뿐이라는 것이지?"

　"예."

　"이제 백제인이라는 걸 느낀 기분이 어떤데?"

　"잘 모르겠어요. 혼란스러운 듯도 하고요. 이구림만 지키면 될 것 같다가 백제도 지켜야 할 것 같이 오지랖이 넓어진 기분? 썩 유쾌하지는 않습니다."

　웃고 난 취운파가 술잔을 비우고 내려놓았다.

"나는 스물한 살 때 한수만 백제분지에서 한 이림인을 만났어. 그를 만나기 전까지 나는 광릉인일 뿐이었어. 그가 좋아서 그를 따라 이림에 갔고 그 이림인을 위해서 나하고는 아무런 은원이 없는 백제인을 열댓쯤 아무 생각 없이 죽였어. 그런데 기묘하게도 내가 백제인이라는 걸 그때 느꼈어. 그 이림인이 백제인이라서 나도 백제인이 되었고 그 백제인이 무절이라 해서 나도 무절이 되었어. 이후 나는 백제인이야. 내가 백제에서 백제 사람들과 살고 있기 때문이지."

"그게 그리 간단해도 되는 것인지 의문이라는 것이지요."

"사람마다 자신이 어디에 속해 있는지를 깨닫는 계기가 각기 다를 것이야. 그대가 이제야, 이림일 뿐만 아니라 백제인이라는 걸 느꼈을지라도 그대는 이미 백제인이었던 게지. 거개의 사람들이 그러하듯이 이미 백제인이므로 백제인으로 사는 거야. 월나악의 백미르가 무절이어서 그의 조카가 무절이 되었듯, 다른 사람, 다른 나라 사람들도 인연 따라 살겠지. 일찌감치 자신의 소속이 어딘지 스스로 느끼고 애정을 갖는다면 그 자신에게 좋을 것이고. 아니 좋은 건가? 그건 확언할 수 없구먼."

"그러니까 아저씨는, 월나악의 백미르처럼 무적자(無籍者)이신 게지요."

"그렇다면 자신이 이제야 백제인이라는 것을 깨달았다는 비류군도 무적자이겠군?"

"그럴지도 모르지요. 아니 그럴 겁니다. 헌데, 우리들이 무적자들이라면 우리가 무절인 까닭은 무엇일까요? 아니 모든 무절들이 무절로 사는 까닭이 뭘까요? 그냥 문사, 무사로 범부로 살아도 될 것이매, 왜 무절이 되고 싶었으며, 무절 되었음에 기꺼워하였고, 평생 무절로 사는 것이죠?"

왕인은 위례성 무절수인(武節守人)인 회보의 휘하에서 무절에 입문하였다. 회보는 위례성 수비대장으로 재직하면서 휘하에 칠백여 명의 무절을 두고 있었다.

"그런 것은 이 사람아, 그대 같은 학인이 생각해야지, 나와 같은 단순한(單純漢)에게 물으면 안 되는 거 아닌가. 나는 그런 거 생각하기 싫어."

"생각하기 싫다! 말씀하시는 게 백미르와 어찌 그리 똑같으신지요. 하지만 하실 생각은 다 하시는 거 압니다. 말씀해 보십시오."

"명분 때문이 아니겠어? 대체 누굴 위해, 뭘 위해 사는지, 싸우는지 모를 때, 오직 목숨만 부지하기 위해, 혹은 호위호식하며 살기 위해서만 산다고 하면 재미없지 않아? 그런 자에게 무절이라는 소속과 널리 사람을 이롭게 하리라는 명분과 목적과 의미가 생기니 재미있는 것이잖아. 무슨 짓을 해도 사람을 위한 것이라 합리화할 수도 있고. 우리 무절들이 그렇듯 고구려의 조의들도 그럴걸? 각자의 환상을 끌어안고 착각 속에 사는 것이지."

"생각하기 싫으시다더니 아주 냉정한 생각을 하고 계셨습니다."

"내가 그대의 생각을 맞춘 모양이지?"

그랬다. 명분과 의미가 필요해 왕인도 무절이 되었다. 하지만 무절이 되었어도 전쟁과 죽음에 대한 명분이 채워지지는 않았다. 전쟁 가운데서 펼쳐진 현실은 고스란히 남았다.

"맞습니다. 저도 그와 비슷한 생각을 합니다. 그렇지만 다 수긍이 되지는 않습니다. 그와 같은 명분이 우리가 하는 전쟁을 정당화시킬 수 있는지, 저는 모르겠습니다."

"나도 모른다. 해서 언젠가 그님을 찾아가서 한번 여쭤볼 생각이야. 널리 사람을 이롭게 한다는 명분이 전쟁을, 전쟁을 통한 살생을 정당화해 주는 거냐고."

"어떤 분이 그에 대한 대답을 해주실 수 있는데요? 저도 한번 찾아뵈렵니다."

"무절선인 말이야. 신궁 성하."

아, 그님! 왕인은 말문이 막혔다.

"어느새 칠 년 전인가. 밝실 사람들 칠 때 신궁무절들도 함께 움직였잖아. 그때 미하수라는 무절이 신궁무절들을 이끌었지. 그런데 그대는 신궁 성하를 뵌 적이 있지 않나?"

"뵈, 뵈었지요."

"아, 지금의 선인께선 그대가 뵈었을 선인과 다른 분이겠구나. 더구나 그때 그대는 무절도 아니었고. 여튼 나도 선인을 뵌 적이 없지. 이따금 한 성에서 선인을 뵙고 왔다는 무절들 얘기를 듣고 있으면 그들은 우리와 같은, 아니 그대와 같은 갈등이나 의혹이 없는 듯했어. 원래 없었든지 선인을 뵙고 나서 없어졌든지. 꼭 한님, 하누님을 뵙고 온 위인들처럼 편해 하더라고. 해서 나도 이번에 한성에 가면 필히 그님을 찾아뵐 참이야."

"쉽게 뵐 수는 있답니까? 신궁 성하를 한번 뵈려고 날마다 수백의 백성들이 신궁 앞에서 진을 친다고 들었는데요."

"그렇기는 해도 무절이라는 것을 알리고 청원하면 오래 기다리지 않아도 된다지 않아?"

인도 그렇게 듣기는 했다. 무절이라도 무슨 패가 있는 게 아니고 몸에 신궁무절들과 같은 각인이 있는 것도 아니지만 자신이 어느 곳의 어떤 무절수인의 휘하에 있는지 알리고 청하면 선인을 뵐 수 있다고 했다. 무절수인들이 매년 무절본산인 신궁에 휘하 무절들의 신상을 보고하기 때문에 신궁에서는 전국 무절들의 신상을 알고 있는 것이다. 인도 그걸 알고는 있었다. 다만 설요가 제일신녀이매 무절선인이라는 것을 머리로는 알아도 가슴에서는 인지를 못하는 것이 문제였다. 어쩌면 제일신녀가 된 그를 만나보지 못했기 때문일 것이다.

"한성에는 언제 가실 건데요?"

"그야 나도 모르지."

"어쨌든 대장군님!"

"왜 또 이러시나, 비류군?"

"열흘 전에 불함성에서 나와 차리성에 들렀다 왔다는 말씀은 드렸지요."

"그랬지.《말갈사》구하러 갔다며?"

"거기서 이련의 아들을 만났습니다."

"이련이 누군데?"

"이련은 어지지왕의 이명이지요."

"아참, 그렇지! 헌데 게서 담덕을 만났다고? 그대가? 어떻게?"

왕인은 차리성 내 지물포와 대리각과 남방루에 걸쳤던 하룻밤에 대해 취운파에게 설명했다. 그날 밤의 생각들에 대해서도 말했다. 취운파는 술잔도 기울이지 않은 채 묵묵히 이야기를 듣다가 인의 말이 끝난 뒤에도 잠깐 잠잠하더니 낯을 찌푸리며 물었다.

"해서, 그날 밤 팔씨름하고 벽수치기에서 어느 쪽이 이겼는데?"

왕인은 어이없어 웃다가 팔씨름에서 이련자의 호위들이 이기고, 벽수치기에서 한소손의 호위들이 이겼노라 말했다. 한소손의 호위 중 몸피가 가장 작은 사람이 날살이었다. 날아가는 화살 같이 몸이 날쌔라고 날살이라 이름 지어졌다는 그가 이련자의 호위 두문과 맞서 이겼다. 벅수치기가 힘을 필요로 하는 놀이가 아니라 눈치와 요령으로 하는 놀이이기 때문이었다.

"허면 무승부였단 말이야? 《목지형검주조연사》는 어디로 갔는데? 결국 그것 가지고 내기를 한 셈이 아니었어?"

"그 책을 조건으로 걸지 않았습니다. 제가 바봅니까?"

"누가 이겼냐고, 어떻게?"

"이련자와 한소손이 가위바위보를 했지요. 구판오승제였는데, 제가 간신히 이겼습니다. 가위바위보가 그리 힘든 놀이인 줄 처음 알았습니다. 됐습니까? 헌데 시방 놀이시합에서 누가 이긴 게 중요합니까? 제가 담덕을 만났단 말입니다."

"담덕이 그런 인물이라니, 차라리 듣지 않았더라면 좋았을 것을 싶어서 그래. 그에 대해 이야기 나누고 싶지도 않고. 그런 인물을 상대로 전쟁을 해야 한다니 머리에서 쥐가 나려고 하거든. 그와 만나기 전에 달아나든지 해야지. 여튼 오늘 밤 당장 이 도곤성으로 담덕이 쳐들어오지는 않을 테니, 사루왕인, 술이나 마시자. 생각은 내일부터 그대가 하도록 하고."

"그러지요. 그렇다면 대장군님."

"또 왜요, 비류군."

"제가 따로 도곤성주를 만나보면 어떻겠습니까."

"항복할 노인이 아니야. 그 짝눈에 서린 고집, 봤잖아?"

"항복을 하든 하지 않든 한번 만나고 싶습니다. 허락해 주세요, 아저씨."

누왕인은 미르를 닮았다. 이십여 년 전 아기 누왕인을 만났을 때 어린 날의 백미르를 상상했던 것도 그 때문이었을 터이다. 낯가림이 심하고 조심스럽고 연약하던 아기. 늘 누군가의 품에 안겨 있던 그 아기의 눈빛은 그렇지만 세상 모든 것을 다 직시하고 있는 듯 초롱초롱했다. 그 아기가 자라 젊은 날의 백미르와 흡사한 모습으로 앞에 앉아 있었다. 하지만 외양이 젊은 날의 백미르와 닮았으되 사루왕인은 성정이 백미르처럼 투명하지 않고 사뭇 복잡했다. 두 사람의 과묵함을 비교한다면, 미르는 생각을 하지 않기에 입을 닫고 있는 것인데 왕인은 생각이 많음에도 입을 닫고 있는 것 같았다. 때문에 왕인과 함께 있자면 저 아이가 무슨 생각을 하는 것일까, 도리어 이편이 생각을 하게 되었다. 지금도 마찬가지였다. 저 아이가 무슨 생각으로 죽기로 작정한 도곤성주를 만나겠다는 것인지 취운파가 생각해내야 했다.

"그는 이미 일천의 병사를 잃은 사람이야. 그런 그에게 항복을 권유함은 다시 치욕을 안기는 것이 될 수 있어. 그건 무인의 도리가 아니야."

"그가 치욕스레 느끼지 않게 하겠습니다. 제가 사람 만나는 것은 잘하지 않습니까. 허락해 주세요."

또 발동했다, 저 고집, 저 막무가내. 취운파는 술잔을 들다 말고 왕인을 바라보았다. 죽여야 할 자는 죽여야만 일이 가지런해진다. 왕인은 단순해질 수 있는 일을 복잡하게 만드는 사람이었다. 육 년 전 한성에서 살생부를 만들 때 태후의 측근들만 제거해서는 될 일이 아니었다. 태후를 죽이고 태자도 죽여야 했다. 명분 없는 노릇이라고 말린 사람이 왕인이었다. 태후를 죽이면 황후도 죽여야 하고, 태자를 죽이면 그 아래 왕자들도 다 죽여야 하는데, 그렇게 하여 부여부를 임금으로 세운들 무슨 명분으로 제왕 노룻을 하겠느냐는 것이었다. 당시에는 왕인의 말이 적합했으므로 그의 의견을 좇았다. 하지만 당시에 죽이지 못한 태자는 스물한 살로 장성해 우현왕이 되었다. 제자리를 찬탈당했다 여긴 그는 이미 제 세력을 닦아나가고 있었다. 황제가 이제 서른 세 살인데, 조카인 태자가 스물한 살인 것은 자연스럽지 않았다. 스물한 살의 우현왕인 그가, 서른세 살의 황제가 천수를 다 누리고 서거할 때까지 곱게 기다릴 것인가. 아니 그의 주변인물들이.

"허락치 않으면?"

"허락하실 것을요?"

"내가 왜?"

"내심으로는 그를 죽이고 싶지 않으시잖아요."

전쟁을 결정하는 사람은 황제였다. 황제 주위에 있는 장군과 참모들은 전투를 계획하고 전투는 병사들이 했다. 왕인은 전쟁을 결정하지도 계획하지도 않았다. 전투도 물론 하지 않았다. 그는 그저 그 모든 과정 안에 있었다. 그리고 그 모든 과정에 작용했다. 고구려를 치려다 후연을 먼저 치게 되거나 동진으로 향하려다 후진으로 움직이게 했다. 육군이 가려던 곳에 수군을 보내거나 창기대를 앞세우려던 작전에 궁병을 앞세우게도 했다. 그냥 밀고 들어가려던 적진에 사자를 보내어 항복 먼저 권하는가 하면 그 스스로 사자가 되어 적진으로 들어가기도 했다. 또 이렇게, 의당 죽이려던 자를 살리라고 볶아대기도 했다.

"내 속에 들어와 본 사람 같구먼."

"들어가 보지 않아도 짐작할 수 있습니다. 취운파를 아니까요. 허락해주십시오, 대장군 아저씨."

육 년 전 위례성 무절수인인 회보에게 왕인을 무절 후보로 천거했을 때 그는 대뜸 고개를 젓기부터 했다. 비류군 사루왕인은 생각이 너무 많은 대신 모자란 게 없다는 게 이유였다. 결핍 없는 자가 어찌 무절 노릇을 할 수 있으리. 그랬으면서도 회보가 인을 무절로 승인한 까닭은 왕인이 무절로서의 모든 시험을 통과했기 때문이거니와 왕인의 고집 때문이었다. 그의 고집은 그 자신을 위하는 데서 비롯되는 게 아니라 타인의 목숨을 위하는 데에서 기인한다는 것을 회보는 알아보았던 것이다. 그러니 취운파도 허락하는 수밖에 없었다. 죽기로 작정한 노인을 왕인이 어찌 상대할지 구경하고 싶기도 했다. 취운파는 술 한 잔을 들이키고는 측위들을 불렀다.

"옥방에 가서 성주를 모셔오너라. 끌고 오라는 것이 아니라 모셔오라 한 것을 명심해야 할 것이다."

왕인이 씩 웃고는 일어나더니 술을 따라 주었다. 웃고 있는 그는 정말이지 영락없는 그 시절의 백미르이다. 왕인의 말에 꼼짝을 못하는 것은 그가 미르를 닮았기 때문일 것이었다. 한 번만 더 그의 말을 들어주기로 하지. 취운파는 후, 한숨을 쉬고는 비운 잔을 인에게 건넸다.

"마셔. 마시고 도곤성주의 목숨을 그대가 결정토록 해."

전쟁을 한 번만 더 해주고 부여부를 떠나려니 했던 게 육 년 전이었다. 이번 한 번만 더 해주고 미르에게나 가서 살려니. 그 한 번만은 그러나 언제나 다음 한 번과 연결되어 있었다. 이십여 년 전 열두 살의 황손 부여부를 한성에서 대방성으로 모시고 올 때부터, 아니 백제분지에서 미르를 만난 순간 시작된 한 번만이었다. 그 한 번만은 벗으면 그만인 옷이 아니라 살아 있는 한 벗지 못할 족쇄일지도 몰랐다. 한 번만, 또 한 번만.

"고맙습니다, 대장군."

"나의 일을 그대에게 미루는 것인데, 내가 고맙지. 그나저나 차리성 전투 뒤 그대는 한성으로 가게 될 것인데, 어찌할 것이야?"

"뭘요?"

"공주, 그대의 지어미를 말이야. 그냥 그리 내버려둬도 될까 싶어서."

왕인도 마지못해 혼인한 뒤 공주의 방에 들지도 않고 도망친 게 미안키는 했다. 자책도 없지는 않았다. 삼 년 전 한성에 들어가서도 마찬가지였다. 공주에게 신하인 양 예를 갖추었을망정 지어미로, 여인으로 안기 위해 한 방에 들 수는 없었다. 맘이 딴 곳에 있음에 몸도 맘을 따라가 공주저에 머물러 있지 못했다.

"그것도 모르겠습니다."

왕인의 풀죽은 기색에 취운파는 하려던 말을 술과 함께 마셔버렸다. 나는 혼인하지 않아 모르지만 지어미를 그리 버려두면 아니 되는 것 아니냐. 그가 너의 지어미인 바 너의 사람으로 만들어야 하는 것 아니냐. 왠지는 모르나 그를 그리 내버려두는 건 너의 전정에 이롭지 않을 것 같다. 그렇게 말하려던 참이었다. 왕인의 마음속에 아사나 공주가 아닌 한 여인이 있는 것은 눈치 챘다. 왕인 같은 성정의 위인에게 그 여인은 스쳐 지나갈 수 없을 존재일 것이라고. 그 여인이 누군지는 알지 못했다. 그렇다고 서비구를 불러 물을 수도 없었다. 묻는다고 대답해 줄 서비구도 아니었다. 고구려의 태자를 만났다는 사실에 대해서도 제 수하들 입단속까지 시키는 놈 아닌가.

나도 모르겠다.

속으로 중얼거린 취운파는 수하에게 손짓하여 술상을 새로 차리라 하였다. 도곤성주를 맞이해야 할 때였다.

미운 사람

왜국과 백제가 통교를 시작했다는 《백제서기》의 첫 기록은 오대 황제
인 초고왕조(草古王條) 즉위 오 년 편에 나타나 있었다.

초고황제 재위 오 년, 부용국인 신라의 남쪽 변방에 난적 무리가 나타나
오래도록 기승을 부렸다. 신라왕이 원군을 요청해 왔는 바 황제는 삼천의
수군을 파병하여 난적들을 제압하고 난적의 수장을 잡았다. 그가 왜인 창
림(倉臨)이었다. 문초 결과 창림은 단순한 해적 떼가 아니라 삼도국 중도
(中島)의 우두머리로 부족 간 전쟁에서 패한 뒤 무리를 이끌고 바다를 건
너온 자였다. 황제는 그들을 백성으로 받아들여 한 마을에 살게 하고 마을
에 이름을 내렸다. 그 이름이 진단 남녘 이소군의 삼부락이었다.

이후 《백제 서기》에 삼부락에 대한 언급은 없었다. 태수황제 대에 각 담
로성들에 칠지도를 하사할 때 왜국도 정식 담로국으로 봉했다. 그 이후 몇
년 주기로 사자가 오갔고 상선들이 드나들기 시작했다. 왜국에 백제성이

생겼고 도성에 백제 사람들이 무리지어 사는 백제 촌들도 생겨났다. 신라와 가야에서도 건너간 사람들이 있으므로 그들 또한 신라촌과 가야촌을 이루고 있었다. 작금 백제성의 성주는 태수황제 시절에 칠지도를 가지고 삼도국으로 건너간 견부군(繭部君)의 손자 기각(紀角)이었다. 하지만 삼도국엔 아직 문자가 없었고 화폐도 없었다. 도성인 대화성(大和城) 밖의 백성들 태반은 반 벌거숭이로 산다고 했다. 때문에 백제에서 건너가는 선박들이 대화성의 큰 나루인 난파진(難破津)에 닿으면 구경 나온 왜국 백성들로 인해 인산인해를 이룬다고 했다. 구다라나이. 왜어 구다라는 백제를 의미하는 낱말이고 나이는 없다는 뜻이었다. 백제 것이 아니면 아무것도 쓸모가 없다는 말이 있을 만큼 왜국에서는 백제의 물산을 크게 친다고 했다.

작년 가을에 왜국에서 사자를 보내 왜왕 중애(仲哀)의 서거를 고하면서 대화(大和) 왕실의 스승을 청했다. 삼 년 전, 칠십 년 가까이 집권했던 신공대비가 돌아간 이후에야 비로소 왕다운 왕 노릇을 했을 중애왕의 치세기간이 퍽도 짧았던 셈인데 그의 후계에 대한 언급은 없었다. 왜국이 또다시 혼미한 정국을 맞이한 것 같은데 그 와중에 세자 양지(諒知)가 대화 왕실의 글 선생을 요청해 온 것이다. 속령(屬領)이라고는 하나 태수황제 대에 칠지도를 하사하며 왜국이라는 국명을 하사하고 칭왕(稱王)했던 나라였다. 한 나라에서 정식으로 세자의 선생을 청해 왔으매 일개 태학학사를 보낼 수는 없었다. 왜국 왕과 왕실의 청에 부응할 만한 신분과 직위를 지닌 자를 보내야 했다. 백제 황실에서는 황상의 환도가 임박한 상황인 데다 왜국 왕자들의 선생 노릇을 하겠노라 나서는 황족이나 귀족이 없어 차일피일 미뤄왔다. 황족과 귀족들에게 왜국은 일종의 유배지와 같아서 아무도 나서지 않는 탓이었다.

그런데 아사나 공주가 제 지아비 비류군을 왜국으로 보내라고 내신좌평인 사루사기에게 말하는 참이었다.

"신분이 되고, 학식이 되고, 젊은지라 패기 또한 높으니, 비류군보다 적합한 인물이 어디 있겠사와요, 아버님?"

루사기의 찻잔에 시녀가 차를 따르는 걸 지켜보며 종알거리는 아사나 공주의 어투는 심상하다.

"비류군이 그리 미우십니까?"

루사기의 직설에 아사나가 미소를 지었다.

"그의 처사가 서운키는 하오나 밉기야 하겠나이까."

말은 저리 하여도 왜 아니 미우랴. 루사기도 가끔 아들이 미웠다. 대륙에 있을 때는 대륙에 있어 그렇다 하여도 환도했으니 제 지어미 곁에 머물러야 할 것 아닌가. 혼인할 당시에는 아직 어리다고 보아 넘길 수도 있었다. 이제는 어리지 않잖은가.

"헌데 그를 원지로 보내라 하십니까?"

공주가 가여워 해보는 농담이었다. 아들이 제 도리를 하지 않으니 아비로서 속이 타는 것도 사실이었다. 나이가 많아지니 덩달아 근심이 늘었다. 국정에 대한 근심보다 일신과 주변 사람들에 대한 근심이었다. 지난달에 백제에 접한 말갈의 호로고루성 추장이 쌍현성을 점령해 버렸다. 고구려의 비밀부대 조의군이 호로고루성을 움직여 야간 기습을 해왔다. 쌍현성은 본국백제의 동북단 성으로 방비가 튼튼한 성이었다. 그런데 이만 기병대의 기습에 하룻밤 새에 넘어갔다. 황상께서 막 환도하신 즈음의 어수선한 틈에 발생한 불상사였다. 쌍현성이 함락당한 것도 문제이나 더욱 큰 문제는 고구려가 말갈의 거의 모든 영토를 점령한 것이었다. 그동안 본국백제와 고구려 사이에 존재하던 중간지대가 사라짐으로써 한성의 수비벽은 그만큼 얇아진 셈이었다. 하지만 조만간 탈환할 것이다. 폐하께서 본국 내치에 힘쓰고 계시지 않는가.

근래 루사기는 조정이며 시국에 몸을 담고 있으면서 마음이 이만치 물러난 듯 허룩했다. 무엇인가에 쫓기듯 평생 천지를 갈고 다녔으나 이제금 뜨겁고 탁했던 피가 식은 것 같았다. 태자 여해를 어찌할까. 진작 제거했어야 할 태자를 지금까지 놔둔 것이 불찰이었다. 태자로 인해 조정이 진단파와 대방파로 완전히 양분되어 있었다. 태자를 제거하고 부여찬을 태자 위에 앉혀서 조정을 한 결로 다스리는 것이 작금의 과제였다. 그 일만 처리하면 이번에야말로 물러날 작정이었다. 그런데 마음이 태자를 걷어내지 못하고 있었다. 그를 죽이기 위해서 또 얼마의 사람을 죽여야 할까. 죽인다면 누구누굴 죽일 것인가. 마음이 이만치 물러나 저만치에 있는 몸을 바라보며 망설이고 있는 듯했다.

"비류군은 한곳에 오래 머물러 있지 못하지 않나이까. 여행을 즐기는 그이니 황명으로 몇 달 삼도국을 여행하고 돌아오면 그에게도 득이 되지 않겠사와요? 또 한 권의 책이 그에게서 태어날 테고요."

아사나의 시선이 책장으로 향했다. 일백여 권 남짓한 책이 가지런히 쌓였는데 왕인의 책은 가운데 칸에 따로 있다. 그간 왕인이 지은 책은 《대방성풍물기》와 《태산수렵관람기》와 《발해연안기》, 《논어 신역본》과 《중용이해본》과 《대학역주》 등의 여섯 권이었다. 고문자로 쓰여진 《목지형검주조연사》를 상용문자로 해석도 했다. 환도한 뒤 보름 만에 고문서를 해석해 태학에 제출했던 것이다. 사백삼십여 년 전 추모태제 원년의 목지형검 제조과정을 기록한 책의 저자는 나와 있지 않았으되 목지형검의 실존을 증명했거니와 기록한 이의 시선이 태제후(太帝后) 소서노를 따르고 있다는 게 밝혀져 《목지형검주조연사》는 태학박사들의 주목을 받았다. 다섯 권의 책이 태학박사들에게 인정받으면 박사가 되는 관례에 따라 일곱 권의 책을 쓴 왕인도 태학박사에 봉해졌다. 환도한 뒤로는 대방백제의 각 성에 대한 《대방백제약술(大邦百濟略述)》을 쓰고 있다고 했다. 가부실보다 거믄골에서 주로 밤을 나는 핑계도 그것이었다. 공주저에 들지 않는 핑계 또한 같을 터였다.

"그야 그럴 터이나 비류군이 순리를 따르지 않는 것이 문제지요."

며느리 앞에서 일방적으로 아들 탓만을 해보는 것이나 루사기의 내심은 아사나에게도 절반의 책임이 있는 것이라 여겼다. 아사나는 지어미 노릇보다 공주 노릇만 하고 싶어 하지 않는가. 황궁 살림을 관장하는 내경고는 크게 보면 내두부 소속이나 내경고 자체로 내두부보다 규모가 컸다. 원래 태후나 황후가 다스려야 할 내경고가 아사나 공주의 수중에 있었다. 공주가 선태후에게서 내경고를 고스란히 물려받은 덕분이었다. 더구나 이번에 황제와 더불어 환도하신 화용황후께서는 백제말조차 서툰 분이었다. 여해태자의 태자비 해우슬은 스물한 살로 자식을 둘이나 낳았음에도 성정이 순한 덕분인지 아직 존재가 미미했다. 아사나 공주는 태후와 황후와 태자비의 세 중간에서 그들의 권력을 모두 내경각(內瓊閣)으로 모아들인 채 황궁을 장악하고 있었다.

"소녀는, 아바님. 혹여 그가 다시 원지에 다녀오면, 이제 어리지도 않으니 소녀를 돌아봐주지 않을까 기대해보고 있나이다. 소녀가 당치 않은 꿈을 꾸는 것이오리까?"

어쨌든 정국에 한바탕 피바람이 지나갈 것이니 누왕인을 잠시 치워놓아도 좋으리라. 누왕인을 치워놓음에 왜국 행은 맞춤한 명분일 수도 있었다. 더구나 공주가 청하지 않는가. 루사기는 왕인이 쓴 책 중 《태산수렵관람기》가 재미났다. 책을 읽으면 제목이 '태산수렵기'가 아니라 '관람기'인 까닭을 알 수 있어 웃음이 났다. 일천여 명의 기마병들 사이에 끼인 소년이 돼지들에 놀라 혼비백산하고 그런 소년을 보며 재미나 웃는 기마병들의 모습이 눈앞의 광경인 듯이 선연했다. 루사기는 몹시 곤한 밤이면 아들의 책을 몇 장씩 읽곤 했다. 하도 자주 읽어 거의 외웠다.

새벽 인시. 위례성 성문 앞 광장에 도열한 기마대는 흡사 도적떼 같았다. 가지각색의 가벼운 옷차림을 하고 있었기 때문이다. 그들의 대장이 내게 물었다. 갑자기 사냥을 가자해서 놀랐지? 나는 실상 그의 호위들에게 빈 몸으로 납치되다시피 끌려나온 차였다. 잠자리에서 끌려나온 것보다 문제인 것은 내가 사냥할 줄 모르는 자라는 것이었다. 나는 사냥을 해보기는커녕 들짐승이라도 만날까 무서워 떠는 겁 많은 자였다. 말을 잘 다루지 못할 뿐더러 무기라고는 만져본 적도 없었다. 내가 그리 말하니 대장이 웃으며 속삭였다. 나도 말을 잘 타지 못해. 그리고 무기도 못 다뤄. 시늉만 하는 거라니까…….

그러니 왕인이 왜국에 다녀오면 또 재미난 책을 써내기는 할 것이었다.

"더불어 그가 황명을 받고 원지에 다녀오면 그쯤 내직을 제수받아 정착할 근거가 되지 않겠사와요? 아버님께서도 비류군을 태학에다만 묶어두시지는 않으실 테구요. 이제는 그도 관직을 가져야 하지 않습니까?"

비류군을 왜국으로 보내고자 한 아사나의 진정한 목적은 그것이었다. 제 지아비를 입조시키기. 하여 권력을 갖게 하기. 아사나는 돌아간 아이태후의 현신이었다. 권력을 추구함도 그렇거니와 지아비로부터 사랑받기 어려운 성정까지. 루사기는, 칠 년 전 아사나를 누왕인의 짝으로 만들 때 그가 선태후와 같은 인물로 자라날 줄 미처 예상치 못했다. 일단 내외간의 인연을 맺게 되면 왕인이 형식일지라도 지아비 노릇을 할 것이라 생각했고 아사나가 그런 왕인을 제 곁으로 끌어당기리라 여겼다. 그런데 두 사람은 상극인 양 서로를 밀어냈다. 아사나는 왕인이 저를 한사코 피한다고 여길 것이나 내외간에 일방적인 것은 없는 법이었다.

"그렇지요. 그럴 때가 되었습니다. 오늘내일이라도 비류군을 불러 그의 의향을 물어보겠습니다. 조치를 하겠구요."

"부끄럽사오나 그래 주시어요, 아바님. 소녀의 나이 이미 스물넷입니다. 지아비가 있으매 벌써 자식 두셋은 낳았어야 마땅할 나이 아니겠나이까. 부디 소녀로 하여금 자식을, 사씨 가문과 월나 제일가의 후계자를 낳을 수 있도록 도와주시어요. 오늘 이 말씀을 드리려 아버님을 청했나이다."

아사나가 지어미 노릇을 진정으로 원한다면 황궁 안에서 오지 않는 지아비를 기다리며 독기를 키우기보다 가부실 집으로 옮겨오면 될 일이었다. 물론 아사나가 가부실에 발걸음도 하지 않는 것은 아니었다. 안주인이 없으매 제가 안주인임을 아는지라 한 달에 한 번 공주궁의 시녀들을 떼로 몰고와 소제를 한다며 가솔들의 일상을 휘저어 놓았다. 가부실이 싫다면 제가 차지한 소야궁으로 이거했어도 좋았을 터였다. 왕인이 황궁보다는 소야궁 드나들기가 더 쉽지 않겠는가. 그런데 아사나는 소야궁을 기껏 없앤 고천사의 대용으로 썼다. 선태후 말년부터였다. 실권하여 실기한 선태후가 부처신을 찾아대다 서거하고 난 뒤 선태후 궁에 있던 불상을 소야궁으로 옮겨가 그곳에다 불전을 차렸다. 그곳으로 승려를 불러들인 것은 아니지만 이미 불심을 가지고 있던 귀족 가문의 여인들과 백성들이 그곳을 드나들며 예불을 올렸으므로 소야궁은 고천사의 재현이었다. 제 권력을 그렇게 형성해 나가는 것이었으나 신궁 코밑에다 고천사를 재현한 그 어리석음과 오기로 어찌 지아비의 마음과 몸을 불러들일 것인가. 자식을 어찌 낳을 것이며.

왕인을 제 짝으로 삼아 달라고 휘수황제를 볶아대던 대방의 유리나 공주는 조선성주의 손자 자하무를 만난 뒤 혼인하고는 위례황궁과 조선성을 무시로 오가며 살았다. 유리나가 옷자락 펄럭이며 다니는 곳에는 훈풍이 불었다. 덕분에 위례궁과 조선성이 공주의 것이었다. 근래에 열 네 살의 좌현왕인 부여찬을 따라 대방성으로 내려가 있다고 하므로 대방성도 유리나의 영토였다. 유리나의 지아비인 자하무는 그런 유리나를 귀애하면서 순응했다. 유리나는 이미 자식이 셋이었다.

"공주께서도 사사로이는 나의 자식이신 바, 공주를 쓸쓸히 만드는 비류군 때문에 황망하기 그지없소이다. 이미 장성한 자식의 종아리를 칠 수도 없고, 친대야 아비 뜻대로 움직이지도 않을 테고요. 어쨌든 공주의 뜻을 잘 알았으니 다시금 비류군과 이야기를 나누어 보겠습니다."

사루사기가 찻잔에 남아 있던 차를 비우고는 공주 앞을 떠났다. 아사나는 그를 배웅하기 위해 뜰로 나섰다. 좌평호위장 지품이 삽사리를 어르고 있다가 일어나 아사나에게 예를 차렸다. 해 바른 공주궁 뜰은 철 이르게 핀 꽃으로 붉었다.

"저 산당화를 명자화(命紫花)라고도 부른다지요? 곱습니다, 공주. 이스라지꽃도 곱구요. 꽃 몇 송이 꺾어 처소에 두심도 좋겠군요."

루사기는 짐짓 무심하게 꽃을 찬미했다. 공주한테 사내가 얼마나 단순할 수 있는지, 때마다 조목조목 가르칠 수 없는 것이 안타까웠다. 꽃 한 송이를 꽂는 마음이나 한 방울의 눈물, 한 자락의 노래나 한 번의 미소나 한 줄기 바람에도 허물어질 수 있는 게 사내였다. 모든 여인이 태생부터 아는 그것을 공주는 모르는 성싶었다.

"허면 나는 대황전으로 가보겠습니다."

루사기는 그렇게 말하고는 돌아섰다. 쉰여덟 살인 그의 등이 구부정하다. 비류군의 뒷모습이 어떠하던가. 공주는 내신좌평의 뒷모습을 한참 바라보았다. 비류군의 뒷모습이 생각나지 않았다. 그를 배웅해 본 적이 없기 때문이었다. 혼인함으로써 생긴 아버지이되 아버지 같음을 느껴본 적이 없는 내신좌평이 동문 밖으로 사라졌다. 쌍현성을 잃은 것으로 백세전이며 대황전이 비상이었다. 어찌되었든 황상이 환도해 계신 때에 본국 국경에서 일어난 일이라 우현왕 태자 여해는 면책이 되긴 한 듯했다. 황상이 환도키 전이었다면 여해가 쌍현성 잃은 책임을 져야 했을지도 몰랐다.

태자 여해는 심약했다. 진작에 붕어하신 부황께서는 심약하셨으되 고집은 만만찮으셨던 것 같은데, 여해는 고집도 없었다. 그는 성정이 드세셨던 할머니와 첫소리는 높되 뒤끝이 무르신 어머니의 성품을 고루 닮았는지, 품행이 시끄러우면서도 속내가 물렀다. 그가 즐기는 놀이가 사냥이었다. 일국의 황제나 태자의 사냥은 놀이이면서 놀이가 아닌 법이었다. 일국을 호위하는 군사들의 훈련임을 만백성이 다 알았다. 하여 황제나 태자나 왕자가 사냥을 떠나는 길목에는 백성들이 나와 손을 흔드는 것이었다. 그런데 여해의 사냥은 그저 놀이이기 일쑤였다. 제 호위들을 이끌고 미행하듯 나가 아무데서나 짐승을 잡은 뒤 구워서 술 마시며 놀았다. 그런 여해에 대해서 황제며 그의 측근들이 모를 리 있으랴. 점잖이 살아도 언제 죽임을 당할지 알 수 없는 노릇인데 그는 수시로 표적을 자청했다. 그의 나이가 이미 스물둘로 자식이 셋인지라 모후의 말씀이나 누이의 말이 먹히지도 않았다. 이대로 가다가는 어느 결에 죽임을 당할지 알 수 없었다.

칠 년 전 척족들과 신료들 오십여 명이 하룻밤 새에 사라졌다. 그들의 주검은 끝내 오리무중이었다. 당시에는 부황께서 하신 일이라고 여겼으나 그 직후 부황께서 붕어하시고 나니 알 수 있었다. 부황을 사주한 자들이 한 일이었다. 작금의 황상과 그의 측근들은 그렇게 무서운 사람들이었다. 그날 밤에 벌어진 일련의 살육을 주동한 이가 내신좌평 사루사기였음을 그때 아사나는 몰랐다. 두 해 전에 돌아가신 할머니께서는 처음부터 아셨던 모양이었다. 그토록 오래 누리셨던 권력을 잃으신 뒤 삽시간에 실기하시더니 끝내 기력과 정신을 찾지 못하신 채 노망난 노파처럼 지내시다 돌아가시고 만 분. 당시에는 아직 태후이셨던 할머니가 손녀를 왕인과 혼인시키려 하셨던 까닭은 후손들의 목숨을 보전시키기 위함이셨다. 적을 가까이 두라는 뜻이었던 것이다. 그 적의 중심이 비류군이라는 사실이 아사나가 감당해야 할 모순이자 고뇌였다.

비류군이 환도한지 석 달여, 본국에 왔으므로 그는 태학으로 나다니는 중이었다. 그 석 달여 사이에 아사나는 지아비 비류군을 세 번 만났다. 처음엔 환도하였다는 인사차 들렀고 두 번째는 이구림에 다녀온 뒤 시늉으로 들렀으며 세 번째는 아사나가 청했다. 그때 그에게 물었다. 요즘은 주로 뭘 하며 지내시느냐. 그가 대답했다.

―모처럼 다시 서장고 드나드는 재미에 빠져 지내는 나날입니다.

무슨 이야기를 더 나누었던지 기억에 없을 만치 그 순간 아사나는 왕인에게 분노했다. 그가 나갈 제 마지막으로 말했다.

　─오늘도 이대로 나가시면 평생 저를 아니 보고 살겠다는 뜻으로 간주하겠습니다.

　아랫입술을 잘근잘근 깨물다 이를 악물고 한 말인데 그에게는 허투루 들렸는가 보았다. 지어미가 그런 말을 함에도 허투루 듣다니. 아사나는 그의 어리석음에 한숨지었다. 박사라더니 순 바보다. 사라진 그를 흘겼다.

　태학에서 나온 밤이면 그는 가부실에 있거나 거믄골에서 지낸다고 했다. 가부실에는 물론 의심을 품었던 거믄골에도 여인은 없었다. 석 달여를 살폈어도 그는 여인을 만나지 않는다고 했다. 차라리 그에게 만나는 여인이 있기를 바랐다. 하다못해 노류화라도 찾아다니기를 바랐는지도 모른다. 그랬더라면 그 계집 때문이거니 핑계대며 화풀이라도 할 수 있을 테니. 그런데 여인도 없으매 그는 호위들과 든 집에서 책 읽고 글 쓰는 것으로 소일했다. 황명으로 맺은 내외간, 일국의 공주인 지어미를 내버려둔 채 그가 하는 일이 공부였다. 공부와 지어미를 비교하여 본 뒤 공부가 좋아서 공부를 하는 것인가. 그리 생각할 수 있다면 좋을 것이나 아사나는 왕인이 아사나라는 계집을 싫어한다는 것을 인정할 수밖에 없었다.

　하지만 대체 내가 뭘 잘못했기에? 내가 저에게 원한 건 단 한 가지, 지아비가 되어달라는 것뿐이었다. 공주의 지아비가 되매 황제는 되지 못할지라도 백제에서 가장 빛나는 자리에 올라 일생 동안 부귀영화를 누리고 권력 행사할 길을 터주었다. 아니 천지사방을 갈고 다닐 수 있는 힘과 자유를 안겨주었다. 그렇다면 지아비 시늉이라도 해줘야 할 것 아닌가. 아니 시도라도 해봐야 하는 거 아닌가. 그런데 그는 아사나를 역병 앓는 계집인 양 피했다.

사루왕인이 보통 지아비와 같았다면, 아사나를 지어미로 대하였다면 지금쯤 그의 자식들을 키우며 사씨 가문의 사람이 되어 있을 터였다. 그의 사람으로 그의 편이 되어 살았을 것이다. 아사나가 살얼음판을 걷고 걷다가 죽든지 죽이든지 끝을 보고 말리라는 독심을 품지 않았을 것이었다. 내신좌평에게 비류군을 왜국으로 보내라 한 것이 시작이었다. 그는 아마도 가게 될 것이었다. 가지 않아도 상관없었다. 그가 아사나의 지아비이기보다 내신좌평의 아들인 바 그는 태자 여해의 목숨을 위협하고 모후와 아우들의 목숨을 위협하는 적이었다. 그들이 그러했듯이 아사나도 그들을 제거하여 백제 황실을 원래의 궤도에 올려놓을 것이다.

하지만 이대로 영영 그를 놓쳐야 하는가.

버려야 하는가.

그 때문에 애가 닳았던 그 숱한 세월을 어찌하고?

아사나는 이스라지꽃 가지를 거칠게 잡아당겼다. 여린 꽃잎이 마구 날렸다. 나무도 봄이면 꽃을 피우고 꽃이 진 자리에 열매를 맺지 않는가.

"그러시다 손을 다치십니다."

시녀 가꾸미가 아사나의 손에서 이스라지꽃 가지를 조심스레 잡아 뺐다. 상전의 손보다 꽃가지를 아까워하는 듯 가지를 제자리로 보내는 품이 얌전하다.

"지금 태학으로 사람을 보내라. 비류군께 저녁을 드시러 오시라 해."

"그리만 말씀 전해 올리면 되겠나이까."

"그리만 전해보자. 오늘도 오시는지 아니 오시는지, 어디 두고 보자꾸나. 그리고 꽃을 꺾을 것이니 가위를 내어오너라. 화병도 준비하고."

내신좌평이 왜 그리 말씀하시었는지 그 까닭을 알아볼 참이었다. 아사나는 지금까지 직접 꽃을 꺾어본 적이 없었다. 옷을 지어본 적도, 수를 놓아본 적도 없었다. 궁 밖에서 자본 일이 없고, 세숫물을 직접 떠본 일도 없다. 물론 사내를 품어본 적도 없었다. 그런 아사나가 유일하게 품고 싶은 사내, 안기고 싶은 유일한 사내가 비류군이었다. 그가 지아비인 바 그가 아니면 죽는 날까지 꽃을 피워보지 못한 채 이 공주궁에서 아무것도 하지 않는 계집으로 살게 될 것이었다. 그럴 수는 없었다. 그러고 싶지 않았다. 하여 또 그를 청하는 것인데, 분했다. 분해서 이스라지꽃 가지를 또 잡아 흔들며 소리쳤다.

"우번을 불러라."

우번은 내시부 감찰대장이었다. 칠 년 전 감찰대장 을나와 그의 수하들이 사라진 뒤 무력해진 감찰대를 황후께서는 우번에게 맡겼다. 아사나가 주청한 결과였다. 을나가 사라지고 비어 있던 을나의 집과 집 안에 있던 재물 일체를 우번에게 하사케 하였다. 이후 우번이 맡은 감찰대는 공주의 눈과 귀가 되었다.

지화합

"깨죽입니다, 성하. 뜨겁지 않도록 식혔으니 천천히 드사이다."

깃브미가 소반에서 죽 그릇을 들어 설요 앞에 놓았다. 어제 오후 엿새간
의 명상기도를 끝내고 나온 뒤 세 번째 받는 상이었다. 간밤과 아침엔 미
음을 먹었다. 어느새 죽을 들여온 것은 의절신녀들이 그리해도 괜찮을 것
이라 보았기 때문이다. 여느 때에 비하여 명상기도가 짧았다.

대신전 마당 소나무가 완전히 말라 죽은 게 지난겨울이었다. 죽은 나무
를 두 달이나 그대로 두었다가 제를 지낸 뒤 베어낸 게 이레 전이었다. 그
루터기만 남은 자리에 향로를 가져다 향을 피우라 한 뒤 일인각으로 들어
갔던 참이었다.

"호금 님은 왜 아니 보이시느냐?"

"호금 님은 출타하셨지요."

"어딜 가셨는데?"

"소녀는 모르지요."

예비신녀를 지나 작년에 사절신녀가 된 깃브미는 지화합(枝華閤)에 배속되어 설요의 시위가 되었다. 열여덟 살인 데다 키가 설요보다 한 뼘은 더 큰데 하는 짓이 아직 어렸다. 설요에게 스스럼없이 굴다가 호금에게 자주 야단을 맞았다. 지금 호금이 간 곳을 모른다 하는 것도 스스럼없이 하는 말이다. 설요는 깃브미가 아기신녀였을 때부터 귀여워했던지라 여전히 귀여웠다. 사루왕인에게 편지를 전하라 했을 때 그의 모자를 벗겨왔던 깃브미는 여덟 살이었다. 성정이 맑고 명랑한 아이였다.

"어서 드시어요. 너무 식으면 맛이 덜하지 않나이까."

호금이 어디 갔는지 짐작할 수 있었다. 호천려나 벅수골에 갔을 것이다. 어제 오후, 기도 중에는 아무 소식도 전하지 않는 금기를 깨고 호금이 일인각으로 들어와 넌지시 속삭였다.

—호천려 주인께 왜국으로 가라는 황명이 내리실 거라 하나이다. 그 날짜가 이달 말께가 될 것 같다 하옵고요. 벅수골을 좀 치워놓겠습니다.

왕인이 돌아와 호천려에 묵고 있음을 설요도 알고 있었다. 미구에 그가 다시 떠날 것도 예감했던 참이었다. 그 시기가 예상보다 빨랐다. 하여 일인각을 나왔다. 호금은 설요가 사루왕인을 만나러 나가리라는 걸 짐작하고 그걸 준비하러 간 것이다.

"성하, 한 가지 여쭙고 싶사온데, 허락하시겠사와요?"

"네가 언제는 내 허락받고 물었더냐. 호금도 아니 계시는데, 궁금한 게 있으면 물으렴."

"성하께옵선 일 년에 서너 차례씩, 때로는 대여섯 번이나 명상에 드시지 않나이까. 그러하시면요, 허기를 어찌 참으시어요? 소녀는 아기신녀였을 적부터 그게 궁금했나이다."

"그게 궁금했어?"

"예. 옛날 우리끼리, 성하와 예하께서 명상에 드시면 한님께서 눈에 아니 보이는 맛난 것을 내려주시는 거라고 속삭이곤 했나이다. 그러시니 닷새, 열흘씩 아무것도 아니 잡수시고도 멀쩡하게 명상실에서 걸어 나오시는 거라고요."

"지금은 그게 아님을 알 터인데?"

"그렇지 않음을 진작에 알았사오나 여전히 궁금하나이다. 참말로 배가 고프시지 않나이까?"

"왜 배가 아니 고파. 아주 아주 고플 적도 있지. 하지만 참는 거란다."

"왜요?"

"참고 있으면 내가 참는 것을 잊어버리기도 하려니와 심신이 점점 맑아지는 희열이 생기는 까닭이지. 눈도 밝아지고. 제일신녀이니 신궁에서는 제일 눈이 밝아야 하지 않겠느냐?"

"소녀는 예비신녀 적에, 벌 받느라 하루만 굶어도 눈이 멀 것 같던 걸요?"

"예비신녀들 눈이 멀까 보아서 하루 이상 굶기는 벌은 못 주게 하지 않느냐."

"그건 감사하고 있사와요. 소녀는 스승님들께 벌을 하도 자주 받아서, 벌이 더 컸으면 말라 죽었을 것이옵니다."

제가 말해 놓고도 우습기는 한지 혀를 빼물며 웃는다. 상하 간에 농담을 하는 사이 설요의 죽 그릇이 비었다. 설요는 시위들을 불러 몸단장을 다시 했다. 오전엔 그간 밀린 궁무를 처리했다. 오후엔 사람들을 접견해야 했다. 어지간한 사람들은 사절신녀들이 만나지만 기어이 제일신녀를 만나고 싶다며 청해오는 이들이 있었다. 그들은 청원을 넣은 뒤 천혜당에서 며칠이고 죽치며 기다리기 일쑤였다. 그런 백성들이 못해도 하루에 열 명은 넘었다. 그들을 만나주지 않으면 그들을 괴롭히는 것이려니와 그들을 수발하느라 천혜당의 궁인들이 몸살을 앓는지라 만나야 했다.

설요가 지수각(地水閣) 궁무실에 나앉으니 사절부장신녀 치리가 접견을 기다리는 자들의 이름과 대강의 신상을 아뢰었다. 열다섯 명인데 끝의 다섯 명은 무절 일행이라 했다. 첫 번째로 든 이는 북한성 다목나루 근방에서 온 노파였다. 절하며 고개를 드는 그의 얼굴에 붓으로 그린 것처럼 주름살이 깊고, 정수리가 횅하다. 뒤통수에 감아올려 놓은 머리는 온통 희었다.

"다목나루 근방에서 오셨다고요? 언제 건너오셨어요?"

"닷새 전에 와 천혜당에서 먹고 자고 침도 맞고 뜸도 뜨고 그랬나이다, 성하. 은혜가 높으시니다."

"할머니, 어릴 적에 부모께서 붙여주신 이름이 무엇입니까?"

"이, 이름이요?"

"예, 이름이요. 이름이 있었을 거 아닙니까."

"하도 오래전에 불려봐서 제 이름도 깜깜합니다만, 보다나였나이다."

"그래요, 보다나 님. 저를 기어이 보겠다 하신 연유가 무엇입니까? 무슨 억울한 일이 계십니까?"

"소인네가 올해 여든두 살이옵니다, 성하. 젊은 날에 하나 낳은 자식을 앞세우고 자그만 객점 꾸리면서 수십 년을 살았지요. 나이 너무 들어 접은 뒤 여적 홀로 살아왔사오나 억울할 것도 없사옵고 한할 것도 없니다. 다만

259

한 가지 평생 소원이, 죽기 전에 신궁 성하를 한 번 뵙는 것이라 알현을 청하고 기다렸나이다."

드물기는 하여도 아무 목적 없이 그저, 제일신녀 얼굴 한 번 보고자 하는 염원으로 이렇게 찾아오는 이들도 있었다. 노파는 며칠 안에 저세상으로 돌아갈 듯했다. 스스로도 그걸 예감하고 생애 마지막 나들이를 한 것이다. 설요는 얼굴에 드리웠던 흰 너울을 걷었다.

"그 소원 못 들어드리겠습니까. 자요, 보세요. 제가 제일신녀입니다."

처진 눈꺼풀과 주름 속에 파묻혔던 노파의 눈이 커지더니 반짝였다. 그 눈이 발개지며 눈물이 맺혔다. 설요는 좌대에서 일어나 엎드린 노파에게로 다가가 그를 일으켜 앉혔다. 그의 손을 잡고 다독였다.

"평생 한님을 받들며 이웃 사람들에게 좋은 일을 많이 하셨으니, 보다나 님, 훗날 저세상으로 가시면 복록을 누리실 겝니다. 이 세상에서 하시고 싶었던 일 다 하시게 될 테구요."

"아이고, 성하, 고맙사옵니다. 이 늙은이 손을 잡아주시고 축원해주시고. 지금 죽어도 여한이 없나이다."

"별 말씀을요. 사시는 날까지 건강하시기 바랍니다. 잘 가시구요."

설요가 노파의 등을 다독이고 일어서려는데, 그가 품을 뒤지더니 검은 주머니를 꺼내 내밀었다.

"무엇입니까."

"금붙이이옵니다, 성하. 소인네가 살날이 얼마 남지 않은 데다 자손도 없어서, 수발 들어주는 계집아이 먹고살 것만 빼놓고는 금붙이로 만들었습니다. 천혜당에 찾아드는 백성들 돌보시는 일에 써주사이다."

"꼭이 그리하시고 싶습니까."

"암만요. 이걸 기어이 이렇게 성하께 내놓고 싶은 소인네 욕심을 용서하소서."

"욕심이라니요. 고운 마음이십니다. 고맙습니다. 아픈 백성들을 위해 잘 쓰도록 하겠고, 보다나 님 댁까지 우리들이 배웅을 해드리겠습니다."

보다나 노파가 일어나니 젊은 사절신녀 둘이 그를 부축해 나갔다. 설요는 너울을 내려뜨리며 좌대로 가 앉았다. 어디에서도 풀길 없는 억울함을 호소하기 위해 온 이들에 비하면 노파는 훈풍 같은 이였다. 두 번째로 들어온 이는 열댓 살 가량으로 사내 복색을 하고 머리통을 다복솔처럼 만들어놓은 계집아이였다. 나이로 보자면 성년인데 체구가 작아 아이로 보였다. 속병이 깊었다.

"너는 매홀현에서 온 속소리로구나. 속소리야, 기어이 나를 만나려 한 까닭이 무엇이냐?"

"성하, 소녀는 집에서 도망을 나왔사온데 갈 곳을 몰라 도성으로 왔사옵고요, 몸이 몹시 아파서 천혜당을 찾았사와요. 신녀님들께서 소녀를 돌봐주시다가 성하를 뵈라 하시기에 이리 들었나이다."

속소리의 말을 듣고서야 설요는 치리 신녀가 올려놓은 아이의 신상부를 읽었다. 열다섯 살의 아이는 창병(娼病)을 앓고 있었다. 노류화가 아닌 아이가 창병을 앓는 게 기이해 사연을 물은 결과 열 살이 되기 전부터 동네 사내들로부터 끊임없이 겁탈을 당했던 것으로 밝혀졌다. 그런데 아이를 동네 사내들에게 내돌린 인물이 바로 그 아비였다. 아비라는 자가 딸들의 몸을 팔아 생계를 마련하고 있는 것 같다는 것이다.

"속소리야, 네 형과 아우가 몇이나 되느냐?"

"원래 형이 셋이었사온데, 큰형과 작은형이 어느 날 도망을 가 버렸사

261

옵고, 셋째 형은 작년 봄에 죽었사와요. 요새는 저하고 아우, 둘이 있었나이다."

"네 어미는 없고?"

"예, 소녀가 어렸을 적에 병으로 죽었다고 하였사와요."

"네 아비는? 사지가 온전하고?"

아이는 사지가 온전하냐는 말을 못 알아듣고 바닥에 이마를 들이박고 있었다.

"속소리야, 네 아비의 팔과 다리가 멀쩡하냐 물은 것이다."

"그, 그러하와요, 성하. 잘 걷고 잘 패고 그렇나이다."

"집으로 돌아가고 싶으냐?"

"아니요, 죽어도 집으로 돌아가기 싫나이다."

"네 아우는 어찌하고?"

"소, 소녀의 병이 나아 몸이 날래지면 몰래 집에 가서 아우를 데리고 도망을 치려 하나이다."

"어디로 갈 것인데?"

갈 곳이 없는 아이는 할 말도 없는지 고개를 박은 채 꾹꾹 울었다. 계속 묻는 것은 아이에게 형문과 다름없었다.

"치리 님, 이 아이를 천혜당으로 내려 보내 마저 치료를 해주세요. 매홀 현의 이 아이 집으로 사찰들을 보내어 역시 같은 병을 앓고 있을 속소리의 아우를 데리고 와 치료해 주시고, 두 아이의 몸이 나으면 아이들에게 마땅한 일이 무엇일지 찾아 영지로 보내세요."

"아이 아비는 어찌 하오리까, 성하."

"사절부에서 의논하여 처결하세요."

설요가 신궁위에 올라 수하들에게 의논하여 처리하라는 명을 처음 내렸을 때는 말 그대로 모든 사정을 알아본 뒤 한껏 의논하여 목숨을 신중히 다루라는 뜻이었다. 사절들이 그 말을 죽여 없애라는 뜻으로 받아들이고 있다는 사실은 제일신녀가 되고도 일 년이나 지났을 무렵에 알게 되었다. 그걸 알고 난 이후 설요는 사절들에게 의논하여 처결하라는 명을 신중히 내리게 되었다. 오늘은 그냥 명했다. 곧 죽여 없애라는 뜻이었다. 사지가 멀쩡하지 않아도 딸자식들의 몸을 팔아먹는 자를 용서할 수 없거니와, 사지가 멀쩡한데 그와 같은 짓을 하는 자를 살려두고 싶지 않기 때문이었다.

세 번째로 들어선 젊은 여인은 화려하지도 추레하지도 않은 여염 복색인데 다리를 심하게 절룩였다. 그가 절한 뒤 엎드린 자세로 고개를 들었다. 너울 속에서 설요는 왈칵 낯을 찌푸렸다. 서른댓 살쯤 되어 보이는 계집의 사기(邪氣)가 독했다. 설요는 탁자에 놓인 쥘부채를 들어 휘릭 펼쳤다. 순간 호위들과 시위들이 긴장하여 계집을 살폈다. 치리 신녀는 제 손에 들린 명부를 서둘러 확인했다. 설요가 쥘부채를 펼치는 것은 계집에게 문제가 있다는 뜻이었다. 이 지수각까지 들여놓을 계집이 아니매 사절들이 그걸 간파하지 못한 것이다.

"달기현에서 오셨다고요. 어떠한 일로 나를 만나려 하시었습니까?"

"예, 성하. 소인은 달기현 새재골에 사는 계집이온데, 열일곱 살에 혼인을 하였나이다. 혼인한 지 두 해만에 지아비가 전장에 불려나가 살아오지 못하였습니다. 이듬해에 나이 들어 상처한 홀아비와 짝을 맺고 새재골에서 살았습니다. 노부모와 시동생 셋과 전실 자식이 넷이나 되는 집이었는지라 허리 펼 짬이 없이 일하여 노부모와 자식들을 봉양했지요. 십여 년이 지나는 사이에 노부모는 돌아가시었고 시동생들은 분가하였으며 자식들도 다 커서 짝을 맺었습니다. 소인은 자식을 낳지 못하여 큰아들과 함께 살던 집에서 살고 있나이다. 헌데 작년 봄에 지아비가 세상을 떠나고 나니 그 집이 제 집이 아니게 되었사와요. 큰아들 내외가 소인을 종 부리듯 하더니 절더러 집을 나가라는 겝니다. 그 와중에 다리를 다쳐 일조차 제대로 못하게 되니 저를 아예 집 밖으로 내몰았습니다. 현청에 가서 호소도 해보았으나 귓등으로도 아니 들어주고요. 소인은 갈 데가 없어 떠돌다가 어디선가 신궁 성하를 뵈면 억울함을 풀어주신다는 말을 듣고 찾아왔나이다. 성하, 부디 소인의 한을 풀어주소서."

"내가 어찌 해주었으면 싶습니까?"

"소인은 청춘을 바쳐 일하고 자식들을 키우며 살아온 집으로 돌아가고 싶나이다."

"집으로 가시어도 그들과 함께 살기는 어려울 성싶은데, 자식들 중 누가 당신을 제일 못 봐내는 게요?"

"며느리입지요, 큰며느리."

"며느리와 당신의 나이 차가 몇 살이나 됩니까? 한 댓살 차이 나오?"

"예, 성하. 네 살 차이이옵니다."

"큰며느리만 맘을 고쳐먹는다면, 혹시는 큰며느리만 집에 없다면 당신이 집으로 돌아가서 예전처럼 살 수 있겠구려?"

"그러하나이다, 성하."

"헌데 내 들어보니 큰며느리가 마음을 달리 먹기는 어려울 듯한데, 당신이 마음을 달리 먹고 차라리 당신 혼자 살아갈 방도를 찾는 게 나을 성싶소만? 필요하다면 당신이 일하며 호구지책을 마련할 만한 곳을 우리가 알아봐 주겠소. "

"소인이 홀로 살자니 이미 몸이 부실한지라 일을 못하고, 지닌 것도 없는지라 그 집 이외에는 목숨을 부지할 방도가 없나이다. 부디 소인의 처지를 헤아려 주소서."

"이보시오, 새재골 여인. 평소에 정안수 떠놓고 한님께 기도를 해본 적이 있소?"

"그럼요, 성하. 날마다 새벽이면 첫물 떠서 올리고 기도를 하옵니다."

"기도를 한다는 건 한님을 만난다는 뜻이고 자신을 만난다는 의미이지요. 기도할 줄 아는 마음을 가진 사람은 이 신궁에 쉽게 찾아오지 못할 뿐더러 제일신녀를 만나겠다 고집하기도 어렵습니다. 왜냐, 한님을 조심하기 때문이고 한님의 뜻을 백성들에게 전하는 제일신녀를 무서워하기 때문이오. 왜 무서워하는가. 그건 솔직해야 하기 때문이오. 헌데 사람이 솔직하기란 때로 죽기보다 어려운 법이지. 죽기보다 무서울 수도 있고. 그러할 제 당신은 무서워하는 게 없소. 한님도 제일신녀도 아니 무섭지. 당연히 솔직하지도 않고."

"서, 성하. 어, 어찌 그러한 말씀을 하시옵니까?"

"제일신녀가 백성을 만날 제는 그의 간절한 소원을 최대한 들어주기 위함이오. 하여 나를 만나기 전에 사절신녀들이, 나를 만나고자 하는 백성들을 미리 만나 그 소원이 솔직하고, 사람의 도리에 어긋나지 않으며 목숨의 값만치 절박할 때 내 앞에 이르게 하는 것입니다. 당신도 우리 사절들에게 그리 보였기에 내 앞에 와 있는 것이오. 내가 당신을 만났으므로 지금 당장 우리 사절부의 사찰(査察)신녀들이 새재골로 말을 달려갈 것이오. 그곳에서 당신이 지금 한 말이 사실인지 아닌지 샅샅이 살피고 올 것이고. 당신이 내 앞에서 한 말이 다 사실로 밝혀지면 당신의 곤궁을 어떻게든 해결해 줄 것이오. 허나 사실이 아니라면, 가령 당신이 전실의 자식이었던 큰 아들과 간통이라도 하고 살다가 며느리에 들켜서 이리 되었다든지, 또, 돌아간 지아비의 재산을 차지하기 위하여 신궁을 끌어들이려 했다든지, 또 가령, 당신의 절름발이가 거짓 흉내였다 하였을 시 당신은, 이 신궁에서 걸어 나가지는 못할 것이오. 감히 한님을 속이려 한 죄, 제일신녀를 기망하려던 어리석음에 대하여 대가를 치러야 할 것이오. 보아라. 당장 새재골로 사찰들을 띄우도록 하라. 그리고 그들이 돌아올 때까지 이 여인은 궁옥(宮獄)에 감금토록 하여라."

시위하고 있던 사찰신녀 둘이 계집을 양쪽에서 잡아 일으켰다. 계집이 이제야 사태를 파악했는지 몸부림을 치며 신녀들을 떨쳐내고는 엎어졌다.

"살려주소서, 성하. 살려줍시오. 소인이 거짓을 아뢰었나이다, 살려줍소서."

"너의 거짓됨이 어느 정도인지에 따라 네 장래를 결정할 것이다. 일단 사찰들을 따라 나가서 너의 죄를 낱낱이 자복하여 보아라. 이 계집을 치워라."

사찰 넷이 여인의 사지를 잡아들고 나갔다. 설요는 휙 너울을 걷어 올리며 창을 열라고 손짓했다. 하얗게 질린 시위들이 창을 활짝 열고 다른 시위들이 계집이 엎드렸던 바닥에 마른걸레질을 해댔다. 치리 신녀가 설요의 탁자 건너에 무릎을 꿇고 앉았다.

"황송하옵니다, 성하. 그러한 계집인지 알아채지 못하고 심기를 어지럽혀 드렸나이다. 용서하소서."

"내 숱한 사람을 상대해 왔으나 이처럼 독하면서도 어리석은 계집은 처음인 성싶습니다. 사특한 계집이 작정하고, 거짓 절름발이 행세까지 해가며 달려들었으니 누군들 속지 않았으리까. 아마 전실의 아들이라는 자와 간통하던 계집일 게요. 사내가 변심을 했을 터이지. 달기현으로 사찰들을 보내어 내막을 알아보고, 사내의 죄도 따져보세요. 어쩌다 계집에 부화(附和)되어 세월을 보내온 것 같으면 고자로 만들어 살려두세요. 헌데 그자가 계집과 함께 저지른 죄를 계집에게만 들씌워 내쫓은 것이라면 그 자를 고자로 만들고 한 팔을 잘라 놓으세요."

"계, 계집은 어찌 처결하오리까."

"계집이 솔직히 자복하면 살려주세요. 살려주되, 절름발이에 벙어리를 만들어 내보내세요. 다시는 그 다리로 사람을 속이지 못하도록. 두 번 다시 그 요망한 주둥이를 놀리지 못하도록. 이제 다음 백성을 만납시다."

맨 처음의 노파가 드문 사람이듯 두 번째 아이도, 세 번째 계집도 드문 경우였다. 드물면서도 또한 흔했다. 제일신녀를 만나려는 사람들마다 그만치 다른 사연을 지녔기 때문이다. 일곱 명의 백성들이 궁무실로 들어왔다가 나가고 난 뒤 설요는 기진맥진했다. 일인각을 나온 뒤 사흘 이상은 지내고 나서 백성들을 접견하는 관례를 깨고 너무 일찍 나섰던 것이다.

시위들이 의절부에서 준비해놓은 보약을 들여왔다. 쓰디쓴 보약을 마시고 찻물로 입가심을 한 뒤 설요는 천인각으로 향했다. 본국과 대방 곳곳에 흩어져 있는 무절들은 한성에 들를 일이 있으면 신궁으로 와서 백성들처럼 제일신녀 알현을 청했다. 명상에 들어있을 때가 아니라면 백성들과 달리 무절들은 대개 청원해 온 그날이나 이튿날로 만나기 마련이었다. 설요는 신궁위에 오른 뒤 무절들을 천인각에서 접견해왔다.

큰 마당에서 작은 북소리가 났다. 설요는 천인각으로 난 왼쪽 길을 마다하고 대신전 앞쪽으로 나가 계단 위에서 큰마당을 내려다보았다. 아기신녀들이 작은 북소리에 맞춰 춤 연습을 하고 있었다. 춤은 아기신녀들의 몸을 날렵하게 만드는 훈련이자 어느 부서의 예비신녀가 될 것인지를 가늠케 하는 공부였다. 아기신녀들이 새끼 제비들처럼 희고 검은 옷을 입고 팔짝팔짝 뛰면서 팔을 흔들었다. 그 동작이 제각각이라 교수신녀가 탕탕 탕, 북을 쳐서 주의를 준다. 열 살이 되면 예비신녀가 되고 열일곱 살이 되면 각기의 재능과 성정에 따라서 의절이 되거나 사절이 되거나 무절이 될 아이들. 귀여우면서도 안쓰러운 제비꽃 같은 목숨들 사이에 다님이가 있었다.

다님이는 마니섬의 영지에서 궁노의 딸로 태어난 아이였다. 이태 전 마니섬 영지에 들어갔더니 마니섬 영지 경영신녀가 울보로 소문난 다섯 살배기에 대해 말했다. 사나흘 간 계속 울기도 하는 아이라고 했다. 계집아이의 집이 신당 옆이라서 아이 울음소리를 노상 듣고 산다는 것이었다. 그날도 아이가 울었다. 설요는 울음소리를 좇아 아이에게 갔다. 울던 아이가 설요를 보고는 울음을 뚝 그쳤다. 그리고 보름달처럼 환하게 웃었다. 설요는 그때 전율했다. 어쩌면 이 아이가 신이궁의 재목이겠구나. 하여 아이를 신궁으로 데려와 다님이라 이름 지었다. 달님처럼 크고 높은 존재가 되라는 뜻으로 아이 이름을 짓고 나서야 그 이름이 뵌 적 없는 사루왕인의 어머니 이름과 같음을 깨달았다.

"소녀가 저기 있을 때가 어제 같사와요, 성하."

깃브미의 속삭임에 설요는 웃으며 고개를 끄덕였다. 아기신녀들을 볼 때마다 설요도 그 시절이 어제 같았다. 한편으로는 태곳적인 듯이 멀었다. 아기신녀 시절에 이미 신이궁이 된 탓에 깃브미처럼 여느 아기신녀들과 함께 자라지 못했다. 아기신녀나 예비신녀가 신이궁이 되면 맨 먼저 무리에서 제외되었다. 동무가 없어지는 동시에 모든 배움의 과정에 독선생이 배정되었다. 홀로 배움은 홀로 모든 것을 결정해야 하는 자리에 대한 연습이었다. 뼈에 사무치는 외로움을 견뎌야 하므로 강해져야 했다. 왜 그리 지독한 과정을 겪어야 했는지는 제일신녀가 된 뒤에 저절로 알게 되었다. 목숨을 다루는 제일신녀라는 자리가 그렇게 독하고 외로운 자리였다. 다님이 그런 자리를 감당할 만한 재목인지는 아직 알기 어려웠다. 두 해 뒤 아홉 살이 되어 신이궁 시험에 임하게 되면 그때 알게 될 것이다.

머지않아 태풍 같은 바람이 백제로 불어올 것이었다. 신궁 또한 그 바람에 한바탕 휘둘리게 될 것이다. 헌데 그 바람은 한차례 지나가고 말 바람이 아니었다. 십 년 전 부아악 대암이 분리됐을 때부터 예감했던 일이었다. 그 대암의 단면들에는 이미 이끼가 짙어져 바위가 원래 하나였음을 기억하기도 어려워졌으나 설요는 잊지 않았다. 잊을 수가 없었다. 작년 삼짇날 오후에 저 아래 큰마당에 별이 뜬 것을 보았다. 수천의 대중 가운데서 찬란히 빛나던 그 기운이 처음엔 왕인의 빛인 줄로 알았다. 가슴이 두근거려 눈을 부릅떴다. 왕인이 아니었다. 그에게서 풍기는 기운도 익숙한 왕인의 것이 아니었다. 왕인의 기운은 굵으면서도 부드러운 밧줄과 같았다. 낯선 그의 기운은 굵고 억셌다. 그가 누구인지는 알 수 없었다. 그가 큰마당의 백성들을 휘감고도 남을 기세를 지닌 사람이라는 것은 알 수 있었다. 그로 하여 백제와 한성과 신궁이 휘둘리게 되리라는 것을 느꼈다. 미하수에게 명하여 그의 뒤를 밟아보게 했다. 사흘 뒤 기밀대에서는 스무 명 남짓한 호위들을 거느린 그가 말갈 땅으로 들어가더라고 보고했다. 말갈로 들어갔지만 고구려 사람들인 게 분명하더라고.

"성하, 그만 거둥하시어요. 치리 신녀님께서 절 노려보고 계시답니다."

"그래, 가자."

장차 신궁이 할 일은 더 많아질 것이다. 제일신녀의 일도 그만큼 많아질 터이고. 다님이 그걸 함께해 줄 신이궁 재목이길 바라고 있었다. 작은 몸 안에 이글거리는 생명의 기운을 담은 채 빛나는 아이. 아흐레를 굶고도 버틸 만한 집요함과 맑음을 동시에 지닌 아이. 다님이 그런 아이라면, 그리하여 두어 해 뒤 신이궁이 된다면 다님이 열일곱 살이 될 제 어머니 효혜처럼 다 물려주고, 중로원이고 원로원이고 미련 없이 신녀의 옷을 벗고 범속으로 나갈 수 있을 것이다. 효혜처럼 이구림으로 가서 햇볕을 쐬며 바닷바람을 맞으면서 바래어 가다가 흔적 없이 사라져도 좋을 것이다. 당신과 함께 늙은 시위신녀 여섯 명 만을 데린 채 세상을 하직하듯 이구림으로 떠나가신 효혜 님.

그의 떠남은 자식 삼아 길렀던 설요를 위한 것이었다. 살아 있는 그가 신궁에 거하지 않으니 중로원과 원로원의 신녀들이 자신들을 대접해 달라고 큰 목소리를 낼 수가 없어졌다. 효혜는 설요의 앞길에서 당신을 스스로 치웠던 것이다. 그렇게 이구림으로 가신 그분은 처소인 무무당을 야학당(夜學堂)으로 만들어 이야기 선생으로 사신다고 했다. 저녁밥을 먹고 설거지를 마친 이구림의 여인들이 바느질감을 들고 찾아오면 그들에게 책을 읽어주고 이야기를 해준다던가. 그들의 이야기를 들어주고도 계실 것이다. 신당이 아니라 야학당에서. 신궁과 제일신녀라는 신분과 원로신녀라는 것에 대한 일고의 미련도 없으시다는 뜻이었다. 설요는 아이들을 내려다보며 박수를 쳐주고는 화풍각 앞을 지나 천인각으로 올랐다.

"신궁 성하 듭십니다."

치리 신녀의 알림 소리와 함께 설요가 들어서니 천인각 대실에 있던 무절들이 일제히 엎드렸다. 미하수 휘하의 이십 인의 무절신녀들과 알현을 요청한 다섯 명의 무절들이었다. 설요는 자신의 자리로 가 앉아 고개를 끄덕였다.

"위례성에서 오신 무절들께서는 무절선인 맞은편에 좌정하십시오."

치리 신녀의 말에 따라 무절들이 일어나 이미 정해진 자리에 앉았다. 미하수가 다가와 속삭였다.

"성하, 저들은 칠 년 전 밝실 사태 때 우리와 함께 움직였던 무절들입니다. 안물골에서 을나들을 상대한 사람들이 저들입니다."

고개를 끄덕인 설요는 그들을 한 사람씩 둘러보며 너울 속에서 미소 지었다. 너울에 가려졌어도 미소를 보는지 그들도 미소를 짓는다. 가운데 취운파는 마흔 살이 넘었을 것 같고, 그 양쪽의 네 사람은 서른 살 안팎쯤으로 보였다.

"어서들 오세요. 먼 길을 오시었습니다."

"예, 선인. 모처럼 한성에 왔는 바 선인을 뵙고자 알현을 청하였나이다. 소생은 위례성 무절 취운파라 하옵니다."

곁의 네 사람이 각자 제 이름들을 아뢰었다. 석령, 차유, 백호, 가하로라 하는데 백제말이 서투른 사람들이었다.

"신궁에는 처음이십니까?"

"소생은 이십여 년 전에 잠깐 신궁에 든 적이 있사온데, 그때 소생은 무절이 아니었습니다. 무절이라는 존재들에 대해서도 막연했지요."

"이제는 분명하시구요?"

"아닙니다, 성하. 소생 나이를 먹어 퇴역무절이 되었음에도 여전히 해결치 못한 궁금증 몇 가지가 있기에 성하 뵙기를 청했나이다."

"제가 해결해 드릴 수 있는 궁금증이길 바랍니다. 말씀해 보세요."

"첫째는 우리가 무절임을 스스로 자랑스러워하는 까닭이 무엇인가 하는 것입니다. 두 번째는 우리가 널리 사람을 이롭게 한다는 천신의 가르침을 따르면서 전쟁을 함이 과연 정당한 것인가 하는 것이고요. 세 번째는 무절선인, 신궁 성하의 용모입니다. 무절선인을 뵈었다는 위인들을 더러 만나보았으나 그들에게 우리의 선인께서 어찌 생기셨느냐 물으면, 아느니 흰 너울뿐이라 하였습니다. 소생이 아는 무절들이 모두 선인을 궁금해 하는 바, 저의 세 번째 궁금증은 모든 무절들의 궁금증이기도 할 것입니다."

설요는 어이가 없어 웃었다. 천인각 대실 안에 있는 신녀들도 고개를 수그린 채 웃음을 깨물고 있었다. 마흔 살은 족히 넘어 보이는 퇴역무절이, 퇴역이라고는 하나 달포 전까지 황제친위군의 장군이었다는 사내가 내놓은 질문이 아이 같지 않은가. 외양이 모자라 보이거나, 무식해 뵌다면 그러려니 수긍할 것인데, 그는 신녀들 가슴을 할랑거리게 만들 만한 용모였다. 관자놀이 위쪽으로 치오른 짙은 눈썹에 또렷한 눈매인 데다 짧게 기른 수염이 만져보고 싶게 산뜻했다. 몸피는 젊은이인 양 날렵하고 거동은 무인답게 기민했다. 그런 그가 무절선인을 향해 내놓은 궁금함이 아이와 같은 것이다.

"취운파께서 물으신 사항들에 대하여 답합니다. 취운파 무절과 곁에 계신, 차유, 백호, 석령, 가하로 무절께서는 무절에 입문하실 당시 앞의 두 가지에 대한 답을 이미 들으셨을 것입니다. 우리가 무절임을 스스로 자랑스러워하는 까닭이 무엇인가. 우리가 널리 사람을 이롭게 하라는 하느님의 말씀에 따라 전쟁을 함이 과연 정당한가. 그 두 가지에 대한 답을 들으

272

셨을 터이고 스스로도 이미 아실 것입니다. 사람을 널리 이롭게 하라는 하누님의 말씀에는 전쟁을 해도 좋다는 단서가 없지요. 전쟁은 사람들이 합니다. 전쟁을 왜 하는지에 대한 질문은 별개로 어쨌든 온 누리에서 전쟁을 벌입니다. 이왕 벌어지는 전쟁에서 무절들은 한 사람이라도 더 살리기 위해 노력합니다. 그게 무절의 신념이고 원칙이지요. 때문에 우리가 무절임을 자랑스러워하는 것이고요. 그럼에도 여전히 고민하고 계시는 건, 저 또한 고민하는 까닭은 우리가 살아 있기 때문일 것입니다. 아프게 살기 때문일 것이고요. 사람마다 삶이 어찌 그리도 아픈지요. 헌데 아프기만 한 것은 아닌 듯하지요? 우물을 들여다보듯 스스로를 들여다보면 그 안에는 살아 있음을 기뻐하는 자신이 분명히 있습니다. 하여 우리는 그렇게 교차하는 희비를 지고, 살아 있는 동안은 멈출 수 없는 의혹과 수시로 발생하는 질문들에 스스로 답하면서 살아가는 것일 텝니다. 이 모든 말씀들은 모든 사람들이 다 느끼고 아는 것이지요. 여러분께서 아시는 만큼만 저도 알고 있다는 뜻이랍니다. 저는, 널리 사람을 이롭게 하라 하신 하누님의 말씀을 이 땅 위에서 실현하려 애쓰는, 살아 있음이 기쁜 사람을 한 사람이라도 더 만들기 위하여 애쓰는 한 사람일 뿐입니다. 저는 여러분, 곳곳에 계시는 무절들과 같습니다. 제가 각처, 각기의 무절들과 다른 점이 있다면 제가 여러분을 이 신궁에 소속된 사람들임을 알려드리는 일을 하고 있다는 것일 겝니다. 여러분 또한 저와 같은 하누님의 사제임을 잊지 않게 한다는 것이지요. 취운파 님, 그리고 차유, 백호, 석령, 가하로 님. 제가 드릴 수 있는 답은 이만큼입니다."

　신궁 성하, 무절선인은 자신이 신이 아니고 보통 여인과 같다고 말하고 있었다. 무절신녀들은 선인의 그런 말투에 익숙한지 미소를 짓는다. 품고 있을 적엔 심각한 질문이라 여겼는데, 내놓으면서 이미 이건 아닌데 싶었다. 하누님이 현신하시었다 하여도 답이 없을 것이매 젊은 선인인들 답이 있으랴. 취운파나 왕인이나 서비구, 혹은 무수한 사람들이 찾고 있어도 없는 답을 무절선인에게 요구하다니. 사람들끼리 싸우지 않고, 나라들 간에 전쟁하지 않는 미래가 도래한다면 모를까.

"은혜가 높으십니다, 성하. 하온데 아직 세 번째 질문이 해결되지 않았나이다."

"아, 제 용모가 남았지요. 제 용모가 진정으로 궁금하신 겝니까?"

"예, 선인 성하."

"제 용모는 우리 신궁 사람들에게는 나무 한 그루처럼 심상한 것입니다. 지금 보고 계시는 이 방 안의 모든 신녀들의 얼굴이 제 얼굴입니다. 또한 신궁 밖으로 나가시어 첫 번째로 만나실 여염여인의 용모가 저와 같습니다. 저잣거리에서 만나는 어떤 여인의 모습도 저와 한가지입니다. 궁금해 하실 하등의 이유가 없으십니다. 그러함에도 무절들, 혹은 백성들께 너울을 쓰고 있는 모습만 뵈어 드리는 까닭은 무절들과 백성들 자신을 위해서입니다. 신궁이며 선인인 제가 자신들과 꼭 같은 사람이라는 것을 알고 싶지 않은 백성들이 의외로 많답니다. 하여 이 너울은 고래로부터 전해진 제일신녀들의 허울입니다. 제가 이리 너울을 쓰고 있으면 신궁, 선인을 뜻하는 대로 상상하실 수 있지 않겠습니까? 그렇게 맘대로 상상하시라고 제가 허울을 쓰고 있는 것입니다. 답이 되셨습니까?"

"답이 되지는 않았사오나, 더 이상 조를 수도 없으니 어쩌겠나이까. 그래도 무절선인, 신궁 성하가 어찌 생기셨을까, 여전히 궁금키는 합니다. 선인께서 그리 생기셨더라 자랑할 수 없음이 안타깝고요."

취운파의 말에 잔잔한 웃음의 파도가 일었다. 설요도 미소 지었다.

"선인으로서 취운파 님께 한 가지 여쭙습니다. 숱한 전투에서 공을 세우시고 황제친위군 상장군까지 승격하셨다던데, 이제야말로 그 직위와 권력을 행사하시게 될 터인데, 어찌 관직을 내놓으시고 백면으로 이 진단 땅엘 오셨지요? 거느리시던 병사들과 섬기시던 폐하를 어찌하시고요?"

"제가 열다섯 살 적부터 전쟁터를 쫓아다니며 시방 마흔세 살이 되었습니다. 그만했으면 제 몫은 충분히 하였다 싶더이다. 하여 폐하께서도 소생의 사직을 허락해주신 것이고요."

"근자에 백제의 쌍현성이 고구려로 넘어가 조정이 긴장해 있다고 하던데요, 이즈음 백제에 취운파 님과 같은 분이 꼭 필요하다는 생각은 아니하시고요?"

"백제엔 사람이 아주 많지요. 장수들도 많고요. 그들 또한 점령하고, 점령당하는 전쟁을 치르면서 장수며 장군에 이른 백전노장들입니다. 저쪽으로 넘어간 성, 그들이 되찾을 겝니다. 필요하다면 말이지요."

"그러니 취운파 님께서는 이제 물러나서도 무방하다 여기신 게로군요. 허면 이제 어디서 무얼 하시며 사실 텐가요?"

"이 백제의 남녘에 저의 동무가 살고 있나이다. 그의 곁에서 그와 함께 가는 세월이나 지켜보며 지내려 합니다."

"원하시는 대로의 삶을 일구어 가시길 축원하겠습니다, 취운파 님. 가하로, 석령, 백호, 차유 님."

선인이 앉은절을 했고 취운파들도 앉은절을 했다. 이제 이구림으로 가면 취운파는 자신의 이름처럼 월나악에 걸쳐진 구름인 양 살 것이었다. 그 전에, 속세와의 결별의식이든지 젊음과의 별리의식이든지를 치르는 양

무절선인을 보러온 것이다. 만난 것은 확실하되 본 것 같지는 않았다. 어디선가 본 듯한 익숙함이 정겨우나 얼굴은 못 봤지 않은가. 취운파는 그게 몹시 애석했다. 무절선인을 뵈었노라, 사루왕인에게 자랑을 할 참이었다. 이후엔 백미르에게도 자랑하려 하였다. 무절선인이 그리 생기셨더라. 헌데 자랑거리를 만들지 못했다. 오늘의 이 만남을 누왕인에게 말하면 웃을 것이고, 미르에게 말하면 눈도 떠보지 않을 터였다. 그나저나 너울 속에서 웃고 계실 저분이 어찌 생기셨을까. 취운파는 너울 속 무절선인의 얼굴이 못내 궁금하여 몸이 간지러웠다.

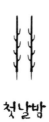

첫날밤

"공주께서 손수 차를 따르시게요?"

들을 때마다 가슴이 두근거리는 비류군의 목소리였다. 굵직하고 낮으며 흔들림 없는 말투. 비류군의 물음에 아사나는 미소 지었다. 가시에 찔려가며 꽃을 꺾었고 화병에 꽂기도 했는데 차를 따르지 못하랴. 시녀들이 차 수발을 하려는 것을 직접 하겠노라며 내보낸 참이었다. 탁자 가운데 놓인 명자화가 목숨처럼 붉다는 이름 그대로 붉었다. 붉은색은 미움의 색인 듯했다. 아사나는 청하지 않으면 오지 않는 비류군이 미웠다. 와서 남남처럼 구는 그가 미워 와락와락 뜯어놓고 싶었다. 미운 한편으로는 여전히 그 때문에 설레었다. 그를 그리워하며 기다리다 지쳐서 공주로서의 자존, 지어미로서의 체면, 계집으로서의 부끄러움을 버리고 다시금 그를 청한 것이었다. 그저 한 계집으로만 그 앞에 서려니.

그런데, 저녁을 먹는 동안 태학에 관한 일이며 책에 대하여 말하는 그는 여일하게 정중했다. 인사를 겸하여 그가 풀어쓴 《목지형검주조연사》에 대하여 물었더니 아예 사백삼십여 년 전 추모태제 원년의 고구려 대장간으로 옮겨 앉은 양 신이 나서 이야기를 했다. 차라리 오질 말던가. 왔으면 지아비처럼, 사내처럼 굴어야 하는 것 아닌가. 그의 잔에 차를 따르는 아사나의 손이 떨렸다.

"제 나이가 몇인지 아시어요?"

또 시작이시군.

인은 왈칵 치솟는 싫증을 내색치 않기 위해 차를 마셨다. 단숨에 마신 차가 너무 뜨거웠다. 찻물 온도도 못 맞추는가. 스스로 못할 것이면 수하들을 시킬 것이지. 입 안을 식히느라 후, 한숨을 내뱉으며 인은 애써 미소 지었다.

"스물넷이시지 않습니까."

인은 공주가 여전히 낯설고 불편했다. 밥을 먹고 차를 마시고 있으나 가시방석이었다. 빼어나게 아름답지는 않을지라도 귀염성 있는 얼굴에 눈빛은 영민하게 반짝였다. 한성에만 있던 대자원을 각 주(州)마다 하나씩 세웠을 정도로 마음 씀이 넓거니와 늘 책을 끼고 사는 사람이라 대륙의 정세며 판도에 대해 물어오는 질문들은 정확했다. 무엇보다 그는 지어미였다. 늘 사루왕인을 기다리는 여인이었다. 공주가 안쓰럽고 그에게 미안했다. 한편으로는 전혀 안쓰럽지도 미안하지도 않았다. 이번에 환도한 뒤 가부실 집에 갔다가 놀랐다. 인의 처소가 도깨비 소굴인 양 수선스러워져 있었던 것이다. 늘 비워두는 처소이나 언제나 떠났던 때의 모습 그대로 주인을 맞이하던 방이 공주가 드나든 뒤로 그렇게 달라졌다고 했다. 공주 자신은 머물지도 않을 방을 비단으로 도배해놓을 까닭이 뭔가. 비단으로 방을 치장하려는 아사나의 마음이 안쓰러우나 방을 비단으로 치장한 그 행위의 우둔함이 싫었다. 더욱이나 소야궁을 고천사로 만들어놓은 어리석음은 안쓰럽지도 않았다. 정 붙을 겨를이 없었다.

그 상반된 감정들이 공주궁에 들었을 때도 작용하여 인을 좌불안석에 시달리게 했다. 도리를 모르는 후안무치처럼, 군자도 장부도 못 되는 소인배라 스스로를 한탄해 보지만 여전히 어서 달아나고 싶을 뿐이다. 이 허울뿐인 내외간의 인연을 끝낼 수 있다면 좋으련만 혼인으로 이루어진 인연은 지어미가 사통의 죄를 범하지 않는 한 끝나지 않는다. 지어미의 사통은 그 자신의 죽음으로 이어지는 것이므로 지어미들은 사통하지 않는다. 백제에서 지어미가 지아비와 법으로부터 자유로워지는 길은 지아비의 죽음뿐이다. 아사나가 지금 백제에서 최고의 권력을 지닌 여인이라 해도 다르지 않았다.

"그렇습니다. 스물넷입니다. 혼인한 지 칠 년째가 되었구요. 대체 저를 언제까지……"

아사나가 다음 말을 잇지 못하고 울먹였다. 인은 민망해 탁자 한쪽에 놓인 화병을 쳐다보았다. 가지들 끝에 작은 가시가 돋아 있다. 가시를 가릴 듯 매달린 진홍색 꽃들이 부끄러워하고 있었다. 오래전의 소야비께서는 장미를 가꾸셨다. 소야비께서 붓을 쥔 손은 자주 가시에 긁혀 있었다. 그분은 생채기 난 손으로 그림을 그리며 평생 휘수 폐하를 기다리며 사셨다. 폐하께서 환도하셨을 때는 소야궁에 거하실 정도로 지아비의 정을 받으셨지만 함께하는 시간은 짧았고 기다림은 장구했다. 여누하는 소야비처럼 살지 않으려 궁실에 들지 않았다. 딸 부여라를 아비 없는 자식으로 키울지언정 사내를 기다리며 살지 않겠노라 선언한 채 홑몸으로 살았다. 아사나는 지아비가 있음에도 홑몸처럼 살고 있었다.

"대체 저를 언제까지 이리 버려두실 셈이셔요? 저 홀로 이대로 늙어 죽으라는 말씀이십니까?"

못할 짓이었다. 사내라고, 장부라고 떠들고 다니지만 아사나 앞에서의 사루왕인은 사내도 장부도 못 되었다. 아니 사람 노릇도 못하고 있다. 대방에서 청주에서 유주에서, 발길 닿는 곳에서 내킬 때마다 여인들을 품었다. 그들은 그 한 번이면 다시 생각지 않아도 될 이들이었다. 공주는 그와 같이 지나갈 여인이 아니므로 그를 함부로 대하지 않는 것이라고 스스로 합리화해 왔다. 인은 비로소 자신이 부끄러웠다.

"공주, 차보다 술을 나누는 게 어떨까 싶은데 혹시 술이 있습니까?"

"아, 술이요! 술이 있사와요."

찻물 온도를 맞출 줄 모르고, 사내에게 술을 먹이면 제 목적 달성하기가 얼마나 쉬운지조차 모르는 그였다. 궁인들이 부리나케 술상을 들여놓고 물러났다. 꼭꼭 여미어진 술병의 마개를 인이 땄다. 매화주였다. 인은 공주의 잔에 먼저 술을 따르고 스스로 자신의 잔을 채웠다.

"아침에 매화가 핀 걸 보았는데, 이 술잔에서도 매화향이 풍깁니다. 드셔 보세요."

"저는 아직 술 맛을 익히지 못하였습니다."

"무엇이든 처음이 있는 법 아닙니까. 공주와 제가 이리 술잔을 마주하는 것도 처음이고요."

오래 묵은 술이라 진했다. 진한 만큼 빨리 취할 것이었다. 인이 술잔을 비우고 내려놓자 아사나도 몇 숨을 쉬어가며 술잔을 비웠다. 인은 아사나의 잔을 가져다 채우며 물었다.

"술 맛이 어떠하십니까?"

"쓰고 독합니다."

"제가 처음 마실 때도 그렇더군요. 그때 부친께서 두 번째 잔을 건네주시며, 두 번째는 훨씬 쉬울 게다, 하셨습니다. 과연 그렇더이다. 두 번째는 좀 더 쉬우실 겝니다. 천천히 드셔보세요."

자신의 잔을 채운 인은 아사나에게 잔을 건넸다. 처음이라 어렵지 두 번째는 좀 더 쉬우리라. 그건 스스로에게 한 말이었다. 취기에도 농도가 있었다. 처음인 사람과 몇 번째인지 모르는 사람과 같은 양으로 같이 취할 수는 없었다. 아사나가 한 잔을 마시는 동안 인은 두 잔을 마셨다. 공주와 같은 농도로 취하여 취기에 몸을 맡겨볼 참이었다. 한 잔, 또 한 잔. 자신의 비겁을 알지만 맨정신으로는 공주를 안을 수 있을 것 같지 않으니 어쩔 수 없었다. 또 한 잔. 머리보다 몸이 앞서 취한다. 취한 몸이 여인을 안으려는데 마음은 왜 서글픈가. 인은 서글픔을 죽이기 위해, 몸을 일으키기 위해 공주에게 술을 주고 또 술을 마셨다. 개 짖는 소리가 났다. 그러고 보니 지난번에 왔을 때도 개 짖는 소리를 들었던 것 같다.

"개를 키우십니까?"

"예, 지난 늦가을에 태후궁에서 삽사리 강아지를 얻어왔사와요. 수하들이 금강이라는 이름까지 지어 붙이고 몹시 귀애하는데 이따금 저리 짖어댑니다."

대답한 아사나는 왕인이 주는 대로 술을 마셨다. 넉 잔쯤 마시니 몸이 더워지는 듯했다. 마음이 혼곤히 풀렸다. 붕어하시기 한 달쯤 전에 부황께서 말씀하셨다. 남녀 사이는 감정의 합일이 우선인 법이라고. 그게 자연의 이치이고, 이치에 맞아야 관계도 순탄하기 마련이라고. 그리 말씀하시는 부황께 사납게 대섰다. 어느 사내, 지아비인들 여인을, 지어미를 숭앙하며 길이 사모할 것이냐고. 어차피 그런 사내나 지아비는 세상에 없지 않느냐고. 왕인 그인들 다르겠느냐고. 부황의 진노에 용서를 빌며 울부짖었지만 그때 아사나가 느낀 스스로의 잘못은 임금과 부친께 맞선 것이었지 자신이 쏟았던 말의 내용이 아니었다. 그런데 부황의 말씀이 맞으셨다. 감정의 합일, 자연의 이치. 비류군 사루왕인과 공주 아사나는 그 과정이 없었다. 진작에 이렇게 술이라도 나누었어야 했던 것인데, 아사나 자신은 무시당했다고, 능멸당했다고 느끼며 분노했던 것이다.

"천천히 드십시오. 그만 드셔도 좋고요."

비류군이 말렸다. 아사나는 헤실헤실 웃음이 났다.

"한 잔만 더 해보겠습니다."

어지러운 듯했다. 오늘 밤은 어지러워도 좋으리라. 오래도록 키워온 가시 같은 독기를 풀어 헤칠 수도 있을 테니. 오늘 밤 자식을 잉태할지도 모른다. 아들은 열 살만 되면 어미 곁을 떠나기 일쑤이니 오래 끼고 살 수 있는 딸이 나을 터이다. 아사나는 한 잔을 더 마신 뒤 일어나 흔들흔들 비류군에게 다가들었다. 두세 걸음을 채 걷지 못하고 기우뚱 넘어졌다. 넘어지려는 아사나를 비류군이 받쳐주었다. 순간 아사나의 몸이 둥실 들렸다. 비류군이 양팔로 아사나의 등과 다리를 받쳐 안아 올린 것이다. 아사나는 왈칵 어지러워 그의 품속에서 몸을 웅크렸다.

얼마나 잔 것일까. 삽사리 금강이 짖는 소리에 깼다. 어미를 떠나와 저리 짖어대는가. 제 주인의 처소에 낯선 사내가 들었다고 짖는가. 왕인은 어둠에 눈을 익히느라 금강이의 짖는 소리에 귀를 기울였다. 아사나는 인의 팔을 베고 제 한 팔을 인의 가슴에 뻗은 채 가지런한 숨소리를 냈다. 엷은 술내가 나는 것도 같다. 아니 인 자신에게서 나는 술내였다. 술에 취해 여인을 안은 게 처음은 아니었다. 천지를 휘돌아다니며 처처에서 이따금 여인을 안을 제는 대개 취해 있었다. 술이 깨면 욕정이 깼다. 욕정을 풀어 술이 깼는지도 몰랐다. 그렇게 몸 안에 쌓인 것들을 풀고 술이 깨고 나면 그날 밤은 다시 잠들지 못했다.

오늘 밤도 다 잤다. 대방에서 안았던 여인들은 왕인이 일어났을 즈음엔 대개 사라져 있기 마련이었다. 여인이 사라지지 않으면 인이 사라지면 되었다. 아사나는 하룻밤 여인이 아니라 지어미이므로 사라지는 여인이 아니었다. 인은 아사나의 팔을 살며시 들어 제 몸 위에다 놓았다. 이제 팔을 아사나의 머리 밑에서 빼내야 하는데 그의 잠을 깨울까 조심스럽다. 아사나를 안듯이 그의 머리를 든 뒤 베개를 가져다 팔 대신 받쳤다. 아사나는 깨지 않는다. 왕인은 이불을 끌어 아사나의 드러난 맨어깨를 덮어주고 조심스레 일어났다.

아사나 침소 밖 전실(前室)로 나서니 시녀 가꾸미가 촛불 아래서 수를 놓고 있다가 화들짝 일어섰다. 일어서다가 황황히 돌아섰다. 옷 무더기를 든 왕인이 알몸이었던 것이다.

"시각이 어찌 되었는가?"

"아, 아직 초경이옵니다."

왕인은 챙겨 나온 옷을 돌아선 가꾸미 뒤에서 주섬주섬 차려입었다. 옷을 다 입었을 때 가꾸미가 말했다.

"비류군 저하, 오늘 밤은 부디 에서 주무시옵소서."

"할 일이 있어. 공주께서 곤히 주무시니 깨시지 않게 살펴 드리도록 하라."

"공주께서는 비류군께서 예서 머무실 줄 아실 터인데, 일어나시면 서운 해 하실 것이옵니다."

"새벽에 나갔다고 말씀드리도록 해."

"저하, 소인이 제 처소로 나갈 것이니 이 방에서 책이라도 읽으심이 어 떠하시온지요."

집요한 게 아니라 간절하다. 제 상전에 대한 충심이 그만치 깊은 것이 다. 아사나에게 가꾸미와 같은 수하가 있음은 다행이었다.

"다시 올 제는 그리하도록 하겠다."

왕인이 공주궁 뜰로 나서자 금강이가 맹렬히 짖었다. 개 짖는 소리에 섞 여 종루에서 이경 종이 울리기 시작했다. 아사나는 깨어 있었다. 아랫도리 에서 아직도 뻐근한 아픔이 느껴졌다. 남녀가 교접함에 그와 같은 격렬한 통증이 일 줄 몰랐다. 한데 아프기만 한 건 아니었다. 스스로 알지 못했던 근원 같은 것이 자신이 몸속에 있었던 듯했다. 그가 그 근원을 흔들 때 아 팠고 아픔과 동시에 스스로에게서 격랑 같은 것이 일었다. 통증과 격랑이 뒤섞여 닿은 곳에 애끓음이 있었다. 그리고 애끓음을 대번에 해소시키는 통렬함이 있었다. 통연하고 평온했다. 잠이 아늑했다. 그런데 깼다. 비류 군이 제 팔 대신 베개를 밀어 넣을 때. 깨고 보니 비류군이 어둠 속에서 알 몸으로 옷을 줍고 있었다. 아사나의 옷을 주우면 탁상 위에 올리고 자신의 옷은 품에 챙기던 그가 버선까지 다 찾아낸 뒤 소리 없이 나갔다. 고요했 으나 기민한 동작이었다. 가꾸미가 몇 번이나 말리는데도 금세 다시 오마 는 헛된 약속을 남기고 기어이 떠났다. 그가 뜰로 나섰을 때 금강이가 짖 어댔다. 금강이에 대한 맹렬한 분노가 일었으나 아사나는 꼼짝도 하지 못한 채 누워 있었다.

　서비구가 수하 한 명과 함께 뜰 서편 외각(外閣)에서 나왔다.

　"예서 묵으실 줄 알았더니요."

　"다 잤어."

　"이왕 오시었는데, 오늘 밤은 예서 머무시지요."

　"다 잤다지 않아."

　오늘 밤은 여기서 자자고 한 번 더 권하려던 서비구는 누왕인의 단호함에 입을 다물었다. 공주와 혼인을 치른 밤에 작정 없이 대방으로 향하는 배에 올라버린 누왕인이었다. 그 밤 이후 그는 신궁이나 설요를 입에 올리지 않았다. 호천려에서 주로 밤을 나는 요즘도 마찬가지였다. 그저 오래 비워두었던 자신의 집에 정을 들이려는 듯 왕인은 직접 방을 닦고 마당을 쓸고 불을 지폈다. 그런 연후 책을 읽고 글을 썼다. 요즘 쓰는《대방백제약술(大邦百濟略述)》은 대방백제 각 성에 대한 것이었다. 서른여섯 성의 자연과 역사와 사람들에 대해 쓰다가 서비구에게 수시로 묻기도 했다.

　─석현성 성주의 아들 이름이 뭐였지? 관미성 관내 백성이 얼마나 된댔지?

　사루왕인의 책 쓰기는 시간을 보내기 위한 방편인 듯했다. 대방에서 가는 곳마다 전쟁을 치르거나 치를 준비를 하듯이 가는 곳마다 여인들이 있었다. 이따금 그들을 품기도 하는데, 왕인은 여인을 품되 여인과 자는 법이 없었다. 혈기 충천할 나이임에도 여인의 몸으로 하룻밤 시간을 보내지 못하는 그는 책을 펼치거나 종이를 펼쳐놓고 하룻밤을 쉽게 새웠다. 공주 궁에서 자는 줄 알았던 오늘 밤도 다르지 않을 터. 호천려로 가면 밤을 샐 터였다. 아홉 번의 종소리가 끝났다. 이경이 시작된 것이다. 왕인은 오래

밀쳐뒀던 숙제를 끝낸 양 홀가분한 기색이다. 밤하늘엔 반달이 떠 있고 별이 총총했다. 바람은 차갑지 않았다. 바람 따라 풍겨온 꽃향기가 서늘했다. 어쨌든 봄밤이었다.

황명

왕인에게 왜국으로 가라는 황명이 내렸다. 칙사가 가부실 집도 아닌 태학으로 기세 등등 쳐들어 와서 황명을 전하고 물러갔다.

"왜국 행이 내키지 않는 게냐."

태학감 내지하의 물음에 왕인은 애써 미소 지었다. 왜국 상황이 어떠하든 싫을 것은 없었다. 언젠가는 가보고 싶었고, 가보려니 했다. 다만 지금 한성을 떠나고 싶지 않을 뿐이다. 최소한 삼짇날까지는 머물러 있어야 했다. 그런데 열흘 뒤라 하지 않은가. 이월 스무여드레 날. 삼짇날을 사흘 앞두고 떠나야 하는 것이다.

"시일이 너무 촉박한 게 마음에 걸립니다. 저와 함께 가야 할 사람들에게도 준비할 시간이 필요할 터이고요."

"가서 돌아오지 못할 곳이 아니지 않느냐. 더구나 황실 선박 부아악호가 움직일 것이라니 절반의 사람은 그 배에 올라 두 달쯤 후엔 되돌아올 것이고, 나머지는 네가 움직일 시 다시 따라올 테니 그리 긴 세월이 아니다."

"스승님, 태수황제(근초고황) 폐하 시절에 견부군(繭部君)이라는 분이 왜국 사자로 가서 그곳에 머물렀다는 기록을 읽은 적이 있나이다. 대판섬의 백제성(百濟城)이 그분으로 하여 조성되었다고요. 헌데 그분은 어떤 분이며 왜 귀국치 않고 그곳에 머무셨는지, 스승님께서 아시는지요. 《백제서기》 편찬 작업을 하셨으니, 책에 기록되지 않은 내용을 알고 계시는가 하여 여쭙는 것입니다."

내지하가 두 사람이 있을 뿐인 실내를 훑다가 일어났다. 태학감실 출입문을 열어보고 닫은 뒤 미소를 지으며 자신의 자리로 돌아왔다.

"네가 번번이 비밀한 공간을 요하는 질문을 하니 내가 이러지 않느냐."

"황송하옵니다, 스승님."

"이 늙은이의 조바심일 뿐 네가 황송할 것은 없느니라. 십 대조가 어느 황제신지 기억하느냐?"

"분서황제시지 않습니까."

"《서기》 편찬 당시 우리는, 분서황제가 아마도 피살되시었을 것이라고 분석했다. 분서황제의 아드님 계태자가 당시 열 살로 어리셨다. 하여 태자 계 대신 선선황의 아드님이셨던 비류황제께서 즉위하셨는 바 황권 다툼이 있었을 것이라 유추했지. 비류황제께서는 대륙에서 성장하셨고 본국의 기반이 약하셨던 분이었으나 즉위하시면서 본국 황실을 장악하신 셈이었지. 여튼 비류황제께서는 사십여 년의 치세를 통해 제국백제를 반석에 올려놓으셨다. 패자는 할 말이 없는 법, 역사에 대한 기록이란 곧 승자에 대한 기록임을 알 것이다. 하여 우리는 그분의 즉위과정에 대해 수집된 여러 가지 정황자료들을 다 기술할 수 없었다. 비류황제께서 대륙에서 붕어하실 무렵 본국에 있던 분서황제의 아드님 계는 좌현왕으로 계셨다. 그가 잠시 본국 황실을 장악했던 시기가 있었어. 그도 당시 이미 쉰 살이 넘은 나이였으니 본국에서의 기반이 만만치 않았지. 그는 자신이 물려받았어야 할 황제위에 뒤늦게 오른 것이었으나 비류황제의 아드님이신 태수 태자 쪽에서 보자면 명백한 반역이었다. 근초고, 태수황제의 태자 시절이었는데, 태수께서 부황 붕어 당시 연나라 모용황과 전투 중이셨던 바 당시 좌현왕이던 계가 스스로 칭황제하고 즉위한 것이다. 하지만 그의 치세 기간은 두 해가 채 되지 못한다. 태수황제가 대륙군을 이끌고 돌아와 한성을 장악했기 때문이다. 계왕은 병사한 것으로 되어 있으나 자진했던 것으로 우리는 짐작했다. 사실 타살된 것이지. 죽은 뒤 그가 묘호를 받지 못한 채 계왕으로 그친 것도 그 때문이다. 아무튼 태수황제께서 즉위하신 뒤 황명을 받고 왜국으로 건너가 백제성을 이룬 견부군은 계왕의 사위였다. 견부군은 국(麴)씨로 이름이 고련이었다. 그는 얼마 전에 말갈에 넘어간 쌍현성 출신이었는데, 계왕 즉위 당시 계왕 세력에 동조하지 않고 중도를 지켰던 덕에 태수황제 즉위 무렵 자신의 일족을 지킬 수 있었다. 그리고 몇 년 뒤 황제의 사자라는 명목으로 일족을 이끌고 왜국으로 건너가 정착한 것이다. 그때 그의 일족과 가솔 오백여 인이 건너갔다고 한다. 작금 왜국에서 쓰이는 몇 안 되는 성씨 중 하나가 국씨라고 하니 성공적으로 정착한 셈인 것이지."

"당시 왜왕이 누구였나이까."

"수인(酬因)이라는 이름의 왕이었는데, 그는 허수아비였고 당시 대판의 실권은 왕조모인 신공대비에게 있었다고 한다."

"대화 왕실의 그 신공대비가 그때도 왜왕의 조모였단 말씀이십니까?"

"그렇게 알고 있다."

"허면 작년에 돌아갔다는 왜왕 중애는 그의 고조손쯤 되오리까?"

"그럴 수도 있을 것이나 신공대비 치세 동안의 왜왕들을 따져봐야 무슨 의미가 있겠느냐. 신공대비가 절대지존인데. 여하튼 신공대비가 왕비가 된 직후부터 실권을 잡아 이십여 년에 이른 시점이 칠지도가 하사되고 견부군이 도해한 시기이다. 신공대비의 치세기간은 그때로부터도 사십오 년이나 계속되어 재작년에야 끝났다고 하니 그 여인의 수명이 참으로 길었던 것이고, 그의 집권욕은 그보다 길고 질겼던 것이겠지. 어쩌면 왜국이 여인들이 득세하기 좋은 곳일지도 모른다. 신공비 이전에 일여(壹與)라는 여왕이 있었고 그전에는 비미호(卑彌呼)라는 여왕이 신공비보다 더 오래 치세했다는 이야기를 너도 들은 적이 있을 게 아니냐."

"《삼도국 미행기》 등에 여왕이 삼도국을 다스리고 있다는 이야기가 나오지요."

"그렇지. 헌데 재미있는 사실은 비미호 여왕과 신공대비가 우리 백제에서 건너간 신궁신녀들이라는 것이다. 그 중간에 존재한 일여 여왕은 비미호 여왕의 세력들이 자신들의 권력을 유지하기 위해 옹립한 여인이었다 하고."

"그렇나이까?"

"비미호 여왕은 벌써 이백여 년 전 사람이라 신궁 장서각이나 파봐야 알 것이로되 신공대비의 도해에 관한 이야기는 아직 살아 전해지고 있다. 《백제서기》 비류황제 재위 이십사 년조에 '우복의 난'이 기록되어 있음을 떠올려 보아라. 팔십여 년 전이다. 우복은 비류황제의 이복아우로 우현왕

겸 내신좌평이었다. 당시 비류황제는 대륙에 계셨고 우복의 반란군이 한성을 장악했다. 두 달여 만에 황제가 환도하여 우복 세력을 진압했지. 우복 세력이 마지막까지 버티던 곳이 북한성의 화산산성이었다. 우복의 일족도 그곳으로 들어가 있었고. 아무튼 우복 일족은 그곳에서 다 죽은 것으로 되어 있으나 사실은 여인들이 탈출했다고 한다. 우복의 며느리 둘이 자식들 셋을 품고 시녀들 몇과 그곳을 탈출하여 화산산성에서 멀지 않은 부아악하로 온 것이지. 부아악하에 무엇이 있는지 아느냐?”

“신궁 영지가 있지 않지 않나이까. 그들이 신궁 영지로 들어간 것입니까?”

“그렇다. 그리고 우복의 손녀 중 마리라는 아이가 신궁으로 들어가 신녀로 자랐다. 당시 제일신녀는 여진이었는데, 그는 마리를 신이궁으로 삼을 작정이었던 것 같다. 마리가 그만치 특출난 재능을 지녔었겠지. 하지만 마리는 신이궁 시험을 통과하지 못했고 다른 예비신녀 부소가 신이궁 시험에 들었지. 그로부터 몇 해 뒤에 제일신녀 여진은 황제와 사통했다는 죄명으로 신궁 원로들로부터 자진의 명을 받게 된다. 사통의 진위와는 별개로 비류황제의 황후가 신궁의 부정함을 이유로 신궁의 권위에 도전한 것이지. 사실상 신권과 황권, 신궁과 황궁의 대결이었던 셈이다. 한 나라의 임금이 바뀌면 선 임금의 측근들을 재정비하듯 신궁에서도 그러한 전통이 있는 모양이다. 여진이 자진한 뒤 신궁에서는 여진의 측근들을 궁 밖으로 내보낼 수밖에 없었는데, 그중에 마리가 있었다. 신궁에서 마리 일행을 보낸 곳이 삼도국 대판이었다는 것이다. 그곳에 신당을 열라는 명과 함께. 새 제일신녀 부소에게는 마리가 그만치 위험한 존재였겠지. 하여 그리 먼 곳으로 보낸 것이고. 여튼 신궁에서 영지를 넓힌다는 의미로 삼도국에 신당을 만들어 주었고 그때 갓 예비신녀 옷을 벗고 신녀가 된 마리를 그곳에 앉혔다고 한다. 그런데 두 해 뒤 마리 신녀는 왜왕의 후비가 되었고, 왜왕이 죽은 뒤 그의 아들이 왕위에 오르자 다시 그의 정비가 되었다. 그가 이후 칠십 년 가까이 왜국을 통치한 신공대비이다. 그로 하여 왜국이 비로소 백제로부터 나라로 인정을 받았을 뿐만 아니라 한 나라의 기틀이 닦였으니, 한 여인의 일생이 위대하지 않느냐?"

"어마어마하옵니다. 헌데, 신공대비가 백제 여인, 원래 왕족인 데다 견부군 일족이 건너갔으니 대판 왕실이 또 하나의 백제 왕실인 셈인데, 그러니 백제의 문물이 일반화되었을 법한데, 어찌하여 본국의 문자가 왜국의 왕실 안팎에서 쓰이지 않았으리까. 더구나 견부군이 그곳에 닿은 지 사십여 년이나 지났음에 지금에야 세자의 글 선생을 청해왔다는 사실을 납득하기 어렵습니다."

"대판섬으로 갈 당시 견부군의 나이가 서른 몇 살이었을 것이다. 그의 아들은 아직 어렸겠지. 견부군의 학식이 얼마나 높고 깊었든지 그는 그곳에 자리 잡기 위하여 애써야 했을 것이다. 문자나 서책에 심혈을 기울이긴 쉽지 않았을 법하다. 게다가 견부군의 아들은 오래 살지 못했던 것 같다. 작금 왜국의 백제성주가 견부군의 손자인 기각이라고 하는 걸 보면 말이다. 이만하면 네 궁금증이 풀렸느냐? 헌데, 왜국에 건너감이 내키지 않느냐는 질문에 어찌 견부군을 떠올렸더냐?"

"해상로가 발달하여 한두 달이면 대륙이며 왜국을 오갈 수 있지 않나이까. 그런데 왜 그분은 사자로 가시어 그곳에 정착하고 말았는가, 문득 궁금하였습니다. 또한 소생의 아우 아직기가 성주 기각의 누이에게 장가를 들었다 하더이다."

"아우가 기각의 누이와 혼인을 했어?"

"예. 소생의 향리인 이구림이 대판섬과 교역을 하고 있는지라 아우가 그곳을 드나들다가 인연이 닿았나 보옵니다."

"허면 너의 왜국행이 한결 수월할 수도 있지 않겠느냐."

"스승님께 백제성이며 대화성의 내막을 듣고 나니 여러 가지가 한결 수월하게 느껴지기는 합니다만, 그럼에도 어쩐지 썩 내키지 않는 것도 사실입니다. 낯선 곳에 대한 두려움 때문이오리까?"

"단 한 철일지라도 타의에 의해 네 일신이 좌지우지된 탓 아니겠느냐."

"소생에게 이러한 황명이 내리신 까닭이 무엇이오리까."

"그야, 네가 알 터이지. 황명을 뒤집을 수는 없는 일이나 너에게 그러한 황명이 내린 까닭에 대하여는 이후 너의 앞날을 위해서라도 곰곰이 생각해 보아야 할 것이다."

"예, 스승님. 하옵고, 소생이 왜국에 갈 제 저에게 조수가 될 만한 학사 두엇을 붙여주실 수 있겠나이까."

"조정과 황실에서 네게 붙여 보낼 사람이 백여 인은 될 것인데?"

"그들이야 의전을 치루기 위한 사람들이지요. 소생이 이왕 글 선생으로 가는 바 아예 학당을 세워 문자를 일반화시키는 게 제 소임에 값하는 게 아닐까 합니다. 그러자면 소생 홀로는 어렵겠지요."

"그건 그렇구나. 허면 염두에 둔 학사들이 있느냐?"

"의향을 물어봐야 하겠으나 가림과 제서가 어떨까 하나이다."

"그들에게도 견문을 넓힐 큰 기회이니 마다할 까닭이 없을 것이다만 그건 내 생각이고. 그들이 기꺼이 너를 따르겠다고 하면 붙여주마. 아예, 기술사들에게도 방을 붙여 너를 따를 자들을 모아봄도 좋겠구나."

왕인은 태학감실을 벗어나며 곰곰이 생각했다. 한성을 떠나게 한 것은 아마도 아사나 공주의 복수심일 것이었다. 부친이신 내신좌평의 결정일 것이고, 그 이면에 아사나 공주가 있을 터였다. 제 곁에 있지 않을 바에 아예 한성을 떠나 있으라는 뜻일지도 몰랐다.

아예 죽어버리길 바랄지도 모르지.

속으로 뇌까리던 왕인은 씁쓸히 웃고는 박사원의 자신의 방으로 들어섰다. 박사가 되니 태학 안에 혼자 쓸 수 있는 방이 생겼다. 방이 자그마하나마 책상과 의자가 있고 지필묵과 책들을 올려놓을 수 있는 장이 갖춰졌다. 서장고에서 책을 가져다 쌓아놓고 홀로 읽을 수 있었다. 이 방은 왕인이 살아 있는 동안은, 그가 태학에 있지 않아도 박사 왕인의 방으로 남을 것이다. 태학은 물론이고 관직을 지니지 않았으니 한성을 떠나 있어도 괜찮았다. 그럼에도 미련을 버리지 못해 남아 있었다. 취운파는 모든 관직을 내버리고 한성에 왔다가 무절선인을 뵈었노라 자랑하고는 사흘 만에 이구림을 향해 떠나버렸다. 지금쯤 월나악에 올라가 백미르와 만났을 것이었다. 그를 따라 이구림으로 가고 싶었다. 못 갔다. 왜 못 갔는가. 이유는 열한 살 소년이었을 때와 똑같이 단순했다. 삼짇날에 설요를 먼발치에서라도 보기 위해.

왕인은 문을 열어놓고 앉아 뜰을 내다보았다. 호위 늑장이가 박사원 출입문 근방 나무 밑에서 딴청을 피우고 있었다. 아기가 태어나매 보통 열 달 안에 태어나는데 그는 열 달을 보름이나 넘겨서 태어나 이름이 늑장이가 되었다고 했다. 이름처럼 그의 움직임은 느릿해 보였다. 그리 보일 뿐 그는 느리지 않았다. 필요한 순간에는 비호처럼 빠르고 적확하게 움직였다. 오늘 태학 내에서의 번은 그인 모양이었다. 왕인이 보든 못 보든 호위들은 언제나 근방에 있었다. 박사원 뜰에는 매화가 한창이었다. 워낙 오래된 나무들이라 죽은 가지들이 드물지 않았다. 정면으로 마주 보이는 매실나무는 수령이 삼백 년에 이른다고 했다. 오른쪽으로 뻗은 한 가지만 꽃을 피우고 있었다. 게슴츠레 눈을 뜨고 꽃송이의 수를 세어보려 했으나 거리가 멀어 셀 수 없었다. 왕인은 그 나무 밑으로 가서 꽃송이를 손가락으로 가리켜 가며 일일이 셌다. 피어 있는 꽃송이가 일백이십여 송이고 꽃망울이 맺힌 꽃송이가 칠십여 송이다.

그럼 일백오십 송이라 치지.

중얼거린 왕인은 방으로 들어와 지필묵을 폈다. 일백오십 일 동안 왜국에 머물다 오기로 작정하고 나니 편해졌다. 가고 오는 시간을 합쳐 반년쯤 여행을 하는 셈이니 뭐 그리 어려우랴, 하면서도 어쩐지 이번엔 홀로 떠나고 싶지 않았다. 결국 한성을 떠나기 싫은 것이다. 왕인은 한성을 떠나고 싶지 않은 맘을 다스리며 여누하에게 편지를 썼다. 열흘 뒤에 한성 큰나루에서 황실 배를 타고 왜국으로 가게 되는 바, 이구림에서도 준비하여 따르라는 내용이었다. 대판섬 신호부에 이구림 영지가 개척되고 있다는 말을 인도 듣기는 했다. 옛 시절 신당이 있던 마을이었으나 신녀에게서 버려지고 사람들이 접근치 않았던 육갑산 일대를 영지로 삼았다던가. 아직기가 백제성으로 장가를 든 뒤 여누하의 자신감이 솟구친 듯했다.

왕인은 월나호에 실어야 물목들과 타야 할 사람들을 숙고해가며 적었다. 글 선생으로 가는 것이니 책이 필요할 터였다. 황궁서고와 태학서고에서 가져갈 책들은 내일 추려내어 필사를 시키면 될 것이나 그건 왕인 자신을 위한 것들이기 십상이다. 여누하에게는 이림학동들이 맨 처음 접하는 《천자문》백 권을 준비해달라 적었다. 사서삼경(四書三經)들 또한 각기 열

권씩 준비해달라 했다.

"왕인 박사님. 퇴청하실 시각입니다만, 등불을 준비해 올리오리까."

태학 박사원 속종 보천이 다가와 말했다. 삼 년 전에 왔을 때 쇠지레 할아범은 이미 세상을 떠나고 없었다. 육십여 년 동안 서장고를 지키던 그가 사라진 뒤 쇠지레의 손자 범바구가 서장고지기가 되었다. 보천은 서른일곱 살로 열세 살 때부터 태학에서 살았다. 그가 세상을 떠나면 그의 아들이나 손자가 태학 박사원의 속종이 될 터였다. 묶인 사람들이 그들이었다. 왕인도 마찬가지였다.

"다들 나가셨소이까?"

"아직 몇 분은 남아 계시지요."

"나도 잠시 더 있을 것이니 불을 켜주시오."

"호위들이 기다리고 있지 않나이까. 저하의 사람들이 저하를 기다리다 화단의 화초들 씨를 말리게 생겼나이다. 잡초를 뽑는다면서 화초를 죄 뽑습니다. 하지 말래도 소용없고요."

"그리 애가 타면 모두 모아놓고 화초와 잡초의 구분법을 가르치시구려."

"아이구, 무사들한테 그거 가르쳐 무얼 하게요."

"그들에게 그걸 가르치면 그대의 화초들이 무사히 자라 꽃을 피우겠지요. 그나저나 혹 학사원에 가림 학사와 제서 학사가 계십디까?"

"한 시간 전쯤 여러 학사들이 떼 몰려 나가시는 걸 보았습니다. 얼핏 들으니 오늘이 제서 학사 자당님의 회갑인 듯했습니다. 잔치를 하는 모양이라 학사들이 그 댁으로 가신 듯합니다."

"그래요? 제서 학사의 댁이 어딘지는 아시오?"

"마실펑이라고 들은 듯합니다만."

"그건 그렇고 삼 년 전에 왔을 때 경황이 없어 묻지 못했는데 쇠지레 님 묘소가 어디인지 아시오?"

보천이 눈을 동그랗게 떴다. 그는 쇠지레와 왕인 간의 사사로운 관계에 대해 몰랐던 것이다.

"고흥 박사를 기억하실 것이오. 쇠지레 님은 고흥 박사와 친분이 깊으셨소. 고흥 박사가 나의 조부님이시지 않소. 하여 나는 쇠지레 님을 스승님으로 모시고 따랐던 시절이 있었어요. 제자 노릇은 한 번도 못했으나 그분 묘소라도 알아두는 게 제자의 도리가 아닌가 하여 묻는 겁니다. 어디에 모셨습니까?"

"묘소랄 것이 있겠나이까. 무술원 뒤 숲 속에 평장을 하는 게 태학 속종들의 장례 관례인 것을요."

"무술원 뒤에 그런 곳이 있소?"

"예. 하오나 평장을 하는지라 일 년만 지나도 어디에 누굴 묻었는지 알 수 없게 되지요."

"그분 유택을 찾을 수가 없겠소?"

"애쓰면야 못 찾겠습니까만, 어찌하시려고요?"

"그저 한번 찾아뵙고 싶어서 그런다지 않소."

"언제쯤?"

"당장 갈 수 있소?"

"금세 어두워질 것입니다. 오늘은 불가합니다. 내일이라도 말씀만 하시면 제가 모시겠습니다."

왕인은 무르춤해져 고개를 끄덕였다. 쇠지레의 묘지에 언젠가 가보려니 여겨오긴 했으나 지금 가려 했던 것은 즉흥적인 발상이었다. 날이 저물어가고 퇴청할 시각이 되었으되 갈 곳이 없었다. 이번에 환도하면서 생긴 버릇이었다. 오늘 밤은 어디로 갈 것인가. 공주와 한 차례 교접했으나 그 곁에 머물 수 없어 나왔거니와 다시 가지 못했으므로 공주궁은 여전히 남의 집이었다. 부친과 조심스레 지내는지라 가부실의 좌평저택도 여전히 불편했다. 호천려는 너무나 적막하여 때로 멍해질 지경이 되곤 했다. 그렇다고 밤마다 거리를 떠돌거나 술을 마실 수도 없었다. 대방에서는 머무는 곳마다 집이었으나 한성에서는 해질녘마다 몸 들일 곳이 없는 듯 막막했다.

그래도 밤이면 결국 찾아가는 곳은 호천려였다. 가부실에서 저녁을 먹고 처소에 들었다가도 견디지 못하고 야행하듯 호천려로 갔다. 그곳이 어쩔 수 없는 왕인의 집이기 때문이었다. 태학 정문 앞에는 서비구와 여치만 있었다. 다른 호위들은 인근 어딘가에 있을 터였다. 열세 명의 말 탄 사내가 동시에 움직일 제 너무 눈에 띄는지라 서비구는 늘 수하들을 분산시켜 따르게 했다. 여치는 이번에 환도한 뒤 이구림에서 붙여준 운무대 출신의 호위로 열여덟 살이었다. 여치는 서비구의 사촌아우이기도 했다. 왕인은 써뒀던 편지를 서비구에게 건넸다.

"이구림으로 보내는 편지야. 어쩐지 이번엔 단출하게 가기 싫어서 여누하한테 가능하다면 월나호를 움직여 달라고 청했어."

서비구가 여치에게 편지를 건네며 지금 가부실로 가서 행장을 꾸린 뒤 내일 이른 아침에 이구림으로 향하라 명했다. 여치가 말을 달려 사라졌다. 왕인의 호위가 되면서 말을 타게 된 그는 말을 타고 달리는 일이라면 무엇이든 신나 했다.

"오늘은 어디로 가시렵니까?"

해질녘의 어스름이 태학 정문 앞 광장에 드리워졌으나 어둡지 않았다. 왕벚나무들의 꽃이 만개했기 때문이다. 왕인은 용추에 올라앉아 안개처럼 희부연 꽃들을 바라보았다. 신유년(361년) 이월 열여드레였다. 열흘 후면 또 떠나게 될 태학이고 한성이었다. 황명을 받지 않았다면 삼짇날 신궁제에 가볼 수 있을 것이었다. 흰 너울로 얼굴을 가린 제일신녀의 모습을 멀리서나마 구경할 수 있으려니 하였다.

"신궁 담이나 넘어가볼까?"

인의 뇌까림에 서비구가 웃더니 대답했다.

"싫습니다. 고구려, 말갈, 연과 진에서 살아온 몸인데 본국에 돌아와 신궁 성벽 넘다가 죽어야 합니까?"

"설마 즉각 죽이기야 하겠어? 넘다가 붙들리면 신궁 성하 앞으로 끌려가지 않을까?"

"아니요, 신궁에 무단침입하다 걸리면 이유를 막론하고 즉각 죽게 된다는 건 한성 사람이면 모두 아는 상식입니다. 박사님이 그런 것도 모르십니까?"

"경서에는 그런 거 안 나와."

"그런 것도 나올걸요. 인의예지신(仁義禮智信)이 그 말 아닙니까? 상식!"

인을 놀려대던 서비구는 입을 다물었다. 농담으로 풀어헤칠 분위기가 아님을 뒤늦게 깨달은 것이다.

"사실은 오늘 한 소문을 들었습니다. 어제부터 신궁이, 또다시 적막에 빠져들었다는 소문입니다. 왜 또다시라 하냐면요, 제일신녀께서 기도를 끝내고 나오신 지 이레 만에 또 명상기도에 들어가셨기 때문이라는 겁니다. 어제 태후께서 소야궁, 아니 고천사에 가셨던 참에 신궁에 내방하겠노라는 연통을 보냈더니 제일신녀께서 명상칩거에 드시었는지라 당장은 불가하다고 답했다고 하더이다. 그 때문에 태후께서 몹시 진노하셨노라는 소문이 태후궁 수비대로부터 무술원까지 흘러나와 있구요."

굳은 왕인의 얼굴이 안개처럼 아늘대는 꽃무더기로 향해 있었다. 그저 여느 사내들처럼 지어미로 지어진 여인과 그럭저럭 지냈더라면 이따금 저렇게 막막한 얼굴을 하지 않을 터이다. 지어미가 공주이니 원한다면 당장에라도 조정에 들어서 권력을 행사하며 살 수도 있지 않은가. 아무도 가려하지 않는 삼도국으로 추방당하듯 내몰리는 일도 없었을 것이고.

"그래서 소군께서 진정으로 원하신다면 성벽을 넘는 게 아니라 신궁 수위청에 가서 무절로서의 알현을 청해 보겠습니다. 그님께서 명상에 드셨다고는 하나 어쨌든 삼도국으로 출발하기 전에 뵐 수는 있지 않겠습니까."

"그냥 해본 소리야. 오늘은 마실평으로 가지. 제서 학사 자당님의 회갑잔치가 열리고 있다니 우리 저녁을 해결할 수 있을 게야. 회갑이시라니 선물을 준비해야 할 텐데, 뭐가 좋을까? 은전 좀 있어?"

저녁 끼니 해결하자고 초대받지도 않은 잔칫집에 가자는 것은 아닐 것이었다. 목적이 따로 있기는 할 테지만 서비구는 왕인의 행보가 마음에 들지 않았다. 그가 안쓰러운 게 싫은 것이다. 어찌 저리 허랑한 얼굴인지. 결국 신궁 때문인데, 저럴 것이면 진작 신궁 알현을 청해서라도 그님을 뵈었으면 될 게 아닌가. 그님을 향해서 아무 일도 하지 않은 채 아무것에도 마음을 주지도 못하고. 왜국으로 가게 된 게 차라리 잘된 일인지도 몰랐다. 신궁과의 사이에 바다라도 가로놓여 있으면 바다 핑계라도 댈 수 있을 테니.

서비구는 큰나루로 움직일 것이니 길을 열라고 우무로에게 수신호를 보냈다. 환도한 뒤 한동안 뒤를 따르는 자가 있었다. 왕인을 가부실에 둔 뒤 서비구는 역으로 그의 뒤를 밟아보았다. 그는 공주호위대의 피문이라는 자였다. 피문은 황궁감찰대장 우번의 명을 받고 있었다. 그로 인해 우번의 감찰대가 예전 아이태후의 감찰대와 같은 역할을 하고 있음을 알게 되었다. 선황 말년에 와해시켰던 을나의 감찰대를 우번이 재건하였고, 우번은 아사나 공주의 명을 받았다. 아사나 공주가 감찰대와 내경고를 장악하고 권력을 키우는 동안 비류군은 그를 적으로 키웠다. 덕분에 삼도국을 구경하게는 생겼으나 쫓겨나는 것만 같은 기분은 어쩔 수 없었다. 왕인도 아마 이런 기분일 것이다.

해후

왜국으로 떠날 날이 엿새 뒤였다. 오늘 왕인은 궁에 들어가 황상을 알현하고 나왔다. 그가 궁으로 들어갈 제 서비구는 농담으로 황명을 거두어달라고 청해보라 했으나 왕인은 그런 청을 할 사람이 아니었고 궁에서 나온 그는 그저 담담한 얼굴이었다. 그 담담한 얼굴 아래에 드리운 울적함과 쓸쓸함은 서비구만이 느끼는 것이었다. 객점에서 저녁을 먹고 일어설 때 서비구는 술 두 병을 구했다. 왕인이 안채에서 책을 쓰며 시간을 보낼 제 자신은 수하들과 소리 나지 않게 권법 수련을 하기도 하지만 아래채에 지내는 봄밤이 참으로 길었다. 갖가지로 찾아드는 그 사념들이라니.

지난겨울 이구림에 갔을 때 여누하는 없었다. 그는 월나호를 타고 삼도국에 갔다고 했다. 서비구가 밝알성에서 한성으로 오는 사이에 여누하는 삼도국에 닿아 있었던 것이다. 제 어미를 대신하여 부여라가 두 사람을 열렬히 반겼다. 아이는 제 아비가 대방성에 있다며 제 아버지를 만났는지를 왕인이 아닌 서비구에게 물어왔다. 아비 이름이 뭐냐 물었더니 무영인이라 했다. 아이가 안쓰러운 한편으로 여누하에게 화가 났다. 사년여 전에는 아이가 아비를 찾을 때가 아니었기에 신경 쓰지 않았다. 여누하의 낯가림도 상을 잃은 상실감이 아직 남은 탓이겠거니 수긍했다. 이번에 갈 때는 기대했던 것 같았다. 이제는 그의 오로지한 사내가 될 수도 있지 않을까. 하지만 여누하는 변하지 않았다. 긍휼과 한 배를 타고 대판섬엘 갔다는 건 한 사내에 속해 살지 않겠다는 뜻이 여전하다는 뜻이었다. 그게 아주 몹시 화가 났다. 질투였다. 그들이 이미 양쪽 상단의 단주들이니 상단의 앞날을 밝히기 위해 움직이고 있다는 사실도 위로가 되지 않았다. 지금쯤 그들은 자신들의 자리로 돌아가 있을 것이나 서비구는 미처 질투를 다스리지 못했다. 이따금 그 때문에 머리가 아팠다.

큰나루에서 시작되는 거믄골 길은 한 길뿐이었다. 그 길을 따라 죽 오르면 거믄골 맨 아랫집이 호천려이고 삼사백 보쯤 더 오르면 큰나루에서 건어물 점포를 열고 있는 노인 내외와 그의 막내아들 내외가 사는 집이었다. 그 위로 일이백 보씩의 거리에 두 집이 더 있었다. 호천려의 대문이 새벽에 가부실을 향해 나서느라 닫아놓았을 때와 달랐다. 빗장을 안쪽에서 질러놓고 담을 넘었는데 대문이 야틈하게 열려 있지 않은가. 더구나 종일 비어 있었으므로 사늘한 적막에 싸여 있어야 하는데 고요한 훈기가 대문 안쪽에서 배어나왔다.

용추와 호추를 바깥마당의 들메나무에다 묶은 서비구가 조심스레 문을 밀었다. 말끔한 대청에 불이 밝혀져 있고 아래채 처마에도 등불이 켜져 있었다. 안채 왼쪽 뜰의 우물 테두리 위에는 다섯 개의 작은 등불이 올려졌다. 우물 테두리엔 오색실이 둘렸다. 우물 앞에 소반이 놓이고 쌀 한 그릇,

물 한 그릇, 소금 한 그릇 나란히 올려졌고 쌀그릇과 소금그릇에는 굵은 초가 꽂혔다. 바람이 옅게 불어 촛불들이 흔들렸고 졸졸 샘물이 넘쳐흐르는 소리가 났으나 인기척은 없었다.

왕인이 성급히 안채로 들어가 큰방 문을 열어보더니 어깨를 늘어뜨리곤 돌아섰다. 마루에서 우물을 건너다본다.

"하늘나라 선녀들이 샘가에 내려와 놀고 가신 모양인데요? 이 집에 나무꾼이 없어 머문 선녀도 없는 거고요."

서비구는 짐짓 목청을 높이며 엉너리를 쳤다. 삼 년여 전에 그랬듯 이번에 왔을 때도 벽장 속의 이부자리들조차 보슬보슬하게 귀를 맞춰 개켜 있었다.

"혹시 오늘 밤 오시려는 것일까?"

"이런 일이 처음도 아니지 않습니까. 저 광경은 일종의 축원의식 같아 보이는걸요. 먼 길 무사히 잘 다녀오시라! 나흘 전에 내려진 황명을 이제 전해 들으신 것인지도 모르지요."

"그 사람이 직접 명했을까?"

"글쎄요, 그님의 깊은 뜻을 헤아릴 길이 없군요. 더구나 명상에 들어 계신다 하였으니. 호금 신녀를 비롯한 그님의 시위들과 미하수를 비롯한 호위들이 웃전을 대신하여 맘을 쓴 것인지도 모르지요. 지금까지 그랬듯이요."

서비구는 왕인의 희망을 한사코 뭉개며 대문간으로 나갔다. 그가 밤새 잠들지 못하고 하늘보다 높은 곳에 있는 여인을 기다리는 꼴을 밤새 지켜봐야 할 게 뻔해서였다. 대문 밖은 어두웠다. 위쪽으로 이어진 길 저편에서 몇 점의 불빛이 어른거렸다. 마을이라야 그 몇 집이 다였다. 대문 건너는 숲이었다. 숲은 그저 어두웠다. 신녀들이 잠복해 있다면 알 수도 없을 것이나 집 안에 저러한 광경을 만들어놓은 그들이 숲에 숨어 있을 리는 없을 것이다. 우무로가 다가와 말했다.

"인근에는 아무 움직임이 없습니다."

"허면 수비 둘을 세우고 나머지는 들어와 쉬도록 해. 비류군께서 예민해 계시니 소리 없이 움직이도록 하고."

"예, 대장."

서비구는 안으로 들어와 왕인에게 들릴 만큼 소리 내어 대문을 닫았다. 수하들이 들어와야 하므로 잠그지는 않는다. 그새 왕인은 방 안으로 들어가 있었다. 불을 켜지 않고 문을 열어놓은 채 경상 앞에 앉아 있었다. 서비구는 대청의 등불을 들고 방으로 들어가 방 안의 등잔 두 구를 밝혀 경상 양쪽에 세워주고 등불은 창턱에 놓았다.

"씻으셔야지요."

"샘가에 저런 의례가 벌어져 있는데 어찌 씻어."

"허면, 술이나 한 잔 하시렵니까?"

"아니. 할 일이 있잖아. 그대들도 할 일 해."

서비구는 더 이상 권치 않고 아래채로 내려왔다. 어느 사이 들어온 수하들이 옆방에 불을 켜고 있었다. 아래채의 큰방이 그들의 수직 처였다. 왕인이 잠들면 한 사람이 안채로 올라가 건넛방에서 문을 열어놓은 채 잠을 자며 번을 서기는 하지만 가부실과 달리 집이 작아서 수하들의 움직임도 작을 수밖에 없었다. 하지만 어떤 상황에든 금세 적응하는 그들은 소리 내지 않고도 잘 자고 잘 먹고 잘 놀았다. 간단히 빨래도 하고 수련도 하고 시합도 했다.

"소리는 없게 하되 편히들 움직여라. 자든 수련을 하든. 오늘 밤 안채엔 양교가 올라가고."

수하들을 향해 작게 명한 서비구는 자신의 방으로 들었다. 아무것도 펼쳐져 있지 않은 방바닥이 딛고 있으려니 뜨끈했다. 금세 식을 방이 아님을 알지만 온기를 모아놓고 싶어 벽장에서 요를 꺼내 깔았다. 마루에 걸린 등불을 그대로 둔 채 문을 열어놓고 앉아 샘가에 놓인 등불들을 바라보았다. 술병은 우물가 소반 옆에 선 채였다. 서비구도 홀로 술을 마시고 싶지는 않았다.

"삼경이 되었으려나?"

왼쪽에 있던 등잔의 기름이 닳았는지 불꽃이 피식피식 하다가 꺼졌다. 세 점의 불빛 중에 하나가 꺼지고 두 점이 남았는데 순간 움푹 꺼지듯 어두웠다. 두 점의 불빛에 익숙해지는 데에는 잠깐의 시간이 필요하다. 서비구가 두 등잔 속에 비슷한 양의 피마자기름을 넣은 게 그저께 밤이니 오른쪽 등잔불도 금세 꺼질 것이다. 등불 하나로 책은 읽을 수 있으나 글자를 쓰기는 어려웠다. 쓸 때는 멋모르고 써도 다음 날 보면 글자들이 가지런하지 못하거나 이웃 글자에 먹물이 묻거나 번져 있기 쉬웠다. 그러면 그 장을 새로 써야 하므로 종이는 물론이고 들인 공력도 헛되어지기 마련이었다. 오늘 밤은 그만 할 때가 된 것이다. 마당에서 한껏 소리를 낮춘 채 움직이던 호위들의 기척이 스러진 지도 꽤 되었다.

왕인은 써서 널어놓았던 다섯 장의 글을 순서대로 추려 낮에 태학에서 써다가 얹어놨던 《대방백제약술》에다 포개어 사각함에 넣고는 뚜껑을 닫았다. 관미성에 관한 내용은 사흘 전부터 쓰기 시작했는데 약술이라고는 해도 관미성을 맺기까지는 며칠 더 걸릴 듯했다. 대방백제 최남단인 성양 지방까지 쓰자면 시일이 얼마나 걸릴지 알 수 없었다.

용추와 호추가 칭얼거리는 소리가 난 듯했다. 열두 필의 말을 옹기종기 묶어 놓았을 것이다. 말은 한 마리 한 마리가 하나의 수비군과 같았다. 잠을 자면서도 예민한 촉각을 놓치지 않는 그들은 범상치 않은 기색을 느끼면 소리를 냈다. 울부짖기도 했다. 그리하여 제 주인에게 닥친 위험을 알려주는 것이다.

혹여 줄이 엉켰나.

왕인은 함을 들고 일어섰다. 바람이 부는가. 함을 벽장에 넣고 그 곁에서 이부자리를 꺼내는데, 성근 빗자루로 느리게 마당을 쓰는 듯 스스스, 소리가 들렸다. 샘가의 촛불들이 꺼졌겠구나. 촛불이 꺼졌으면 의식이 끝난 것이겠지. 왕인은 이부자리를 내려놓고 방을 나섰다. 샘가의 불들은 물론 마당 건너 아래채 처마에 걸려 있던 불도 다 꺼진 듯 캄캄했다. 어둠에 눈이 익기까지 시간이 좀 필요했다. 댓돌에 놓였을 미투리를 찾으려 허리를 수그리는데 서비구 목소리가 들렸다. 소군! 왕인은 미투리를 찾아 발에 꿰며 대답했다.

"아직 아니 잤어?"

대답이 들렸다.

"소인 미하수입니다."

섬돌에서 내려서던 왕인은 휘청했다. 그제야 마당에 흩어져 있는 검은 그림자들이 보였다. 미하수는 검은 무사복 차림으로 서 있었다. 왕인은 토방에서 마당으로 내려서면서 곁에 다가와 있는 서비구를 노려보았다. 서비구가 속삭였다.

"저도 졸고 있다가 당한 일입니다. 살수(殺手)들이 들어온 줄 알고 지레 숨넘어갈 뻔했단 말입니다."

"사루 님, 이 호천려가 이미 노출되었는지라 사루님을 벅수골로 모시려 합니다. 혜량하소서."

벅수골이 아니라 불 속인들 못 가랴. 왕인은 미하수를 따라 나섰다. 서비구 등은 호천려에 그냥 남는 모양이었다. 말굽에 짚신을 신겨놓았는지 두 필의 말이 어둠 속을 달리는 데도 소리가 작았다. 한 식경 만에 벅수골 큰대문 안집에 이르렀다. 아홉 해 전 효혜 신녀의 부름을 받고 찾아왔던 집이었다.

"안에 그님이 계십니다. 현재 그님께서는 지화합에서 칩거 중이신 것으로 되어 있나이다. 시위 몇과 호위 몇 사람만이 그님께서 예 계신 걸 압니다. 금세 비가 들을 듯하니 어서 드사이다."

속삭인 미하수가 대문 안으로 따라 들어오지 않았다. 왕인이 홀로 마당으로 들어서니 사위가 고요했다. 열여드레 밤이니 달빛이 있을 만한데 날이 흐려 별 한 점 떠 있지 않았다. 전날 효혜 신녀를 뵈었던 큰 방에만 불이 밝혀져 있었다. 그 빛을 따라 마당을 걷는 인의 걸음이 자꾸 휘청거렸다. 토방 아래서 왕인은 헛기침을 했다. 기척이 작았는가 방 안에서는 아무 움직임이 없었다. 다시 기척을 하려는데 목이 잠겨 소리가 잘 나오지 않았다. 가슴이 마구 뛰어 왕인은 제 가슴에 손바닥을 얹어 문질렀다.

설요는 마당가 물푸레나무 그늘 속에서 인을 바라보며 미소 지었다. 방 안에서 비쳐 나온 옅은 빛 속에 서 있을망정 그는 얼마나 눈부신가. 백 년이 지난다 해도 그의 낱낱을 그려낼 수 있을 듯했다. 그 때문에 외롭고 그때문에 외롭지 않았다. 그 때문에 서러우나 그 때문에 살아 있음이 기뻤다. 앞으로도 그러할 터였다. 과거에 대한 이야기나 미래에 대한 이야기, 나라에 관한 이야기나 사람에 관한 이야기는 일체 하지 않고 그저 닷새만 함께 살려니 작정하고 온 설요였다. 그의 앞날과 백제의 앞날, 신궁과 자신의 앞날도 얘기하지 않을 것이었다. 어떤 미래를 보매 그 미래를 달라지게 할 수도 있기는 하였다. 하지만 미래를 보고 발설하여 달라진 결과는 다른 미래의 시초일 뿐이었다. 제제 부여부를 상으로 앉힌 게 잘한 것이었나. 고천사를 사라지게 하고 황태후의 손발들을 모조리 잘라 황태후를 늙은 앉은뱅이로 만들었다가 끝내 스러지게 한 게 옳은 일이었나. 무엇을 위한 옳음이고 누구를 위한 옳음인지 알 수 없었다. 미래를 보고 미래에 작용하는 것은 결국 한차례의 에두름일 뿐인 듯했다. 다가올 일들은 어쨌든 다가오지 않던가.

진단의 북쪽 고구려의 하늘이 바뀌고 있었다. 그 하늘의 거대한 구름은 백제까지 드리워질 것이고 언젠가는 한성을 뒤덮을 터였다. 그날이 머지 않았음을 느끼지만 정확히 어느 날인지, 어떤 양상일지는 설요도 알지 못했다. 태풍이 불 때 잠시 생기는 휴지기와 같은 이런 때에 황제와 내신좌평과 아사나 공주가 합일하여 왕인을 자신들로부터 밀어내는 까닭을 알 수가 없는 것이다. 작금 백제의 하늘이며 기둥들인 그들 세 사람에게 왕인은 가장 아끼는 신하이며 아들이며 지아비이지 않은가. 세 사람을 잇는 끈이자 세 사람을 그 자리에 있게 하는 존재가 그인데 왜? 그들의 운명이자 왕인의 운명이라고 볼 수밖에 없었다. 설요는 그 운명을 거스르지 않고 인을 삼도국으로 떠나보낼 참이었다.

"접니다."

접니다, 한 왕인이 또 헛기침을 하고 있었다. 어찌 저리 귀여운지. 왕인의 아이 같은 행동에 설요는 웃음을 참지 못하고 소리 내어 웃었다. 웃으며 바싹 다가드니 그는 또 흰여우나 만난 듯 펄쩍 뛴다.

"언제까지 기침만 하고 계실 거예요?"

"어, 언제 오시었습니까."

예전에 비해 목소리가 한층 더 깊어졌는데 여전히 말을 더듬는다.

"저를 만날 때마다 사루께서는 말더듬이가 되십니다."

"느, 늘 사람을 놀래는지라."

"밖에다 사람을 한 식경도 넘게 세워두시고도 기척을 느끼지 못하시는 둔한 분이 놀래기는 또 왜 그리 잘 놀래신답니까?"

"하, 한 식경이나 되시었습니까?"

"예. 한 식경이나 마당을 서성이며 당신을 기다렸습니다. 한 식경쯤 더 세워 두시렵니까?"

"아, 아니오. 아닙니다. 드세요."

그새 어둠에 익은 눈으로 방에 들어서니 눈이 부셨다. 순간 왕인은 눈을 감았다. 남의 방에 들어선 도둑이 방 안 풍경을 살피듯 가만히 눈을 뜨다가 바로 앞에 서 있는 설요에게 또 펄쩍 놀라 한 걸음 물러섰다.

"또 놀래시어요?"

"다 당신이 부, 불쑥 나타나시어."

"그러니까 제가 아직도 백호로 뵌다, 그 말씀이셔요?"

"아, 아니오. 너무 오래 기, 기루기만 하다가 마, 만나니 어찌할 바를 몰라서."

설요가 깔깔대며 웃었다. 솔체꽃처럼 옅은 자줏빛 저고리와 박꽃처럼 흰 바지를 입고 있었다. 설요가 제 웃음을 그치기 전에 인의 앞에 바싹 다가들었다. 왕인은 뒤가 문인지라 더는 물러날 수 없었다. 설요가 또 웃었다. 더 이상 물러날 데가 없었으므로 왕인은 품에 다가든 설요를 안았다. 그의 허리와 등에 팔을 둘러 안으니 설요가 설요 같아졌다. 설요가 설요 같아지다 설요가 되니 인의 심신이 차분해졌다. 비로소 있어야 할 곳에 도착한 듯 한숨이 나왔다.

매화가(梅花歌)

한성 황성나루에서 이월 스무여드레 아침에 출발한 황실 선박 부아악
호는 삼월 십일일 저녁 무렵에 대판만(大阪灣)의 난파진(難波津)에 도착했
다. 월나호와 상대포호는 그 나흘 전에 이미 당도하여 있었다. 월나호를
보내라 하였더니 여누하는 상대포호까지 붙여 이구림 사람을 삼백여 명
이나 실어 보냈다. 그들의 살림살이며 정착지에 필요한 온갖 물자들을 함
께 보내온 것이었다. 난파진에서 부아악호를 기다리던 월나호에는 해리
를 비롯한 소수의 사람만 있고 상대포호며 이구림 사람들은 모두 신호부
(神戸府) 육갑산(六甲山) 이구림으로 들어가 있었다. 백미르와 취운파는 아
직기를 앞세워 대화성 구경을 나선 뒤였다.

여누하가 작년 가을에 왔을 때 영지로 삼은 자리가 육갑곶 안쪽의 신당
마을이었다. 팔십여 년 전 마리 신녀가 부임하였던 신당이라 했다. 마리
신녀가 부임한 지 이태 만에 대화 왕실로 들어가면서 신당도 그를 따라 대

화성으로 들어가 버렸다. 마리에게서 버려졌으되 신공대비가 된 그가 대화 왕실에서 전설로 불릴 만큼 오래 치세했던 권력자인지라 그가 잠시라도 거했던 육갑산 일대에 아무도 접근치 못했던 것이다.

대화왕성까지 보행으로 이틀 길이라는 육갑곶은 난파진에서 반나절여의 뱃길이었다. 도성에 인접해 있으나 미개척지인 셈이라 신호현의 현감은 육갑산 일대를 여누하에게 내주었던가 보았다. 신공대비가 서거하여 이제야 말로 빈 터라 여긴 탓일지도 몰랐다. 왕인은 대화성에 백제황제의 사자가 당도하였음을 통보하도록 하고 부아악호의 선장 장평에게 월나호를 따르라 명했다.

육갑산은 높이가 일천 보가량으로 남쪽으로 바다가 내려다보이고 서쪽으로 들판을 끼고 있었다. 신호 이구림은 바다에 면한 육갑곶에 자리했는데 작년부터 와 있던 이구림 사람들 백여 명과 새로 온 사람들이 어울려 마을 닦기가 한창이었다. 뿐만 아니라 신호현과 난파진에서 밀려온 왜인들 오백여 명까지 뒤섞여 나루를 닦느라 부산했다. 육갑곶은 천연의 선착장이었다. 만(灣)이 깊었고 깊이 들어온 만으로 곶이 나가 방파제와 선창의 구실을 저절로 하고 있었다. 여누하와 세진구의 눈이 그만큼 밝았던 것이다.

신호 이구림에는 정면 팔칸 측면 육칸에 팔작지붕을 얹은 널찍한 회당(會堂)을 지었고 그 주변에 바다를 향해서 집들이 듬성듬성 연이어 앉혀지는 참이었다. 한쪽에서는 나무를 다듬고 한쪽에서는 기와와 벽돌을 굽고 또 다른 쪽에서는 쉼 없이 음식이 만들어졌다. 육갑산 옆쪽의 들판에는 이미 곡식들의 씨를 뿌렸고 작년에 건너온 몇 쌍의 젊은 내외는 아이들도 낳았다. 우선 칠십 가구를 지어 작은 이구림을 만든다는 게 다님 부인과 여누하의 계획이었다. 각 마을에서 골고루 새 개척지로 이주할 사람들을 모아온 것도 그 때문이었다. 대개 살림을 차린 지 오래지 않은 젊은 내외들이 왔다. 신호부 이구림 건설 책임자로는 당주 세진구가 건너와 있었다. 인을 비롯한 사자 일행은 그곳에서 하룻밤을 묵고 부아악호에 올라 난파진으로 돌아왔다. 사람과 사람에 필요한 물건들을 다 내려놓은 월나호와 상대포호는 난파진에서 본국으로 실어갈 물품들을 선적한 뒤 곧 출항할 것이라 하였다.

백제황제의 사자를 마중 나온 이는 작년에 서거한 중애왕의 넷째 아들 응신군(應神君)이었다. 대화성에서 오진번주라 불리는 그는 관서부(關西部)의 번주였고 난파진이며 육갑곳은 그의 영지에 속해 있었다. 응신군은 아홉 살짜리 아들 고수를 데리고 나와 백제황제의 사자 일행을 환영했다. 왕인은 응신군을 따라 대화성에 입성했다.

대화 왕실엔 작년 오월에 중애왕이 서거하고 난 뒤 일 년이 가깝도록 왕위가 비어 있었다. 때문에 왕인은 황상으로부터 대화 왕실의 내막을 알아보고 형편에 맞춰 맞춤한 왕을 세우라는 명을 받고 온 참이기도 했다.

─짐의 친위군을 몇 만이라도 보낼 것이니 필요하다면 얼마든지 군사를 요청하도록 해.

필요하다면 무력을 행사해도 좋다는 말씀을 듣고 왜국으로 오는 동안 왕인은 이따금 고개를 갸웃거리곤 했다. 황제위든 왕위든 성주위든 집권자가 서거하면 그 이튿날로 새 집권자가 들어서는 게 당연하지 않은가. 해서 어느 나라, 어느 영지에서든 후계를 정해놓는 것이었다. 그런데 세자가 엄연함에 어찌 등극하지 않는가.

대화성에 들어와 한 달여를 넘기면서 내막을 알 수 있었다. 마흔세 살의 세자 양지는 살아 있으되 숨만 쉬는 사람이었다. 몇 년 전 열병이 앓은 뒤 산송장이 되었다고 했다. 몇 년째 죽지도 못하고 살지도 못하는 양지에게는 스물두 살의 아들 이태(利兌) 왕자가 있었고 그가 양지세자를 대리하는 참이었다. 헌데 그건 또 형식일 뿐 왜국의 실권은 양지세자의 아우들, 즉 죽은 중애왕의 아들들인 번주들에게 나뉘어져 있었다. 그들은 도성 주변 영토들의 번주(藩主)로서 왜국을 동서남북으로 나누어 통치했다. 대화 왕실은 이태 왕자 세력과 번주들 세력으로 나뉘어 팽팽히 대립 중이었던 것이다.

사월 이십일일, 왕인이 난파진에 도착한 지 한 달 열흘째였다. 대화성 영빈관에 숙소를 두고 있는 왕인은 관서부 번주성을 찾아왔다.

"이구림의 공사 진척이 빠르더이다. 올해 안에는 어느 정도 안정이 되겠더군요."

"번주께서 이구림에 납시었더라는 말씀 전해 들었습니다. 신호현 현감에게 이구림 건설을 적극 도우라 명하셨다고요. 고맙습니다."

응신군을 두 번째 만났을 때 그가 신호현 이구림과 비류군 왕인의 관계에 대하여 물었다. 그 질문이 일종의 거래에 대한 제안임을 왕인은 느꼈다. 자신과 한편이 되어 주겠는가. 그와 한편이 될 것인가. 인의 갈등은 짧았다. 대화 왕실의 누군가와 손을 잡아야만 한다면 그 상대는 응신군일 수밖에 없었다. 왕인은 그 자리에서 신호부 이구림이 월나군 이구림의 새로운 개척지이며 이구림이 자신의 영지라는 사실을 밝혔다. 그렇게 그의 제안을 받아들인 것이다.

"나의 번 백성들이 이구림에서 백제의 새로운 문물과 기술을 익히면서 품삯까지 받고 있으니 저 또한 고맙습니다."

첫 인연의 영향력이든지, 응신군의 호방한 성정 덕이든지, 왕인은 대화성에 입성한 이후 응신군과 벌써 세 번이나 만났다. 오늘 회동이 네 번째였다. 만날 때마다 그로부터 왕실 안팎의 상황이며 왜국 전반에 걸친 이야기들을 들었다. 응신군은 서른 살이었다. 그는 백제말을 잘했다. 백제성주 기각과 동무로 지내며 백제촌에 수시로 드나들기 때문이라 했다. 하지만 그 때문만은 아닐 것이었다. 다른 왕족들이 미처 배우지 못한 백제어를 그는 애써 익혔고 그 덕에 그는 현재 대화 왕실에서 유일한 백제통이 되었다. 왜어가 자유로운 아직기가 있고 왕실의 역관 두 사람도 함께 오기는 했으나 응신군의 백제말이 임의로운 덕에 대화궁 안에 학당 만들기가 쉬웠다. 응신군의 아들 고수를 비롯해 관동, 관북, 관남 등 각 번에서 올라온 열두 살 미만의 왕손들 열셋이 왕궁 내 학당의 첫 학생들이 되었다. 그들의 선생으로 왕인은 함께 온 학사 가림을 세웠다. 또 성내에 귀족 집안의 아이들 스무 명 가량을 모아 학당을 열고 선생으로 제서를 세웠다. 두 학당의 학동들은 백제말과 천자문을 동시에 배우기 시작했다.

그렇게 어린아이들은 학당에 모아 공부를 시킬 수 있으나 어른인 왕족들이 문제였다. 그들을 한자리에 모아 글자를 가르치고 경서를 읽힐 수 없지 않은가. 한두 번씩 만나본 왕족들이나 번주들은 글에 대한 필요성을 느끼면서도 작정하고 배울 엄두는 내지 못했다. 상용문자가 없으므로 왕족들 중에는 학식을 가졌다 할 사람이 없었다. 당연히 학인이라 불릴 만한 사람이 왜국 내에는 없을 터였다. 그중 글자를 많이 아는 듯한 응신군만 하여도 천자문을 다 익히지 못한 상태였다. 일백 글자를 익히면 일백오십 자는 읽을 수 있게 되고 일천 자를 익히면 사오천 자는 읽게 되는 게 문리(文理)였다. 문리가 트이면 처음 보는 글자와 만나도 그 뜻을 짐작할 수 있게 되는 법이었다.

"이게 뭡니까?"

"시(詩)입니다. 제목은 〈매화가(梅花歌)〉입니다."

응신군은 백제말이 임의로운 대신 낯선 글자가 섞인 글귀를 온전히 해석해낼 수 없는 사람이었다. 왕인이 즉석에서 써서 건네 준 〈매화가〉 몇 구절을 해석하기 위해 고심하고 있지 않은가.

"백제어로 難破津尒 佐具哉此花 冬古毛梨 今波春邊 佐具哉此花, 라고 읽습니다. 어려운 글자는 없으실 겝니다."

따지고 보면 응신군이 백제 태학박사 왕인의 첫 학생인 셈이었다. 그래서인지 왕인은 응신군이 술 마시다 말고 받아든 시구에 고심하고 있는 모습이 귀엽기까지 했다.

"제가 원래 악필인 데다 흘려쓰기까지 하여 알아보지 못하실 수도 있습니다, 합하(閤下)."

"그리 말씀하지 않으셔도 됩니다, 박사. 제가 글을 잘 모르나 비류군의 필체가 악필이 아닌 정도는 알아봅니다. 비류군의 아우이신 아직기 공자를 통해서 비류군 왕인 박사의 명성을 익히 들었습니다. 가형 자랑을 어찌나 하던지요."

활달한 성격의 아직기는 신분의 고하를 막론하고 누구든지 제 동무로 만들었다. 열여섯 살 적부터 왜국을 드나든 그는 백제촌 사람들과 친했고 백제성주 기각과도 허물없이 지냈다. 응신군과 나이가 같은 기각이 아직기를 처음 만날 때까지 멀미 때문에 말을 타지 못했던가 보았다. 그런 그에게 아직기가 말 타기를 가르쳤다고 했다. 말 위에 올랐을 때 말 잔등을 보지 말고 시선을 백 보 앞쯤에 두면 멀미도, 두려움도 없으리라 하였다던

가. 덕분에 기각은 말을 탈 수 있게 되었고 아직기는 그 덕분에 기각의 누이를 지어미로 얻고 응신군과도 만났다.

"여튼 간신히 꿰어 맞춰본 〈매화가〉를 읽겠습니다. 난파진에 피는구나, 이 꽃이. 긴 겨울잠 자고 이제 봄이라고 피는구나, 이 꽃이. 맞게 읽었습니까?"

"예, 합하. 소생이 그리 쓴 게 맞나이다. 아주 잘 읽으셨습니다."

"이 꽃이 난파진에 피는구나. 긴 겨울잠 자고 이제 봄이라고 이 꽃이 피는구나. 이렇게 읽어도 되는 것이고요?"

"그렇습니다, 그리 응용하셔도 되는 게 시입니다."

"시가 이런 것이었군요. 쉽고도 아름답습니다. 헌데 말입니다, 비류군. 박사께서 쓰신 글귀를 간신히 꿰어 맞추었으나 그 의미를 알지 못하겠습니다. 난파진에 핀 꽃이 어떤 꽃이라는 것인지? 그리고 매화가라 하셔서 매화 노래인 줄 알지 매화를 의미하는 글자는 없지 않습니까?"

왕인이 일어나 문밖을 내다보았다. 서비구 일행과 번주의 호위들이 도열해 있었다. 왕인이 내다보자 서비구가 엿듣는 사람이 없게 하라는 뜻을 알아듣고 고개를 끄덕였다. 왕인이 탁자로 돌아와 앉으니 응신군이 웃었다.

"둘만의 대화를 위해서 처음부터 주변을 물렸지 않습니까. 게다가 제 주변에는 어차피 백제말을 알아들을 사람이 없습니다. 걱정 마십시오."

"번주께서 백제말을 이리 잘하시는데, 번주 주변의 사람 중에 백제말을 알아듣는 사람이 전혀 없다고 어찌 장담하오리까. 그리고 백제 태학에 계시는 제 스승님을 흉내 내어 보았을 뿐입니다. 그분이 조심해야 할 대화를 하기 전에 꼭 밖을 내다보시거든요."

"난파진에 핀 꽃이 어떤 꽃인지 여쭈었을 뿐인데, 그게 그리 조심해야 할 사안입니까? 어떤 꽃이기에요?"

"시는 글자들을 나열하여 사물 풍경과 심상을 묘사하는 게 일반이지만 때로 전혀 다른 뜻을 담고 있기도 합니다. 숨은 뜻이 있는 것이지요. 이 시를 제가 매화가라고 불렀으나 다른 꽃 노래라고 불러도 상관없고, 난파진가라고 불러도 무방합니다. 또 이 시에서 꽃은 사람을 의미할 수도 있습니다. 소생이 대화성에 입성하여 만난 난파진의 한 송이 꽃, 꽃봉오리를 사람으로 친다하면 그 사람이 누구이겠습니까?"

"저를, 꽃에 비유하신 것이로군요."

"그렇습니다. 시를 짓는 행위와 그 시의 내용과 그 시를 누군가에게 건네는 행위의 의미는 연관되어 있기 마련입니다. 그 일련의 행위가 모두 시를 짓는 것과 같습니다. 의미의 함축, 은유이기도 합니다."

"제가 꽃으로 피어날 것이라면, 그렇다면, 이 시는?"

"그렇습니다, 합하. 허나 가만히 있으매 저절로 피는 꽃은 아니겠지요."

"이제 알겠습니다. 시에 담긴 뜻은 알겠습니다만, 박사께서 이미 아시다시피 각 번이 서로 팽팽히 겨루고 있는 대치 상태라 아무도 쉽게 움직이지 못합니다. 까딱하다가는 또다시 전쟁이 벌어지고 일단 전쟁이 시작되면 각 번이 회생불능의 상황이 될 때까지 피를 흘릴 수밖에 없지요. 신공대비께서 이루어놓으신 작금의 우리 왜가 백여 년 전쯤의 암흑기로 후퇴할 수도 있습니다. 그리되면 또 바깥으로부터 들어온 누군가를 천신인 양 떠받들며 일백 년쯤 살게 될 수도 있지요. 제 말이 무슨 뜻인지 아시겠습니까."

그는 신공대비가 권력을 잡을 수 있었던 배경과 신공비의 치세기간을 아울러서 암흑기라고 표현하고 있었다. 이백여 년 전 비미호 여왕의 치세 기간도 암흑기였노라는 의미까지 함축된 말이었다.

"예, 이해하였습니다."

"하여 저를 비롯한 번주들은 물론이고, 대화성에서도 그걸 경계하느라 함부로 움직이지 못하고 있는 것입니다. 백제황제께 왕실의 스승을 보내 주십사 청원한 까닭도 그 때문임을 짐작하셨을 겁니다. 이 상황을 어찌 풀어갈 것인지에 대한 해답을 바란 것이지요."

"하여 제가 왔고, 제 답은 이 시입니다."

왕인은 황상께서 형편에 따라 적합한 자를 왕으로 세우라 하셨다는 말을 발설치 않았다. 요청만 하면 병력을 파견하겠노라는 말씀의 저변에 필요하다면, 사루왕인이 직접 왜왕위에 올라도 무방하리라는 뜻이 새겨져 있음은 왕인 스스로 못 알아들은 체했다. 삼도국의 근원을 찾아 올라가면 백제나 고구려의 조상과 다를 바 없고 누대로도 수시로 사람들이 섞였거니와 앞으로도 섞이겠지만 왜국은 이들이 이룩한 한 나라였다. 내 나라가 아니거니와 내 것이 아닌 것을 탐낼 까닭이 무엇이랴. 탐이 나지도 않았다. 때문에 왕인은 백제 부마인 비류군이라는 신분조차 의전관례에 따른 것일 뿐 스스로는 왕실의 글 선생으로 왔다는 사실을 주지시키기 위해 태학박사임을 더 강조하며 지내는 참이었다.

"저로서야 감격할 만한 말씀이시긴 하나 말씀드렸다시피, 당장은 해결책이 없습니다."

"허면 번주들께서는 가령, 양지 전하께서 서거하시고 나면 이태 왕자를 옹위하실 계량이십니까?"

인의 질문에 응신군이 허허허 웃더니 대답했다.

"그리할 것이면 벌써 이태를 왕으로 받들었겠지요?"

이태 왕자는 스물두 살로 왕이 되고도 남을 나이이나 그에게는 넷이나 되는 숙부들이 있었다. 중심이랄 수 있는 영토들은 숙부들에 의해 나뉘어 통치되고 있고, 이태의 뒷배라 할 수 있는 왕숙들은 신공대비에게 너무 오래 지배되어 산 터수라 쉽사리 움직이지 못했다. 하여 산송장인 아비를 모시고 있는 이태에게는 왕이 될 가능성이 거의 없었다. 번주들마다 스스로를 왕재로 여기고 있기 때문이었다. 누가 일시에 다른 세력을 제압하고 나서는가가 문제였다. 응신군의 말도 그런 의미였다.

"연합을 모색해 보신 적은 있으십니까?"

"연합이란 결국 한쪽이 다른 한쪽을 받들겠다는 전제가 되어야 가능한 것일진대, 아무도 그리하고 싶지는 않은 게지요. 현재 상황에서 연합은 어느 한 사람이 먼저 피를 보겠다 나섰을 시, 공적(公敵)이 나타난 순간 나머지 사람들에 의해 이뤄질 것입니다. 타협이 있을 수 없는 상황이지요."

왜국에서 왕인의 소임은 학당을 순조로이 이끌어 학생들을 배출하며 왜국에 문자를 퍼뜨리는 것이었다. 두 학당이 계속되고 신호 이구림의 학당이며 일반 백성들을 위한 학당도 열리면 왕실이 안정되어야 하고 왕실이 안정되려면 왕이 세워져야 한다. 그건 황명이기도 했다. 피를 흘리지 않고 왕을 세울 방법이 무엇인가. 왕인은 한 달여 간 대화 왕실의 내막을 들여다보면서 그걸 궁리했다. 그런데 그 방법은 본국에서부터 이미 정해져 있었다.

왕인은 곁에 있던 종이를 편 뒤 붓을 들어 '일식(日蝕)' 두 글자를 썼다. 응신군이 글자를 찬찬히 바라보았다.

"해 일 자와, 좀먹을 식 자입니다. 일식. 오늘이 사월 스무하루이지요,

합하?"

"그렇지요. 헌데 일식 두 글자를 써놓으시고 갑자기 날짜는 왜 세십니까? 그새 본국이 그리우신 겝니까?"

본국이 그리운가. 부모가 계시고 형제들이 있고 다정한 사람들이 있는 곳. 백제가 그리운 것은 백제에 사는 사람을 그리워함이었다.

"일식에 대하여 말씀드리기 위해섭니다. 제가 본국에서 떠나오기 전에 본국 신궁의 신궁 성하를 알현한 일이 있습니다. 본국에서는 신궁 성하를 제일신녀라 칭하기도 합니다. 제가 황명을 받아 대화성으로 오게 되매, 그래도 원지인지라 제일신녀께서 뱃길이 무사하기를 빌어주시려 저를 부르셨습니다."

"신궁 성하께서 그러한 일도 하십니까?"

"그렇습니다. 알현하던 참에 제일신녀께서 제게 한 가지 당부를 하시더이다. 오는 오월 초하루 오후에는 움직이지 말고 머문 자리에 가만히 앉아서 횃불이나 켜고 있으라고요. 그리고 이왕이면 너른 곳에 머물러 있으라고요."

"무슨 까닭으로요?"

"제가 쓴 이 두 글자가 일식(日蝕)이라고 말씀드렸습니다. 일식이 무엇인지 아십니까?"

"사실 처음 보고 듣는 낱말입니다. 무슨 뜻입니까?"

"일식이란 해가 달에 먹혀 대낮에 천지가 깜깜해진다는 의미입니다. 대낮에 하늘이 캄캄해지므로 하늘 아래 만물이 두려움에 떨게 되지요."

"아! 그 비슷한 이야기를 들은 적 있습니다. 온갖 흉조에 대한 하늘의 예시가 그리 나타난다구요. 먼 옛날 히미코, 백제말로 표현하자면 비미호 여왕께서 사라진 해를 이끌어 내시었다고 했지요. 비미호께서 당대의 모든 세력들을 일시에 제압하시고 왕위에 오르실 수 있었던 것도 그 때문이라는 전설이 우리 왜에 있는데, 그 현상이 진단에서는 일식이라는 말로 표현되고 있습니까?"

"그렇습니다. 헌데, 일식은 온갖 흉조에 대한 하늘의 예시가 아니라 자연의 한 현상이라 합니다. 길어야 몇 시진이면 지나가는 태풍과 같은 것이지요. 태풍처럼 시끄럽지 않은 대신 만물이 어둠에 잠긴다는 것이고요. 비미호 여왕께서는 그걸 아셨던 겝니다. 하여 모든 이들을 지배하실 힘도 얻으신 게지요. 그 일식이 대륙과 백제에서는 물론 이 대화에도 일어날 것이라 하더이다. 본국 신궁의 제일신녀께서. 열흘 뒤, 오월 초하루예요."

왕인과 응신군의 눈길이 잇닿았다. 술을 각기 한 병씩은 마셨을 텐데, 응신군의 눈매에는 술기운이 일체 없었다. 취기를 느끼지 않기로는 왕인도 마찬가지였다. 오늘 관서부 번주성으로 찾아온 것도 이 말을 하기 위해서였다.

"비류군께서 제게 왜 그 말씀을 하시는지 압니다. 감격입니다. 그러함에도 제 스스로 수긍하기 위해 다시 여쭙겠습니다. 박사의 그 말씀, 제게만 하신 게 맞습니까."

"물론입니다. 〈매화가〉를 합하께만 드렸습니다. 일식에 대한 사항도 합하께만 말씀드리고 있습니다."

"압니다. 알면서도 한 가지 더 여쭙니다. 박사께서는 그분, 신궁 성하의 예시를 확신하십니까?"

왕인은 자신보다 설요를 더 믿었다. 그의 예견이 어긋나는 것을 본 적이 없었다. 그가 원지로 떠나는 왕인을 향해서 스스로도 목격한 적 없는 일식을 괜히 말했으랴. 설요는 어쩌면 이러한 상황까지도 미리 안 것일 터였다.

"확신합니다. 더구나 본국에서 그 분의 예시를 의심하는 사람은 아무도 없습니다."

"저는 그분을 뵌 적이 없고, 앞으로도 그분을 뵐 수는 없을 터이니 박사를 믿습니다. 열흘 뒤 오월 초하룻날 오후에 하늘이 캄캄해지실 거라고요?"

"예."

"그 예시가 작금 대화 왕실의 그 누구도 아닌 나 응신에게 전해진 것은 또한 하늘의 뜻이리라 믿어도 좋겠습니까?"

"저는 하늘의 뜻이라기보다 인연의 결과라 말하고 싶습니다만, 인연도 결국은 하늘의 작용이시겠지요."

"고맙습니다, 박사."

"인연 따라 이루어진 일이매 제게 고마워하실 일이 아니십니다. 더구나 결과가 어찌될지 알 수 없는 일의 시작에 불과한 것을요."

왕인이 술병을 들어 응신군의 빈 잔을 가득히 채우는데, 바깥에서 전갈이 들렸다. 응신군이 외쳤다.

"난노고요우갠데?"

무슨 용건이냐는 응신군의 말이 인에게도 들렸다. 밖에서 웅얼거리는 소리는 알아듣지 못했다. 알았다며 물러가라 명하는 응신군의 표정이 환했다.

"무슨 일이십니까."

"조금 전에 히다, 제 안사람이 아들을 낳았다 합니다. 혼인한 지 십여 년 만에 얻은 첫아들입니다."

"고수 왕자가 있지 않습니까. 여수와 팔수 왕자도 있구요."

응신이 하하하 큰소리 내어 웃고는 말했다.

"고수와 여수와 팔수는, 셋 다 계집아이들입니다. 아들을 기다리는 의미와 그 스스로 씩씩하게 자라라는 뜻으로 계집아이들에게 남장을 시켜서 키우고 있지요. 아기들이 잘 죽지 않습니까. 귀신의 눈을 속이기 위하여 우리 대화국에서 흔히 하는 일이기도 합니다. 열 살이 되기까지 계집아이는 남장을 시키고 사내아이는 여장을 시키는 것이지요."

"그렇습니까? 아무튼지 감축, 감축 드립니다. 안으로 들어가 보셔야지요?"

"아니 됩니다. 최소한 사흘간은 아비가 갓난아이를 보면 안 됩니다."

"귀신에 들키지 않기 위해서요?"

"그렇습니다."

응신군이 또 크게 웃다가 귀신에 들킬세라 소리를 낮췄다. 그 표정에 희열이 가득했다. 자식을 얻은 기쁨의 표정이 저렇구나. 왕인도 그를 따라 웃다가 어하라는 이름을 떠올렸다. 떠나오기 전 며칠을 함께 보낼 제 설요가 한 아기 이름을 지어달라고 했다. 그 아기는 자신이 낳은 딸과 같고, 장차 제일신녀가 될 법한 재목이라고. 그 말은 설요가 왕인의 딸을 낳을 것이라는 말이었다. 암시 정도가 아니라 자신의 확신에 찬 전언이었다. 그렇지 않으면 이름 지어달라는 말을 할 설요가 아니었다. 혼인할 수 없는지라 세상이 알게 자식을 낳을 수도 없는 그가 딸을 낳을 것이라고 웃으며 속삭일 제 설요가 가여워 되묻지 않았다. 그가 자식을 낳을 것이라 하니 낳을 것이었다. 이름을 지어 설요가 내민 흰 비단에다 주사로 써주었다.

어하라(漁霞羅), 비단 같은 노을을 붙잡을 수 있는 아이. 계집아이를 낳을 것이라 하니 부드럽고 아름답고 강한 아이로 자라길 바라는 이름을 짓고 그 밑에다 아비의 이름을 적었다. 사루왕인. 응신군의 딸들이 사내아이로 자라는 것과 같은 마음일 터였다.

"합하, 다시 한 번 감축드립니다. 저도 올해 안에 첫 자식을 갖게 될 거라 하더이다. 저도 그 아이를 낳으면 사내아이로 변장을 시켜야겠습니다."

귀신들에 들키지 않게 왕인이 속삭이자 응신군이 작은 소리로 웃더니 속삭이듯 대꾸했다.

"아직 낳지도 않은 아기가 여식인 줄 어찌 아십니까?"

"신궁 성하를 뵈러 가서 여쭈었더니 그리 말씀하시더이다. 제가 저녁놀처럼 황홀히 어여쁜 아이를 낳으리라고요."

응신이 자식을 낳았다 하여 짐짓 해보는 말이었다. 과연 어하라가 태어날 것인가. 왕인은 자신하기 어려웠다. 어하라가 태어난다면 그 아이를 어찌 키울 것인가. 결국 소도에 버려서 신녀로 키워야 하지 않는가. 제 어미처럼 가엽게? 소도에 버리지 않고 이구림으로 온다면 어미를 모르고 자라야 할 테니 그 또한 가여울 노릇이었다. 그러니 어쩌면 어하라는 정말로 설요가 발견할 신이궁의 재목에게 붙여질 이름일지도 몰랐다. 그 스스로 효혜 신녀에게 발견되어 설요가 되지 않은가.

"비류군께서 올해 안에 자식을 낳아 그 아이가 딸이라면 조금 전에 태어난 제 아들과 짝을 지어주지요."

"예?"

"왜요, 저와 사돈 맺기가 싫으십니까?"

"그런 게 아니라 솔직히 아직, 아들을 낳을지 딸을 낳을지 모르는 데다, 아기들이 태어나 백일을 넘기고 돌을 넘기기가 어려운 것은 본국에서도 마찬가지인지라."

"그래서 단서를 달지 않았습니까. 비류군이 딸을 낳으시면이라구요. 비류군이 딸을 낳으시고 그 딸이 무사히 자라게 된다면 두 아이를 짝지어 주자는 것이지요. 대신 방금 태어난 제 아들의 이름은 비류군께서 지어주셔야겠습니다. 이후 그 아이의 스승이 되실 비류군을 왕사(王師)로 칭하겠습니다."

"아이들의 짝지음에 관한 건 아이들이 무사히 자란 뒤에 다시 의논키로 하고요, 제 제자가 될 아드님의 이름은 숙고하여 지어보겠습니다."

"그래요, 그건 나중에 다시 의논키로 하고, 아까 하던 이야기로 돌아가지요."

"예. 일식과 더불어 시작에 대한 이야기를 나누던 참이었지요."

신호현의 이구림으로 가서 오늘 밤을 나려던 계획은 내일로 미뤄도 좋을 것이다. 날이 저물어가고 있지 않은가.

"시작이 반이라 하지 않습니까. 이미 반을 이루었습니다."

"나머지 반을 번주께서 어찌 채우실지 궁금합니다."

"이제부터 비류군과 함께 생각해야지요. 일식이 오월 초하루라고요?"

"그리 들었습니다. 오월 초하루 신중시(申中時)쯤부터 석양녘까지요."

"오월 초하루는 공교롭게, 신공대비가 서거하신 날입니다. 하여 우리 백성들 중에는 그날을 기리는 사람이 많습니다. 집 안에 그분을 상징하는 나뭇가지에 붉은 비단매듭을 지어 걸어놓고 헌향하며 그분의 현신을 기다리는 것입니다."

"그렇다면, 합하. 비미호 여왕 즉위 당시의 일화들을 아십니까?"

"아! 대낮에 해가 사라져 비미호께서 해를 이끌어내셨다는 그날, 그 이레 전쯤부터 소문이 돌았다 합니다. 어느 날에 하늘에서 해가 사라질 것이다. 그 해를 이끌어내는 자가 왕이 되리니 그를 숭배하여야 만백성이 살아갈 수 있으리라. 한편으로는 곳곳에서 흉조들이 생겼다고 합니다. 왕성 큰 우물의 색이 변하고 철새가 떼죽음을 당하고 원인 모를 큰불이 나고. 그런 여러 날 뒤에 결국 해가 사라졌고 사라진 해를 비미호께서 불러내셨다는 겝니다."

"그 전설을 대다수 백성이 알고 있으리까?"

"재미난 옛이야기로 전설되고 있으니, 많이들 안다고 봐야겠지요. 저만 하여도 제 유모에게서 들었던 이야기니까요. 헌데, 백성들이 그 얘기를 알고 있다면 그와 같이 해서는 아니 되는 것 아니리까?"

"백제 속담에 하룻강아지 범 무서운 줄 모른다는 말이 있습니다. 아무것도 모르는 사람에게는 두려움이 생기지 않지요. 두려움이 없으므로 파장도 일지 않을 것이고요. 비미호 여왕의 전례에 근거하여 일을 한다고 전제했을 때 백성들이 그분의 일화를 기억하고 있다는 것은 합하께 크게 도움이 될 것입니다. 합하께 그 이야기를 해주셨던 유모님은 살아계십니까?"

"그럼요. 지금도 안에서 제 아들을 받으셨을 겁니다. 왜요, 그에게서 비미호 여왕의 전설을 들으시게요?"

"그 전설이 백성들에게 어느 정도로 퍼져 있을지를 가늠해보고 싶습니다."

인의 눈에 시선을 잇댄 채 말을 듣던 웅신군이 술병을 들었다.

"술 받으세요. 그리고 유모를 이리 들라 해보지요."

"예."

응신군이 따라주는 술을 받는데 문득 부친과 오래전에 나누었던 대화가 떠올랐다. 수사이생(隨思以生), 수생이사(隨生以思). 설요는 그저 오월 초하룻날 오후에는 머문 자리에 그냥 머물러 있는 게 좋으리라 하였을 뿐인데 왕인은 그 말을 응신군에게 전했다. 수사이생인지 수생이사인지 알기 어려웠다. 분명한 것은 또 하나의 위험한 일을 벌였다는 것이었다. 시작했으므로 끝을 봐야 할 일이었다.

설요, 아사나

아사나가 신궁에 제일신녀 접견을 청했을 때 그는 영지로 원행을 떠나고 없다는 답이 돌아왔다. 어디로, 왜 갔는지에 대한 설명은 물론 없었다. 아사나는 감찰대장 우번에게 제일신녀가 어디로 원행을 떠났는지 알아오라 명했다. 설요가 갔다는 곳은 웅진주(熊津州)라고 했다. 고마강에 둘러싸인 우금산에 천신단이 있으매 그 일대가 온통 신궁 영지라던가. 보름 만에야 신궁에서 날짜와 시각을 정해주며 만나러 오라는 연락이 왔다. 그날이 오늘이었다. 오월 초하루 오초시(午初時).

여름 한낮 땡볕 속에서 찾아오라니, 내게 무슨 억하심정이 있는가 하였으나 목마른 자가 샘을 파는 법이라 왔다. 마차가 큰마당까지밖에 들지 못하는데, 오늘 신궁에서는 가마를 내놓지 않았다. 원래 신궁에서는 황상이나 황후라 해도 걸어야 하는 게 예법이기는 했다. 그걸 모르는 사람은 없었다. 예전에 가마를 들이대 주었던 게 특별한 대접이었던 것이다. 아사나는 큰마당에서 내려 천인각까지 걸어 올라야 했다. 궂은 날이 아니니 평소의 예법대로 하라는 것이라 해도 명백한 푸대접이다. 하지만 그걸 꼬투리 잡기에는 어쩐지 신궁 안이 수선스러웠다. 큰마당 한가운데에는 때 아닌 장작더미도 쌓여 있었다. 밤에 또 무슨 행사를 벌이는가 보았다.

천인각에 들어서니 대번에 땀이 걷힐 만큼 서늘하다. 신녀들이 내놓은 차는 싱싱한 찻잎을 띄운 채 시원하고 향그러웠다. 사방의 창을 열어놓아 바람이 들었고 천신도 밑에 놓인 향로에서는 향촉을 피워 은은한 향이 떠다녔다. 아사나가 두 잔의 차를 마시고 나자 제일신녀 설요가 들어왔다. 비단인 양 결 고운 세모시 옷이 희디희다. 한여름 원행을 다녀온 사람같지 않게 낯빛도 희다. 저토록 깊은 눈이 또 어디 있으랴. 스스로를 태워 없애고 말 것 같던 질투에 시달리다 왔으면서도 아사나는 설요의 용모가 신기했다. 진단 땅에서, 그것도 한성이나 한성 인근에서 태어났기에 소도에 버려져 신녀가 된 것일 텐데, 설요의 눈은 백제 여인 같지도 않았다. 대방이며 왜국에서 오고가는 사람들을 이따금 보았어도 설요처럼 눈이 크고 깊은 사람은 본 적이 없었다.

"각하, 오랜만에 뵙습니다. 두 해쯤 만에 뵌 성싶군요?"

저리 느리고 깊은 말투에 주눅 들었던 때가 있었다. 열일곱 살, 아무 물정도 몰랐던 때였다. 스물네 살인 지금이라고 물정을 안다 할 수 있으랴. 거믄골 비류군의 집을 신궁에서 돌보고 있다는 걸 보름 전에야 겨우 알게 된 아사나였다. 비류군이 왜국으로 떠난 후 달포나 지났을 때였다. 그동안 한사코 외면했던 비류군의 거믄골 집이 마음 쓰여 찾아가 보았다. 잠긴 문을 열게 하고 들어갔더니 뜻밖에도 말끔했다. 뿐인가. 빈 집 안의 우물가에 놓인 자그만 향로에서 향이 피어났다. 누군가 다녀간 지 얼마 지나지 않은 듯 향로에 꽂힌 굵직한 향촉이 아직 길었다. 대번에 신녀들이 한 짓임을 깨달았다. 하지만 왜? 무엇 때문에 신녀들이 비류군의 집을 돌보고 향을 피우는 것이지?

비로소 칠 년 전, 같은 시기 소야궁을 드나들었던 왕인과 설요가 한 줄로 꿰어졌다. 물론 짐작만 있을 뿐 그곳에서 얼굴을 익혔을 두 사람이 이후에 만났다는 확증은 없었다. 비류군의 집 위쪽에 사는 백성들을 족쳐보게 하였으나 소득이 없었다. 여느 때는 비어 있는 집에 이따금 여인들 몇이 와서 쓸고 닦는 것 같고, 어쩌다 한 떼의 남정네들이 들었다 사라지는 것을 보았다는 정도였다. 그들은 그곳을 드나든 남정네들이 비류군 일행인 것조차 몰랐다. 부마가 그런 집에 드나들 수 있다는 걸 상상조차 못하는 것이었다. 하지만 빈집에 향을 피울 여인들이 누구이랴. 신녀들밖에 없었다. 짐작만으로도 아사나는 심사가 꼬였다. 스스로도 고천사에서 노상 향을 피우는데, 그 향을 고천사에서 멀지도 않은 비류군의 거믄골 집에 피울 생각을 하지 못했던 자신에게 화가 났다. 확인하지 않고는 견딜 수가 없었다. 확인해서 어쩌자는 것인지는 나중 문제였다.

"예, 성하. 오랜만에 뵙습니다. 웅진주로 원행을 다녀오셨다고요."

아사나는 자신이 알아야 할 것은 알고 있노라고 말하고 있었다. 그 자신의 힘이 신궁 안까지 미친다는 것을 부러 강조한 것이다. 의도적인 과시였다.

"예, 고마강(곰강, 금강의 옛 이름)에 다녀왔나이다. 가뭄이 들어 고마강 물이 움푹 줄어들었더이다. 신궁 영지는 물론이고 근동 백성들의 전답도 물을 먹지 못하여 작물들이 바싹바싹 타들고 있었습니다. 우금산 천신단에서 성심으로 기우제를 올렸으나 정성이 닿지 못했는지 비를 만나지 못한 채 돌아왔습니다."

"웅진주에서 열흘 이상 머무신 듯한데, 혹여 무슨 까닭이 있나이까?"

설요를 향한 아사나의 질문에 치리 신녀가 미하수를 바라보았다. 미하수는 고개를 끄덕였다. 선태후의 머리시위였던 징모는 선태후가 서거하고 난 뒤 아사나에게 사직을 청하고 황궁을 나와 웅진주의 신궁 영지로 들어가 말년을 보내고 있었다. 징모는 예비신녀 시절에 당시 왕자비였던 선태후의 시녀로 들어가 삼십여 년 그를 모셨다. 징모를 쉬게 하기 위해 그를 대신하여 황궁으로 들여보낸 신궁인이 아사나의 측근인 거리였다. 하지만 지금 아사나 왼편에 서 있는 거리는 설요가 웅진주에 간 것을 미리 알지 못했다. 거리가 이중의 첩자노릇을 할 사람도 아니었다. 그렇다면 신궁 측근에 새로운 아사나의 첩자가 들어와 있다는 뜻인데, 누구일까. 감찰대장 우번과 연결돼 있을 법한 신녀, 혹은 수녀? 제일신녀의 행사는 어차피 어떤 식으로든 그 결과를 세상에 드러내게 되어 있으므로 비밀이랄 것도 없었다. 문제는 설요의 사사로운 부분이었다. 사루왕인과 연관된 대목은 어떤 식으로도 밖으로 새어나가면 안 되는 것이었다. 미하수는 설요 뒤편에 시립한 채 현재 천인각 대실 안에 들어와 있는 신녀들을 하나하나 떠올려 보았다. 궁 밖에 혈족이 있는 신녀가 누군가. 나들이가 잦은 직책을 가진 신녀가 누군가. 그들 주변에 포진한 수녀들이 어떤 사람들이던가. 당장은 의심스러운 사람이 없었다.

"선대 제일신녀들로부터 신궁을 옮김이 어떠한가 하는 논의가 있었던 참이라 겸사겸사 고마강가에 여러 날 머물러 보았지요."

"신궁을 웅진주로 옮기실 계획이시라고요? 왜요?"

"꼭이 웅진주가 아니라 마땅한 곳이 있으면 신궁을 옮김이 어떠한가 하는 논의가 있었다는 것이지요. 맘먹고 가보았더니 이 고천신궁이 옮겨갈 만한 입지는 아니더이다. 제 대에서는 이대로 살면서 이궁(移宮)은 후대로 미루기로 하였습니다."

미래에 대하여 발설치 않으려 하면서도 설요는 우회적으로나마 한성의 미래를 말했다. 고천원에 자리한 지 사백여 년인 신궁이 새 자리를 모색할 까닭이 무엇일까. 그걸 아사나가 생각해보길 바라 한 말이었다. 아사나가 그 뜻을 알아듣기를 바라는지, 영 모르고 지나가기를 바라는지는 설요 스스로 알지 못했다. 우금산에 신궁 터를 닦되 그에 앞서 장서각을 옮겨 앉힐 계획이라는 말을 하지 않은 것도 그 때문이었다. 우금산에 건립하라 명한 서고가 완성되면 장서각의 모든 책의 원본을 그쪽으로 옮길 참이었다. 사절부에서는 장서각의 책들에 대한 필사 작업 계획을 이미 세웠다. 필사 재주를 익힌 신녀와 신궁인들은 물론 외부에서도 필사사들을 데려다 일을 시킬 것이었다.

"신궁이 한자리에 너무 오래 존재함으로써 생기는 문제들이 없지 않아 그리 생각해 보았던 것이지요. 전후좌우를 둘러보다 우선은 이대로 지내는 것이 낫다는 결론이 났구요. 헌데 각하, 저를 만나자 하신 연유가 따로 계십니까?"

"예, 성하. 여쭙고 싶은 사항들이 있어 뵙기를 청하였나이다. 제 물음에 솔직히 답해 주시렵니까."

"무엇을 물으시는지에 따라 다르겠지요."

"신궁께서 거짓을 말씀하시기도 합니까?"

"제일신녀도 사람이라 경우에 따라 얼마든지 거짓말을 합니다."

"어떤 경우에요?"

"그건 각하뿐만 아니라 아무한테도 말씀 드릴 수가 없지요. 여튼 제게 묻고 싶으신 사항이 무엇입니까. 말씀하세요."

"에두르지 않고 그냥 여쭙겠습니다. 제 아우, 대백제국 우현왕이자 태자인 여해가 즉위할 수 있겠습니까?"

"태자 전하께서 즉위하시는 건 이미 정해진 일일진대 제게 물으십니까?"

"당연한 일들이 부당한 일들에 쫓겨나는 경우가 왕왕 있지 않습니까. 태자께서 즉위하십니까?"

신궁 이설(移設)에 관한 언질을 들었으니 황궁의 앞날, 백제의 미래에 대한 질문을 해오지 않을까 여겼더니 아사나는 황상의 수명에 대해 묻고 있었다. 그건 아사나 자신의 미래에 대한 질문일 뿐이다. 선태후의 화신이라 여겼던 아사나는 사람 그릇이 선태후에 미치지 못했다. 황궁 살림을 관장하는 내경고(內璟庫)를 선태후로부터 물려받아 장악하고 있는 아사나가 선태후와 닮은 점이라면 권력에 대한 집착이었다. 집착은 스스로 원하는 것만을 보게 하여 여타의 모든 것에 맹문이 되게 한다. 시야가 좁아짐과 동시에 집착은 더욱 견고해지면서 독기가 된다. 그 독기는 스스로를 상하게 함은 물론 주변을 온통 상하게 한다.

"태자이시니 즉위하시겠지요."

"그 시기가 언제쯤이나 될지 말씀해주실 수 있으신가요?"

서른다섯 살 황제의 수명이 얼마나 남았는지 물으니 제일신녀의 입가에 설핏 미소가 어리다 스러진다. 비웃음이 분명할 텐데 비웃음 같지 않고 철없는 아이를 향한 미소처럼 보였다. 아사나는 왈칵 비위가 상했다. 하지만 이러려고 온 게 아니었다. 아사나는 가만히 숨결을 다스렸다.

"제가 그러한 미래를 본다 하여도 말씀드릴 수 있을지 알 수 없으나 아사나 각하, 저는 그것을 알지 못합니다."

예감이 있다고 하여 안다고 할 수는 없었다. 그러므로 설요는 현 황상의 앞날과 여해태자며 아사나의 미래에 대하여 모르는 것이었다. 내게 이러한 예감이 있노라. 그리 말할 수 있는 관계가 아니고, 말한들 들을 그도 아니었다. 내신좌평 사루사기가 왕인의 부친이신지라 그에게 신궁을 한번 찾아오십사 전갈을 보냈다. 열흘 전, 웅진주에서 막 돌아왔을 때였다. 일간 시간 내어 신궁을 찾겠다는 회답이 왔다. 그뿐 내신좌평은 아직 오지 않고 있었다. 그는 오지 않을 것이었다. 지금의 그는 아사나처럼 들을 귀를 가지고 있지 않았다. 가까운 사람을 조심하시라는 말을 해주고 싶었다. 그 가까운 사람이 누구인지는 설요도 몰랐다. 얼마나 가까운 사람인지. 어떻게 조심해야 하는지. 결국 설요가 아는 것은 없는 셈이었다.

"하오면 성하, 제 수명이 얼마나 되는지 말씀하여 주시겠어요?"

"불가합니다. 저는 고작해야 당면한 사항들의 일부만 볼 수 있을 뿐입니다. 아사나 님의 수명은 제게 보이지 않나이다. 길게 사시리란 뜻이겠지요."

설요가 누군가의 수명을 보는 것은 보통 상대의 죽음이 한두 해 안으로 임박한 경우였다. 드물게 사오 년쯤의 미래를 보기도 하는데 그건 특별한 경우였다. 그 경우란 지금 아사나와 같이 자신의 수명을 직접 물어오는 사람들의 미래였다.

"제가 자식을 낳을 수는 있으리까?"

아사나의 물음에 설요는 빙긋 웃었다. 그는 수태하였고 자신이 수태한 사실을 이미 알고 있으면서 제일신녀를 떠보는 참이었다. 또한 제 지아비의 숨은 여인이 누구인지 뒤늦게 짐작하고 찾아온 것일지도 몰랐다. 왕인의 지어미로서의 과시인 셈인데, 아사나에게는 자식 운이 없었다. 지금 아사나 몸속의 생명도 그의 자식이 아니었다. 아사나는 모든 것을 다 가진 자리에서 태어나 자랐고 살고 있으나 그 스스로는 박복한 여인이었다.

"아사나 각하."

"예, 성하."

"고래로 제일신녀들은 원행 중이거나 병환 중이거나 기도 중일 때를 제외하고는 거의 날마다 백성들을 만납니다. 갖가지 사연을 가진 숱한 사람들을 접하지요. 제일신녀들의 밝은 눈은 타고난 재주가 아니라 그렇게 숱한 사람들을 만나면서 경험이 쌓이는 덕에 점점 밝아진 결과입니다. 저도 그렇습니다. 각하께서 이미 수태 중이신 걸 알아볼 정도의 눈을 가지고 있다는 뜻이지요. 각하께서 저를 기망하시려 부러 납시지는 않으셨을 것입니다. 이미 몸속에 든 자식으로 장난말을 하시려 저를 찾지도 않으셨을 것이고요. 다른 말씀을 하시고 싶으시어 오셨으매 에두르고 계시겠지요. 편히 말씀하세요."

정곡을 찔렀다. 아사나는 수태한 참이었다. 궁의(宮醫)들에게 진맥을 받아보지 않았으나 분명했다. 비류군이 삼도국으로 떠나기 전이었다. 원행을 떠나는 것에 대한 새삼스러운 안타까움이 생겼던지 그가 대낮에 공주궁으로 들어왔다. 급작스레 들이닥쳐 점심을 달라고 했다. 시위들이 부산스레 점심을 준비할 때 비류군이 체수없이 아사나를 안으려 들었다. 아사나는 부끄러웠으나 안겼다. 처음엔 술을 마셨으나 두 번째는 술 없이도 안을 수 있었다. 두 번째는 역시 첫 번째보다 쉬웠다. 이튿날의 세 번째는 더쉬웠다. 그렇게 나흘 동안 낮이면 그가 들어와 아사나를 안고 점심을 먹었다. 그때 수태가 되었다. 궁의들에게 진맥을 받지 않은 것은 수태를 알리기 싫어서였다. 아니 발설하기조차 아까워서였다. 그런데 설요가 대번에 알아보았다. 과연 제일신녀답다.

"혹시 저의 지아비 비류군을 사사로이 아십니까?"

예전 고천사에서 처음 보았을 때부터 아사나는 설요가 싫었다. 질투했다. 모든 것을 다 잃을 지경에서 어떤 한 가지를 취할 수 있냐고 물었을 때 목숨이라고 대답하던 설요는 미웠다. 그의 당당함이 밉고 싫고 질투가 나는 것이다. 그의 당당함은 어디서 비롯된 것인가. 가령 그가 사루왕인과 사통했다면 저리 당당할 수 없을 것이다. 그리해서도 안 되었다. 제일신녀이기 이전에 일개 여인이 아닌가. 같은 여인으로서 남의 지아비와 사통했다면 그의 지어미에게 미안해야 하는 것이다. 비류군을 아느냐 물었는데 설요의 눈가에 미소가 어린다.

사루왕인을 사사로이 아는가.

찰나 간에 설요는 그를 사사로이 잘 아노라 말하고 싶었으나 미소를 지었다. 세상 천지에 왕인을 가장 많이 아는 자가 나 설요라고. 지난번 그와의 마지막 날 왕인에게 장난인 양 계집아이 이름 하나 지어 달라고 말했다. 한 아기신녀가 있으매 그 아기는 장차 제일신녀가 될 법한 재목이니 크고 강하며 부드럽고 어여쁜 이름을 적어달라고. 왕인이 지어준 이름이 어하라(漁霞羅)였다. 비단 같은 노을을 아우를 수 있는 계집아이.

"사사로운 것인지는 알 수 없으나 비류군 사루왕인 저하를 알지요."

"어떻게요?"

"칠 년 전에 서거하신 소야황비님은 저의 스승이셨습니다. 소야비께서 천혜당 대중방에 걸린 천신도를 그리실 제 제가 소야님과 사제연을 맺었고, 비류군께서는 소야비 님의 질자이신지라 소야궁에서 마주친 적이 있습니다. 마찬가지로 소야비 님의 질녀이신 여누하 님은 저와 동무입니다. 작금에는 고천사가 된 당시의 소야궁에는 비류군 저하만이 아니라 여누하도 무시로 드나든지라 저와 이따금 만나면서 동무가 되었지요. 그이가 원향인 월나군으로 간 뒤로는 한 번도 만나지 못하고 있습니다만."

여누하! 부황의 여인이었으나 가뭇없이 사라져버린 그가 비류군의 누이인지라 만나기도 전에 이미 만나기 싫었다. 비류군과 혼인을 하고도 월나군에 가보지 않은 것도 여누하 때문일 것이었다. 그런 여누하가 한 달여전 가부실로 왔다가 열흘을 머물고 떠났다. 아사나는 그를 한 번 만났다. 어렵고 어색할 줄 알았더니 여누하는 활달했다. 대판섬에 이구림 영지를 개척하고 있으매 비류군의 왜국살이가 심심치는 않을 것이니 공주께서는 걱정 마시라고 농담도 했다. 그가 데리고 온 아이 부여라는 일곱 살이라 했다. 라나라고도 불리는 부여라가 부황의 자식임을 한눈에 알아보았다. 이름에다 부여씨족임을 아로새긴 것이 못마땅했으나 아사나는 아는 체하지 않았다. 부황에게는 지어미가 셋이었고 자식이 일곱이었다. 부여라가 여덟 번째인 셈이었다. 아사나는 부여라에 대해 아는 체하지 않았고 여누하도 말하지 않았다.

"한 달 전쯤 여누하 님이 가부실에 다녀가셨는데 원행 중이시라 못 만나셨군요."

"그런 일이 있었군요. 뵈었더라면 기뻤을 텐데, 아쉽습니다. 헌데 아사나 각하, 혹여 최근에 주검을 보신 적이 있으십니까?"

아사나는 화들짝 놀라 되물었다.

"주검이라니요?"

사실 삽사리 금강이가 죽었다. 여누하가 가부실에 머무르고 있을 때였다. 가부실에서 그를 만나고 돌아온 밤 잠이 오지 않아 뒤척이는데 금강이 짖었다. 그 소리가 거슬렸다. 짖지 말라고 지미간에 남아 있는 음식을 주라 하였다. 완자전 한 조각을 먹고 난 금강이 조용해졌다. 다음 날 아침 삽사리 주검을 발견했다.

"각하 주변에서 잠깐 사기(邪氣)가 느껴져 드린 말씀입니다. 환궁하시면 수하들에게 물으시어 근래에 꽹이나 강아지나 다람쥐라도, 주검이 있었다 하면 향이라도 피워주라 하사이다. 제명에 죽지 못한 생물들이 이따금 그 자신의 독기를 남겨놓기도 하는 바 향을 피우면 그 혼을 달래면서 독기를 걷어낼 수도 있습니다. 더불어 향을 피우는 자의 마음도 순해지는 것이구요."

"알겠습니다. 헌데, 거믄골에 있는 비류군의 사저를 신궁에서 돌보고 있는 까닭은 무엇입니까?"

"아! 여누하 님께 듣지 못하셨군요. 그 집은 오래전에 여누하 님이 마련하신 집입니다. 가부실이 큰나루와 멀어 큰나루 가까이 이구림 상단 사람들의 거처를 마련한 것이지요. 여누하께서 미처 그 집을 사용치 못하시고 원향으로 내려가실 때 저의 머리시위에게 거믄골이 신궁에서 가까우니 이따금 집을 돌봐주시라 청했던 듯합니다. 저의 머리시위가 저를 쫓다니면서 비류군 저하도 그렇거니와 여누하 님을 귀애하셨던지라 그의 부탁을 들어주고 계신 게지요. 헌데 왜요? 저의 머리시위와 그의 수하들이 거믄골 비류군 저택을 망쳐놓기라도 했더이까?"

소야궁을 고천사로 쓰면서 그곳을 망쳐놓았다는 비꼼인데 바늘 하나 들어설 틈이 없게끔 앞뒤가 딱딱 들어맞는 말이었다. 아사나는 그게 의심스러웠다. 여누하가 설요와 동무였다니. 그렇다면 더욱 확실하지 않은가. 근자에는 비류군이 삼도국으로 가기 전에 나흘이나 연이어 공주궁으로 들어왔던 것조차 의심스러웠다. 그 덕분에 수태를 하기는 했지만 아무리 생각해도 그건 비류군에게 어울리지 않는 행태였다.

"망쳐놓다니요. 아닙니다. 제 낭군의 저작들이 쓰이는 공부방을 돌봐준 이들이 신녀님들이신 듯하여 그 까닭을 묻고 고마움을 전하려 오늘 찾아온 것요. 아, 혹시 비류군의 저작들을 읽으신 적이 있나이까?"

"아니오. 그분의 책들이 우리 서장각에도 들어왔다는 말은 서장각지기들에게 듣기는 했어요. 미처 읽지 못했습니다."

"서장각에 비류군의 저작들이 다 들어와 있을까요? 《목지형검주조연사》까지?"

"태학을 통해 나온 책은 빠짐없이 서장각으로 들어오는 것으로 압니다."

"목지형검이 어떤 검인지 혹시 신궁께서는 아시어요?"

"전설이야 알지요. 우리 신궁의 칠지화가 그 목지형검의 전신이었을 것이라는 설이 있고, 백제에서 제작된 칠지도들이 목지형검의 현신이라는 이야기 정도는요."

"비류군의 《목지형검주조연사》는 실제 목지형검의 제작과정을 그린 것이랍니다. 비류군이 말갈의 차리성에서 양피지로 된 그 책을 발견하고 가지고 와 고대문자를 상용문자로 풀어 써놓은 것이지요. 추모왕께서는 졸본부여국, 졸본성에서 건국을 하셨는데, 그즈음 철기들이 본격적으로 만들어지기 시작했던가 봐요. 목지형검은 철을 일천 번이나 단련한 뒤 빚어냈는데, 그때의 일천 번이라는 숫자는 강철에 대한 시험과정이 그만치

지난했다는 뜻이라고 해요. 그런 것을 비류군이 풀어낸 것이지요."

설요는 아사나의 수다에 미소를 지었다. 아사나는 비류군을 진정으로 사모하고 있었다. 지아비에 대한 그의 교궁이 비로소 그를 아름답게 했다.

"비류군 저하의 학식의 깊다는 소문은 들었습니다."

"그분의 공부를 신궁에서 도와주신 셈이시니, 제가 인사를 드려야지요. 고맙습니다, 성하. 은혜가 높으십니다."

"그 인사는 제가 아니라 저의 보모신녀께서 받으셔야 할 것 같군요."

"이 천인각 대실 안에 그 신녀가 계십니까?"

"아니오, 제 처소에 계실 겁니다. 각하의 말씀을 반드시 전해 드리겠습니다."

"말만으로 고마움을 전하지 못할 듯하여 비단 몇 필 가져왔나이다. 남기고 갈 터이니 전해 주사이다."

"예, 그리하겠습니다. 고맙습니다. 아! 답례로 약소하나마 신궁 화장구 한 동아리 드리오리다. 최근에 우리 의절부에서 새로운 미안분(美顏粉)을 만들어냈다 하더이다. 써보시고 마음에 드시면 황실 안팎의 귀부인들께 권해 주십시오. 황후 전하께도요. 단옷날에 귀부인들이 궁에 모이실 거라면서요."

"신궁께서 몸소 장사치로 나서시는 줄은 몰랐나이다. 뜻밖이나 재미있군요. 알겠습니다."

"이미 아시겠으나 서둘러 가시오면 도중에 어둠을 맞지 않으실 겁니다. 살펴가소서."

"어둠이라니요?"

"아, 황궁 일관으로부터 들으셨을 줄 알았는데, 소문이라도 들으셨 줄 알았더니, 못 들으셨나 보옵니다. 신시쯤부터 일식이 시작될 겝니다. 신궁 인근에는 하늘이 검어져도 동요치 말라는 말을 해놓은 참입니다. 그러함 에도 불안을 느낀 백성들이 신궁으로 몰려들었다는 전례들이 있어 큰마 당을 열기로 했습니다. 우리 사절부에서, 컴컴한 마당에 모인 백성들을 마 냥 엎드려 있게 할 수도 없으니 아예 불놀이를 벌이는 게 어떠냐고 하기에 허락했구요. 덕분에 신궁 마당과 중간나루 강변에서는 때 아닌 잔치를 벌 이게 생겼습니다."

일식이라니. 신궁 인근에 알려놓았다는 건 온 한성에 알려놓았다는 말 과 같을 것인데, 아사나는 아무 소리도 듣지 못했다. 황궁과 신궁의 왕래 가 그만큼 드물어졌다. 제일신녀는 짐짓 제 힘을 과시하면서 황궁이 무례 하다 지적하고 있는 것이다. 아사나는 일식에 대하여 책에서만 보았을 뿐 본 적이 없었다. 거개의 백성들도 그걸 알 턱이 없었다. 대낮에 느닷없이 하늘이 어두워지기 시작하면 불안을 느낀 백성들은 이불을 뒤집어쓰거나 신궁으로 달려올 터였다. 신궁의 위세와 위상이 한껏 높아질 것이다.

"들은 듯도 합니다. 일식이 어떤 양상인지 알지 못하여 주의하지 않았 던 것 같나이다. 유념하겠습니다."

뭘 하려고 왔던가. 조금 더 신중할 것을. 체면을 다 버리고도 아무 소득 이 없지 않은가. 왕인과 설요가 사통한 것이 분명한데 그 흔적을 잡지 못 했다. 아사나는 그게 분했다. 분하나 달리 할 일이 없었다. 실상 지아비의 사통의 흔적을 찾아다닐 만큼 한가한 시절도 아니었다. 아사나는 큰마당 에 이르러 장작더미를 노려보았다.

"내려가는 길에 고천사에 들를 것이다."

마차에 들어앉으며 아사나는 가꾸미에게 일렀다. 나흘 뒤가 단옷날이었다. 그날 황제와 태자를 위시한 오천의 도성군사가 사냥을 떠나기로 되어 있었다. 겉으로는 사냥이나 그 속내는 쌍현성 탈환을 위한 출정이었다. 오만의 군대가 쌍현성에 이르는 길목에서 만날 것이었다. 쌍현성을 탈환한 뒤에는 북쪽으로 곧장 진군하여 하북성에 닿을 것이라고 했다. 지난 사월 초순에 하북성 북쪽의 적현성이 고구려에 기습당해 점령당했다. 고구려가 침입할 것이라고는 전혀 예상치 못한 성이었는 바 고구려의 기세를 감당치 못했던 적현성주 부여문은 성을 내주고 유주성으로 철군했다. 부여문은 대방태수 부여설이 그렇듯 선선황 태수황제가 대방황비와의 사이에서 난 아들이었다. 적현성 탈환전쟁에는 고구려를 치고 싶은 후연의 모용수가 배후에서 가세할 것이라고 했다.

황제와 태자가 함께 쌍현성을 향해 출정하는 그날 황후궁에는 여인들이 모일 터였다. 화용황후가 그날 황실과 황족과 귀족 집안의 여인들을 모조리 불러들여 단오잔치를 열 것이라 공표하였다. 화용황후의 그 행사는 단옷날을 기점으로 자신의 위상을 만들겠다는 뜻이고 그건 곧 분산되어 있는 황후의 권력을 그 스스로 갖겠다는 의지의 표명이었다. 권력이라는 게 한 번에 만들어지는 것은 아니지만 그가 황후 자리에 있으므로 그는 가질 수 있었다. 아사나는 아니었다. 화용황후가 황후 노릇을 한다는 건 태자비 해우슬이 태자비 노릇을 하게 된다는 뜻임과 동시에 황궁 안에서 아사나의 자리가 없어질 수도 있다는 뜻이었다. 아사나는 그리 쉽게 밀려나고 싶지 않았다. 밀려나매 갈 곳도, 할 일도 없었다.

신시가 시작되니 과연 하늘이 검어지기 시작했다. 아사나는 예전 소야비가 화실로 쓰던 큰방의 창가에 서서 점차 어두워지는 하늘을 올려다보았다. 신궁에서는 가려지는 해를 볼 수 있을지 몰라도 고천사에서는 그저 어두워져 가는 하늘을 쳐다볼 수 있을 뿐이다. 구름들이 마구 움직이며 여울물처럼 뒤섞였다. 구름들이 저리 빨리 움직이는 것인 줄 몰랐다. 들들 끓는 것 같지 않은가. 쳐다보는 사이 눈앞이 까무룩 어두워졌다. 시녀들이 촛불을 줄줄이 세워댔다. 그 때문에 등 뒤쪽은 점차 환해졌지만 눈앞은 캄캄했다. 일식은 천재가 아니라 이따금 일어나는 자연의 한 움직임일 뿐이다. 아사나도 그 정도는 알고 있었다. 그게 오늘 일어나리라는 사실을 몰랐을 따름이다. 제일신녀인 설요는 이미 알고 백성들에게 동요치 말라는 포고까지 해놓았다. 그가 아는 것은 무엇이며 모르는 것은 무엇일까. 삽사리 금강이가 죽은 걸 알아챈 그는 혹여 작금 아사나가 궁리하는 것들도 눈치 채지 않았을까.

"저하, 인근이 소란해지기 시작했습니다. 캄캄한 하늘 그만 쳐다보시고 좀 쉬시어요."

가꾸미는 신궁으로 몰려가는 백성들을 두려워하고 있었다. 혹여 그들이 이 고천사로 들어오지 않을까 오히려 겁내는 것이다. 그런데 아사나는 캄캄한 하늘이라는 말이 가슴에 맺혔다. 비류군을 삼도국으로 보낸 게 잘한 일이었을까. 아우 여해에게 해가 되는 세력을 제거함에 앞서 그를 치워 놓고자 한 것이었다. 그를 보호하려 그리하였다. 하지만 그게 옳았을까. 앞으로 하려는 일들은 옳은 것일까. 옳고 그름의 기준은 무엇일까. 그 기준을 일곱 달 뒤쯤 태어날 아이로 삼는다고 할 때 아이 아비를 살리면서 할아버지를 죽이는 것은 마땅한 것일까. 또는 태자를 살리기 위해 내신좌평을 제거하려는 게 정당할까. 태자를 살리려는 것은 무엇을 위한 것일까.

"각하! 좀 쉬시래도요."

가꾸미가 연해 부채질을 해주면서 또 일렀다. 가꾸미의 신경은 온통 소야궁 정문 앞, 신궁으로 오르는 길에 쏠려 있었다. 신궁길에 백성들이 밀물처럼 밀려드는 참이었다. 그들은 길목에 불 밝힌 소야궁, 고천사를 거들떠도 보지 않고 오직 신궁으로 향했다. 중간나루 아래 강변에도 신궁이 불을 피운다니 그곳도 이미 신궁일 것이다. 신궁, 신궁, 신궁! 울컥 설움이 돋은 아사나는 자신의 가슴팍을 다독였다. 돋은 설움만큼의 분기도 솟았다. 나를 막다른 골목으로 몰아대는 세력들이 누구인가. 신궁이고 항상이고 내신좌평이며 또 결국 왕인이다. 그러니 결국 작정한 대로 행하고야 말터였다. 오래도록 준비했지 않은가. 하지만 그토록 오랜 준비가 무엇을 위하고, 누구를 위한 것인지 알 수 없었다. 눈앞이 참으로 캄캄하였다.

(3권에 계속)

소설《왕인》주요 인물 가계도

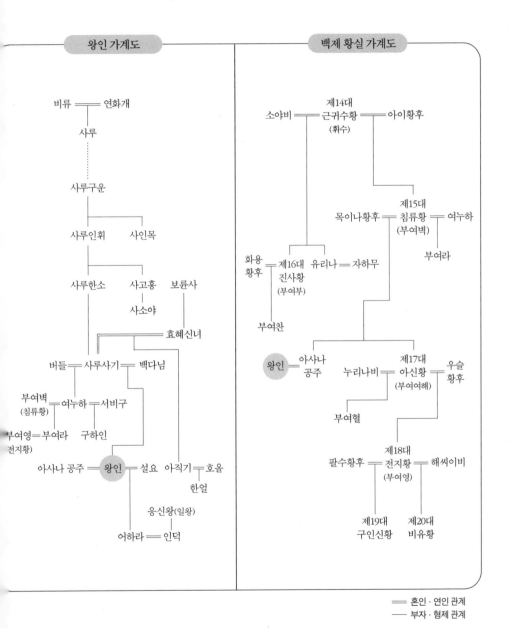

왕인 가계도

백제 황실 가계도

━━ 혼인 · 연인 관계
─── 부자 · 형제 관계

소설《왕인》대백제 영토 지도

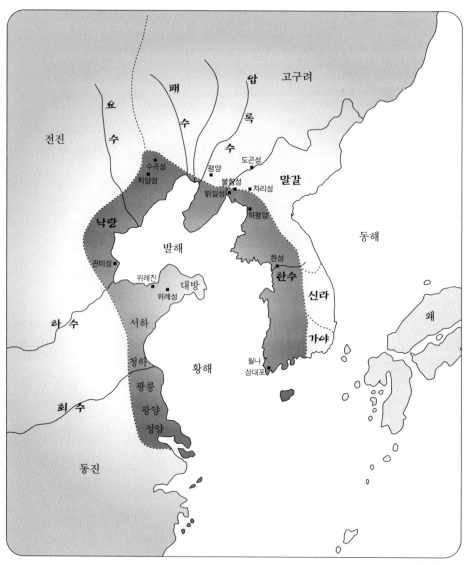

■ 백제 영토